Anne Buchberger
Die Krone der Drachen

Anne Buchberger

Die Krone der Drachen

Roman

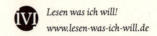

Lesen was ich will!
www.lesen-was-ich-will.de

Von Anne Buchberger liegen im Piper Verlag vor:
Die Mondvogel-Saga (Serie)
Die Krone der Drachen

für Anna-Katharina

Originalausgabe
ISBN 978-3-492-70585-1
© ivi, ein Imprint der Piper Verlag GmbH, München 2021
Satz: Satz für Satz, Wangen im Allgäu
Gesetzt aus der Dante
Druck und Bindung: CPI books GmbH, Leck
Printed in the EU

Prolog

In der Nacht seines Aufbruchs blieb Navid stumm.

Die Feste hatten ein Ende gefunden. Drei Tage und drei Nächte hatte es gedauert, den Abschied des Prinzen gebührend zu feiern. In der vierten Nacht war die Musik verklungen.

Kaum ein Laut war zu hören, als Navid sich auf den Weg in den Thronsaal machte. Alle wussten, dass es heute passieren würde. Doch niemand durfte ein Wort an ihn richten, so kurz bevor er sich auf die Reise begab. Es würde ihn ablenken. Seine Gedanken wären nicht frei genug, nicht nach vorne gerichtet, auf seinen Weg. Es sollte Unglück bringen, in der Nacht seines Aufbruchs mit einem Prinzen zu sprechen – es hieß, wenn man sie ansprach, kehrten sie niemals zurück.

Navid hatte vor zurückzukehren. Er hatte viel mehr vor als das.

Vor den Türen des Thronsaals hatten sich Schaulustige versammelt. Ihre Stimmen wehten Navid entgegen, als er den letzten Korridor betrat. Sie unterhielten sich nur gedämpft, doch das Flüstern hallte von Wänden und Decken wider und mischte sich mit dem leisen Knistern der Fackeln. Navid spürte, wie sich sein Herzschlag beschleunigte. Doch seine

Miene blieb reglos. Er hatte gelernt, im Angesicht von Gefahr keine Schwäche zu zeigen. Er konnte Schmerzen ertragen, ohne zu schreien. Als er nun auf die Flügeltüren zusteuerte, waren seine Schritte sicher und schwer. Das Geflüster legte sich rasch. Augen hefteten sich auf ihn, glitten über seine Erscheinung, suchten begierig nach Zeichen von Angst. Aber sie konnten seinen Herzschlag weder sehen noch hören und sein Atem ging langsam und ruhig. Eine Gruppe von Dienerinnen stand direkt neben der Tür, gerade so nah an den Wachposten, wie sie es wagten. Navid achtete darauf, seinen Blick nicht zu hastig auf sie zu richten. Wie beiläufig musterte er die Gesichter der Frauen. Eine oder zwei kamen ihm vage bekannt vor, ihre Namen wusste er nicht. Keine wirkte sonderlich besorgt um ihn und keine sah ihm in die Augen. Die Flügeltüren setzten sich langsam in Bewegung, noch bevor Navid sie erreicht hatte. Erschrocken wichen die Dienerinnen zurück, eine drängte sich sogar gegen die Wand. Kurz hatte er Lust, vor ihr stehen zu bleiben. Navid konnte Feigheit nicht ausstehen. Er wollte ihr Kinn packen und sie zwingen, ihm in die Augen zu sehen. Er wollte die Angst unter ihrer Haut fühlen, wollte hören, wie ihr Atem stockte. Er wollte sehen, ob sie Tränen unter ihren langen Wimpern verbarg. Die Vorstellung gefiel ihm. Navid wurde langsamer, ein wenig nur. Die Dienerinnen wichen weiter zurück, nur die eine stand mit dem Rücken zur Wand.

»Navid.«

Sein Kopf fuhr herum. Jemand war über die Schwelle des Thronsaals getreten und sah ihn an. Sarina trug eines der kostbaren Seidenkleider, die den Frauen des Kaisers vorbehalten waren. Hin und wieder durfte sie das, dabei hatte sie dem Kaiser schon lange keine Söhne mehr geschenkt. Es war ihr Glück, dass sie schön war. Navid hatte nicht erwartet, dass seine Mutter den Thronsaal betreten durfte. Vielleicht hatte sie den Kaiser darum gebeten und in seiner Großmut hatte er es erlaubt. Navid konnte nicht bestreiten, dass es guttat, sie zu sehen.

Sarina machte einen Schritt nach vorn, was die purpurne Seide rascheln ließ. Erst im nächsten Moment begriff Navid, was sie getan hatte.

Sie hatte seinen Namen gesagt.

Ihre Augen weiteten sich, eine Spur nur. Wieder öffnete sie den Mund, doch diesmal blieb sie stumm.

Schritte ertönten, schwerer noch als Navids. Der Kaiser trat hinter ihr an die Schwelle, wie Sarina in purpurrote Seide gekleidet. Seine schwarzen Augen wanderten über Navids Gestalt. Wer den Prinzen in der Nacht seines Aufbruchs ansprach, wurde mit dem Tode bestraft.

Seine Hand legte sich auf Sarinas schmale Schulter. Finger gruben sich tief in ihr Fleisch. Ihr ebenmäßiges Gesicht blieb ohne Regung.

Ruckartig drehte der Kaiser sich um und führte sie vor sich her, zurück in den Thronsaal. Bis auf den hämmernden Puls in Navids Ohren war es still.

Er folgte ihnen ohne ein Wort.

Die Heimkehr
des Prinzen

Zina erlebte nicht zum ersten Mal die Rückkehr eines Helden. Im Palast des Sonnenkaisers kam das häufig vor. Hatte der Held gesiegt, erklangen die Hörner. War der Held gefallen, schlug man die Trommeln. So oder so gab es in der folgenden Nacht ein rauschendes Fest.

Als der älteste Sohn des Kaisers von der Dracheninsel zurückkehrte, wurde Zina von den Trommeln geweckt.

»Hörst du das?«

»Ist das …?«

»Das sind sie.«

»Ist er zurück?«

»Ist er tot?«

»Bei der Feuermutter, er ist tot.«

Das ferne Geräusch der Trommeln wurde vom Getuschel im Schlafsaal übertönt. Zina richtete sich auf, warf einen Blick aus den schmalen Fenstern. Draußen war es stockdunkel und die Trommler kamen näher.

»Der Prinz ist tot!« Der Aufschrei kam von einem Bett neben der Tür. Eine der Köchinnen hatte eine Öllampe entzündet, die gefährlich in ihren Händen zitterte. »Ist das wahr? Kann das wahr sein?«

»Du hörst es doch!«

Für einen Moment herrschte Stille, nur von den sich nähernden Trommlern gestört. Und dann, als Zina es zu glauben begann, hörte sie noch etwas. Die Hörner wurden geblasen.

Im Schlafsaal brach ein Tumult aus. Alle stürzten auf die Fenster zu, rissen die Vorhänge zurück, riefen durcheinander. Die Trommeln kamen noch näher, die Hörner wurden lauter und schließlich rief eines der Dienstmädchen: »Er lebt! Dahinten kommt der Prinz, er lebt!«

Zina bückte sich und zog ihre Schuhe unter der Matratze hervor. Sie hatte auf die Rückkehr des Prinzen gewartet, doch nicht, um ihn zu feiern. Seit seinem Aufbruch war keine Nacht vergangen, in der sie nicht für seinen Tod gebetet hatte. Aber in Wahrheit hatte sie geahnt, dass er ihr diesen Gefallen nicht tun würde. Also hatte Zina sich etwas geschworen. In all dem Trubel unbemerkt warf sie sich einen Umhang über, schlüpfte in die Sandalen und stahl sich an der aufgelösten Köchin vorbei aus dem Saal.

Die Hörner erklangen direkt vor seinem Fenster. Azad hatte noch nicht fest geschlafen und war innerhalb einer Sekunde hellwach. Er stand auf, trat auf den Balkon hinaus und beugte sich über die Brüstung. Auf den golden schimmernden Dächern des Palastes standen die Bläser und verkündeten die Heimkehr des ältesten Prinzen. Fackelschein glitt über das Wasser und erst nach ein paar Sekunden hörte Azad die Trommler auf dem Fluss.

»Azad!«

Die Flügeltüren zu Azads Schlafzimmer schwangen auf und krachten gegen die bemalten Wände. Rayan stürzte über die Schwelle, eine Hand am Gürtel seines Morgenmantels, die Seidenpantoffeln falsch herum an den Füßen. Sein unrasiertes Gesicht war schweißnass.

»Was ist los?«, fragte Azad sofort. »Was sollen die Trommeln?«

Rayan, der Drittgeborene, warf einen raschen Blick auf den Fluss. »Er wurde verwundet.«

Azad starrte ihn an. »Navid?«

Rayan legte ihm eine Hand auf die Schulter und schüttelte den Kopf. »Nein«, sagte er so leise, dass man ihn über die schallenden Töne der Hörner kaum verstand. »Der Drachenkönig. Navid hat den Drachenkönig verwundet.«

Azad spürte, dass Rayans Finger zitterten. Er streifte seine Hand ab. »Und Navid?«

Vor dem Nachthimmel bewegte sich etwas. Ein Schatten erschien über den Dächern der Stadt, stieg höher, schob sich vor den goldgelben Mond. Zwei gewaltige Schwingen spannten sich auf und dann ertönte das Brüllen.

Der Drache war leuchtend rot. Er flog schnell und geschmeidig, glitt über den Fluss hinweg und das Rauschen seiner Flügel übertönte die Trommeln. Als der Drache die Palastmauern erreichte, erkannte Azad seinen ältesten Bruder zwischen den Schulterblättern des Tiers. Siegestrunken hob Navid seinen Säbel. Die Klinge glänzte in der Farbe des wilden Drachen, den der Prinz auf der Insel gefangen hatte.

»Der Säbel«, murmelte Azad. »Denkst du, es ist wahr?«

Rayan beobachtete, wie der blutrote Drache im Palmenhain landete. Navid sprang ab und wurde rasch von den Schatten der Bäume verschluckt. »Ja«, sagte er. »Ich denke, es ist wahr.« Er drehte sich um. »Komm mit. Wir empfangen ihn im Hof.«

Im Palast des Sonnenkaisers war es niemals völlig ruhig. Fast immer feierte jemand irgendwo ein Fest, wenn nicht der Kaiser persönlich, dann einer seiner hochrangigen Gäste. Azad hatte sich längst an den ständigen Klang von Musik und

Gelächter gewöhnt, und wenn die Gesänge und Rasseln doch einmal verstummten, kam es ihm viel zu still vor. Trotzdem war der übliche Trubel nichts im Vergleich zu dem Ansturm, der nun auf dem Palmenhain herrschte. Der ganze Palast schien auf den Beinen zu sein, um Navid zu empfangen. Aus allen Richtungen strömten Neugierige heran, schlossen sich zu Gruppen zusammen und hasteten weiter, ohne die beiden Prinzen auch nur zu bemerken. Getuschel hallte von den mit Blattgold und Schmuckkacheln verzierten Wänden wider und Aufregung vibrierte in der Luft.

»Rayan«, murmelte Azad, als sie die Halle des Goldenen Flusses erreichten. Der Del Lungh floss träge durch den Saal und unter der hohen Goldkuppel wurden die Stimmen ohrenbetäubend. Schon legten die ersten Flöße mit Tänzerinnen und Trommlern an den Palaststegen an und Fässer mit Honigwein und Dshan wurden ans Ufer gerollt. Feuer wurden geschürt, Öl zischte und der Duft von Zuckerbrot und Feuerbonbons stieg Azad in die Nase. »Rayan, denkst du, der Drachenkönig ist tot?«

Rayan wurde nicht langsamer auf seinem Weg durch den Hafensaal. Er griff nach Azads Arm und zog ihn vorwärts zur kaiserlichen Brücke. Es war einer von vielen Wegen über den breiten Fluss, der gemächlich durch den Kaiserpalast floss, doch im Gegensatz zur breiten Lieferbrücke waren die vergoldeten Stufen der Kaiserfamilie vorbehalten. Auf einen Schlag lichtete sich die Menge, kaum dass sie einen Fuß auf die Brücke gesetzt hatten. Azad hörte plötzlich, wie schnell Rayan atmete. »Natürlich nicht«, gab er knapp zurück. »Niemand kann den Drachenkönig töten.«

»Aber Vater hat gesagt …«

»Ich weiß, was Vater gesagt hat.«

»Er wird ihn doch nicht bestrafen?«

Rayan warf ihm einen raschen Seitenblick zu und das

trübe Licht, das vom Goldenen Fluss aufstieg, ließ seine dunklen Augen schimmern. Er antwortete nicht.

Draußen war es taghell. Die Palmwedel waren schwer von bunten Laternen und zwischen ihren schlanken Stämmen tanzten die Fackelträger. Sobald Azad den staubigen Boden betrat, eilte ein in Seidenbahnen gekleidetes Mädchen heran und reichte ihm einen Becher mit Wein. »Trinkt auf den Prinzen!«, zwitscherte sie, drückte auch Rayan einen Kelch in die Hand und verschwand.

»Sie hat uns nicht mal erkannt«, stellte Azad fest.

Rayan hörte ihm kaum zu. Vor ihnen wirbelten Feuerräder durch die Luft und die Trommler wurden lauter. »Er ist gleich da. Schnell jetzt.«

Seite an Seite hasteten sie durch den Hain, dem Zentrum des Geschehens entgegen. Vor ihnen lichteten sich die Palmen, zwischen denen Azad nun die handverlesenen Dienerinnen seines Vaters erkannte. Die, die keine Aufgabe hatten, standen schweigend zwischen den Stämmen. Azad ließ den Blick wandern und entdeckte schließlich das Gesicht, das er gesucht hatte.

»Azad!«, zischte Rayan, aber er achtete nicht auf ihn. Statt sich zu seinem Vater durchzukämpfen, wich er einem seiner Hoflehrer aus und mischte sich rasch unter die Frauen. Die meisten schlugen die Augen nieder, als sie ihn sahen, und wichen hastig zurück. Eine von ihnen bemerkte ihn erst, als er direkt vor ihr stehen blieb.

»Mutter«, flüsterte er.

Thamara Meena sah zu ihm auf und ihr Gesicht begann zu leuchten. »Azad!« Sie zog ihn zu sich, um seine Wangen zu küssen, und er ließ es geschehen.

»Geht es dir gut?«, fragte er leise. »Bist du gesund?«

Sie gluckste nur und winkte ab. »Ah, mir geht es wie immer. Was ist mit dir? Gut siehst du aus. Behandelt er dich anständig, hm?« Ihre runden Finger tasteten über seine Schultern, als suchte sie ihn nach verborgenen Lasten ab.

»Er behandelt mich … gut. Rayan auch. Du musst dir keine Sorgen machen.«

»Meine beiden schönen Söhne.« Thamara tätschelte seine Wange. »Pass auf dich auf, hörst du? Sieh zu, dass er dir keinen Unsinn befiehlt. Die arme Sarina hat so geweint, als ihr Navid aufgebrochen ist.«

Azad reckte den Kopf und sah Sarina in der ersten Reihe der Dienerinnen stehen. Sie war älter als Thamara, aber immer noch sehr schön, und hin und wieder wollte der Kaiser sie noch sehen. »Keine Angst«, murmelte er. »Vater befiehlt mir gar nichts.«

Ganz in der Nähe ertönten die Hörner.

»Da kommt er!«, flüsterte Thamara.

Die Trommler und Fackeltänzer traten zur Seite. Das kleine Grüppchen im Zentrum der Versammlung geriet in Bewegung und zum ersten Mal in dieser Nacht erhaschte Azad einen Blick auf den Kaiser. Er stand mit dem Rücken zu ihm, seine beiden mittleren Söhne und seine Lieblingsdienerinnen an seiner Seite. Anders als die meisten Schaulustigen hatte er sich nicht nur rasch eine Weste übergeworfen, sondern war in golden bestickte Roben gekleidet, und an seinen Ohrläppchen hingen schwere Opale.

Ein letzter Hörnerklang erfüllte die Luft, dann herrschte Stille.

Navid trat in den Schein der Laternen.

Aus der Nähe sah er fürchterlich aus. Er war immer der stärkste von Azads Brüdern gewesen und vermutlich hatte ihm das das Leben gerettet. Die kostbare Rüstung, mit der ihn sein Vater vor der Reise beschenkt hatte, war kaum noch als solche zu erkennen. Etwas hatte das Metall zerrissen wie Seide und nicht alle Flecken stammten von Drachenblut. Sein rechtes Auge war stark geschwollen, und als er sich bewegte, tat er es unter sichtbarer Qual.

Navid hob seinen Säbel und lächelte. »Ich bin zurückgekehrt«, stieß er hervor.

Jubelrufe wurden laut. Musik setzte ein, die schon im nächsten Moment wieder verstummte. Der Kaiser hatte sich in Bewegung gesetzt und trat langsam auf seinen Ältesten zu.

»Navid.«

»Vater.«

Navid neigte mühsam den Kopf.

Dshihan von Uyneia war ein eindrucksvoller Mann und er war sich seiner Wirkung bewusst. Er war noch ein wenig größer als sein gut gebauter Sohn und unter seinem scharfen Blick schien der sonst so selbstsichere Navid zu schrumpfen. »Das bist du«, sagte Dshihan gedehnt. »Du bist zurückgekehrt. Siegreich, könnte man meinen.«

Navid blieb stumm.

Der Kaiser hob eine Hand, die bis auf einen einzelnen Goldring schmucklos war. Der Anblick der harten Kanten trieb Azads Puls in die Höhe. Er sah, wie Navids Lider zuckten. Es war offensichtlich, dass er gerne zurückgewichen wäre, aber zu Azads Erleichterung tat er es nicht. Der Kaiser mochte es nicht, wenn man Angst zeigte. Es machte ihn rasend. Navid blieb wie angewurzelt stehen, als Dshihan die Hand an sein Gesicht führte und über sein geschwollenes Auge fuhr. Schweiß glitzerte auf seiner düsterrot verfärbten Haut. Die Finger des Kaisers gruben sich tief in die Schwellung und Azad zuckte zusammen. Navids Fäuste zitterten, doch er wich nicht zurück.

Abrupt löste der Kaiser seine Hände von Navids geschwollenem Gesicht. »Yamal«, sagte er knapp.

Prompt trat Azads zweitältester Bruder vor. Er war kleiner und schlaksiger als Navid, aber sein Blick war hart wie der seines Vaters. Yamal sagte kein Wort, starrte Navid nur entgegen.

»Rayan.«

Rayan folgte der Aufforderung seines Vaters so schnell wie Yamal. Er stellte sich auf die andere Seite des Kaisers und sah stumm in Navids bleiches Gesicht.

Die Dienerinnen wichen zurück, noch bevor der nächste Name fiel.

»Azad.«

Er schluckte und trat in den Schein der Fackeln. Rayan machte eine kleine Handbewegung und Azad stellte sich gehorsam neben ihn. Sein Herz hämmerte bis in den Hals, doch es war nichts im Vergleich zu der Angst, die er in Navids blutunterlaufenen Augen entdeckte.

Sein ältester Bruder begegnete seinem Blick nur kurz und sah gleich wieder zu seinem Vater.

»Ich habe dir einen Auftrag erteilt, Navid«, sagte Dshihan mit seiner ruhigen, tiefen Stimme. »Wie lautete dieser Auftrag?«

Navid räusperte sich. »Ich sollte … den Drachenkönig töten und mit seinem abgeschlagenen Kopf zurückkehren.«

Getuschel brach aus. Diese Information war den meisten Zuschauern neu, denn für gewöhnlich zogen die Prinzen aus, um einen Drachen zu fangen. Es war ein schrecklicher Auftrag, und wäre er bekannt gewesen, hätte wohl kaum jemand auf Navids Rückkehr gehofft.

»Und was hast du getan?«, fragte der Kaiser sanft.

»Ich habe ihn verwundet.«

»Das hast du. Und jetzt bist du zurück.« Dshihan trat einen Schritt nach vorn und starrte seinem Sohn ins Gesicht. »Hast du meinen Auftrag erfüllt?«

Dort, wo Navids Haut unversehrt war, lief sie feuerrot an.

»Nein.«

»Nein«, stimmte Dshihan leise zu. »Das hast du nicht.«

»I...ich habe mit ihm gekämpft. Ich habe ihn verletzt. Sein Blut hat meinen Säbel benetzt, die Klinge ist unzerstörbar. I...ich habe das Blut des Drachenkönigs getrunken und bin stärker als zuvor, ich ...«

»Genug.« Die Hände des Kaisers gruben sich in Navids Arm, dort, wo der Stoff seines Hemds blutgetränkt war. Navid verstummte abrupt.

»Du hast überlebt«, sagte Dshihan. »Geh und lass dich feiern.« Er wandte sich ab. Navids Blut klebte an seinen Fingern. »Aber vergiss nicht, dass du mich enttäuscht hast. Yamal.« Er winkte nach seinem zweitältesten Sohn und verschwand mit ihm zwischen den Tänzern, ohne Navid noch einmal anzusehen.

Azad sah, dass Navid zu wanken begonnen hatte. Hinter sich hörte er Sarina leise wimmern, aber Navid tat, als bemerkte er es nicht. Azad wünschte, Rayan würde etwas sagen. Der starrte Navid immer noch stumm ins Gesicht, obwohl seine Hände zitterten.

»Bist du ... schwer verletzt?«, brachte Azad schließlich hervor.

Navids Augen flackerten in seine Richtung. »Nein«, blaffte er ihn an. »Ich bin stärker denn je. Erst recht stärker als *du*. Spar dir das verdammte Mitleid. Ich habe mehr erreicht, als du dir vorstellen kannst.«

Azad biss die Zähne zusammen. »Ich weiß.«

Navid lachte hohl auf. »Du? Du weißt gar nichts. Nicht das Geringste. Niemanden interessiert, was *du* tust.« Er machte eine rasche Bewegung, als wollte er Azad einen Schlag verpassen. Schmerz zuckte durch sein Gesicht und sein Arm fiel schlaff zurück an seine Seite.

Azad trat einen Schritt zurück. »Ich weiß, dass er ... ungerecht sein kann ...«

»Rayan«, knurrte Navid, »schaff ihn mir aus den Augen. Ich ertrage sein Gerede nicht.«

Wortlos wandte Azad sich ab.

Ein Schweißtropfen löste sich aus Yamals Haaransatz und rann quälend langsam über seine Schläfe. Flammen loderten in einer der Feuerschalen, die man zwischen den Palmen aufgestellt hatte. Eine Tänzerin wirbelte vorbei und entzündete mit einer geschmeidigen Bewegung ihre Fackel. Der Kaiser hatte Abstand zwischen sich und die Feier gebracht. Yamal war ihm zwischen die Bäume gefolgt, bis die Musik und die Stimmen zu einem fernen Summen verklungen waren, und bis auf die Tänzerin waren sie nun allein. Sie war hübsch und kam ihm flüchtig bekannt vor, vielleicht hatte er sich schon hin und wieder die Zeit mit ihr vertrieben. Das Mädchen schwang seine Fackel, warf einen Blick in das Gesicht des Kaisers und verschwand eilig in Richtung der Gäste.

Yamal hob den Becher mit Honigwein an seine Lippen. Scharfer Dampf stieg ihm in die Nase und verriet ihm, dass jemand sein Getränk mit einem großzügigen Schuss Dshan versehen hatte. Der Dattelschnaps war im Kaiserpalast sehr beliebt, weniger wegen seines Aromas als vielmehr wegen seiner beeindruckenden Stärke. Kurz war der Gedanke verlockend, aber Yamal wusste aus Erfahrung, dass man im Umgang mit dem Kaiser besser einen klaren Kopf behielt. Langsam ließ er seinen Becher sinken, ohne dass die klebrige Flüssigkeit seine Lippen berührt hatte.

»Deine Brüder waren immer schwächer als du«, sagte der Kaiser mit samtwarmer Stimme. Er hatte den Kopf leicht zu den Sternen erhoben, als schiene nur für ihn eine Sonne vom nachtschwarzen Himmel. »Schon in eurer Kindheit habe ich das geahnt. Ich hatte gehofft, dass Navid mich nicht enttäuschen würde, aber tief in meinem Herzen habe ich es immer gespürt.« Langsam senkte Dshihan den Blick, bis Yamal seinen dunklen Augen begegnete. Die Haut schimmerte an seinen Schläfen, dort, wo der Kaiser sich mit duftenden Ölen massieren ließ. »Der Drachenkönig ist nicht unser einziger Feind, Yamal. Er ist nicht einmal unser schlimmster. Solange wir den Weg zu seiner Insel schützen, wird er uns nicht angreifen. Und weil wir die Wächter der Drachen sind, haben wir ein Privileg.«

Yamal kannte die Geschichte. Sie gehörte zu denen, die Navid ihm früher im Dunkeln erzählt hatte. Bis zum Alter von sechs Jahren hatte er sich ein Zimmer mit seinem Bruder geteilt und Navids Erzählungen von mutigen Prinzen und uralten Kriegen hatten ihn bis in seine Träume verfolgt. Dann war die Zeit gekommen, in der ihr Vater sich auf die Suche nach einer Königin gemacht hatte, und Navid war in die Privaträume des Kaisers gezogen. Damals hatte Yamal den Grund nicht verstanden, aber inzwischen nahm er an, dass sein Vater seine potenzielle Gemahlin im Umgang mit dem Thronfolger hatte testen wollen. Yamal hatte kaum Erinnerungen an die fremde Frau, aber nachdem sie verschwunden war, war Navid nicht in sein altes Schlafzimmer zurückgekehrt. Als Yamal ihm wenige Wochen später vor den Räumen ihres Vaters begegnet war, hatte Navid ihm den Arm verdreht, bis Yamal seine Lippe zerbiss, um nicht zu schreien.

»Bevor ein Prinz Kaiser wird, muss er die Reise zur Insel machen«, fuhr Dshihan fort, die Augen ins Leere gerichtet, als spräche er für ein unsichtbares Publikum. »Er muss einen Drachen bekämpfen und fangen, erst nach seiner Rückkehr wird er gekrönt. So hat es mein Vater gemacht, vor ihm mein Großvater, so habe ich es gemacht. So hätte ich es von Navid erwarten können, nicht wahr? Aber das habe ich nicht. Weißt du, warum?«

Yamal wusste es nicht. Er hatte keine Ahnung, wieso sein

Vater den Drachenkönig tot sehen wollte. Der Kaiser Uyneias und der König der Drachen waren zwei Seiten einer Medaille, so war es schon lange gewesen, seit die letzten Drachenkriege mit dem Pakt zwischen beiden Seiten zu Ende gegangen waren. Er öffnete den Mund, doch Dshihan schien nicht auf eine Antwort zu warten.

»Die Welt hat sich verändert, Yamal. Sie sieht heimlich auf uns herab. Was bringt uns ein Bündnis mit den Drachen, wenn wir seine Macht nicht nutzen? Unsere Waffen sind in Vergessenheit geraten, unsere Zerstörungskraft fürchtet niemand mehr. Ich respektiere das Bündnis, aber die Welt tut es nicht. Deshalb brauche ich dich, Yamal. Wenn du den Drachenkönig tötest, erhältst du seine Macht. Man wird dich verehren und fürchten, solange du lebst.« Der Kaiser hielt inne und musterte Yamal so intensiv, als würde er ihn zum ersten Mal sehen. Yamal umklammerte seinen Becher und fragte sich, ob er Navid dieselbe Geschichte erzählt hatte. Wahrscheinlich hatte Navid ihm geglaubt. Yamals großer Bruder war schon früher schnell von seiner eigenen Überlegenheit zu überzeugen gewesen. Als die fremde Königin aufgetaucht war, hatte Navid keinen Gedanken mehr an Yamal oder seine eigene Mutter verschwendet. Yamal war zu klein gewesen, um zu begreifen, was da geschah. Er war auch zu klein gewesen, als Navid krank geworden war. Er hatte nicht verstanden, wieso sein Vater plötzlich Zeit mit ihm verbrachte oder wieso eine Palastwache Tag und Nacht vor seinem Zimmer stand. Er hatte nur gewusst, dass Navid krank war und dass er, Yamal, wichtiger wurde. Und jetzt hatte Navid versagt.

»Wenn Navid es nicht geschafft hat …«

Der Kaiser lächelte, obwohl es ihm sichtlich schwerfiel. Yamal fragte sich, ob ihn Navids Zustand getroffen hatte. »Ich liebe Navid, aber er war nie wie du. Er hat weder deinen Mut noch deine Klugheit, Yamal, und offen gestanden verfügt er nicht über dein besonderes Pflichtbewusstsein. Ich habe ihm diesen Auftrag erteilt, um ihm eine Chance zu geben, und ich hätte mir gewünscht, dass er sich seiner Aufgabe würdig erweist. Aber nun, da er gescheitert ist ...« Der Kaiser hielt inne und seufzte kaum hörbar. Er hob eine kräftige Hand und legte sie sanft auf Yamals Schulter. »Du bist meine größte Hoffnung, Yamal. Du bist sie immer gewesen. Es zerreißt mir das Herz, dich dieser Gefahr auszusetzen, aber ich habe keine Wahl. Und ich spüre ... ich weiß, du spürst es auch ... dass du mich stolz machen wirst. Es liegt in deiner Natur, das zu tun.«

Er hatte keine Ahnung gehabt, dass sein Vater so von ihm dachte, aber in diesem Augenblick spürte er, was nur die Wahrheit sein konnte: Dshihan glaubte an ihn, mehr als er je an Navid geglaubt hatte.

Der Kaiser trat einen Schritt auf ihn zu, und Yamal sah, dass seine Augen schimmerten. »Ich bin bereit, dir diese Chance zu bieten, mein Sohn. Ich setze meine Hoffnung in dich ... obwohl mich die Angst um dich in jeder Sekunde quälen wird. Ich schenke dir mein Vertrauen, Yamal. Wirst du für mich versuchen, woran dein Bruder gescheitert ist?«

Yamal schloss die Augen. *Gescheitert.* Navid war gescheitert, sein Vater sprach es endlich aus. Er hatte geahnt, dass es passieren würde, der Kaiser hatte recht. Navid war kein Hoffnungsträger, aber er, Yamal, war es. Er hatte es gespürt, als Navid seinen Arm gebrochen hatte, all die Jahre lang hatte er es gespürt. Er hatte den Schmerz ertragen, weil es seine Pflicht war, und hier war endlich sein Lohn.

»Nein«, flüsterte er und plötzlich schwebten seine Gedanken, als hätte er ein ganzes Fass Dshan geleert. »Ich werde es nicht versuchen. Nein, ich werde es *tun.*«

Er blinzelte, als er spürte, wie der Kaiser näher kam. Schließlich stand sein Vater direkt vor ihm. Fackelschein tanzte über die Opalohrringe, doch in all seiner Herrlichkeit hatte Dshihan nur Augen für seinen Sohn. »Ich danke dir«, sagte der Kaiser leise, und Yamal glaubte, ein gut verborgenes Zittern in seiner Stimme zu hören. »Du verstehst, was Ehre ist, mein Sohn. Ich weiß, du würdest lieber sterben, als deinen Vater zu enttäuschen.«

Als er es aussprach, konnte Yamal es spüren. »Ja«, sagte er entschlossen. »Ja, das würde ich.«

Zinas Atem ging schneller, als es ihr lieb war. Sie hatte keine Angst vor der Nacht, die glühenden Augen im Wasser erschreckten sie nicht. Anders als die meisten Bewohner der Goldenen Stadt bewegte sie sich auch im Dunkeln über die Kanäle. Furchtlos steuerte sie ihr kleines Floß zwischen den reglosen Schemen hindurch. Flussfresser waren nicht die Bestien, zu denen Geschichten sie machten. Zina wusste das, aber je lauter sie atmete, desto unruhiger wurde das Wasser. Flussfresser jagten nur ungern, aber wenn man sie störte, wurden sie wild.

Direkt vor Zina erglühte ein weiteres Augenpaar. Sie hatte ihre Laterne fast gänzlich unter dem Umhang verborgen. Nur ein feiner Streifen Licht traf eine bleiche Schnauze. Der Flussfresser trieb direkt vor ihr im Wasser, das Maul zur Ahnung eines Grinsens geöffnet. Zina wusste, dass er nicht wirklich grinste. Es war die natürliche Form seines Kiefers, aber der Eindruck blieb.

»Lach nicht«, murmelte sie.

Der Flussfresser sah spöttisch zu ihr auf.

Behutsam setzte Zina die Stange ins Wasser und drückte ihr Floß zur Seite. Ein Schlag mit dem kräftigen Schwanz des Flussfressers würde ausreichen, um sie von den Füßen zu fegen, aber das Tier rührte sich nicht. Träge beobachtete es, wie Zina an ihm vorbeitrieb. Als sie auf einer Höhe mit seinem länglichen Kopf war, schloss es das Maul und glitt langsam zurück unter die Wasseroberfläche.

Zina setzte ihren Weg durch die Seitenarme des Flusses fort. Das Kanalsystem der Goldenen Stadt war der Ort ihrer Kindheit. Sie hatte schwimmen gelernt, bevor sie laufen konnte. Die Flussfresser hatten sie nie angerührt. Ihre Eltern hatten früh dafür gesorgt, dass Zina sich zwischen den Tieren zu bewegen wusste, und das war ein Glück. Die Diener des Kaisers lebten zwar innerhalb der Palastmauern, doch der Weg bis zu den prunkvollen Hauptgebäuden war lang und gefährlich. Nicht selten kam jemand auf den Seitenarmen des Flusses um.

Der Kanal, auf dem Zina sich bewegte, wurde immer schmaler. Sie hatte die Hütten der Handwerker erreicht, die durch den Palmenhain vom Palast getrennt waren. Links und rechts von ihr ragten Hauswände auf, ungeschmückt und fensterlos. Ihr Floß schabte immer wieder über Stein. Zina rechnete damit, jeden Moment in diesem Rinnsal stecken zu bleiben. Sie schob sich noch ein wenig weiter, manövrierte ihr Floß mühsam um eine Ecke und fand sich plötzlich in einer Sackgasse wieder. Der Flussarm endete an einer dritten Hauswand, wo er sich rauschend durch ein Kellergitter ergoss. Zina verzog das Gesicht, als ihr Floß sanft gegen die Gitterstäbe stieß. Diesen Teil hatte sie noch nie gemocht.

Mit einer Grimasse ging sie in die Hocke, stellte die Laterne neben sich auf dem Floß ab und krempelte ihre Ärmel hoch. Kurz sah sie sich nach Flussfressern um, doch keines der Augenpaare war wieder aufgetaucht. Zina beugte sich vor und tauchte den Arm bis zur Schulter in den Kanal. Das Wasser war kühl und trüb. Sie tastete über Steine und Schlick, bekam Sand unter die Fingernägel und fand endlich, wonach sie suchte. Eine eiserne Kette lag am Grund des Kanals, jedes ihrer Glieder so groß wie Zinas Handfläche. Mit aller Kraft packte sie die Kette, richtete sich auf und zog. Ein Gurgeln ertönte. Etwas quietschte, dann setzten sich die Gitterstäbe vor ihr in Bewegung. Als der Mechanismus in Gang geriet, ließ Zina die Kette fallen und warf sich flach auf ihr Floß. Das Gitter schwang auf und sie glitt vorwärts, folgte dem Lauf des Wassers unter das Haus. Das Gemäuer hing so tief über ihrem Kopf, dass es ihr Haar streifte. Etwas Glitschiges berührte ihr Gesicht, dann ging ein Ruck durch ihr Floß und ein Windstoß fuhr ihr entgegen. Als sie aufsah, hatte sich über ihr eine Luke geöffnet und ein vertrautes Gesicht sah auf sie hinunter.

»Zina Zarastra.« Der singende Akzent in Daniels Stimme ließ ihren Namen tanzen. »Du hättest nicht kommen sollen.«

Er trat von der Falltür zurück, die ihr den Weg in seine Hütte geöffnet hatte. Zina sprang auf festen Boden und zog ihr Floß hinterher.

»Also hast du es gehört.«

Daniel schien es eilig zu haben, die Luke wieder hinter ihr zu schließen, als hätten wilde Tiere sie bis an seine Schwelle verfolgt. Zina half ihm schweigend, ein schweres Holzfass zurück auf die Falltür zu rollen. Als es geschafft war, hielten sie gleichzeitig inne, aber keiner von ihnen sprach.

»Die Trommeln«, sagte Zina schließlich, als sie die Stille nicht mehr ertrug. »Ich dachte …«

»Ja.« Daniel lächelte freudlos. »Ich auch.«

»Aber er lebt.« Zina schloss die Augen und verfluchte ihre Feigheit noch im selben Moment. Sie spürte keine Bewegung an ihrer Seite, konnte nicht einmal sagen, ob er atmete oder nicht. Wie so oft in den letzten Wochen verzichtete Daniel darauf, sie zu berühren. »Er hat überlebt und er ist zurück.«

Mehr Schweigen. Zina ballte die Hände zu Fäusten und plötzlich packte sie die Wut. Unvermittelt stieß sie sich von dem Fass ab und wirbelte herum. »*Und?*«, fuhr sie ihn an.

Daniels Wimpern zitterten leicht, aber sein Gesicht zeigte irritierende Ruhe. »Was?«, fragte er leise.

»Und, was hast du jetzt vor?«

Daniel antwortete nicht gleich. Er löste sich ebenfalls von dem Fass, trat vorwärts, Schritt für Schritt. Argwöhnisch beobachtete Zina, wie er ihren Abstand verkleinerte, bis er schließlich direkt vor ihr stand. Seine hellbraunen Augen wanderten rastlos über ihr Gesicht, sprangen zu ihrem Umhang, dem rostigen Säbel an ihrer Hüfte. »Dasselbe könnte ich dich fragen.«

Zina hasste es, wenn er das tat. Daniel war nervtötend schwer zu fassen. Er spielte mit allem, mit Vertrauen und Nähe, und war dabei nie wirklich da. Er wich ihren Fragen aus, gab sie zurück, und wenn es nicht anders ging, log er. Anfangs hatte Zina es für ein Spiel gehalten und es hatte ihre Neugier geweckt. Inzwischen wusste sie, dass es etwas anderes war. Aber *was* es war, wusste sie nicht.

»Mich«, wiederholte sie hart. »*Ich* bin hier, Daniel. *Ich* habe Pläne. Ich will wissen, was *du* willst.«

Daniel legte den Kopf schief, als hätte sie ihm ein vage bekanntes Lied vorgesungen. »Wieso ist das wichtig?«

Sie starrte ihn an. »Soll das ein Scherz sein?«

Er musterte sie nachdenklich. »Ich habe dich nie um etwas gebeten.«

»Bei der Feuermutter …« Zina stieß langsam die Luft aus. »*Ich* gehe den Drachenkönig suchen. Bist du dabei oder nicht?«

Zum ersten Mal seit langer Zeit wirkte Daniel milde verblüfft. »Du … willst gehen?«

»Und du kommst mit.«

Er schien sie kaum zu hören. »Über den Kaiserkanal? Das kannst du dir nicht leisten.«

»Das weißt du nicht«, gab Zina unwirsch zurück.

Daniel hob zwei geschwungene Brauen. »Ach, und wen hast du bestohlen?«

Zina presste die Lippen zusammen und schwieg.

Mit einer blitzschnellen Bewegung griff Daniel nach der Schriftrolle, die aus ihrem Umhang ragte. Er musste nur einen Blick daraufwerfen, um seine Befürchtungen bestätigt zu sehen. »Das kann nicht dein Ernst sein.«

»Kümmere dich um deine eigene Haut.« Unruhig hob Zina die Hand an ihr Gesicht und verwünschte sich in derselben Sekunde für die Bewegung. Bis auf eine Schramme an ihrem Kiefer war ihre Haut glatt und unversehrt. Es stand ihr frei, sich nach ihrem zwanzigsten Geburtstag eine Ausbildungsstelle zu suchen und der Arbeit im Palast den Rücken zu kehren. Wenn sie die Rolle mit ihrer krakeligen Unterschrift beim Hofmeister abgab, würde sie zwei Dinge bekommen: eine Handvoll Münzen und drei tiefe Schnitte in ihre Wange, einen für jedes bevorstehende Jahrzehnt im Dienst des Kaisers.

»Du willst das wirklich tun? Nach allem, was …«

»Dazu hat dich keiner gezwungen!«, stieß Zina hervor. Wütend starrte sie Daniel an, dessen rechte Gesichtshälfte siebenmal zerschnitten war. Obwohl er schon um die dreißig sein musste, war bisher keine der Narben zu einem Kreuz ergänzt. Über sechs Jahrzehnte standen ihm noch bevor. Eines davon hatte er für Zina auf sich genommen und sie wartete seitdem darauf, dass er sie dafür zu hassen begann.

Daniels Miene wurde kühl, wie immer, wenn es um seine Narben ging. »Ich habe das nicht getan, damit du dein Leben bei der nächstbesten Gelegenheit verkaufst.«

»Ach nein? Fühlt sich aber gerade verdammt danach an«, knurrte Zina. »Wenn mir jemand sagt, was ich zu tun und zu lassen habe, kann es genauso gut der Kaiser sein. Er gibt mir immerhin Gold. Von dir kriege ich nur kluges Gerede.«

Diesmal blitzte Unmut in Daniels Augen auf. Er hob eine Hand in ihre Richtung und änderte die Bewegung in letzter Sekunde, strich sich unruhig über die Stirn. »Wenn du ihnen die nächsten dreißig Jahre gibst, gibst du ihnen alles, Zina. Deine Jugend, deine Liebe, deine Familie. Deine Kinder. Willst du, dass sie deine Kindheit erleben?«

»Meine Kindheit war gut genug, danke sehr«, zischte sie. Sie ignorierte den Teil über Liebe.

»Du warst seit deiner Geburt keinen einzigen Tag frei.«

»Aber ich *werde* frei sein. Wenn ich zurückkehre …«

»*Falls* du zurückkehrst …«

»Bei meiner Rückkehr werde ich reich sein. Das Blut des Drachenkönigs ist wertvoller als Gold, oder?«

Daniel lächelte spöttisch. »Das kann man wohl sagen.«

»Siehst du. Ich werde mich freikaufen und dann bin ich immer noch reich, also werde ich dich auch freikaufen. Damit du endlich aufhörst, dich so verdammt tragisch und heldenhaft zu fühlen. Danach kannst du verschwinden, wenn du unbedingt willst.«

Für einen Moment schien es Daniel die Sprache verschlagen zu haben. Sein linker Flügel zuckte – die Reste des rechten hingen wie immer schlaff an seinem Rücken. Schließlich räusperte er sich und sagte: »Das wird nicht nötig sein.«

»Ach nein?«

Er wandte sich ab und begann, staubige Teppichrollen aus einer Ecke des Kellers in die andere zu tragen. »Nein. Ich … werde auch aufbrechen. Wir beide gehen zusammen.«

Es war, was sie gehofft hatte. Tatsächlich hatte sie es erwartet, trotzdem war Zina nicht zufrieden. Als sie nichts sagte, hielt Daniel inne und drehte sich nach ihr um. »Wenn du lieber allein gehen wolltest, wieso bist du dann hier?«

»Glaub mir, das frage ich mich auch.« Wieder war da die Stille, an die Zina sich fast schon gewöhnt hatte. Es war dieses

Schweigen, das sich hin und wieder auftat und das doch keiner von ihnen erwähnte.

Daniel wischte sich den Schweiß von der Stirn, bevor er sich wieder den Teppichen widmete. »Ich hatte mir gedacht, dass du kommen würdest.«

Natürlich hatte er das. »Und wenn nicht?«

Er warf ihr einen flüchtigen Schulterblick zu. »Dann wäre ich ohne dich gegangen.« Die letzten Teppiche landeten dumpf vor ihren Füßen. Darunter kam eine Holztruhe zum Vorschein, die aussah, als hätte sie ihr bestes Jahrhundert bereits hinter sich. Mit einem leisen Ächzen stemmte Daniel die Truhe auf. Landkarten und Notizen quollen Zina entgegen wie Blut aus einer Stichwunde.

»Was ist das?«, stieß Zina hervor.

Daniel schenkte ihr ein feines Lächeln. »Es nennt sich Vorbereitung.«

»Du hast das *geplant*?«

»Sagen wir, ich habe eine Weile auf die richtige Gelegenheit gewartet.«

»Natürlich«, murmelte Zina und sah zu, wie er Schriftrollen und Trockenobst in einen Wachsbeutel stopfte.

»Und mit mir die halbe Stadt. Was bedeutet, wir müssen schnell sein.« Daniel zurrte seinen Beutel zu und richtete sich auf. Seine Augen glitzerten auf eine Art, die Zina überhaupt nicht gefiel. »Der Kaiserkanal wird bald völlig überfüllt sein und früher oder später wird die Meute wild. Glücklicherweise gibt es einen Nebenast, der nicht für den Verkehr genutzt wird. Wir nehmen den.«

Zina wartete.

»Er läuft durch den Tempelgarten des Kaisers«, fügte Daniel hinzu.

»Du bist verrückt.«

»Ich bevorzuge *verzweifelt*. Also. Vertraust du mir oder

nicht?« Er trat wieder näher und das schwache Licht der Öllampe ließ seine Wimpern aufleuchten. Ein leichter Geruch nach Mandelholz ging von seiner Haut aus und für die Dauer eines Herzschlags blieben sie beide reglos. Sein rascher Atem glitt über ihren Hals und Zina reagierte wie von selbst. Sie küsste ihn, bevor sie darüber nachdenken konnte, und im ersten Moment fühlte es sich an, wie es sollte. Seine Lippen waren warm, seine Hände legten sich an ihre Taille, und als er sie an sich zog, durchzuckte sie plötzlich wilde Hoffnung. In der nächsten Sekunde hatte er sie losgelassen und sie wich so hastig zurück, als hätte er sie verbrannt.

Vermutlich hätte sie nicht kommen sollen, aber das hatte er ihr schließlich gesagt. Zina holte tief Luft, um sich zu sammeln. »Natürlich nicht.« Sie mied seinen Blick. »Worauf warten wir?«

Er reichte ihr wortlos die Hand und wenig später glitten sie bäuchlings auf ihren Flößen in die Dunkelheit.

Der verbotene Garten

Eine erste Ahnung von Morgenröte kroch über die Dächer des Kaiserpalasts. Die Luft war schwer von den Klängen der Feste, die überall zu Navids Ehren gefeiert wurden. Azads Seidenpantoffeln drohten ihm von den Füßen zu rutschen. Aus einer Laune heraus streifte er sie ab und sah zu, wie sie über die Dachkante und hinunter in den Tempelgarten segelten. In der nächsten Sekunde bereute er, was er getan hatte. Er hatte nichts in diesem Bereich des Palastes verloren. Niemandem außer dem Kaiser persönlich war es gestattet, den in einem Innenhof verborgenen Tempelgarten mit eigenen Augen zu sehen. Ausnahmen gab es nur auf persönliche Einladung des Kaisers und diese Ehre wurde kaum jemandem zuteil. Meist wurde der Thronfolger zur Vorbereitung auf seine Krönung durch den Garten geführt, hin und wieder auch eine besonders bezaubernde Kaiserbraut. Zum ersten Mal hatte Azad sich über dieses Verbot hinweggesetzt, als er etwa zehn Jahre alt gewesen war. Rayan hatte ihn überredet. Es gab ein Gerücht im Palast, dass die verstorbenen Seelen der Kaiserfrauen sich um die Pflege des Gartens kümmerten. Sie sollten nur bei Mondlicht sichtbar werden und einige Wochen lang hatten die beiden Brüder sich beinahe jede Nacht auf die Dächer geschlichen, die den Innenhof umgaben. Verstorbene Seelen hatten sie nie gesehen, dafür aber einen alten Tempeldiener, der mit unerklärlicher Präzision Büsche zurückschnitt. Seitdem war Azad oft genug hier gewesen, um sich in seinem Versteck auf dem Dach sicher zu fühlen, aber nun hoben sich die bunten Pantoffeln anklagend vom hellen Boden ab.

Er fluchte leise. Solange die Geblendeten die Schuhe fanden, wäre Azad sicher. Keiner dieser blinden Tempeldiener würde es wagen, dem Sohn des Sonnenkaisers einen Vorwurf zu machen. Aber wenn sein Vater die Pantoffeln zu Gesicht bekam … Azad schauderte. Der Kaiser war nie so hart zu ihm gewesen wie zum Erstgeborenen Navid, aber ein Verbrechen am Tempelgarten war ein Verbrechen an den unsterblichen Seelen der Drachen. Und während Azad sich nicht um den schrecklichen Zorn der Seelen scherte, hatte er doch einigen Respekt vor dem schrecklichen Zorn seines Vaters.

Azad kämpfte mit sich. Die meisten Palastwachen waren in den Ballsälen und im Morgenhof verteilt, wo Navids Gäste in den Sonnenaufgang tanzten. Die Tempeldiener schienen sich zum Gebet versammelt zu haben, zumindest war keiner von ihnen im Garten zu sehen. Vielleicht, wenn er sich beeilte …

In den Schatten eines gegenüberliegenden Fensters bewegte sich etwas. Azad, der sich schon halb vom Dach erhoben hatte, erstarrte. Das konnte unmöglich der Kaiser sein. Aus dem Halbdunkel zwischen zwei Vorhängen löste sich eine Gestalt. Auf den ersten Blick wirkte sie merkwürdig unförmig. Dann glitt trübes Morgenlicht darüber und Azad erkannte die weißen Locken und verkrüppelten Flügel des kaiserlichen Plattenmeisters. Sein Mund war auf einmal sehr trocken. Was hatte Daniel Dalosi hier verloren? Azad beugte sich vor und im selben Moment fiel Daniels Blick auf die Pantoffeln. Ruckartig hob er den Kopf und starrte Azad direkt ins Gesicht. Für einen Augenblick rührte sich keiner von ihnen. Dann fuhren sie gleichzeitig herum und Azad stürzte Hals über Kopf zurück durch die Dachluke. Er wusste nicht, weshalb Dalosi den Tempelgarten beobachtete, aber ganz offensichtlich konnte der Plattenmeister keine Zeugen gebrauchen. Mit hämmerndem Herzen stürzte Azad vorwärts, ohne genau zu wissen, wohin. Ein wirrer Plan formte sich in seinem Hinterkopf und seine nackten Füße schlugen den Weg in den Morgenhof ein, aber bevor er auch nur einer einzigen Palastwache begegnen konnte, wurde er gepackt und in den Schatten eines Samtvorhangs gezerrt. Eine sehnige Hand legte sich fest über seinen Mund und etwas kratzte unangenehm an seiner Kehle. »Ihr werdet nicht schnell genug schreien können, Euer Hoheit«, wisperte ihm Dalosis raue Stimme ins Ohr. Eine Gänsehaut lief über Azads Nacken. »Haben wir uns verstanden?«

Azad nickte vorsichtig. Die Hand löste sich von seinem Mund, aber der eiserne Griff an seinem Arm verschwand ebenso wenig wie die Klinge an seinem Hals.

»Ich werde dich nicht verraten«, sagte Azad sofort.

»Wieso nicht?«

Azad blinzelte. »Weil du mich sonst tötest?«, schlug er vor.

»Hm.« Dalosis Augen verengten sich. »Ihr wisst, wer ich bin.«

»Ja«, gab Azad zu. »Du stellst die magischen Leerplatten hier, mit denen kaiserliche Anordnungen vervielfältigt werden.«

Der Plattenmeister schnaubte leise. »Auch die Schriften der Gelehrten werden vervielfältigt, junger Prinz. Bücher, Bibliotheken. *Wissen.*«

»Dafür bist du aber nicht im Palast.«

Dalosi musterte ihn kühl. »Nein. Nicht unter diesem Kaiser.«

»Denkst du schlecht über meinen Vater?«

»Das würde mir nie einfallen.«

Azad horchte auf Dalosis Atem. Er ging rasch und flach. »Du wirst mich nicht töten«, stellte er fest.

Die Hand mit dem Messer zuckte, dann ließ Daniel sie sinken. »Nein«, gab er zu.

»Und jetzt?«

»Jetzt könntest du schreien.«

Azad starrte ihm ins Gesicht. Er rührte sich nicht.

»Aber das wirst du nicht tun«, bemerkte Daniel.

»Nein«, seufzte Azad und hinderte sich nur mit Mühe daran, die Augen zu verdrehen.

Der Plattenmeister stieß leise Luft aus und sein Griff lockerte sich ein wenig.

Azad zögerte. »Was hast du vor?«

»Das kann ich dir nicht sagen.« Daniel ließ Azads Arm los und wich weiter zurück, als nötig gewesen wäre. Rosiges Licht fiel durch einen Spalt zwischen den Samtvorhängen und erhellte Daniels klar geschnittene Gesichtszüge. Kurz blieb Azads Blick an den Narben auf seiner Wange hängen. Wenn kein Wunder geschah, würde der Plattenmeister bis zu seinem Tod keinen einzigen Tag mehr in Freiheit verbringen.

»Du bist kein Mörder«, sagte Azad unvermittelt.

»Ich glaube, das hatten wir schon geklärt.« In Daniels Stimme schwang ein Hauch von Spott mit, der durch den melodischen Akzent noch hervortrat.

»Normalerweise sind es die Mörder, die lebenslang für den Kaiser arbeiten. In der Wüste oder auf dem Fluss. Wenn du niemanden umgebracht hast, wieso bist du dann hier? Hast du Schulden?«

Daniel lachte kurz auf. »Nur fünfundsechzig Jahre meines Lebens.«

»Das meine ich nicht.« Azad betrachtete den Plattenmeister eingehend. »Wenn du kein Verbrecher bist, hast du Gold für die Schnitte bekommen. Bist du ein Spieler?«

»Nein.«

»Tränensüchtig?«

Der Plattenmeister schüttelte den Kopf.

Azad verengte die Augen. »Wieso hast du es dann getan?«

Daniel musterte ihn ungerührt. »Gute Arbeitsbedingungen.«

Azad gab auf. »Sag mir, wieso du in den Tempelgarten gesehen hast.«

Nachdenklich legte Daniel den Kopf schief. »Eine Antwort kannst du verlangen. Die Wahrheit musst du dir verdienen.« Seine Stimme war beherrscht, aber Azad spürte seine Unruhe. Wenn Daniel sein Leben schon verkauft hatte, wieso wirkte er dann, als liefe ihm die Zeit davon? Was war anders an dieser Nacht?

Und auf einmal war es klar.

»Der Drachenkönig wurde verwundet.« Azad starrte ihn an. »Und du willst sein Blut.«

Daniel starrte zurück. Dann, endlich, nickte er.

Tausend Gedanken wirbelten durch Azads Kopf, doch nur einer nahm schillernde Farben an. Sein Entschluss war in Sekunden gefasst. Er holte tief Luft und sah, wie Daniel den Atem anhielt. Doch statt eines Schreis stieß Azad drei gedämpfte Worte aus: »Nimm mich mit.«

Zina trommelte mit den Fingern gegen das Floß unter ihrem Arm. Man musste nur die Querstreben aushaken, um die aneinandergebundenen Holzstäbe wie einen Teppich einzurollen, aber selbst in dieser kompakten Form kam es ihr inzwischen recht sperrig vor. Wie sie es überhaupt bis in die Nähe des Tempelgartens geschafft hatten, war ihr ein Rätsel, festlicher Trubel hin oder her. Halb hatte sie damit gerechnet, entdeckt zu werden, aber natürlich musste es gleich einer der Prinzen sein. Ihn konnte man nicht mit einem Becher gestohlenem Honigwein zum Schweigen bringen, wie es Zina schon mit neugierigen Palastdienern gelungen war. Vielleicht hätte sie es geschafft, den zurückhaltenden Rayan zu überzeugen, aber seinem jüngeren Bruder traute Zina nicht über den Weg. Navid war längst nicht mehr der einzige Prinz, über den man sich in den Schlafsälen Schauergeschichten erzählte. Und Schauergeschichten waren längst nicht mehr das Einzige, was Zina fürchtete.

Endlich erschien Daniels vertraute Gestalt am Ende des Korridors.

»Wird auch Zeit!«, zischte Zina. »Was hat denn so lange … was macht *er* hier?«

Prinz Azad starrte sie an. »Das ist ein Mädchen.«

»Das ist richtig«, bestätigte Daniel. »Das ist Zina. Sie wird uns begleiten.«

»Das geht nicht.«

»Wieso nicht?«, fragte Daniel sachlich.

Azad schien nicht glauben zu können, dass er seine Zeit mit einer derart überflüssigen Diskussion vergeuden musste. »Sie ist … eine Dienerin.«

»Ich bin ein Diener.«

»Sie ist ein *Mädchen*.«

»Der ist ja schnell von Begriff«, fuhr Zina Daniel an. »Kann er auch irgendwas?«

»Azad wird uns durch den Tempelgarten führen«, sagte der Plattenmeister ruhig. »Er kennt die Gewohnheiten der Wachen und Tempeldiener.«

»Ich dachte, du hast den Garten schon oft beobachtet. Teil deines großartigen Plans.«

Daniel griff an ihr vorbei nach seinem Floß, das zusammengerollt an der Wand lehnte, und schulterte seinen Beutel.

»Doppelte Erfahrung schadet nicht. Und solange er bei uns ist, kann er uns nicht verraten.«

»Sobald wir draußen sind, ist das egal!«

»Sobald wir draußen sind, kannst du froh über alles sein, was zwischen dir und dem Tod steht«, sagte Daniel nüchtern. »Eine Klinge mehr wird da nicht schaden. Er kommt mit.«

»Er hat kein Floß!«, triumphierte Zina.

»Du hast Platz genug auf deinem.«

Das verschlug ihr für einen Moment die Sprache. »A… aber …«

»Ich habe Proviant«, sagte Azad und hob einen lächerlich bunt bestickten Lederbeutel. »Sogar Kuchen.«

Zina warf Daniel einen verzweifelten Blick zu. »Du hast ihn *packen* lassen?«

»Er kommt mit«, wiederholte Daniel.

Zina versuchte, nicht in die Richtung des Prinzen zu sehen. Sein dunkler Blick schien auf ihrer Haut zu heften und brachte ihre Wangen zum Brennen. Sie machte eine unwirsche Geste und nach einer kurzen Pause reagierte Daniel und folgte ihr einige Schritte außer Hörweite. Zina entging nicht, dass er Azad dabei keine Sekunde aus den Augen ließ.

»Ist das dein verdammter Ernst?«, fuhr sie Daniel gedämpft an, sobald der Abstand für eine leise Unterhaltung groß genug war. »*Der* da?«

»Was stimmt nicht mit ihm?«

»Was mit …« Sie verschluckte sich fast an ihrer Entrüstung. »Das ist ein *Prinz!*«

»Das weiß ich.«

»Ich teile kein Floß mit einem von denen.«

»Dann kommt er eben mit auf meines«, erwiderte Daniel knapp. »Was auch immer dein Problem ist, sollte …«

»Was mein Problem ist«, wiederholte Zina hitzig, »weißt du verdammt noch mal ganz genau.«

»Azad hat niemandem etwas getan, Zina.«

Sie schnaubte laut auf. »Ach ja? Hast du ihn gefragt, oder wie?«

»Vielleicht solltest du dich langsam beruhigen«, schlug Daniel mit so gelassener Stimme vor, dass Zina ihm am liebsten an die Gurgel gegangen wäre.

»Ich bin ruhig«, fauchte sie. »Du hast ja keine Ahnung, was hier sonst los wäre.«

»Natürlich. Ich nehme an, das Inferno der Feuermutter ist nichts gegen deinen rasenden Zorn.« Daniel streckte die Hände aus und berührte sie an den Schultern, als sie gerade anfangen wollte, ihn anzuschreien. Die Geste brachte Zina so aus dem Konzept, dass sie stumm blieb. »Hör mir zu. Ich weiß, das ist nicht die Reisebegleitung, die du dir vorgestellt hast, aber dieser Junge ist wertvoll. Er ist mit Geschichten über den Drachenkaiser groß geworden, wahrscheinlich weiß er mehr über die Insel als wir beide. Und im Fall der Fälle ist er vielleicht das Druckmittel, das wir brauchen.«

»Du willst ihn als Geisel.«

»Ich will ihn als Option. Wenn wir zur Improvisation gezwungen werden, ist es immer praktisch, etwas in der Hinterhand zu haben.«

Zina warf einen raschen Blick in Azads Richtung. Der Prinz sah hinunter auf seine nackten Füße, aber Zina zweifelte nicht daran, dass er versuchte, sie zu belauschen. »Wenn du ihn für harmlos hältst, dann täuschst du dich. Ich hoffe, das ist dir klar. Die Prinzen sind gefährlich. Jeder von ihnen.«

Sie sah schnell genug zu Daniel, um zu bemerken, wie seine Lippen schmaler wurden. »Ja«, gab er gepresst zurück. »Das ist mir durchaus klar.« Ihre Schultern zuckten unter seiner Berührung und er löste seinen Griff und ließ die Arme sinken.

»Schön.« Zina schüttelte sich unwillig. »Dann nehmen wir

ihn eben mit. Aber er kommt auf mein Floß, hörst du? Dann kann ich ihn wenigstens im Auge behalten.«

»Wenn du das für eine gute Idee hältst ...«

Beinahe hätte Zina gelacht. »Nur damit das klar ist: Ich halte *nichts* hieran für eine gute Idee.«

Seite an Seite gingen sie wieder auf Azad zu.

»Du kannst mitkommen«, fuhr Zina ihn an.

Der Prinz schenkte ihr ein ironisches Lächeln. »Ich nehme an, du hast dich sehr für mich eingesetzt. Tausend Dank dafür.«

Sie ignorierte ihn. »Los jetzt. Wenn die Feste vorbei sind, kehren die Palastwachen zurück.«

Azad wollte Zina das Floß abnehmen.

»Finger weg«, zischte sie und machte sich wieder auf den Weg.

Die Morgensonne hatte den Tempelgarten erreicht. In den sorgfältig angelegten Beeten begannen sich große weiße Blüten zu öffnen, die der leuchtende Himmel in Gold und Rosa tauchte. Zina war immer noch wütend, weil Daniel den Prinzen mitschleifen wollte, trotzdem ließ sie der Anblick nicht kalt. Es war nicht selbstverständlich, die Sonne zu sehen. Nur der prächtigste Teil der Goldenen Stadt war unter freiem Himmel errichtet. Zinas Eltern waren im Armenviertel Treibstadt aufgewachsen, das an den unterirdisch verlaufenden Armen des Flusses lag. Vor langer Zeit, der Zeit des Drachenkrieges, hatte auch der Adel unter der Erde gelebt. Es war der Befehl des damaligen Kaisers gewesen, den vernichtenden Attacken der Drachen und eisigen Nächten der Wüste auf diese Weise zu entfliehen. Noch heute folgten Tunnel und Siedlungen dem Verlauf des Flusses durch den Untergrund, wo durch ein groß angelegtes System aus Heizrohren und Luftschächten Leben möglich war. Aber wer es sich leisten konnte, war nach Kriegsende zurück an die Oberfläche gezogen, während die Armut in Treibstadt wuchs. Kurz vor Zinas Geburt hatten ihre Eltern entschieden, dass sie nicht im ewigen Halbdunkel zwischen Flussfressern aufwachsen sollte. Es gab zwei Möglichkeiten, unter freiem Himmel zu leben: Man zahlte horrende Summen für eine kaiserliche Erlaubnis oder man bewarb sich um eine Stelle im Palast. Zina war in den kaiserlichen Dienst geboren worden und hatte nie ein Leben außerhalb der Palastmauern gekannt. Zehn Jahre lang hatten auch ihre Eltern am Hof gelebt. Seit dem Tag, an dem sie ihre Zeit als Palastdiener abgearbeitet hatten, hatte Zina sie nicht mehr gesehen.

»Schön, oder?« Azad hatte ihren Blick auf den Garten bemerkt. Zina folgte mit den Augen den schmalen Wegen, die zwischen weißen Blumen und silbrigen Büschen zu niedrigen Bänken oder Springbrunnen führten. Quer durch den Garten strömte der Wasserlauf, dem Daniel folgen wollte. Es war nicht mehr als ein seichter Bach, in dem statt lauernder Flussfresser duftende Blütenkelche trieben.

»Ja«, gab sie leise zu. Im hinteren Teil des Gartens, von den Sonnenstrahlen noch unberührt, verschwand das Wasser im marmornen Tempel der Drachenseelen. Niemand außer dem Kaiser und den Geblendeten durfte den heiligen Ort betreten. Wer es dennoch tat, wurde mit dem Tod bestraft.

»Sollten …« Zinas Stimme klang heiser. Sie räusperte sich und fuhr im Flüsterton fort: »Sollten wir es nicht vielleicht doch über den Kaiserkanal versuchen? Wenn der Prinz uns begleitet …«

»Yamal ist der Zweitgeborene«, flüsterte Azad zurück. »Er hätte nach Navid das Recht, aufzubrechen, aber ich nicht. Und …« Er zögerte. »Der Weg über den Kaiserkanal wird nicht weniger tödlich sein. Er ist nur teurer.«

Sie runzelte die Stirn.

»Er hat recht«, bestätigte Daniel gedämpft. »Es ist Jahrhunderte her, dass der Drachenkönig zuletzt verwundet wurde. Sein Blut ist kostbarer als alles, was du dir vorstellen kannst. Die halbe Stadt wird versuchen, an diesem Wunder teilzuhaben. Der Kaiser lässt sie machen, solange sie die Gebühren zahlen. Aber es sind viel zu viele, und die Strömung ist stark. Es wird Streit geben, dann Kämpfe. Die Flussfresser kommen, sobald sie die Unruhe spüren ... die erste Nacht wird kaum jemand überleben.«

Zina warf ihm einen raschen Seitenblick zu. »Woher willst du das wissen?«

»Ich habe mich ... umgehört.«

»Also werden wir draufgehen.«

»Nein. Wir nehmen einen anderen Weg. Er mündet viel später in den Kaiserkanal, flussabwärts der kaiserlichen Stege.« Daniel sah sie an. »Der Weg zur Dracheninsel ist weit und hart, Zina. Er wird dich alles kosten, was du hast.«

Grimmig starrte Zina zurück. »Ich habe nichts.«

Er lächelte. Es war ein merkwürdiges Lächeln, das Zina schlucken ließ. »Dann musst du um nichts fürchten.«

Beim ersten Schritt knirschte ein Steinchen unter seiner nackten Sohle. Azad setzte den zweiten Fuß vorsichtiger auf und warf einen Blick über die Schulter.

»Denkt dran«, wisperte er kaum hörbar, »ab jetzt keinen Ton mehr.«

Zina nickte. Azad musste zugeben, dass er keine Spur von Furcht in ihren schwarzen Augen entdecken konnte.

Der kürzeste Weg ans Ufer führte zwischen zwei schlanken Bäumen hindurch, die goldgelbe Früchte trugen. Azad passierte sie rasch, doch Zina hielt inne. Bevor er sie daran hindern konnte, pflückte sie das Obst mit flinken Händen und schob es in ihren Beutel. Sie legte einen Finger auf die

Lippen, als Azad sie sah. Er verdrehte die Augen und zog sie vorwärts.

Das Ufer war flach und das Wasser seicht. Die Strömung war nicht stark, die Blüten trieben langsam vorbei. So leise wie möglich entrollten Zina und Daniel die Flöße, drehten die hochgeklappten Querstreben zurück in Position und hakten sie fest. Als Azad vortreten wollte, hielt Daniel ihn zurück. Wortlos streckte er ihm seine Seidenpantoffeln entgegen. Azad zögerte, dann steckte er sie in seinen Gürtel.

Danke, formte er mit den Lippen.

Zina schob ihr Floß vorwärts. Fast lautlos glitt es in den Fluss und sie nahm in einer geschmeidigen Bewegung darauf Platz. Sichtlich widerstrebend half sie Azad dabei, ihr zu folgen.

In der kauernden Sitzposition fühlte Azad sein Herz umso stärker pochen. Neben ihm atmete Zina viel zu flach. Sie hob eine schmale Hand und gab Daniel ein Zeichen. Der Plattenmeister ließ die Ecke ihres Floßes los und zwischen sanft schaukelnden Blüten setzten sie sich in Bewegung.

Feuerprobe

Die Schatten des Tempels glitten über Zinas Gesicht. Noch nie war es ihr so schwergefallen, ruhig zu atmen. Jedes bisschen Wasser, das gegen ihr Floß schwappte, klang in ihren Ohren wie tobende Flutwellen. Schweigend passierten sie die Stufen des Tempels, die sich für den Fluss in der Mitte teilten. Seine Schatten hatten nun das ganze Floß erfasst und die Stille wurde intensiver. Der Duft gewürzter Öllampen hing in der Luft und das sanfte Glucksen des Wassers war der einzige Laut weit und breit.

Zina wagte es nicht, sich zu rühren. Nach dem strahlenden Sonnenaufgang brauchten ihre Augen Zeit, um sich an das Dämmerlicht zu gewöhnen. Erst konnte sie nur Schatten sehen, die marmornen Ufer nur erahnen. Dann lösten sich Gestalten aus dem Halbdunkel und Zina stockte der Atem.

Die Tempeldiener waren zum Gebet versammelt. In ihren purpurnen Kutten knieten sie am Ufer, streckten die Hände Richtung Fluss. Sie berührten das Wasser nicht – es war heilig wie alles an diesem Ort und jeder Kontakt damit würde die Seelen der Drachen erzürnen. Zinas Finger krallten sich in das Holz des Floßes. Ihr Herz pochte so stark, dass sie überzeugt war, es hören zu können. Das Wasser trieb sie zur Seite, auf eines der Ufer zu. Dort, nur eine Armlänge von ihr entfernt, kniete einer der Diener. Seine Kapuze war zurückgefallen und machte die dunklen Brandmale auf seinem Schädel sichtbar. Zina hielt den Atem an und der Tempeldiener hob den Kopf. Sein milchiger Blick war direkt auf ihr Gesicht gerichtet. Seine Fingerspitzen zuckten, nur einen Hauch von ihrer Schulter entfernt.

Ihr Floß stieß leise gegen Stein.

Zina wankte, dabei streifte ihr Umhang die knochigen Finger des Tempeldieners. Er packte zu und hielt sie fest.

Zina riss den Mund auf, doch bevor sie schreien konnte, presste sich eine warme Hand darauf. Azads aufgerissene Augen begegneten ihren. Seine andere Hand schoss vor und schlug hart auf den Arm des Tempeldieners, der reflexartig losließ. Der Kontakt hatte nicht mehr als eine Sekunde gedauert, aber das war genug. Zina trieb weiter und der Tempeldiener sprang auf.

»Eindringling!«, stieß er hervor, seine Stimme war heiser vom seltenen Gebrauch. »Ein Eindringling auf dem heiligen Wasser!«

»Runter!«, flüsterte Daniel hinter ihnen. Azad und Zina warfen sich bäuchlings auf das Floß. Im nächsten Moment zischte etwas über den Fluss und knallte keine Handbreit von Zinas Gesicht entfernt auf Holz. Wassertropfen spritzten ihr ins Gesicht, doch diesmal hielt sie den Schrei selbst zurück. Die Peitsche sirrte erneut durch die Luft und sie hörte, wie Daniel hinter ihr scharf einatmete, aber sie hatte keine Zeit, sich nach ihm umzudrehen. Mehr Tempeldiener hatten sich erhoben und begannen, die Luft zwischen den Ufern mit Peitschen zu zerfetzen. Etwas knallte auf ihre Wade, der Schmerz setzte ihr Bein in Flammen. Tränen schossen Zina in die Augen, doch sie presste die Lippen zusammen und gab keinen Laut von sich. Eine Peitsche sirrte neben ihrem Ohr und dann ertönte vor ihr ein Rumpeln. Ihr Kopf fuhr hoch. Vor ihnen erhob sich ein massiver Altar aus Gold, der fast die komplette Stirnseite des Tempels einnahm. Gewaltige Drachenköpfe, die schrecklich lebendig wirkten, schmückten seine Front. Rubine funkelten in ihren Augenhöhlen, und nach einer Sekunde begriff Zina, was sie außerdem so echt aussehen ließ: Ihre stachelbesetzten Schnauzen bewegten sich. Langsam öffneten sich die goldenen Kiefer und entblößten Reihen scharfer, blutroter Zähne. Hitze flirrte vor den glitzernden Nüstern. Für einen kostbaren Moment war Zina zu gelähmt, um Schlüsse zu ziehen. Dann sprang sie auf.

»Feuer«, krächzte sie.

»Was …?«

Eine Peitsche traf sie hart vor die Brust. Zina verlor den Halt und fiel rückwärts in das heilige Wasser. Hektisch tastete sie nach den Querstreben des Floßes.

»Komm«, stieß sie hervor.

Azad rührte sich nicht. Seine Augen waren aufgerissen vor Entsetzen. »Aber …«

Zina packte eine Seite des Floßes und warf es herum. Mit einem Aufschrei stürzte Azad in den Fluss.

»Tauchen!«, brüllte Zina über die Schulter und betete, dass Daniel schneller begriff. Vor ihr begannen die Drachenköpfe zu zischen. Zinas Finger glitten fieberhaft über das feuchte Holz, sie fand die Enden der Querstreben und hakte sie aus. Mit zwei schnellen Bewegungen rollte sie das Floß ein und drückte es unter Wasser. Dann holte sie tief Luft und tauchte hinterher. Der Fluss war kühl, aber nicht kühl genug. Er reichte ihr kaum bis zur Brust, bot ihr nicht den Schutz, den sie sich erhofft hatte. Zina schwamm abwärts, zerrte das Floß hinter sich her und stieß mit den Knien auf Grund. Luftblasen perlten über ihr Gesicht, dann flammte etwas auf und die Welt über ihr begann zu kochen. Zina bäumte sich auf, als die Hitze ihr verletztes Bein erreichte. Sie schwamm vorwärts, halb blind vor Schmerz, da spürte sie eine Bewegung neben sich. Noch einmal spuckten die Drachenköpfe Feuer, das den ganzen Fluss erhellte, und über ihr brodelte das Wasser. Schmerz loderte auch durch ihren Arm, es war zu heiß, viel zu heiß. Zina schlug heftig mit den Beinen, traf jemanden, fuhr herum. Daniels Gesicht tauchte neben ihr auf, in seinen Augen tanzte Todesangst. Er packte ihr Floß, stieß sie vorwärts, Zina zerrte an Azads Hemd und bei ihrem nächsten Schwimmzug war das Wasser kühl. Schatten hatten sich über ihre Köpfe geschoben. Immer noch tobte der Fluss, aber er kochte nicht mehr vor Hitze. Die Strömung war stärker geworden und nahm sie mit. Wasser schlug von allen Seiten gegen sie, riss Zina das Floß aus den Händen und wirbelte sie herum. In einem schäumenden Wasserfall stürzte sie abwärts, fiel kopfüber und tauchte zurück in die wirbelnden Fluten. Zina kämpfte sich nach oben, durchbrach die Wasseroberfläche und rang nach Luft.

Der Tempel war verschwunden. Das Feuer und die Peitschen waren weg. Dunkelheit empfing sie, ein feiner Sprühnebel legte sich auf ihr Gesicht. Zina ruderte herum und stellte fest, dass der Wasserfall kaum mehr als eine Stufe im Flussbett gewesen sein konnte. Sie waren unter dem Altar durchgetaucht und dem Lauf des Wassers unter die Erde gefolgt, hinein in etwas, das wie ein Felsentunnel aussah.

Zina hustete und wischte sich eine zerfetzte Blüte aus dem Haar. »Daniel?«

»Hier …« Der Plattenmeister tauchte neben ihr auf. Ein feuerroter Striemen zog sich über seine narbenlose Wange und er atmete schwer. »Bist du verletzt?« Seine Fingerkuppen glitten über ihren Arm und damit kehrte der Schmerz zurück.

»Mein Bein«, sagte Zina und hob außerdem prüfend den Arm, den Daniel berührt hatte. Ihre Haut war gerötet und zwei Brandblasen schimmerten ihr entgegen, aber in den Küchen war ihr schon schlimmer mitgespielt worden. Ihre Brust brannte, wo die Peitsche sie getroffen hatte. Sie warf nur einen kurzen Blick auf die Wunde. »Das hier ist halb so wild. Was ist mit dir?«

»Nichts Lebensbedrohliches«, gab Daniel verbissen zurück. »Ist der Junge …«

Sie sahen sich gleichzeitig um. Azad trieb hinter ihnen im Fluss, beide Arme um seinen Proviantbeutel geschlungen. »Nett, dass ihr an mich denkt.«

»Bist du verletzt?«, fuhr Zina ihn an.

»Ja«, gab er verdrossen zurück, »natürlich bin ich verletzt. Die hätten uns fast umgebracht!«

»Wo?«, fragte Daniel einsilbig.

Azad zeigte ihm seine Schulter.

»Das wird heilen.«

Azad wirkte nicht überzeugt. »Ist euch klar, was wir getan haben? Wenn wir zurückkehren, werden sie wissen, dass wir es waren! Mein Vater wird mich blenden und köpfen lassen, was sich mir in dieser Kombination noch nie erschlossen hat, aber er wird es tun …«

»Wenn wir zurückkehren«, sagte Daniel ruhig, »werden wir haben, was wir wollen. Der Kaiser wird mich nie mehr zu Gesicht bekommen.«

»Dir scheint nicht klar zu sein, dass ich sein verdammter *Sohn* bin.«

»O doch. Ich war mir nicht sicher, ob es *dir* klar ist, denn deine Lage ist tatsächlich verzwickt. Aber dann hätten wir das ja geklärt.« Daniel lächelte sein seltsames Lächeln.

»Ich hätte schreien sollen«, murmelte Azad.

»Aber du hast es nicht getan.«

Zina mochte es nicht, wenn sie einer Unterhaltung nicht folgen konnte. »Vielleicht sollten wir langsam diese Flöße ausrollen«, wechselte sie das Thema. »Hier sieht es aus, als könnte es Flussfresser geben.«

Diesmal versuchte Azad gar nicht erst, Zinas Floß zu berühren.

Azad war noch nie auf diesem Teil des Flusses unterwegs gewesen. Hin und wieder war er mit der kaiserlichen Barke durch die Goldene Stadt gereist, doch die Nebenarme des Del Lungh hatte er nach Möglichkeit gemieden. Natürlich sorgte der Kaiser dafür, dass der Strom innerhalb des Palastes frei von Flussfressern blieb, aber gelegentlich kam doch einer durch. Vor Jahren hatte Azad beobachtet, wie eines der knochenweißen Tiere aus dem Fluss gesprungen war und nach einer unvorsichtigen Dienerin geschnappt hatte. Seitdem bevorzugte er Treppen und Brücken, um sich durch den Palast zu bewegen.

Der Flussarm hatte sich zu verändern begonnen. Keine Blütenkelche trieben mehr an ihnen vorbei. Das Wasser war tiefer geworden und statt der aufgehenden Morgensonne hing nun dunkler Fels über ihren Köpfen. Vielleicht war es der stechende Schmerz in seiner Schulter, aber mit einem Schlag wurden ihm die Folgen seiner Entscheidung bewusst. Er schluckte hart.

»Zina?«

Die junge Palastdienerin hob kaum den Kopf. Ihr Blick war auf das Wasser gerichtet und nur hin und wieder bewegte sie die Holzstange, um einer hervorspringenden Felskante auszuweichen. »Hm.«

Azad hatte sie eigentlich nach den Flussfressern fragen wollen. Doch als er ihre Miene sah, überlegte er es sich anders. »Du warst schnell. Vorhin, im Tempel.«

Zina sagte nichts. Ihr ohnehin schmaler Mund war nur noch ein verkniffener Strich. Plötzlich wurde Azad klar, wieso.

»Was ist mit deinem Bein?«

»Es tut weh«, gab sie kurz angebunden zurück.

»Soll ich es heilen?« Azad streckte die Hand aus.

Sie zuckte zusammen, dass es plätscherte. »Nein!«, fauchte sie. »Fass mich nicht an.«

Azad verdrehte die Augen. »Du bist doch wohl keine von denen, oder?«

Zina warf ihm einen zornigen Blick zu. »Wenn du wissen willst, ob ich der sogenannten *Magie* des Kaisers misstraue – bei der Feuermutter, und wie. Ich habe keine Lust, als Staubwolke zu enden.«

»Was soll das heißen, *sogenannte* Magie?«, gab Azad verärgert zurück. »Es ist Magie. Nur, weil du sie nicht beherrschst …«

»Und du beherrschst sie?«

Er zögerte, aber das schien Zina als Antwort zu genügen.

»Dachte ich mir«, murmelte sie. »Bleib mir bloß vom Hals.«

Azad zuckte die Schultern und begann, kühlendes Flusswasser über seine schmerzende Haut zu schöpfen. Wie die meisten Bewohner des Kaiserreichs Uyneia verehrte er die unsterblichen Seelen der ersten Drachen. Sie waren es, die der Welt das Feuer gebracht hatten und mit ihr die Magie. In den letzten Jahrhunderten war dieses Geschenk oft missbraucht worden, und so hatte Azads Großvater bestimmt, dass Magier zum Ausüben ihrer Kräfte eine kaiserliche Erlaubnis benötigten. Azads Vater Dshihan hatte dieses Gesetz beibehalten und in den letzten Jahrzehnten war die Zahl der Magier drastisch zurückgegangen. Azad kannte – abgesehen von seiner Familie – nur eine Handvoll und die meisten davon hatten sich außerhalb des Kaiserreichs ausbilden lassen. Es stimmte, dass der Kaiser für einen gewissen Jähzorn im Umgang mit seinen Kräften bekannt war, aber das würde Azad nicht zugeben. Nicht, solange Zinas Lippen so bleich waren und ihre Augen vor Misstrauen schmal.

»Du wirst noch froh sein über meine Magie«, sagte er gerade laut genug, dass sie ihn hören konnte.

Zina schnaubte. »Bevor ich auch nur einen Funken in meine Nähe lasse, verfüttere ich mein Bein lieber an die Flussfresser. Wo wir gerade dabei sind: Hand aus dem Wasser. Einen habe ich schon entdeckt.«

Azad riss den Arm so schnell zurück, dass er beinahe vom Floß fiel. Hinter ihm ertönte Daniels glucksendes Lachen, aber er tat, als hätte er nichts gehört.

Keine Angst

Der Flussfresser war schon vor einer Weile abgetaucht, Zina spürte seine Anwesenheit aber immer noch. Sie hatte nichts gesagt, obwohl das Tier ihnen schon seit ihrer Flucht aus dem Tempelgarten folgte – bis ihr der Prinzenjunge zu sehr auf die Nerven gegangen war. Auch war Zina sich noch nicht sicher, was sie davon halten sollte. Dem Augenabstand nach musste es sich um ein riesiges Exemplar handeln, mindestens doppelt so lang wie Zina selbst. Normalerweise griffen Flussfresser keine Flöße an, aber normalerweise leisteten sie ihnen auch nicht über eine längere Strecke Gesellschaft.

Hinter sich hörte sie Daniel scharf einatmen. Sie warf ihm einen raschen Schulterblick zu. Das trübe, goldene Licht, das auch hier vom Flusswasser ausging, betonte die unregelmäßige Farbe seiner Haut. Zina hatte ihn mehr als einmal gefragt, was es mit den weißen Flecken in seinem Gesicht und den farblosen Haarsträhnen auf sich hatte, doch dieser Frage war er ebenso ausgewichen wie der nach seinen zerstörten Flügeln. »Ist was?«

Er schüttelte den Kopf.

Zina zögerte für einen Moment. Dann erhob sie sich vorsichtig, um Azad nicht zu stören, und sprang leichtfüßig zu Daniel hinüber. Er zog die Beine an, damit sie Platz hatte, also ließ sich Zina mit überkreuzten Knöcheln auf das nasse Holz sinken und musterte ihn eingehend. »Wieso hast du den Jungen wirklich mitgenommen?«

Daniels Blick flackerte zu Azad, der zusammengerollt auf Zinas Floß lag und schlief. Flusswasser schwappte immer wieder gegen seine nackten Füße, ohne ihn zu wecken. Dunkles Haar fiel ihm in die Augen und seine Wimpern warfen tanzende Schatten auf seine Haut. »Er könnte nützlich werden.«

Zina riss ihren Blick von Azad los. »Wie?«

Daniel zuckte vage die Schultern.

»Weil er ein *Magier* ist?« Zina spuckte das Wort aus, als wäre es bitter.

»Zum Beispiel.«

»Ich dachte, dafür haben wir dich.«

Daniel blinzelte. Sie hatten nie über Magie gesprochen, und Zina konnte sehen, wie er erwog, sie zu belügen. Dann nickte er nur und gab bedächtig zurück: »Ich könnte dich heilen, aber nicht mich. Dafür brauche ich ihn.«

Zina verzog das Gesicht. »Soll das heißen, da ist man schon Magier und hat selbst nichts davon?«

Daniel schüttelte den Kopf. »Magie kann mehr, als du ahnst. Aber sie hat Grenzen. Wie alles.«

»Was ist mit deinen Flügeln? Kann er die heilen?«

Ein Ruck ging durch Daniels Oberkörper, als wäre er plötzlich zum Absprung bereit. Seine Arme hoben sich und Zina konnte sehen, wie die Flügelreste an seiner linken Schulter zuckten. Dann glitt ein Schatten über sein Gesicht, der nichts mit der schwachen Beleuchtung zu tun hatte. Er ließ die Arme sinken und tauchte seine Lenkstange müde zurück in den Fluss. »Nein«, gab er tonlos zurück. »Das kann er nicht.«

Zina schürzte die Lippen. »Zeig's mir«, sagte sie dann.

»Bitte?«

»Magie.«

Der Hauch eines Lächelns tanzte um Daniels Mundwinkel. »Ich dachte, du hast Angst, als Staubwolke zu enden.«

Sie zuckte die Schultern. »Du wirkst harmlos.«

Daniels Augen glitzerten. »Ach.« Doch er hob die Hand und bewegte leicht die Finger. Für einen Moment geschah gar nichts. Dann lösten sich Funken von seiner Haut und warfen flackernde Lichter auf den Fels. Sie leuchteten exakt in der Farbe des Himmels, wenn die Sonne hinter den Palastdächern verschwand.

Zina legte den Kopf schief. »Das sieht mir nicht sehr gefährlich aus.«

»Harmlos.« Er lächelte und die Funken erloschen, doch die Hand ließ er nicht sinken. Er drehte sie langsam in der Luft wie ein seltsames Tier, das er rein zufällig am Ende seines Armes entdeckt hatte, und musterte sie mit vagem Interesse. Wie sein Gesicht waren seine Hände von weißen Flecken bedeckt, als hätte man ihnen alle Farbe entzogen. Es war gar nicht lange her, da hatte Zina den Kontrast mit ihrer dunkleren Haut bewundert. Sie schien nicht die Einzige zu sein, die von unerwarteten Erinnerungen überrascht wurde, denn wie in Trance streckte Daniel den Arm aus und ließ ihr schwarzes Haar durch seine farblosen Finger gleiten. Seine Berührung ließ sie nicht kalt, aber sie erstarrte trotzdem und Daniel entging es nicht. Ruckartig senkte er den Arm. »Entschuldige.«

»Nein, ich …«

»Du musst nichts erklären.«

»Ich wollte wirklich nicht …«

Aber er war zurückgewichen, und sie brachte es nicht über sich, ihm zu folgen. Etwas an seiner Haltung hielt sie auf, als wäre da ein Widerstand in ihm, den er selbst nur für einen kurzen Moment hatte überwinden können. Die Wut war da, bevor sie sie bemerkte, und die Worte kamen viel zu hart über ihre Lippen.

»Ich hätte ihn töten sollen.«

Er starrte sie an. »Was …«

»Navid. Ich hätten ihn töten sollen. Mit meinen eigenen Händen.«

Daniels Blick sprang von ihr zu Azad und wieder zurück. »Pass auf, was du sagst.«

Zina sah herausfordernd zu ihm auf. »Denkst du, ich habe zu viel Angst?«

Wieder glitt etwas durch Daniels Gesicht, das beinahe ein aufrichtiges Lächeln war. »Nein«, gab er leise zurück. »Ich denke, du hast zu wenig.«

Der Flussarm war breiter geworden, ohne dass sie es bemerkt hatte. Von der Tunneldecke hingen schwarze Tropfsteine herab. Vor ihnen schob sich der blasse Umriss des Flussfressers zurück an die Oberfläche, bewegte träge seinen gezackten Schwanz und glitt vor ihnen in die Dunkelheit davon. Kurz wusste Zina nicht, was sein Interesse erregt hatte.

Dann drang ein neues Geräusch durch das Rauschen des Wassers.

Neue Gerüche erfüllten die Luft.

Und als sie wieder einen bleichen Körper im Wasser entdeckte, war es der leblose Leib eines Mannes.

»Azad!«

Zinas schmale Hand packte ihn hart an der verletzten Schulter. Mit einem gedämpften Schrei fuhr Azad hoch. Er hatte nicht geschlafen, wie sie angenommen hatten, doch für Debatten über Daniels ungenehmigten Magiegebrauch fehlte ihnen offensichtlich die Zeit. Nackte Angst zuckte über Zinas Gesicht, und als er ihrem verstörten Blick folgte, entdeckte er die Leiche im Fluss. Sie trieb so nah an ihnen vorbei, dass er nur den Arm hätte ausstrecken müssen, um sie zu berühren. Bevor Azad dem Impuls nachgeben konnte, ging ein Ruck durch den Körper und er verschwand im Wasser.

»Was …«

Ein weißer, gepanzerter Schwanz peitschte durch das Halbdunkel und besprühte sie mit rötlichen Tropfen. Azad versuchte hastig, sich aufzurappeln, verlor das Gleichgewicht und brachte das ganze Floß zum Schwanken. Wieder packte Zina seinen Arm, achtete aber immerhin auf seine Verletzung.

»Halt still«, zischte sie ihn an. Deutlich geschickter als er kam sie auf die Beine, hob die Holzstange und balancierte das Floß innerhalb von Sekunden wieder aus. Sie trieben nur langsam vorwärts und das Wasser um sie herum war wieder ruhig. Verdächtig ruhig. »Flussfresser interessieren sich nicht für Flöße, solange wir nicht wie leichte Beute wirken.«

»Dieses Vieh war mindestens sieben Schritt lang«, erwiderte Azad hitzig. »Das macht alles zu leichter Beute, was kleiner ist als ein Pferd.«

Zina antwortete nicht. Ihre dunklen Augen glitten rastlos über die Umgebung und nach einer Weile ließ die Spannung in ihren Schultern nach. »Sie ist weg.«

»*Sie?*«

»Breitere Schnauze und plumpe Panzerung am Schwanz. Außerdem werden Weibchen größer.«

»Wir werden fast umgebracht und du bestimmst erst mal das Geschlecht? Hast du ihr vielleicht auch einen Namen gegeben?« Azad beobachtete misstrauisch, wie sie die Stange zurück in den Fluss setzte. »Außerdem, erklär mir mal, woher diese Leiche kam.«

Daniels Floß glitt lautlos an ihre Seite. »Wir sind an der Mündung eines Nebenarms vorbeigekommen.« Er nickte nach hinten, wo man gerade noch den Zustrom aus einem niedrigen Tunnel erahnen konnte.

»Und woher …« Azad hielt inne, als er das ausgerollte Wachstuch in Daniels Händen bemerkte. »Ist das eine Karte des Del Lungh?«

»Keine sehr vollständige, wie es aussieht.«

»Ist die genehmigt?«

»Azad«, sagte Zina leise.

»Ich meine nur, es gibt starke Qualitätsunterschiede, und wenn sie nicht genehmigt ist …«

»*Azad*. Daniel. Hört ihr das?«

Azad sah auf. Vor ihnen war der Tunnel breiter geworden. Das sanfte Murmeln des Flusses hatte sich gesteigert, doch als Azad nun den Atem anhielt, hörte er, was Zina meinte.

Lärm hallte ihnen aus dem Tunnelsystem entgegen und es war mehr als das Rauschen des Wassers. Flussabwärts tobte ein Tumult. Dumpfe Schläge hallten von Fels wider, und als sie näher kamen, hörte Azad auch das Geschrei. Sein Magen verkrampfte sich. »Was ist das?«

Niemand antwortete.

»Ich dachte, wir treffen erst viel später wieder auf den Kaiserkanal.«

Daniels hellbraune Augen glitten fieberhaft über die verzweigten Linien auf seinem Tuch. »Es muss ein Fehler sein. Die Größenverhältnisse stimmen nicht. Wenn diese Strecke kürzer ist, als ich dachte …«

»Sie werden uns umbringen!«, stieß Azad hervor. »Wir haben nicht genug Waffen, wir kommen da nie lebendig durch. Bei den Seelen der ersten Drachen …«

Zina griff nach dem Tau an ihrem Gürtel. »Wir können hier festmachen, bis es ruhiger wird.«

»Nein!«

Daniels scharfe Stimme ließ sie beide zusammenzucken.

Zina starrte ihn an. »Daniel, da vorne herrscht *Krieg* …«

»Wir dürfen keine Zeit verlieren. Dass wir so früh aufgebrochen sind, ist jetzt unser einziger Vorteil. Noch können es nicht viele sein, die das Gold für den Kaiserkanal schon beschafft haben. Wir müssen schnell sein, sonst ist es vorbei.«

»Aber …«

»Er hat recht.« Azad bemühte sich, die Angst aus seiner Stimme zu verbannen. »Wir brauchen den Vorsprung. Seid ihr bewaffnet?« Er griff nach seinem Säbel. Zina streckte ihm die rostigste Klinge entgegen, die Azad je gesehen hatte, und Daniel zückte nur sein Messer.

»Das wird nicht reichen«, stellte Azad nüchtern fest.

Feuerfarbene Funken begannen um Daniels Hände zu tanzen. »Das wird sich zeigen.« Sein linker Flügelrest erbebte, der rechte blieb wie üblich schlaff. »Kämpft um euer Leben. Andere Optionen haben wir nicht.«

Azad blickte nach vorn, in Richtung des lauter werdenden Tumults.

Er hatte keine Angst. Das war zumindest der Gedanke, den er mühsam formulierte, während der Lärm näher kam. *Ich habe keine Angst, keine Angst, keine Angst.* Der Fluss war jetzt wilder geworden, aber es war nicht die Strömung, die ihn kochen ließ. Azad schloss die Hand fester um den Griff seines Säbels. Neben sich hörte er Zinas Atem, schnell und flach wie die schaukelnden Wellen. Wasser schwappte über ihre Knöchel und der metallische Geruch brannte in seiner Nase. Als Azad den Blick senkte, waren seine Füße rot.

Hinter der nächsten Kurve flossen drei Flussarme ineinander, und wo sie sich begegneten, tobte der Kampf. Azad hatte die Geschichten gehört. Keiner seiner Brüder hatte die letzte Wunde des Drachenkönigs erlebt, aber es war der Stoff der Schauermärchen gewesen, die sie sich heimlich zugeflüstert hatten. Damals, als sie Kinder gewesen waren und keine Männer mit blutigen Klingen.

»Kämpf um dein Leben«, schien Navids Kinderstimme in seine Kinderohren zu wispern. Dann krachte ein fremdes Floß gegen ihres und Zinas Schrei ging im Gebrüll des Angreifers unter. Er war schrecklich verletzt, Azad konnte es sehen. Mehr sehen wollte er nicht, aber er musste, denn der Mann mit der Wunde schwang seine Waffe, und bevor Azad wusste, was er tat, fiel ihr Gegner ins tobende Wasser und tauchte nicht wieder auf. Sie waren überall. Sie waren auf Flößen und Booten gekommen, manche in Gruppen, viele allein. Holz hatte sich verkeilt und verkantet und trotz der Kämpfe schien die Szene merkwürdig erstarrt. Niemand kam vorwärts, zumindest nicht weit. Hatte sich einer eine Lücke erkämpft, stürzten sich zehn weitere auf ihn. Der Fluss brodelte wie das heiße Öl in den Kesseln am Zuckerbrottag, obwohl es ganz anders roch.

»Zu viele«, hörte er Zinas ersticktes Flüstern, »es sind zu viele, zu viele, zu viele …«

Azad bewegte sich nicht. Er wusste nicht, wohin. Vor ihm schob sich ein Flussfresser an die Oberfläche, kroch auf ein Floß, auf dem sich vier verzweifelte Männer bekämpften. Sie bemerkten das Tier nicht, bevor es zu spät war, und neben ihm verstummte Zina abrupt.

Jemand sprang auf ihr Floß. Azad wirbelte herum und starrte direkt in Daniels fleckig bleiches Gesicht.

»Vorwärts«, befahl der Plattenmeister und packte Azads Arm, bevor der ihm den Säbel zwischen die Rippen rammen konnte.

Zina gab ein ersticktes Lachen von sich.

»Runter von den Flößen. Los.«

»Aber …«

Ein Ruck ging durch das gekenterte Boot, das ihnen eben

noch den Weg versperrt hatte. Ihre Flöße setzten sich in Bewegung und trugen sie noch ein wenig weiter vor, direkt ins Herz der Kämpfe.

»Jetzt!«, rief Daniel, ließ Azad los und setzte zum Sprung an. »Wir sehen uns drüben.« Er stieß sich ab und verschwand im nächsten Moment zwischen zwei ringenden Frauen.

Azad begegnete Zinas Blick. Die Fassungslosigkeit ließ ihre Augen größer wirken. Unerwartet kochte Wut auf den Plattenmeister in Azad hoch. Doch aus den Augenwinkeln sah er die nächste Gestalt auf sie zutaumeln, und er wusste, sie hatten nur noch Sekunden. »Los«, drängte er. »Zina«, setzte er nach und legte hastig eine Hand auf ihren Arm. Die Berührung schien sie endlich zu erreichen, und er spürte, wie sie in Bewegung geriet.

»Bleib in meiner Nähe«, sagte er eindringlich. Bevor sie widersprechen konnte, hob Azad seinen Säbel und sprang über einen treibenden Körper auf das nächste Floß.

Verbündete

Zina verlor den Anschluss zu Azad beinahe sofort. Sie war auf sich allein gestellt, und obwohl das einmal ihr Plan gewesen war, nagte ihr die Furcht nun Löcher in den Magen. Sie sprang vorwärts, schlitterte über nasses Holz und wich den Armen Verzweifelter aus, die nur noch versuchten, irgendwo Halt zu finden. Zina selbst hatte keinen Überblick über das Chaos. Sie konnte schwer abschätzen, wie viele Reisende hier aufeinandertrafen, aber es mussten Hunderte sein. Dort, wo sich das Wirrwarr aus zersplitterten Flößen und gekenterten Booten kurz lichtete, sah Zina die Toten im Wasser.

Ein Schrei riss sie aus ihrer Starre. Das Floß, auf dem sie Platz gefunden hatte, war in Bewegung geraten. Für einen kurzen Moment hielt Zina das für gut, bevor mehr Schreie an ihre Ohren drangen und ihr klar wurde, woher all die Panik um sie herum kam. Ein Flussfresser war vor ihnen aufgetaucht und die Männer am Rand des Floßes, die sich eben noch bis aufs Blut bekämpft hatten, schlossen sich in ihrer Verzweiflung zusammen. Mit Säbeln, die beinahe so rostig waren wie Zinas, fuchtelten sie wild durch die Luft.

Die Augen des Flussfressers wurden schmaler. In dem Moment erhaschte Zina einen Blick auf die gepanzerte Stirn.

»Nicht«, stieß sie hervor. »Nicht, ihr macht sie wütend. Ihr müsst still bleiben. Still!«

Ihre Stimme drang kaum bis an ihre eigenen Ohren. Mehr Leute schlossen sich den Männern an, Klingen klatschten ins Wasser und Zina wäre beinahe gestürzt. Mühsam hielt sie ihr Gleichgewicht und sah sich nach einem Fluchtweg um, doch es gab keinen. Um sie herum tobten nur weitere Kämpfe und von hinten drängten neue Reisende nach.

Ihr Blick richtete sich wieder nach vorn. Die Flussfresserin hatte sich kaum bewegt, aber Zina sah, wie ihre Schwanzspitze zuckte. Ihre goldgelben Augen folgten den Bewegungen der Männer, die mit den Klingen immer wieder drohend in ihre Richtung stießen. Ein Beben lief durch den weißen Leib.

»Nicht«, wiederholte Zina tonlos. »Bitte …«

Die Flussfresserin schoss aus dem Wasser. So schnell, dass man kaum mit den Augen folgen konnte, riss sie den gewaltigen Kiefer auf, packte einen der Männer und zerrte ihn vom Floß. Für einen Herzschlag verschwand er unter Wasser, dann kam das Tier zurück an die Luft, schnappte nach dem zweiten Angreifer und zog auch ihn mit einem Ruck in die Tiefe. Jemand brüllte auf, hob den Arm und griff das Tier an. Zina reagierte instinktiv, sie riss ihren Säbel hoch und warf sich dazwischen. Ihre Klinge zerbrach mit einem hässlichen Knirschen, aber ihr Gegner geriet wenigstens ins Taumeln. Zina trat hart gegen sein Knie und schlug dann mit aller Kraft auf sein Handgelenk. Sie fing die fremde Waffe auf und wich taumelnd einen Schritt zurück.

Es waren nur Sekunden vergangen, doch die konfuse Panik auf dem Floß hatte sich gewandelt. Blanker Hass lag in der Luft.

»Du …! Du!«

Tausend Hände schienen gleichzeitig nach Zina zu greifen. Wutverzerrte Gesichter schoben sich in ihr Blickfeld,

Messer blitzten auf. Jemand griff ihr ins Haar, und obwohl sie ihn nicht sehen konnte, spürte sie den heißen Atem ihres Gegners im Nacken. »Dafür zahlst du«, zischte er ihr ins Ohr. Bevor sie auch nur einen Finger rühren konnte, schlug ihr jemand hart vor die Brust. Sie verlor den Boden unter den Füßen und stürzte einmal mehr rückwärts in den Fluss.

Das Wasser um sie herum war trüb und bewegt. Luftblasen stiegen vor ihr auf, doch Zina widerstand dem Impuls, an die Oberfläche zurückzukehren. Von oben war sie ein leichtes Ziel, und sie zweifelte nicht daran, dass jemand auf sie zielen würde. Zina machte einen vorsichtigen Schwimmzug, stieß gegen einen Widerstand und hielt inne. Etwas Helles glitt durch ihr Blickfeld und verschwand wieder im Dunkeln. Für einen Moment schloss sie die Augen. Dann setzte sie sich vorsichtig wieder in Bewegung, so langsam, wie sie es gerade noch ertrug. Das Wasser war noch trüber geworden, und sie wollte nicht darüber nachdenken, woran das lag. Schon fühlte sich ihre Brust unangenehm eng an, aber Zina wusste, dass sie noch mindestens hundert Herzschläge ohne frische Luft aushalten konnte. Sie schwamm weiter, wich den aufgewühlten Stellen aus und suchte nach dunklen Schatten über sich, die ihr Schutz bieten würden. Wieder blitzten weiße Schuppen vor ihr auf und diesmal erkannte sie ein goldenes Augenpaar. Die Flussfresserin trieb völlig reglos vor ihr im Wasser. Ihre Schnauze stand leicht offen und die krallenbewehrten Beine zuckten noch einmal. Zinas Eltern hatten ihr beigebracht, den direkten Blick in die Augen der Tiere zu meiden, aber sie konnte sich dem hypnotischen Glanz der schmalen Pupillen nicht entziehen. Das Wasser umschloss sie von allen Seiten und plötzlich fühlte sie sich freier und gefangener denn je. Einem Impuls folgend richtete sie ihre Aufmerksamkeit auf die Stirn des Tieres und stellte fest, dass sie sich nicht getäuscht hatte.

Alle Angst fiel von ihr ab.

Dann stieß etwas von oben ins Wasser hinab. Eine Hand packte ihren Arm und riss sie aufwärts. Sie taumelte nach vorn, stieß hart gegen einen Brustkorb und rang nach Luft. »Was …«

»Zina.«

Sie tastete über Schultern, suchte nach Flügelresten und hielt inne, als sie nur glatte Haut unter die Finger bekam. Sie blinzelte und sah mehr Haut, eine fremde Halsgrube, nur Zentimeter von ihrem Gesicht entfernt. Eine Schlagader pochte so dicht vor ihr, dass sie fast das Gefühl hatte, den fremden Puls spüren zu können. Dunkle Augen begegneten ihren, sprangen über ihr Gesicht, ihre durchnässte Gestalt. Von einer Sekunde auf die andere war ihr Mund seltsam trocken.

»Azad?«

»Sch!« Er ließ sie abrupt los und sah sich um. Zina tat es ihm gleich und stellte fest, dass er sie auf ein arg lädiertes Floß gezogen hatte. Es bestand nur noch aus drei mehr schlecht als recht zusammengebundenen Baumstämmen, was vielleicht erklärte, warum Azad es hatte erobern können. Ein dünnes rotes Rinnsal sickerte aus seinem Haaransatz, aber abgesehen davon wirkte er besser in Form als seine Beute. »Bei den unsterblichen Seelen der Drachen, ich dachte, du wärst tot.«

»Enttäuscht?«

Er verzog ungeduldig das Gesicht. »Ich brauche deine Hilfe. Oder besser: *er*.«

Zina drehte sich in die Richtung, in die Azad deutete, und zuckte zusammen. Sie hatten es weiter durch den Tunnel geschafft, als sie angenommen hatte. Erstmals konnte sie sehen, was das Chaos auf dem Fluss verursachte: Vor ihnen fiel die Tunneldecke fast senkrecht ab, bis der Fels nur noch eine Armlänge über dem Wasser hing. Es erinnerte Zina an die

Stelle vor Daniels Haus – bis auf die Tatsache, dass der Del Lungh hier hundertmal mehr Wasser führte. Und bis auf die beiden kaiserlichen Wachen, die auf zwei Flussfressern den Weg versperrten. Sie hatten lange Lanzen erhoben und bedrohten die einzige Person, die es wagte, sich ihren Reittieren bis auf wenige Schritte zu nähern:

Daniel Dalosi stand auf einem Floß, das noch klappriger aussah als Azads. Die dünnen Baumstämme dümpelten in der Strömung auf und ab, sodass er permanent damit beschäftigt war, nicht den Halt zu verlieren. Trotzdem hielt er den Kopf hoch erhoben, und glühende Lichter erhellten seine Gestalt.

Die Wachen stießen ihn abwechselnd mit den Lanzen zurück, so träge, als verscheuchten sie eine Fliege.

»Was ist da los?«, zischte Zina.

Azad warf ihr einen schrägen Blick zu. »Sie lassen ihn nicht durch.«

»Das sehe ich. Wie begründen sie es?«

»Vermutlich mit seinen Narben.«

»Aber hier trägt fast jeder welche!«

Azad nickte nur. »Komm«, sagte er und stieß eine angeknackste Holzstange in den Fluss. Anders als weiter hinten im Tunnel versuchte hier niemand, sie aufzuhalten. Die Flöße und Boote in ihrer Nähe waren fast alle leer, und diejenigen, die sich noch an ein Stück Holz klammerten, kämpften schon lange nicht mehr. Zina ließ den Blick übers Wasser schweifen, doch bevor sie fündig wurde, hatten sie Daniel erreicht. Er warf einen raschen Blick zur Seite, und Zina sah, wie verbissen seine Züge waren. »Was hat euch aufgehalten?«

Zina machte eine unwirsche Handbewegung in Richtung der kämpfenden Menge.

Daniel lachte gepresst auf. Die Funken an seinen Fingern

flackerten. Zina hatte zwar von Magie keine Ahnung, doch das konnte kein gutes Zeichen sein. Viel zu spät bemerkte sie das Flimmern, das vor ihnen in der Luft hing.

»Ist das … eine magische Wand?«

»Ein Schutzschild. Die beiden hier sind nicht freiwillig so zurückhaltend«, fügte Daniel mit einem Nicken in Richtung der Flussfresser hinzu. Laut sagte er: »Ich warne euch ein letztes Mal, lasst uns durch oder ihr werdet es bereuen!«

Der größere der beiden Wächter lachte. Zina hatte ihn noch nie gesehen, aber sie war auf Palastwachen ganz grundsätzlich nicht besonders gut zu sprechen.

»Zum letzten Mal, ohne kaiserlichen Auftrag kommt hier niemand durch und ein armseliger Diener wie du schon gar nicht.«

»Ich habe für die Nutzung des Kaiserkanals gezahlt«, log Daniel hitzig.

»Spielt keine Rolle. Kein Auftrag, keine Weiterreise.«

Zina spürte, wie Azad sich an ihrer Seite regte. »Soll das heißen, der Kaiser lässt Flusszoll bezahlen und niemand kommt weiter als bis hier?«, fragte er laut.

»Wofür du im Palast bezahlt hast, kümmert mich nicht«, gab der zweite Wächter zurück. »Kein Auftrag, keine Weiterreise.«

Der Schild vor ihnen erzitterte. Daniel verzog keine Miene, aber die Flussfresser bewegten sich langsam vorwärts und die beiden Wächter lächelten. »Wo wir gerade vom Bezahlen sprechen«, sagte der kleinere mit abstoßender Gehässigkeit. »Hast du eine Genehmigung für deine Zaubertricks, Narbenhaut?«

Daniel sagte nichts.

»Weißt du, was sie mit illegalen Magiern machen?«, fragte der große Wächter grinsend. »Sie nehmen deine Hände, legen sie ins Maul eines Flussfressers … Ich würde ja sagen, sie machen dich zum Krüppel, aber … nun.« Seine schmalen Augen glitten vielsagend über Daniels Flügelreste.

»Das reicht.« Azad glitt schlingernd vorwärts, bis er Daniels wackligen Schild fast mit der Nasenspitze berührte. »Lasst mich durch. Ich befehle es.«

Die beiden Wächter stutzten, starrten ihn an und prusteten los. »Er befiehlt es«, wiederholte der Große japsend, »oh, wenn das so ist …«

»Ich bin der Sohn des Kaisers!«

Der Kleine lachte nur noch lauter. »Und ich bin seine Lieblingsfrau. Netter Versuch, Junge, das muss man dir lassen …«

Vor ihnen bewegte sich etwas im Wasser. Zina kniff die Augen zusammen und erhaschte einen Blick auf eine breite weiße Schnauze, bevor der Schatten wieder im trüben Fluss verschwand. Während das Gelächter der Wachen von den Tunnelwänden widerhallte, ging sie in die Knie und angelte nach dem Tau von Daniels Floß. Splitter kratzten über ihre Haut, und einmal berührte sie etwas, das sich seltsam vertraut anfühlte, aber schließlich bekam sie das Seil zu fassen. Sie zog es rasch durch die Hände und kam zu dem Schluss, dass es vier oder fünf Schritt lang sein musste. Das war nicht viel, aber es würde genügen. Zina richtete sich auf und fragte sich, ob sie wirklich zuversichtlich oder ihre Situation nur so aussichtslos war, dass Vernunft keine Rolle mehr spielte.

»Lasst euren Prinzen durch oder ihr werdet den Zorn des Kaisers zu spüren bekommen.« Azad hatte seine zitternden Hände hinter dem Rücken verborgen, aber seine Stimme war fest. Selbst den Wächtern schien die Überzeugung aufzufallen, mit der er sprach, denn sie lachten nicht mehr.

Der Große kniff die Augen zusammen. »Und welcher bist du, hm?«

»Yamal ist es jedenfalls nicht«, brummte sein Kollege. »Hieß es nicht, als Nächstes kommt Yamal?«

»Ja.« Der Wächter wirkte erleichtert. »Ja, das haben sie gesagt. Du bist nicht Yamal, Junge! Uns legst du nicht rein.«

Zina konnte hören, wie Azad mit den Zähnen knirschte. Sie warf einen prüfenden Blick ins Wasser und plötzlich hämmerte ihr das Herz bis zum Hals. Zina packte Azads Handgelenk. »Halt dich am Seil fest«, zischte sie ihm ins Ohr. »Und lass nicht los.«

Er zuckte zusammen. »Was …«

Zina ließ ihn wieder los und sprang.

Sie war in den letzten Stunden so oft im Fluss gelandet, dass das Wasser um sie herum beinahe etwas Tröstliches hatte. Hier war es nicht ganz so trüb wie im Zentrum der Kämpfe und sie konnte fast zwei Armlängen weit sehen. Die Schnauzen der beiden Wächterflussfresser waren direkt auf sie gerichtet, quälend langsam öffneten sich die Kiefer. Zina wusste, dass sie es nur dem Überraschungseffekt zu verdanken hatte, dass sie noch nicht tot war. Ihr Blick irrte ziellos umher, ihr Puls raste in ihren Ohren und eine schreckliche Sekunde lang war das Wasser um sie herum ruhig und leer. Dann spürte sie wieder die Berührung an ihrer Hand, und als sie den Kopf drehte, schwebte die breite Schnauze nur eine Handbreit neben ihr im Fluss. Zina wäre gern erleichtert gewesen, aber die Zahnreihen vor ihrem Gesicht waren alles andere als beruhigend.

Verrückt, dröhnte es in ihren Ohren, *du bist völlig verrückt.* Dann streckte sie die Hände aus und die Kiefer schnappten zu. Ein Ruck ging durch Zinas Arme und sie wurde nach vorn gerissen. Panik jagte das Blut durch ihre Adern, aber das Wasser um sie herum blieb klar und der erwartete Schmerz aus. Zinas Hände waren unversehrt. Sie umklammerten nach wie vor das Seil, und das Seil war es, das den Ruck durch ihren Körper verursacht hatte. Die Kiefer des Flussfresserweibchens hatten sich darumgeschlossen und zogen es vorwärts, Zina im Schlepptau. Über ihr geriet das Wasser in Bewegung und die Tiere der Wächter warfen sich ihnen entgegen, doch die Flussfresserin schlängelte sich blitzschnell in die Tiefe. Bevor Zina begriff, wie nah sie dem Tod war, wurde sie erneut von Zähnen verschont und schrammte dafür hart über das steinerne Flussbett. Ihr Kopf schlug gegen Stein, Lichter blitzten vor ihren Augen auf und für einen Moment nahm der Schmerz alles ein. Sie fühlte nichts mehr außer den kraftvollen Körper neben sich, unter sich, und dann wurde sie nach oben gedrückt und ihre Lungen füllten sich mit Luft. Atemlos ruderte sie herum, wischte sich Wasser aus den Augen.

»Azad … Daniel … seid ihr …?« Etwas prallte hart gegen ihre Schulter. »Au!«

Azad brachte das Floß hastig ein wenig auf Abstand und stieß dabei mit Daniel zusammen. Beide lagen bäuchlings auf ihren Flößen, die Tunneldecke dicht über den Köpfen. Es war schwer zu sagen, wer von beiden erschütterter aussah.

»Zina«, brachte Azad schließlich hervor. »*Da.*«

Zina warf einen Blick zur Seite. Die Flussfresserin trieb wieder neben ihr, und diesmal war Zina sich sicher, dass sie grinste. »Keine Angst. Sie ist in Ordnung. Wir haben uns irgendwie … verbündet.«

»*Wie?*«, flüsterte Azad.

Zina zögerte. »Sie haben sie angegriffen. Sie hat sich nur gewehrt. Sie muss gesehen haben, dass ich ihr helfen wollte … ich habe das Muster auf ihrer Stirn wiedererkannt.«

Azads aufgerissene Augen wanderten von dem Tier zu Zina und wieder zurück. »Tja«, sagte er schließlich, »meinetwegen kannst du ihr jetzt einen Namen geben.«

Besser als nichts

Zina nannte sie Silberwasser, nach der Tochter der heiligen Feuermutter. Azad kannte die Geschichte nicht gut. Er glaubte daran, dass die Ersten Drachen die Magie in die Welt getragen hatten, aber natürlich gab es andere Sagen. Sagen von den Ersten Geflügelten, von Vögeln aus Mondlicht und von der Feuermutter. Ihm war nie ganz klar geworden, um was für ein Geschöpf es sich bei dieser Sagengestalt handeln sollte – sie wurde als gewaltig, mächtig und Furcht einflößend beschrieben, und ihr Blick allein reichte aus, um einem ein Loch mitten ins Herz zu brennen. Sie hatte die Welt in Flammen gesetzt und erst Silberwasser hatte sie gelöscht, damit neues Leben entstehen konnte.

»Sie muss verrückt gewesen sein«, sagte er unvermittelt.

Zina war damit beschäftigt, die beiden Flöße stabil miteinander zu verbinden, damit sie zu dritt darauf Platz fanden. Hin und wieder trieb ein Stück Holz vorbei, das sie aus dem Wasser fischte und mit ein paar geschickten Knoten festband. »Hm?«

»Silberwasser.« Azad warf einen misstrauischen Blick nach vorn, wo die riesige Flussfresserin trieb. Das Tier hatte keine Anstalten gemacht, sie anzugreifen, aber ganz beruhigt war er noch nicht. Es hatte zu viele Zähne, um harmlos zu wirken. »Stell dir vor, die ganze Welt brennt. Alles, was du siehst, ist Feuer. Wenn du nur das Inferno kennst, wieso solltest du versuchen, es zu löschen?«

Zina verengte die Augen. »Sie war eben mutig.«

»Nein«, widersprach Daniel leise. Er hatte geschwiegen, seit sie an den Wächtern vorbeigekommen waren, und auch nun klang seine Stimme merkwürdig matt. »Kein Mut. Den braucht man auch, aber er kommt später. Bevor man mutig ist, muss man fähig sein, sich etwas Besseres vorzustellen. Am Anfang jeder Veränderung steht Fantasie.«

Azad starrte in das schimmernde Wasser des Flusses. »Es ist Absicht.« Er klang ruhiger, als er erwartet hatte. »Diese Wächter … es sind nur zwei. Wir sind an ihnen vorbeigekommen, es war am Ende nicht mal besonders schwer.«

Zina schnaubte. »Du bist nicht derjenige, der den Flussfressern vor die Nase gesprungen ist, oder?«

Er schüttelte den Kopf. »Nein, ich meine … wir haben es geschafft, weil wir einen Vorteil hatten. Wir kamen nicht über den Kaiserkanal. Diese anderen schon. Sie haben sich seit dem Palast bekämpft. Es hat sie eine Menge Kraft gekostet, so weit zu kommen. Und dann kommt diese Engstelle, und zwei Wächter reichen aus, um sie alle aufzuhalten … weil sie so damit beschäftigt sind, sich gegenseitig zu töten.« Azad hob den Kopf. »Der Kaiser lässt sie alle durch, weil er weiß, dass niemand ankommen wird.«

Sein Herz raste. Zinas Miene hatte sich verändert. Ihr Blick wanderte langsam über sein Gesicht, als nähme sie ihn zum ersten Mal richtig wahr. Das blassgoldene Leuchten des Wassers machte ihre Züge weicher – ihre Brauen, ihren Mund. Keine Spur von Angriffslust lag in ihren Augen, und Azad fragte sich jäh, was sie wohl von ihm hielt.

»Denkst du … schlecht über deinen Vater?«, durchschnitt Daniels raue Stimme unvermittelt die Stille.

Azad fuhr zusammen und riss seine Aufmerksamkeit von Zina los. »Das würde mir nie einfallen«, gab er zurück.

Daniels Mundwinkel zuckten. Die Bewegung grub Linien in sein Gesicht, als wäre jeder Muskel zum Zerreißen gespannt, und seine Lippen waren zwei blutleere Striche. Azad runzelte die Stirn. »Was hast du?«

Der Plattenmeister schüttelte nur den Kopf, doch auch Zina wirkte plötzlich alarmiert. »Daniel? Bist du verletzt?«

Er antwortete nicht.

»Daniel Dalosi, raus mit der Sprache! Haben sie dich erwischt?« Zina bewegte sich ruckartig vorwärts, als wollte sie ihn packen, hielt dann jedoch inne. Da war eine Erschöpfung in Daniels Blick, die Azad bisher nicht bemerkt hatte – oder vielleicht hatte er sie bemerkt und war zu beunruhigt gewesen, um sie zu beachten.

»Nicht … die Wächter«, sagte Daniel schließlich und richtete sich vorsichtig auf, bis er unter der langsam wieder ansteigenden Tunneldecke kniete. Nasse Strähnen klebten an seiner Schläfe und trotz der neuen Linien in seinem Gesicht wirkte er plötzlich sehr jung. »Die Tempeldiener. Ich dachte, es wäre nichts, aber …« Er lächelte schwach. »Ich glaube, ich habe mich geirrt.«

Da war ein Knoten in Azads Innerem. Er hatte nicht bemerkt, wie der entstanden war, aber jetzt zog er sich zu und jagte eisige Wellen durch seine Brust. Instinktiv sah er zu Zina und die Härte in ihrem Blick machte alles nur noch schlimmer.

»Wo?«, fragte sie knapp.

Daniel hob die Hände in Richtung seiner Schultern. »Mein Rücken.«

Azad beugte sich vor, doch Daniel zuckte zurück. Etwas blitzte über sein Gesicht, ein Schmerz, der nichts mit seinen Wunden zu tun hatte. »Nicht …«

»Sei nicht albern«, knurrte Zina. »Wir müssen uns das ansehen. Bei der Feuermutter, wir wissen alle, dass du kaputte Flügel hast!«

Der Plattenmeister warf ihr einen gequälten Blick zu.

»Bitte«, fügte Zina kaum hörbar hinzu.

Sehr langsam ließ Daniel die Hände sinken. Azad rutschte näher, so gut es auf dem wackligen Floß eben ging, und Daniel drehte ihm den Rücken zu. Zum ersten Mal sah Azad seine Flügel aus der Nähe, und obwohl er es gewusst hatte, tat der Anblick weh. Auf einmal konnte er sich vorstellen, wie sie gewesen sein mussten – Wunderwerke aus kräftigen Muskeln und dünner Membran, so zart, dass man das feine Gefäßnetz erkennen konnte. Große Teile des rechten Flügels fehlten und die Reste aus Knochen und schneeweißem Gewebe lagen schlaff an Daniels Rücken an. Auch der linke Flügel war teilweise zerstört, doch er zuckte und zitterte, als spürte er Azads Blick.

Erst im zweiten Moment sah Azad das Blut. Es sickerte zwischen den Falten der Flügel hervor und tränkte die Fetzen der Weste, die zwischen Daniels Schulterblättern hing. Ihm wurde schlecht.

»Ich muss das genauer sehen«, brachte er hervor und hörte sofort, wie schlecht er sein Entsetzen verborgen hatte. »Darf ich?«

Daniels Schultern verkrampften sich, sobald Azad ihn berührte, doch er sagte kein Wort. Sein linker Flügel entfaltete sich, und als er sich hob, floss Azad mehr Blut entgegen. Er schluckte. »Ich berühre jetzt den rechten. Nicht erschrecken.«

Mit zitternden Fingern schob Azad die Reste des rechten Flügels zur Seite. Das Gewebe fühlte sich seidig weich und ganz anders an, als er erwartet hatte. Wärmer. Lebendig. Für einen Moment war er so fasziniert, dass ihn erst Zinas gedämpftes Keuchen in die Realität zurückkriss.

Daniels Rücken war zerfetzt. Drei lange Striemen zogen sich quer über die ganze Fläche, und als Azad den Flügel weiter anhob, bemerkte er auch eine frische Wunde in der Membran.

»Verdammt noch mal, Daniel«, flüsterte Zina. »Das ist …« Ihre Stimme brach.

»Ich wollte eigentlich nicht fragen, wie schlimm es ist«, sagte Daniel mit angestrengtem Humor in der Stimme. »Aber ich schätze schlimm?«

Sie senkte den Kopf, und Azad fragte sich wie betäubt, ob sie jemand war, der Tränen verbarg.

Azad räusperte sich. »In … in Ordnung. Das ist … es ist schlimm, aber es ist nur … Fleisch. G… glaube ich. Es sollte …« Er holte tief Luft. »Also, ich kann versuchen, es zu heilen.«

»Wie oft hast du das schon gemacht?«, fragte Daniel wie beiläufig.

Azad zögerte eine Sekunde zu lang. »Ziemlich oft.«

Stille. Schließlich seufzte Daniel kaum hörbar. »Nun. Vermutlich gibt es nicht mehr viel, was noch kaputtgehen kann.« Er schien sich um einen ruhigen Tonfall zu bemühen, aber seine Schultern hatten nicht aufgehört zu zittern. Er bewegte sich leicht, und Azad nahm an, dass er die Haken seiner Weste geöffnet hatte, denn der Stoff lockerte sich und rutschte von Daniels Schultern.

»Das da auch«, sagte Azad und berührte abwesend die Halskette, die unter der Weste zum Vorschein gekommen war.

»Nicht!« Daniel zuckte so heftig zusammen, dass eine Welle über das Floß schwappte und Azads Hose bis zu den Knien durchtränkte. Erschrocken ließ er die Hände sinken.

»Ich wollte nicht …«

»Nicht … anfassen.« Der Plattenmeister war vor ihm zurückgewichen, als hätte Azad versucht, ihn in Brand zu stecken. Sein Atem ging viel zu schnell. Mehr Blut floss über seinen Rücken, als er tief Luft holte und seine Flügelreste sich raschelnd hoben.

Azad starrte ihn an, während Daniel sich umdrehte. Er war immer noch bleich vor Schmerzen und seine Augen tanzten hektisch über Azads Gesicht. Das Zittern hatte sich bis in seine Finger ausgebreitet, die unruhig über die Goldkette an seine Kehle flatterten. Unter Azads Blick ballte Daniel die bebenden Hände zu Fäusten und löste sie langsam von seinem Hals.

»Nicht anfassen«, wiederholte er tonlos.

Azad schluckte. »In Ordnung. Tut mir leid.«

Daniel senkte den Kopf, um die Kette abzunehmen. Für den Bruchteil einer Sekunde begegnete Zina Azads Blick, dann richtete sie ihre Aufmerksamkeit zurück auf Daniel. Sie streckte die Hand aus, als könnte sie nicht widerstehen, und nach kurzem Zögern reichte Daniel ihr die Kette. Azad gelang nur ein rascher Blick auf das schwere Amulett, das eine Art Wappen zu schmücken schien. Zina hob es sich dicht vor die Augen und das Gold schien ihr Gesicht in einen ganz eigenen Glanz zu tauchen. »Das ist … ein *Vermögen*, Daniel.«

»Ein kleines vielleicht«, gab er heiser zu. Sein Blick war starr nach vorn gerichtet, und Azad entging nicht, dass er immer noch zitterte.

»Aber warum …« Hilflos starrte Zina auf die vielen Narben, die Daniels Wange zierten.

»Es war ein Geschenk«, murmelte Daniel, obwohl das nicht die Antwort auf Zinas Frage war. »Es ist … nicht nur Gold.«

»Nur Gold«, wiederholte Zina matt. »*Nur Gold.*«

Azad konnte es nicht fassen. »Ist das dein größtes Problem?«

Ihr Kopf fuhr ruckartig hoch. »Dein Problem ist es jedenfalls nicht!«

»Ach, denkst du? Natürlich könnte ich mich fragen, woher er Gold hat. Gerade frage ich mich aber eher, wie man sich fühlt ohne verdammte *Haut* auf dem Rücken!«

Zina sagte nichts mehr. In Azads Ohren rauschte es, aber sobald er seine Aufmerksamkeit zurück auf seine Aufgabe richtete, verschwand seine Wut. Er hob die Hände und holte tief Luft.

»Warte.« Zinas Stimme ließ ihn zusammenzucken, aber sie streckte nur den Arm aus und legte das Amulett zurück in Daniels Hand. Der Plattenmeister ballte die Faust darum, so fest, dass seine Knöchel weiß wurden. Überhaupt war seine Haut viel zu bleich, und Azad fragte sich, wie viel Blut er schon verloren hatte ohne ein Wort zu sagen.

»Gut«, sagte Azad, obwohl gar nichts gut war. »Bereit?«

Daniel nickte knapp.

»Dann los.« Er zögerte, aber es ging nicht anders. Bevor ihn der letzte Mut verlassen konnte, presste Azad beide Hände auf Daniels blutigen Rücken. Das Gefühl jagte ihm einen Schauer über den Rücken, aber das war nichts im Vergleich zu dem Beben, das durch Daniels Wirbelsäule lief. Ein gedämpfter Schmerzenslaut war alles, was er von sich gab. Das warme Blut auf Azads Haut schien noch wärmer zu werden, und endlich, nach viel zu vielen, viel zu langen Sekunden wurde aus der Hitze ein Licht. Erste Funken lösten sich von Azads Fingern, tanzten über die Wunden. Sie leuchteten grün wie der Del Lungh, wenn er durch den Abendhof des Kaiserpalasts floss. Keiner seiner Brüder hatte grüne Magie und etwas an dieser Farbe hatte Azad immer mit einer wilden Hoffnung erfüllt. Diesmal jedoch fiel es ihm schwer, etwas anderes als Angst zu empfinden, während die Funken träge über Daniels Rücken tanzten. Als der erste widerstrebend in einer der Wunden versank, hätte Azad vor Erleichterung beinahe gelacht. Doch natürlich war ein Funke nicht genug, um auch nur die Blutung zu stoppen. Seine Fingerspitzen hatten zu kribbeln begonnen, aber der Funkenstrom blieb spärlich. Einzelne Lichter strichen über die Wundränder, doch für jeden Funken, der in der Tiefe der Verletzung verschwand, kam neues Blut. Azads Hände brannten jetzt, als würden sie in Flammen stehen. Er *spürte* es, spürte die Magie direkt unter der Oberfläche, aber etwas war falsch. Sie schien sich zu sträuben und das Brennen hörte nicht auf. Azad biss die Zähne zusammen, und dann, als die Hitze Schmerzwellen durch seine Arme jagte, riss er sie mit einem Aufschrei zurück.

»Was ist?«, stieß Zina mit aufgerissenen Augen hervor. Ihre Finger waren fast so bleich wie Daniels, und Azad wurde bewusst, dass ihr bisher nichts so viel Angst gemacht hatte wie Magie.

»Ich weiß es nicht.« Er starrte hinunter auf seine Hände. Sie waren rot, und als er sie an seiner Hose abwischte, fand er Verbrennungen unter Daniels Blut.

»Du ... spürst es nicht.« Daniels Atem ging stoßweise. Immer noch umklammerte er das Amulett und er hielt den Blick auf seine Faust gerichtet, während er sprach. »Wer hat dich unterrichtet?«

Rayans angespanntes Gesicht tauchte vor Azads Augen auf. »Mein Bruder.«

Daniels farblose Wimpern flatterten. »Hat er dir beigebracht, wie man andere berührt?«

»*Was?*«

»Mit deiner Magie. Manche können es instinktiv, aber die meisten müssen es lernen. Hast du nie geübt, deine Magie mit jemandem zu verbinden?«

Azad schwieg.

»In Ordnung.« Daniel drehte sich so, dass er Azad ansehen konnte. »Dann lernst du es eben *jetzt*.«

Azad starrte ihn an. »Geht das?«

Der Plattenmeister lächelte verzerrt. »Das will ich doch sehr hoffen. Aber sieh es so: Wenn du gar nichts tust, kann ich eigentlich nur noch verlieren. Du bist immerhin eine Chance. Keine sehr gute, aber besser als nichts.«

Azad tat so, als muntere ihn dieser Gedanke auf. »Klar.« Er hob seine pochenden Hände und wiederholte verbissen: »Besser als nichts.«

»Sieh mich an«, sagte Daniel.

Es war Azad ein Rätsel, woher er seine Ruhe nahm, da doch sein Blut an Azads Händen klebte. Dann bemerkte er, wie Daniels Faust sich fester um das Amulett ballte, und er wünschte sich jäh, das hätte er nicht gesehen.

»Was ist Magie für dich?«

Azad starrte ihn an. »Ist das der richtige Moment, um philosophisch zu werden?«

»Das kommt wohl darauf an, wie gut du dich anstellst.«

Azad verzog das Gesicht. »Magie ist … ich weiß nicht. Macht. Energie. Keine Ahnung, ich bin kein Theoretiker!«

Daniels blasse Lippen zuckten. »Nein«, erwiderte er gedehnt. »Ich habe auch nicht nach der Formel gefragt. Wenn du an deine Magie denkst, was fühlst du?«

Aus irgendeinem Grund war Zina plötzlich sehr präsent. Azad bemühte sich, ihren stechenden Blick zu ignorieren, während er darüber nachdachte. »Ich …« Er schloss die Augen und das grüne Licht erfüllte seinen Geist. »Ruhe«, sagte er langsam. »Angst … Hoffnung«, schloss er verlegen.

»Wovor hast du Angst?«

Azad blinzelte. »Magie ist gefährlich«, gab er schroff zurück. »Jeder weiß das.«

Neben ihm stieß Zina ein selbstzufriedenes Schnauben aus, das ihn beinahe in den Wahnsinn trieb.

»Deine eigene Magie?«, fragte Daniel geduldig.

Er zuckte mürrisch die Schultern. »Vielleicht schon.«

»Was könnte passieren?«

Azad stöhnte auf. »Hast du es nicht gehört? Hast du es nicht *gesehen*? Sie verlieren ihre Hände!«

»Du bist kein illegaler Magier, Azad.«

»Denkst du wirklich, das spielt noch eine Rolle?«, fragte Azad hart. »Nach allem, was wir getan haben?«

Für eine Weile sagte Daniel nichts. »Nein«, erwiderte er dann. »Ich denke, nichts davon spielt mehr eine Rolle. Aber das wusstest du schon im Tempelgarten.«

Azad senkte den Blick auf seine flammend roten Finger.

»Azad.«

Er sah auf. Zina war vor den ersten Funken zurückgewichen, aber nun rückte sie zögernd näher. Kurz schien sie mit sich zu kämpfen. »Denk nicht daran, dass es brennt«, murmelte sie schließlich. »Denk nur daran, was du vorhast. Ja?« Sie schenkte ihm ein flüchtiges Etwas, das fast ein Lächeln war.

Azad schluckte. Sein Blick glitt kurz zu Silberwasser, und er dachte an den Moment, in dem Zina in den Fluss gesprungen war. Vermutlich war sie verrückt, aber sie war auch am Leben. »Ja«, bestätigte er.

Als er zurück auf seine Hände sah, tanzten Funken darauf.

Ein bisschen dankbar

Azads Magie war ganz anders als Daniels. Nicht nur wegen der Farbe, da war sich Zina sicher. Sie fühlte sich auch anders an. Keiner der Funken hatte Zina auch nur berührt, trotzdem war da etwas, das sie spüren konnte. Ihre Haut hatte zu kribbeln begonnen und die Luft schmeckte anders – nach Blitzen vielleicht oder nach Rauch. Das Gefühl war ihr nicht völlig fremd, und als ihr Blick auf Silberwasser fiel, wurde es ihr klar. Es war diese Ahnung von *mehr,* die in der Tiefe lauerte. Zina konnte nicht sagen, ob sie Furcht empfand oder Faszination.

Der jüngste Prinz hatte die Hände zurück auf Daniels Rücken gelegt und diesmal hielt er die Augen geschlossen. Um die Wunden nicht sehen zu müssen, sah Zina in sein Gesicht. Obwohl sie erst ein paar Stunden unterwegs waren, hatte es sich verändert. Von seiner Arroganz war nicht mehr viel übrig, als hätte das Flusswasser sie weggespült. Wenn er die Lider geschlossen hatte, kam er ihr ruhiger vor, und plötzlich musste sie den verrückten Impuls unterdrücken, ihn zu berühren. Jeder Kontakt zwischen ihnen war grob gewesen. Es passte zu den Geschichten, die man sich über ihn erzählte, deshalb hatte sie es nicht hinterfragt. Und jetzt saß er da und fuhr mit einer Behutsamkeit über Daniels Verletzungen, die

Zina vollkommen verwirrte. Funken flackerten auf. Sie kamen Zina heller vor als letztes Mal, aber sie scheute sich davor, genauer hinzusehen. Stattdessen richtete sie ihre Aufmerksamkeit auf Daniel, der mit steinerner Miene vor Azad kniete und immer noch sein Amulett umklammert hielt. Seine hellbraunen Augen waren starr auf seine Faust gerichtet, als versuchte er, den Anhänger durch seine verkrampften Finger zu sehen.

»Hast du sie geliebt?«, fragte Zina, bevor sie sich aufhalten konnte.

Daniel riss den Blick von seiner Hand los und starrte sie an. Schweißperlen glitzerten auf seinem Gesicht. Er war inzwischen so bleich, dass man die weißen Flecken kaum noch erkennen konnte. »Was?«, brachte er hervor.

»Das Amulett. Du hast gesagt, es war ein Geschenk …«

Er lächelte angestrengt. »Wieso … willst du das wissen, Zina?«

Sie schluckte. »Du hast gesagt, ich muss um nichts fürchten. Entweder sprichst du aus Erfahrung oder du bist ein Idiot.«

Daniel lachte heiser. »Wir sind alle … Idioten.«

Sein Blick wurde trüb. Zina wartete darauf, dass er wieder fokussierte, doch das passierte nicht. Stattdessen begann er zu wanken und kippte mit dem Gesicht voran auf das Floß. Zina drehte seinen Kopf zur Seite und packte sein Handgelenk. »Daniel?«

Er rührte sich nicht. Das Amulett glitt über das glitschige Holz und Zina fing es gerade noch auf, bevor es im Fluss versinken konnte.

»Großartig«, stieß Azad hervor. Er war nicht so bleich wie Daniel, aber seine bronzefarbenen Wangen wirkten grau. »Das macht Mut.«

Zina zwang sich endlich, einen Blick auf Daniels Rücken zu werfen. »Aber … du hast es geschafft!«

Die Wunden hatten aufgehört zu bluten und sie sahen nicht mehr besonders tief aus. Einer der Risse schloss sich unter ihren Augen, und als die letzten Funken erloschen, bedeckte Schorf die verletzte Haut. »Das wird schreckliche Narben geben«, stellte Zina fest.

Azad hob erschöpft den Kopf. »Falls er aufwacht.«

Zina beugte sich über Daniels Gesicht. »Er atmet. Das ist gut, oder?«

»Ja«, sagte Azad trocken. »Das ist gut.«

»Also. Er wird es schon schaffen.« Zina legte Daniel die Kette um den Hals.

»Er hat Blut verloren«, murmelte Azad, »eine ganze Menge.«

»Dann heil ihn doch.«

Er lachte kurz auf. »Damit ich mir auch sicher bin, dass ich ihn umbringe? Nein, danke. Das können vielleicht drei oder vier Heiler in Uyneia. Atmet er noch?«

Zina beugte sich vor. »Ja.«

Azad nickte matt. »Lassen wir ihn erst mal so, vielleicht war es der Schmerz. Wenn er komisch wird, drehen wir ihn um.«

»Wenn du das sagst.« Zina zog ihre Beine an und sah sich um. Sie hatte nicht mehr auf ihren Weg geachtet, seit sie die Wächter passiert hatten. Der Fluss war wieder schmaler geworden, aber das Wasser war hier sehr dunkel. Nur der goldene Schimmer, der aus seiner Tiefe aufstieg, tanzte links und rechts über die Tunnelwände.

»Wo ist das Tier?«, fragte Azad.

»Silberwasser«, korrigierte Zina. »Da vorne.« Sie deutete auf die weiße Silhouette, die ihnen vorausschwamm. Das Seil schien ihren Zähnen nicht lange Widerstand geboten zu haben, denn es trieb nur noch als ausgefranster Rest an ihrem Floß.

Azad warf ihr einen Seitenblick zu. »Wieso hast du keine Angst?«

Zina stieß ein ungläubiges Lachen aus.

»Ich meine, vor ihr. Woher wusstest du, dass sie dir nichts tun würde?«

Sie sah ihn an. Azad erwiderte ihren Blick mit aufrichtiger Neugier. »Ich ... weiß es nicht«, gab Zina zu. »Es ging alles so schnell. Aber es hat sich irgendwie richtig angefühlt. Als hätte sie es mir gesagt.«

»Sie hat mit dir *gesprochen?*«

»Nein«, erwiderte Zina ungeduldig, »natürlich nicht. Aber es hat sich so *angefühlt*. Da war etwas ... in ihren Augen. Als könnte sie mich verstehen.« Sie schwieg für einen Moment. »Du hattest recht«, ergänzte sie dann. »Mit deiner Magie.«

Azad wartete.

»Ich bin ...« Sie verzog das Gesicht.

Azad musterte sie amüsiert. »Gern geschehen.«

Kurz herrschte Stille.

»Er liebt dich nicht«, sagte er unvermittelt.

»Was?« Sie blinzelte und stellte fest, dass Azad seine Aufmerksamkeit wieder auf Daniel gerichtet hatte. Der Plattenmeister atmete immer noch schwach, aber gleichmäßig, und kein frisches Blut sickerte mehr zwischen den Falten seiner Flügel hervor. Abwesend streckte Zina eine Hand aus und strich ihm das strähnige Haar aus der Stirn, doch seine Lider blieben geschlossen.

»Daniel. Er liebt dich nicht. Falls du das dachtest.«

Zina zog die Hand zurück. Sie wartete, aber zu ihrer Überraschung blieb die Wut aus. Alles, was sie spürte, war Erschöpfung. »Ich weiß. Und?«

»Stört dich das nicht?«

Langsam sah Zina auf. Azad musterte sie mit zusammengezogenen Brauen, als hätte sie ihn irgendwie irritiert. »Dir ist klar, dass dich das nichts angeht, ja?«

Er hob nur die Schultern. Fügte nichts hinzu.

Zina seufzte und stützte ihr Kinn auf die Knie. »Das ist alles nicht so einfach.« Sie konnte sich nicht erinnern, das je zuvor ausgesprochen zu haben. »Eigentlich schon«, korrigierte sie sich nach einer kurzen Pause. »Eigentlich ist es einfach. Nur ... alles andere nicht.«

»Was ist mit dir?«

Sie runzelte die Stirn. »Was ...«

»Liebst du ihn?«

Zina legte den Kopf in den Nacken und schloss die Augen. Feuchtes Haar glitt über ihren Rücken und für einen unheimlichen Moment fühlte es sich an wie klebriges Blut. Zina befeuchtete sich die aufgesprungenen Lippen und war froh, Schweiß zu schmecken und nicht das viel zu vertraute Aroma von Metall. »Wieso willst du das wissen, Azad?«

Sie hatte keine Antwort erwartet. Nicht einmal für eine Sekunde hatte sie daran gedacht. Doch die Stille hielt nur einen Atemzug lang an, im nächsten sagte Azad: »Ich mag dich eben.«

Zina zuckte zusammen, als hätte er ihr eine Klinge zwischen die Rippen gerammt. »Du weißt nichts über mich.«

»Und wie viel weißt du über Daniel?«

Plötzlich gereizt riss Zina die Augen auf. »Die eine oder andere Sache schon. Außerdem *geht* dich das nichts *an*.«

»Tut mir leid. Du hast gefragt.« Azad legte nachdenklich den Kopf schief und das goldene Licht des Flusses wanderte über seinen Hals. »Außerdem weiß ich auch die eine oder andere Sache über dich. Du bist mutig und ungeduldig. Du verlierst schnell die Beherrschung. Du kannst mehr schlecht als recht mit einem Säbel umgehen. Dein Gleichgewichtssinn ist absurd gut, dafür hast du keine Ahnung von Magie. Deine

Vorstellung von Spaß ist es, mit Flussfressern baden zu gehen. Und du bleibst bei Daniel, obwohl er dich nicht liebt.«

»Klingt, als wäre ich nicht die Einzige mit lausigem Geschmack.«

Es war das erste Mal, dass Zina ihn bewusst lachen hörte, und das erste Mal, dass sie ihm dabei in die Augen sah. Es war nur ein Moment, nicht mehr als ein dunkles Glucksen, aber sein ganzes Gesicht leuchtete auf. Seine Mundwinkel hoben sich, sein Kehlkopf hüpfte und für einen verrückten Augenblick vergaß sie alles um sich herum. Vage Erinnerungen schossen ihr durch den Kopf – daran, wie sich seine Nähe anfühlte. Wie sich seine Schultern unter ihren Händen bewegten, wie der Puls an seiner Kehle pochte. Wie die Wärme seiner Finger durch ihre Bluse drang, wie sein Atem stockte, bevor er sie losließ. Wie seine Stimme klang, wenn er ihr sagte, dass er sie mochte.

Sein Blick veränderte sich und plötzlich lachten sie nicht mehr. »Was?«, fragte er rau.

Zina schluckte. *Ein Prinz.* Azad war ein Prinz, einer der Prinzen, und Daniel lag zwischen ihnen mit frischen Narben auf dem Rücken. Azads Wimpern flatterten, als könnte er ihr ansehen, was sie dachte.

Zina blieb völlig reglos, als könnte sie schon die kleinste Bewegung zum Kentern bringen.

»Kuchen?«, fragte Azad schließlich und griff nach seinem arg lädierten Beutel.

»Ja«, stieß Zina hervor. Sie zögerte, dann zog sie ihren eigenen Beutel unter Daniels Schulter hervor und brachte eine zerdrückte Frucht zum Vorschein. »Hier.« Sie ließ sie in Azads Schoß fallen.

Azad grinste schief. »Wir werden alle geköpft und geblendet, und mit ein bisschen Pech verliere ich auch noch meine Hände. Ich hoffe, dieser Drachenkönig ist die Sache wert.« Er öffnete die Palmblätter mit äußerster Sorgfalt, und der Honigkuchen, den er ihr reichte, zog duftende Spuren auf ihrer Haut.

Der Fluss veränderte sich weiter. Er schien noch tiefer zu werden, obwohl es schwer war, sich im Dämmerlicht sicher zu sein. Silberwasser verschwand immer wieder aus Zinas Blick, und das musste bedeuten, dass sie weit in die Tiefe tauchte. »Woher kommt das Licht?«, wollte sie wissen.

Azad runzelte die Stirn, während er die goldgelbe Frucht mit dem Säbel in Scheiben schnitt. »Aus dem Fluss natürlich. Wie im Palast.«

»Aber es ist *Wasser.* Wie kann es leuchten?« Zina tauchte eine Hand in den Strom und erwartete halb, dass der Goldschimmer auf ihre Haut überging. Als sie ihre Finger zurückzog, waren sie einfach nur nass.

»Du willst es vermutlich nicht hören …«

»Magie?«, riet Zina und nahm das Obst, das er ihr reichte. Zuckriger Fruchtsaft lief über seine Finger, als er entschuldigend die Schultern hob. Abwesend legte er die Lippen an sein Handgelenk und sog den Saft auf, bevor er auf das Floß tropfen konnte. Hastig schob sich Zina das Stück Frucht in den Mund, das nach Honig, Blut und Sonne schmeckte.

»Aber … es *ist* doch Wasser, oder? Einfach nur Wasser?«

Azad überlegte. »Es ist … ein Fluss. Nicht jedes Wasser hat Macht, aber große Flüsse wie der Del Lungh … alte Quellen, Meere … so was schon. Es muss irgendwie mit dem Alter zu tun haben oder dem Leben oder was auch immer. Mit der Rolle, die sie in der Welt spielen.«

»Leuchtet das Meer auch?«

Azad schüttelte den Kopf. »Nicht so. Man spürt es, finde ich. Aber das Licht hier …« Er warf ihr einen vorsichtigen Blick zu, als müsste er abschätzen, wie weit er gehen durfte. »Also, ich habe mir immer vorgestellt, dass es die Macht der

Insel ist«, verriet er schließlich. »Der Fluss sollte uns auf einen der Wahren Wege führen und vermutlich kann man das sehen.«

»Wahre Wege«, wiederholte Zina. »Du glaubst daran?«

»Meine Familie benutzt die zu den Drachen seit Jahrhunderten«, erinnerte er sie. »Es wäre ziemlich ignorant von mir, nicht daran zu glauben.«

»Vielleicht ist es auch nur ein gewöhnlicher Weg.«

»Man kommt nicht auf gewöhnlichen Wegen an einen Verborgenen Ort.«

Sie verfielen in Schweigen. Zina überprüfte noch einmal, ob Daniel atmete, und zu ihrer Erleichterung war der Luftstrom an ihrer Wange kräftiger als zuvor. Sie zog die Karte hervor, die Daniel in seinen Gürtel gesteckt hatte, und entrollte das Wachstuch behutsam. Das Gewirr aus Strichen wirkte auf den ersten Blick völlig chaotisch, doch nach ein paar Wimpernschlägen bildeten sich Muster vor Zinas Augen. Der Del Lungh musste noch viel gewaltiger sein, als sie angenommen hatte, zumindest floss er ein ganzes Stück unter der Wüste hindurch und brach dann am Rand der Karte ab. »Wo entspringt er?«

Azad warf einen Blick über ihre Schulter. »Irgendwo in den Bergen, glaube ich. In der alten Kaiserstadt, das erzählt man sich zumindest.«

»Warst du mal da?«

»Nein. Wenn man Kaiser wird, reist man nach der Krönung hin.«

»Sieht schlecht für dich aus, was?«

»Ziemlich.« Azad lächelte schief.

»Die Karte stimmt wirklich nicht.« Zina hatte den winzig eingezeichneten Tempelgarten entdeckt. Eine haarfeine Linie führte als Seitenarm des Del Lungh aus dem Palast hinaus und dann weiter durch die Tunnel, in die Richtung, in der Zina die nächste Küste vermutete. Wie Daniel gesagt hatte, traf sie viel zu spät wieder auf den Kaiserkanal. Keine der Abzweigungen schien da zu sein, wo sie hingehörte.

Azad wirkte nicht sonderlich besorgt. »Man braucht keine Karte, um dem Wahren Weg zu folgen.«

»Und woran merken wir, dass wir ihn gefunden haben?«

Er lächelte mitleidig, und Zina fiel wieder ein, warum sie ihn nicht hatte ausstehen können. »Man findet ihn nicht, Zina, das ist doch der Witz. Er findet dich.«

Zina gab keine Antwort. Sie hörte das alles nicht zum ersten Mal. Seit vor ein paar Jahren die Idee in ihrem Kopf entstanden war, die Dracheninsel auf eigene Faust zu suchen, hatte sie jedes bisschen Wissen gesammelt, das ihr dazu in die Finger gekommen war. Wirklich verstanden hatte sie es nicht. Magie war nichts, was in ihrer Vorstellung Sinn ergab, und das galt erst recht für all die merkwürdig formulierten Regeln. Verborgene Orte, die sich nur den Würdigen zeigten, klangen genauso an den Haaren herbeigezogen wie Azads Gerede von Wahren Wegen. Zinas Plan hatte sich darauf beschränkt, dem Kaiserkanal zu folgen, und am Ende würde er sie schon zur Dracheninsel bringen – das musste er, schließlich hatte auch Navid so die Insel erreicht. Aber als sie Azad so reden hörte, bekam sie zum ersten Mal Angst, sich geirrt zu haben. Was, wenn er recht hatte? Wenn man etwas wissen, etwas spüren musste, um den Weg zur Dracheninsel zu finden?

Bevor sie genug Mut für weitere Fragen gefasst hatte, regte sich Daniel zu ihren Füßen. Zina und Azad beugten sich gleichzeitig vor und für einen Moment spürte Zina seinen Atem auf ihrem Hals.

»Daniel?« Azad berührte den Plattenmeister behutsam am Arm. »Hey! Daniel?«

Die farblosen Wimpern flatterten. Unerwartet sog Daniel Luft ein, rappelte sich auf und tastete um sich. »Was …? W…

wo …?« Daniels unruhiger Blick blieb an Azad hängen und seine gehetzte Miene wurde weicher. »Du? Wie …«

Azad zuckte zusammen. »Ich bin es«, sagte er eindringlich, »Azad. Hörst du?«

Daniel blinzelte. Für einen weiteren Moment wirkte er nicht ganz da, doch dann sah Zina, wie sich sein Blick klärte. Die Hand, die er in Azads Richtung erhoben hatte, fiel dumpf auf das Floß zurück. »Azad«, wiederholte Daniel heiser.

Er nickte. »Wie fühlst du dich?«

Daniel schnitt eine Grimasse.

»Ah, komm schon«, sagte Zina ungeduldig, »er hat dich geheilt. Ein bisschen Dankbarkeit wäre nett.«

»Wie neugeboren«, sagte Daniel feierlich. »Danke.«

Zina reichte ihm seine Flasche und sah zu, wie er sie leerte. »Neue Regel«, verkündete sie, während Azad in seinem Beutel nach mehr Kuchen suchte. »Niemand blutet heldenhaft vor sich hin. Wenn jemand lebensgefährlich verletzt wird, dann erzählt er das bei nächster Gelegenheit. Klar?«

»Klar.« Daniel grinste schief. »Wo wir gerade bei heldenhaft sind – habe ich das geträumt oder bist du diesen Flussfressern direkt vor die Zähne gesprungen?«

»Kein Traum«, sagte Azad düster. »Sie ist verrückt. Und sie hat jetzt ein Haustier.«

Wie aufs Stichwort schob sich vor ihnen Silberwassers Schnauze aus dem Wasser.

Keine Sonne

Es war schwer, nicht das Zeitgefühl zu verlieren, wenn um einen herum ewiges Dämmerlicht herrschte. Azads Augen hatten sich längst an die Dunkelheit gewöhnt, außerdem schien das goldene Leuchten des Flusses stärker zu werden. Sie waren mit den ersten Sonnenstrahlen aufgebrochen, und langsam begann er zu spüren, dass er in der vorherigen Nacht viel zu wenig geschlafen hatte. Er war nicht der Einzige, den die Erschöpfung einholte. Zina und Daniel hatten einige träge Worte über die schlecht gezeichneten Karten gewechselt und waren dann verstummt. Der Plattenmeister saß aufrecht, das Kinn auf die angezogenen Knie gestützt, die Flügelreste wieder eng an den Rücken gelegt. Er hatte ein silbriges Seil aus seinem Beutel gezogen, und Zina war damit beschäftigt, ihre Floßkonstruktion weiter zu stabilisieren. Sie arbeitete schnell und schweigend. Das einzige Zeichen ihrer Anspannung waren die Zähne, die sich in ihre gerötete Unterlippe gruben. Irgendwo auf dem Weg musste sie ihren Umhang verloren haben. Ihre Weste war nicht weniger zerfetzt als Daniels, aber zumindest nicht annähernd so blutig.

»Brauchst du Hilfe?«, überwand Azad schließlich die Stille.

Zina zuckte heftig zusammen, offenbar hatte er ihre Gedanken gestört. »Nein«, gab sie schroff zurück und zog das Seil fest. »Danke«, schob sie widerstrebend hinterher.

»Wieso bist du eigentlich hier?«

Zina wischte sich eine verschwitzte Haarsträhne aus der Stirn und sah auf. »Was?«

Azad hob die Schultern. »Na ja, bei *ihm* verstehe ich es.« Er nickte in Daniels Richtung. »Mit dem Gesicht hat er nicht viele Optionen. Aber du hast keine Narben. Wie alt bist du, siebzehn?«

»Achtzehn«, knurrte Zina gereizt.

Azad ließ sich von ihren zornigen Augen nicht beirren. »Siehst du. In zwei Jahren wärst du draußen gewesen. Du wärst frei gewesen. Wieso gehst du dieses Risiko ein?«

»Tja, das verstehst du nicht, oder?« Zina rollte das Seilende auf und platzierte es sorgsam auf einer Ecke des Floßes. Das Goldlicht brach sich in dem silbrigen Material und Azad streckte neugierig die Hand danach aus. Es fühlte sich glatt und überraschend klebrig an.

»Spinnenseide«, beantwortete Daniel seine unausgesprochene Frage.

Azad starrte ihn an. »Weißt du überhaupt, wie teuer die ist?«

Natürlich wusste er es. Daniel lächelte dieses Lächeln, das einen immer ein wenig zu verspotten schien, und schwieg.

»Vergiss, was ich gesagt habe«, bat Azad stirnrunzelnd. »Ich verstehe euch *beide* nicht. Warum, bei den unsterblichen Seelen der Ersten Drachen, hast du diese Narben?«

Daniel musterte ihn nachdenklich. »Vielleicht bin ich ja ein Verbrecher.«

»Verbrecher haben kein Eigentum. Sie hätten dir das Seil abgenommen, und die Kette auch.«

»Vielleicht bin ich ein Dieb.«

»Du hast gesagt, es war ein Geschenk.«

Daniel seufzte und sein linker Flügel entfaltete sich raschelnd. »Dann bin ich wohl tatsächlich ein Idiot.«

Azad ignorierte das. »Was willst du vom Drachenkönig, Daniel?«

Der Plattenmeister antwortete nicht.

»Ist doch klar, was er will.« Zina hatte sich an den Rand des Floßes gesetzt und ließ die Beine ins Wasser baumeln. Azad zuckte zusammen, als Silberwassers schuppige Stirn vor ihr auftauchte, doch Zina verzog keine Miene. Sie hatte ihr Haar aus dem wirren Zopf befreit, nun fiel es schwer und feucht über ihren Rücken. Plötzlich sah sie ganz anders aus, wie eine friedlichere Version ihrer selbst. Der Eindruck verflog allerdings, sobald Azad ihrem stechenden Blick begegnete. Sie legte den Kopf schräg und in ihren schwarzen Augen brach sich das Leuchten des Wassers. »Flügel natürlich.«

Daniel rührte sich nicht. Er widersprach auch nicht. »Und du, Zina?«, fragte er leise. »Was willst du? Das, was dir zusteht? Oder das, was alle wollen?«

Plötzlich schien Zina ihre Worte zu bereuen. »Ich will nur …«

»Und du, Prinz Azad.« Daniel richtete seine Aufmerksamkeit zurück auf ihn. Obwohl der Plattenmeister ihm schon ein Messer an die Kehle gehalten hatte, hatte er nun zum ersten Mal etwas wirklich Bedrohliches an sich. »Was willst du?«

Azad schüttelte den Kopf. »Ich weiß es nicht.«

»Wirklich nicht? Was ist mit Yamal?«

»Was soll mit ihm sein?«

»Willst du, was er haben sollte? Oder willst du mehr?«

Azad schluckte. »Der Drachenkönig ist kein Gott. Denkst du wirklich, er kann dir deine Flügel zurückgeben?«

Dort, wo Daniels Gesicht nicht alle Pigmente verloren hatte, glitzerten Bartstoppeln im Schein des Del Lungh. Seine Wangen zuckten, als wollte er lachen, aber sein Blick wirkte auf einmal leer. »Du betest zu den Seelen der Drachen, Azad. Vielleicht ist er nicht mein Gott, aber er ist deiner.«

Zina hatte ihre Fassung wiedergefunden. Sie musterte Daniel durch einen Spalt zwischen langen Wimpern und nach einer Weile sagte sie: »Weißt du, Daniel ... du denkst, dir steht der Himmel offen, weil du mit Flügeln geboren wurdest. Es ist so klar für dich, dass du ihn verdienst. Aber wer entscheidet, was mir zusteht? Du? Die Götter? Der Kaiser?« Sie fuhr grimmig über ihre narbenlose Wange. »Ich werde meine Wünsche jedenfalls nicht an Umständen ausrichten, über die der Zufall entschieden hat.«

Daniels Flügelrest flatterte erneut. »Nein«, erwiderte er ruhig. »Das wirst du wohl nicht.«

Azad starrte auf die verschwommenen Lichtreflexe, die über ihren Hals tanzten. Zina dachte vielleicht, er könnte ihre Sorgen nicht verstehen, aber er verstand nur zu gut, wovon sie träumte. Er hatte die ganze Zeit gedacht, sie könnten nicht unterschiedlicher sein, doch als er die Entschlossenheit in ihren Augen sah und das ungeduldige Beben in Daniels Flügeln, da wurde ihm klar, was sie tatsächlich verband. Da war dieser Unterton in Zinas Stimme, die wilde Sehnsucht in ihrem Blick. Wie Azad war sie auf der Flucht, aber das war nicht das Entscheidende. Entscheidend war, dass sie etwas nachjagte, und das war es, was sie antrieb. Auch Daniel jagte etwas und Azad tat es auch. Es waren keine Flügel, es war nicht leicht zu erklären. Aber etwas jagte er, in der verzweifelten Hoffnung, es am Ende ihrer Reise zu finden.

Zinas dunkle Brauen zogen sich steil zusammen. »Hey.«

Azad blinzelte. »Was?«

»Du starrst. Wieso starrst du?«

Er hob die Schultern. »Nur so.«

»Dann hör auf damit. Es ist unheimlich.«

Azad riss den Blick von ihrem Hals los und verdrängte die

Frage, wie oft er ihr wohl im Palast begegnet war, ohne sie richtig zu sehen.

Sie waren schneller geworden. Er hatte es zuerst nicht bemerkt, aber als Azad seine Aufmerksamkeit wieder auf den Flusslauf richtete, wurde ihm klar, wie viel stärker die Strömung nun war. Das Tier – *Silberwasser* – trieb nicht mehr träge vor ihnen durch das Wasser, sondern umkreiste mit kräftigen Bewegungen ihr Floß. Die Tunneldecke schwebte wieder weit über ihnen und das Rauschen des Flusses hallte vielfach verstärkt von ihr zurück.

»Sind wir noch richtig?«, fragte Azad besorgt.

»Weiß niemand«, gab Zina nüchtern zurück. »Die Karten sind nutzlos, zumindest für diesen Teil. Keine Ahnung, welchem Arm wir überhaupt folgen.«

Eine Welle ließ das Floß heftig schlingern und reflexartig griff Azad nach Zinas Hemd. »Komm wieder zurück in die Mitte.«

Zina verdrehte die Augen, zog aber die Beine aus dem Wasser und schob sich ein Stück auf Azad und Daniel zu. »Du hast doch wohl keine Angst?«

Azad verzichtete auf eine Antwort und sah sich erneut nach Silberwasser um. Halb hatte er erwartet, dass das Tier in dieser Strömung die Lust an ihrer Reisebegleitung verlieren würde, aber tatsächlich hielt sich das Flussfresserweibchen dicht an ihrer Seite.

»Merkwürdig«, murmelte Azad.

»Was ist merkwürdig?«, fragte Zina prompt.

»Das Tier … ich meine, Silberwasser. Es sieht aus, als würde sie dich … bewachen.«

Zina und Daniel sahen sich gleichzeitig um. Silberwassers bleiche Schnauze war tatsächlich auf Zina gerichtet und ihr Abstand zum Floß blieb bemerkenswert konstant.

»Vielleicht ist ihr langweilig?«, riet Daniel schulterzuckend.

»Vielleicht bekommt sie Hunger«, murmelte Azad gedämpft.

Zina hatte sich ein wenig aufgerichtet, ihr Blick glitt aufmerksam über den aufgewühlten Fluss. »Nein«, sagte sie langsam. »Ich fürchte, das ist es nicht.«

»Was …«

Und dann sah Azad es auch.

Silberwasser war nicht mehr der einzige Flussfresser, der sie begleitete. Ein weißer Körper glitt hinter ihnen durchs Wasser und ein lauerndes Augenpaar reflektierte das goldene Licht.

»Oh, oh«, murmelte Zina so leise, dass sie niemand hören konnte.

»Was hast du gesagt?« Azads Stimme hatte wieder diesen Unterton, der ihr schon vor dem Kaiserkanal aufgefallen war. Es war eine Mischung aus Entrüstung und Furcht, die sie unter anderen Umständen amüsiert hätte. Unter Umständen, die nichts mit gigantischen Flussfressern zu tun hatten.

»Nichts.«

Zina hatte noch nie einen so riesigen Flussfresser gesehen. Sie hatte Silberwasser für groß gehalten, immerhin war sie doppelt so lang wie die größten Exemplare, die man je aus dem Stromgebiet der Goldenen Stadt gezogen hatte. Doch der Abstand der beiden Augen, die ihnen jetzt durch die Dämmerung folgten, ließ auf eine Körperlänge von mindestens zwölf Schritt schließen. Dort, wo Silberwassers Stirn das übliche Schuppenmuster trug, ragten Hornstacheln in die Höhe, die sich über die gesamte Wirbelsäule des fremden Tiers zogen.

»Vielleicht sieht er uns nicht«, flüsterte Azad hoffnungsvoll. »Heißt es nicht, Flussfresser haben schlechte Augen?«

»Er sieht uns«, murmelte Zina. Der Flussfresser starrte sie

an und Zina fiel die Farbe seiner Iris auf: Nicht blassgelb wie die von Silberwasser, sondern von einem tiefen Dunkelrot. Auch die Schuppen wirkten anders – härter, wie Panzer aus durchscheinendem Kristall.

»Was stimmt nicht mit ihm?«, wisperte Azad.

Zina löste den Blick nicht von dem Tier, sie konnte es nicht. »Er ist … alt.«

»Du meinst … krank? Oder …«

»Ich meine *alt*. Mächtig.«

Zina tastete nach dem Säbel an ihrem Gürtel und hätte im nächsten Moment fast gelacht. Die lächerliche Klinge würde nicht einmal durch die Schuppen dringen, selbst wenn genug Zeit blieb, sie zu führen. Es war nur eine Bewegung, die sie von ihrem Tod trennte. Wenn der Flussfresser sie angreifen wollte, hatte sie nichts, um ihn aufzuhalten. Die blutroten Augen waren lähmend, aber Zina schaffte es nicht, wegzusehen.

Sie spürte ein Prickeln an ihrem Arm und am Rand ihres Blickfelds flammten Funken auf.

»Azad …«

»Hast du einen Plan?«, wisperte er.

»Nein«, gab sie kaum hörbar zu.

»Ich auch nicht.«

»Hätte mich auch überrascht.«

Der Flussfresser bewegte ein Vorderbein, das breiter war als Zinas ganzer Körper. Es war nur eine kleine Regung, doch sie spürte, wie Azad an ihrer Seite erstarrte.

»Bleibt ruhig«, ertönte Daniels gedämpfte Stimme hinter ihr, »ganz ruhig.«

Azad zischte leise. »Wenn dein nächster Satz *kein Grund zur Panik* ist, spar ihn dir. Dieses Vieh ist ein ausreichend guter Grund.«

Silberwasser schien ganz ähnlicher Meinung zu sein. Sie

trieb nun unter ihrem Floß, und ihre unruhig zuckende Schwanzspitze war alles, was Zina erkennen konnte.

»Kannst du dich mit dem da auch anfreunden?«, flüsterte Azad hoffnungsvoll.

Zina riss sich endlich von den dunkelroten Augen los. »Ich glaube nicht, dass er Freunde sucht.«

Der Flussfresser griff an.

Zina hatte es kommen sehen und gleichzeitig fühlte sie sich seltsam unbeteiligt, als es geschah. Die Schnauze schoss vor, die Kiefer öffneten sich und das Tier rammte mit einer Kraft gegen ihr Floß, die Zina von den Füßen riss. Mit einem Aufschrei stürzte sie auf glitschiges Holz und rutschte panisch rückwärts. Wasser tobte und spritzte, Schuppen blitzten auf und wieder ging ein Ruck durch das Floß, der die Baumstämme krachen ließ. Eine Kralle donnerte auf das Holz, kaum eine Handlänge von Zina entfernt. Splitter flogen ihr entgegen und brennender Schmerz entflammte ihr Gesicht. »Au!«

»Zina? Bist du …«

Jemand griff nach ihrem Arm und versuchte, sie auf die Beine zu zerren. Mehr Holz barst, eine Welle schwappte ihr ins Gesicht und dann ging ein Ruck durch das Floß und riss es auseinander.

»Zina!«

Für die Dauer eines Wimpernschlags gelang es ihr, das Gleichgewicht auf dem Baumstamm zu halten. Sie wankte, streckte die Arme aus und ihr Brustkorb hob sich wie von selbst zu einem Schrei. Dann fiel sie erneut und diesmal stießen ihre Hände nicht mehr auf Holz. Sie spürte kalte Schuppen und geriet in Panik. Sie konnte nichts dagegen tun. Wild um sich schlagend versuchte Zina, sich den Flussfresser vom Hals zu halten, blinzelte sich das Wasser aus den Augen und starrte direkt in eine geschlitzte Pupille.

»Silberwasser«, stieß sie hervor. Das Weibchen ruckte mit dem Kopf und Zina zog sich auf seinen Rücken, ohne darüber nachzudenken. Gleich darauf stieß Silberwasser einen schrillen Laut aus, wie Zina ihn noch nie gehört hatte. Sie hatte nicht gewusst, dass Flussfresser Geräusche machten. Es war ein Schrei wie von einem großen Vogel und nach einer Schrecksekunde begriff sie auch den Grund. Der fremde Flussfresser hatte sich auf Silberwasser gestürzt. Seine Zähne gruben sich in ihr Hinterbein und sie kreischte erneut, schlug mit dem Schwanz und versuchte, ihn abzuschütteln. Zina schwang ihre Beine über Silberwassers Rücken, damit sie rittlings auf ihr Halt fand, den Blick auf ihr Schwanzende gerichtet. Mit zitternden Fingern riss sie ihren Säbel hoch, warf sich nach vorn und stieß nach dem Maul ihres Angreifers. Ihre Klinge prallte wirkungslos von der gepanzerten Schnauze ab. Dunkles Blut lief über Silberwassers Schuppen und mit wachsender Verzweiflung stieß Zina erneut zu. Diesmal glitt der Säbel zwischen die Kiefer des Tiers und grub sich in weiches Fleisch. Es war keine tiefe Wunde, aber sie reichte, um ihn abzulenken. Silberwasser riss sich los und schoss abwärts. Zina schluckte Wasser und hustete, aber bevor sie die Orientierung wiedergefunden hatte, durchbrachen sie schon wieder die Oberfläche.

»Zina«, brüllte Azad, »schnell!«

Sie fuhr herum und entdeckte ihn direkt vor sich. Er kniete auf dem wackligen Floßrest und streckte ihr drängend die Hand entgegen. Seine aufgerissenen Augen waren auf etwas hinter Zina gerichtet, und sie musste sich nicht umdrehen, um zu wissen, was sie erwartete.

Wieder griff der Flussfresser an und diesmal zielte er auf Zina. Er schnappte nach ihrem Fuß, den sie im letzten Moment außer Reichweite zog. Zähne schrammten über ihren Knöchel und Entsetzen lähmte ihren Geist. Es war vorbei, es musste vorbei sein. Ihr Säbel schien in ihrer Hand zu schrumpfen, ihre Finger wurden starr. Vielleicht könnte sie das Floß erreichen, aber was dann? Es war nur Holz, es würde brechen. Es war vorbei, nur noch eine Frage der Zeit. Ihr Blick begegnete Azads und etwas in ihm schien zu begreifen. »*Schnell*«, wiederholte er heiser, aber sie konnte sich nicht bewegen, nicht mehr.

Azads Lippen bebten. Hinter ihm ging die Sonne auf.

Zina blinzelte.

Orangerotes Licht flutete ihr entgegen, als hätte jemand einen Kessel mit kochendem Gold ausgeleert. Das Licht fuhr über ihr Gesicht, ihre Haut, traf auf Silberwassers Schuppen und brachte das Wasser um sie herum zum Glühen.

Ein Zittern lief über das Rückgrat unter Zina und wieder ertönte ein Schrei. Aber es war nicht Silberwasser, die ihn ausstieß. Der Laut war tiefer, wie ein Brüllen, das von den Felsen widerhallte und Zinas Zwerchfell vibrieren ließ. Sie fuhr herum und starrte den fremden Flussfresser an. Seine Augen waren zu zwei blutroten Schlitzen zusammengekniffen. Seine Schnauze ruckte unruhig vor und zurück, doch die Bewegung blieb seltsam desorientiert. Das Licht strahlte weiter, tanzte über das Gischtwasser, das der Kampf der Tiere aufgewühlt hatte, und ließ den gepanzerten Kopf des Flussfressers strahlen. Wieder ein Brüllen, das Licht wurde greller. Orangerote Funken wirbelten durch die Luft, ein grüner Blitz flammte auf und traf zischend auf schuppige Nüstern. Das Gefühl kehrte in Zinas Arme zurück, die Lähmung fiel ab und sie schwang ihren Säbel, prallte ab, schwang ihn erneut. Der Flussfresser schnappte blind nach ihr, erwischte die Klinge und ließ von ihr ab. Noch einmal bäumte er sich auf. Dann fiel er in die Wellen zurück, warf sich herum und ergriff im tobenden Wasser die Flucht. Licht jagte ihm nach, grüne Blitze zuckten durch den Fluss und erloschen weit in der Tiefe.

Es war, als hätte Zina auf einen Schlag die Kontrolle über all ihre Muskeln verloren. Sie stieß bebend Luft aus und ihr Oberkörper sackte kraftlos nach vorn. Zinas Wange streifte Silberwassers schuppigen Rücken und Wellen schlugen ihr ins Gesicht. Mühsam hob sie den Kopf und spuckte bitteres Flusswasser aus.

»Zina?«

Etwas traf sie an der Schulter und sie fuhr hoch, bevor sie das silbrige Seil entdeckte. Halbherzig griff sie danach und ließ sich vorwärtsziehen, bis sich ein Floß in ihr Blickfeld schob. Hände packten sie und hoben sie aus dem Wasser. Zina spürte gerade noch, wie Silberwasser unter ihr verschwand, dann trafen ihre Knie auf glitschiges Holz. Sie spuckte mehr Wasser aus und stellte milde verwundert fest, dass es blassrot war.

»Bist du verletzt?«

Sie spürte eine Bewegung an ihrer Seite, jemand wischte ihr nasses Haar aus dem Gesicht. Zina hatte nicht einmal gemerkt, dass ihr Strähnen in den Wimpern hingen. Sie sah auf und starrte direkt in Azads schwarze Augen.

»Nein«, krächzte sie. »Nur ein Kratzer am Bein.«

»Aber das Blut …«

»Silberwasser.« Zina wischte sich über den Mund und sah blinzelnd an sich hinunter. Auch ihre Kleidung war rötlich von Flussfresserblut. »Ist sie … in Ordnung?«

»Sie ist weg. Abgetaucht.« Azad holte tief Luft, dann ließ er sie los. »Das war …«

»Knapp«, sagte Zina. »Danke.«

»Bedank dich bei Daniel.«

Zina drehte sich um. Der Plattenmeister saß auf der anderen Seite des Floßes, ein Ende des Spinnenseils in den Händen. »Danke«, wiederholte sie. »Woher wusstest du das? Mit dem Licht?«

»Wusste ich nicht.« Der Plattenmeister warf einen kurzen Blick auf seine wunden Handflächen und fluchte. »Es war alles, was ich tun konnte.« Er hob die Schultern und sein Flügelrest raschelte sanft. »Unser Glück, dass es funktioniert hat.«

»Wir hätten darauf kommen können«, wandte Azad ein. »Die sehen hier nie etwas, das heller ist als der Fluss. Keine Sonne … keine Magie …« Er verstummte. Zina hatte das Gefühl, dass er sich dieselbe Frage stellte wie sie.

»Werden wir«, sagte sie leise.

Er sah sie fragend an.

»Die Sonne sehen?«

Azad zögerte, dann lächelte er. »Und mit ein bisschen Glück werden wir auch irgendwann wieder trocken.«

Drachenduft

Im Alter von vier Jahren hatte Azad zum ersten Mal einen Drachen gesehen. Thamara hatte ihn mitgenommen. Erst Jahre später hatte er begriffen, wie viel seine Mutter damit riskiert hatte, denn dem Kaiser waren seine Drachen fast so heilig wie der Tempelgarten. Azad war sich nicht sicher, welche Strafe Thamara gedroht hätte. Dshihan mochte symbolhafte Strafen, vielleicht hätte er sie verbrannt. Aber damals hatte Thamara noch zu seinen Favoritinnen gehört. Schönheit verschwendete sein Vater nur ungern.

Die Drachen des Kaisers bewohnten ihren eigenen Tempel im Palmenhain. Thamara hatte Azad frühmorgens geweckt, als die Feste der Nacht noch in vollem Gang gewesen waren. Azad konnte sich daran erinnern, wie sie ihn in eines ihrer gewebten Tücher gewickelt hatte, damit man ihn nicht erkannte. Gemeinsam waren sie durch den Palast geschlichen und hatten ein Floß genommen. Sie hatte auch Rayan wecken wollen, aber vor seinem Zimmer hatte eine Wache gestanden. Es war die Zeit gewesen, in der Navid oft krank gewesen war, und für eine Weile hatte sich der Kaiser viel mit Yamal und Rayan beschäftigt. Also waren es nur Thamara und Azad gewesen, die sich in der Morgendämmerung auf den Weg durch den Palmenhain gemacht hatten. Die Luft hatte anders und besonders geschmeckt und in den Bäumen hatten die Vögel gesungen.

»Riechst du es?«, hatte Thamara geflüstert. »Riechst du schon, wie sie duften?«

Azad hatte herausgefunden, wie Drachen rochen: süß und verbrannt und nach Zuckerbrotfest. Er erinnerte sich an das Klirren des Beutels, mit dem Thamara die Wachen des Tempels bezahlt hatte. Hitze war über sein Gesicht gestrichen, als sie ihn zwischen die Säulen geführt hatte, und er hatte ihre Hand so fest gehalten, wie er nur konnte.

»Hast du Angst?«, hatte sie gefragt und er hatte genickt.

»Gut. Es ist nicht falsch, sie zu fürchten, denn sie kennen dich nicht. Du kannst sie bewundern und verehren, aber verliere nie den Respekt. Wer einem fremden Drachen furchtlos gegenübertritt, der hat nicht viel über Drachen begriffen.«

»Der Kaiser sagt …« Azad hatte überlegen müssen, denn die Worte hatten sich sperrig und fremd angefühlt. »Er sagt, Angst ist der erste Schritt ins Versagen.«

Thamara hatte ihn angesehen, und zum ersten Mal hatte Azad sich gefragt, ob seine Mutter wohl glücklich war. »Das sagt er, weil er es fürchtet, Azad. Nichts auf der Welt fürchtet er mehr.«

Und dann war er ihm begegnet, dem Drachen. Thamara hatte Azad ganz nah an die Stäbe geführt und dann mit leiser Stimme gerufen. Azad konnte sich nicht mehr an den Namen erinnern, aber er erinnerte sich an den Blick. Der Drache hatte sich den Stäben genauso langsam genähert wie Azad. Sein Hals hatte sich bis an das Dach des Tempels gewölbt, wo die einfallende Sonne leuchtende Streifen auf seine Schuppen malte. Der Drache war so dunkel gewesen, dass Azad ihn für schwarz gehalten hatte, aber das Sonnenlicht hatte seinen Körper grün leuchten lassen. Seine Stacheln hatten wie Silber geglänzt und bei Thamaras Anblick hatte er leise gebrummt.

Sie hatte Azad hochgehoben und er hatte dem Drachen in die tiefvioletten Augen gesehen.

»Hast du Angst?«, hatte Thamara noch einmal gefragt. Der Atem des Drachen hatte Azads Wange gestreift und etwas in ihm hatte sich verändert.

»Ja«, hatte er geflüstert. Der Drache hatte ganz sanft geschnaubt und seine Nase vor ihm an die Stäbe gelegt.

Fast war es, als könnte Azad die Wärme der Schuppen noch spüren.

»Darf ich dich was fragen?«

Zina hatte Sachen zum Wechseln aus ihrem Beutel geholt. Sie hielt inne, als er sprach. »Was?«

Azads Knie hatten vor einer Weile zu schmerzen begonnen. Er streckte die Beine aus und tauchte seine Füße in den Fluss. Rasch warf er einen Blick zur Seite, aber Daniel hatte die Karten wieder hervorgeholt und schien ihn nicht gehört zu haben. »Hast du Angst?«

Zinas Züge wurden hart. »Hältst du mich für feige?«

»Nein.«

»Ich bin zwischen Flussfressern groß geworden, hörst du? Ich war schon als Kind auf dem Floß unterwegs. Ich kenne sie besser als du, viel besser. Dieses Tier war … seine Augen … ich konnte nicht …«

»Du hattest Angst.«

Zina riss gereizt ihre Weste auf. »Du weißt nicht, wie es war! Er war so riesig, und so *nah*, und ich wollte nur … ich wollte …« Sie unterbrach sich. »Außerdem geht es dich nichts an.«

Azad sah zu, wie sie an den Knöpfen ihrer Bluse zerrte. »Wieso bist du so wütend?«

Zina funkelte ihn an. »Weil es leicht es, mutig zu tun, wenn man auf einem Floß sitzt und mit Lichteffekten spielt!«

Er lachte auf. »Ist das dein Ernst?«

»Ja!«

»Zina, ich hatte Angst. Ich hatte solche Angst, dass ich diesem Vieh wahrscheinlich ins Maul gesprungen wäre, wenn Daniel nicht gewesen wäre. Ich denke nicht, dass du weniger mutig bist, weil du Angst hast. Ich denke nur, du bist weniger verrückt. Das ist, ehrlich gesagt, ziemlich beruhigend.«

Das schien sie nicht sonderlich zu besänftigen. »Das verstehst du nicht«, knurrte sie. »Ich habe keine Angst vor ihnen, hörst du? Habe ich nicht. Man muss ruhig bleiben, darum geht es. Man muss ruhig bleiben und ich habe die Nerven verloren wie eine Idiotin. Ich habe mich nicht mal bewegt! Ich war Flussfresserfutter. Die eine … die *eine* Sache, die ich können sollte, und ich …«

Sie verstummte erneut, als hätte sie gerade erst bemerkt, was sie da redete.

»Er hat uns angegriffen, Zina. Wir waren ruhig. Es hat keinen Unterschied gemacht.«

»Denkst du, das beruhigt mich?«

Azad hob hilflos die Schultern. »Ich meine nur, du hast nichts falsch gemacht. Er hat dich nun mal angegriffen, *niemand* wäre ruhig geblieben.«

»Und wie im Namen der Feuermutter soll ich gegen Drachen kämpfen, wenn ein stinknormaler Flussfresser schon zu viel für mich ist?«, stieß sie hervor.

Endlich verstand Azad, was sie so zornig machte, und offenbar sah sie ihm das nur zu genau an.

»Ach, sei still«, murmelte Zina, noch bevor er den Mund öffnete.

»Du weißt gar nicht, was ich sagen wollte.«

»Sicher irgendwas Abgeklärtes darüber, wie man über sich selbst hinauswachsen kann.«

Azad grinste. »Eigentlich wollte ich dir zustimmen. Gegen Drachen haben wir keine Chance.«

»Du bist ein Idiot«, murmelte Zina, aber sie wirkte versöhnt.

»Und ich glaube nicht, dass das ein stinknormaler Flussfresser war«, fügte Azad leise hinzu. »Du vielleicht?«

»Nein«, gab sie nach einer kurzen Pause zu. »Und jetzt dreh dich um.«

Er blinzelte. »Was?«

Zina zuckte die Schultern und zog ihre Bluse aus. »Oder du starrst, mir egal.«

Mit größtmöglicher Würde wandte Azad den Blick ab und drehte sich weg.

Er hatte Angst gehabt. Der Flussfresser hatte ihm Angst gemacht, und er hatte nicht mal versucht, sie zu verbergen. Zina verstand diesen Jungen nicht. Er verhielt sich nicht, wie er sollte. Der Jähzorn des Kaisers war legendär und seine Söhne machten ihm alle Ehre. Navid und Yamal wurden *Köpfe des Drachen* genannt, sie waren grausam und hart wie ihr Vater. Rayan war die *Schlange*. Er war intelligent, hielt sich bedeckt und verlor niemals die Beherrschung, weshalb nicht wenige ihn für den Gefährlichsten hielten.

Azad war der *Tiger*. Es hieß, er jagte nachts. Er soll Dienerinnen für ihr Stillschweigen bezahlt haben und manchmal hatte Zina ihn in den Schatten der Schlafsäle gesehen. Jedes Mal, wenn er im Dunkeln davongeschlichen war, hatte sein Anblick ihr eine Gänsehaut über den Rücken gejagt. Er war einer der Prinzen und den Prinzen traute man nicht, das hatte Zina von klein auf gelernt. Mit dem Azad, der neben ihr auf den wackligen Baumstämmen kauerte, hatte dieser Prinz nichts zu tun. Im Kaiserkanal hatte er sie aus dem Wasser gezogen und er hatte Daniel geheilt. Er stellte ihr Fragen, teilte seinen Kuchen und er erzählte von seiner Angst. Er tat diese Dinge ohne zu zögern, und Zina verstand nicht, warum.

Sie öffnete die Augen gerade weit genug, um ihn prüfend zu mustern. Azad saß mit gekreuzten Beinen neben ihr und starrte ins Wasser. Sie trieben jetzt schnell, aber ruhig über den Fluss. Der Goldschimmer erhellte seine Züge. Er hatte ein hübsches Gesicht. Das hatte Zina sofort gedacht, als sie ihm am Vortag begegnet war. Er hatte lange Wimpern, eine schmale Nase und den breiten Mund seines Vaters. Vermutlich hatte er als Kind wie ein Mädchen ausgesehen. Inzwischen bedeckte die Ahnung eines Bartschattens seinen Kiefer und die kräftigen Brauen ließen seinen Blick härter wirken. Sie kniff die Augen wieder zusammen und der Schleier ihrer Wimpern verwischte seine Züge.

»Wie heißt du eigentlich?«

Durch den Spalt zwischen ihren Lidern konnte sie sehen, wie Azad den Kopf drehte. »Was?« Er lächelte verwundert.

»Dein voller Name. Ich weiß gar nicht, wie du heißt.«

»Oh. Ilias.« Azad stieß ein fast lautloses Seufzen aus. »Azad Ilias von Uyneia.«

»Bist du jetzt beleidigt?«

Er schüttelte den Kopf.

»Bist du doch. Du findest, dass ich mehr über dich wissen sollte.«

»Immerhin scheinst du sehr genau zu wissen, was ich denke.«

Zina öffnete die Augen, um seine Miene zu deuten, aber Azads Gesicht blieb ruhig. »Die Wächter haben dich nicht erkannt.«

Azad hob die Schultern. »Sie wussten, dass ich nicht Yamal bin. Das ist ein Anfang.«

»Wärst du gerne älter? Ich meine, einer von den …«

»Den wichtigen Prinzen?« Azad schnaubte leise. »Nein.«

»Hm.« Zina war nicht überzeugt.

»Du glaubst mir nicht«, stellte Azad fest, aber er wirkte

nicht verärgert. Er legte den Kopf in den Nacken und schloss die Augen, sodass das Leuchten des Flusses auf seinen Lidern tanzte. »Rayan sagt immer, ich habe es leichter. Der Kaiser ist nicht so streng mit mir. Er … quält mich nicht.«

»Und deine Brüder quält er?«

Azad schwieg.

»Weißt du, wie wir dich nennen? Den Tiger.«

Er lachte auf. »Ja. Ich habe davon gehört.«

»Sie haben Angst vor dir«, fügte Zina leise hinzu.

Azad blieb ganz still. »Warum?«, fragte er schließlich.

»Sie sagen, du hast es auf die Dienerinnen abgesehen. Dass du nachts um die Schlafsäle schleichst.«

»Glaubst du das auch?«

Zina zögerte. »Ich habe dich gesehen.«

Azads Lippen wurden schmaler. »Ich verstehe.«

Plötzlich wünschte sich Zina, sie hätte den Mund gehalten. Ihr Blick schoss Hilfe suchend zu Daniel, der schon seit einer ganzen Weile schwieg. Sie hatte geglaubt, er wäre in Gedanken versunken, aber seine hellbraunen Augen waren aufmerksam auf Azad gerichtet. Als er bemerkte, dass Zina ihn ansah, blinzelte er träge. Offenbar hatte er nicht vor, ihr zu Hilfe zu kommen.

Zina räusperte sich. »Ich wollte nicht …«

»Meine Mutter wohnt bei den Dienerinnen«, fiel Azad ihr ins Wort.

»Oh.« Daran hatte sie nicht gedacht. »Thamara?«

»Ja. Ich gehe sie besuchen.«

»Nachts?«

»Sie arbeitet tagsüber. Und der Kaiser will nicht, dass man sie mit mir sieht.«

Zina starrte ihn an. »Wieso nicht?«

Azad zuckte grimmig die Schultern. »Er hatte schnell genug von ihr.«

Sie wusste nicht, was sie darauf antworten sollte. Zina kannte Thamara. Sie war eine kleine, sanfte Frau, die in der Weberei arbeitete. Als Zina noch jünger gewesen war, hatte Thamara ihr und den anderen Kindern im Schlafsaal vor dem Einschlafen Märchen erzählt. Erst Jahre später hatte Zina gehört, dass sie eine der Prinzenmütter sein sollte, aber ganz sicher gewesen war sie sich nie.

»Sie hat Drachen geliebt«, sagte Zina leise. »Daran kann ich mich erinnern. Sie hat uns Geschichten über sie erzählt ... wir haben Abenteuer mit ihr erlebt. Wir sind über die Wüste geflogen und über das Meer und manchmal habe ich sogar von ihren Drachen geträumt.«

Azad nickte leicht. »Sie liebt sie immer noch. Früher dachte ich, sie machen ihr Angst ... Aber ich glaube, das stimmt nicht. Ich glaube, sie hat die Angst vor den Drachen verloren.«

Zina grinste schief. »Dann muss sie verrückt sein.«

»Vielleicht. Oder vielleicht hat sie sie gut genug kennengelernt.« Azad schüttelte lächelnd den Kopf. »Ich weiß es nicht. Viele ihrer Entscheidungen habe ich nie verstanden.«

»Ist sie stolz auf dich? Weil du dich für die Reise entschieden hast?«

Azads Lächeln schwand. Sein Blick flackerte zu Daniel, dann kehrte er zu Zina zurück. »Ich weiß es nicht«, wiederholte er, leiser diesmal. »Ich habe sie nicht gefragt.«

Zina zog abwesend die Riemen ihrer Sandalen fest. Ihre vom Wasser eisigen Füße waren wärmer geworden, an einer ihrer Zehen klebte Flussfresserblut. Die Bilder, die Thamara vor Jahren in ihren Geist gemalt hatte, tauchten vor ihrem inneren Auge auf: roter Wüstensand, gleißende Sonne und schillernde Drachen, die mit ihr über den Himmel glitten.

»Sie versteht es«, sagte Zina mit Nachdruck.

Azad sagte nichts, aber Zina konnte sehen, wie sich der harte Zug um seinen Mund ein wenig entspannte.

Wunden

Azad hätte gerne gewusst, wie lange sie schon unterwegs waren. Er hatte das dumpfe Gefühl, dass es mehrere Tage sein mussten. Genau wie die anderen hatte er zwischendurch geschlafen, Arme und Beine unter das Spinnenseil geschoben, und war mit schmerzenden Gliedmaßen und drückenden Kopfschmerzen wieder aufgewacht. Azad vermisste die Sonne. Er vermisste den Himmel über den glänzenden Dächern des Kaiserpalasts, er vermisste das ausgiebige Frühstück auf der Terrasse und am allermeisten vermisste er sein Bett. Es war ein fantastisches Bett mit vergoldeten Pfosten, einer dicken Matratze und zahllosen Kissen mit bunten Seidenquasten an den Ecken. Der Samthimmel war mit Szenen berühmter Schlachten bestickt, und wenn man sich ausstreckte und lange genug nach oben starrte, sah es manchmal aus, als würden die gestickten Drachen und Schlachtrösser lebendig.

Azad warf einen missmutigen Blick auf den dämmrigen Fluss. »Ich vermisse mein Bett.«

Zina seufzte. »Ich auch.«

Azad hob die Brauen.

»Ach, komm schon. Das war zu einfach.«

»Ich habe nichts gesagt.« Azad stand auf, um seine verspannten Muskeln zu lockern, und brachte damit ihre ganze

Floßkonstruktion zum Schwanken. »Irgendwelche neuen Erkenntnisse?«, fügte er mit einem Blick auf Daniel hinzu. Der Plattenmeister saß wieder einmal über den Karten, die er über die gesamte Fläche des Floßes ausgebreitet hatte. Hier und da schimmerte die Spinnenseide zwischen den Schriftstücken hervor, mit der Zina die Holzreste sorgfältig miteinander verbunden hatte.

Daniel seufzte und sah auf. »Nicht wirklich. Ich vermute, dieser Teil des Flusses wurde nur schematisch festgehalten. Die Mündungen und Abzweigungen passen nicht zusammen. Die Engstelle mit den Wächtern ist in den meisten Karten gekennzeichnet, aber danach scheinen die Kartografen ihrer Fantasie freien Lauf gelassen zu haben.«

»Will ich wissen, wie viel du für diese Dinger gezahlt hast?«

»Willst du nicht.«

»Eine von denen?«, fragte Zina und deutete auf die Narben in seinem Gesicht.

»Unter anderem.« Daniel hob eine Hand und rieb abwesend über seine stoppelige Wange.

»Bei der Feuermutter, du sammelst die aber auch hemmungslos.«

Daniel lächelte schief. »Gute Karten sind nicht billig.«

»Die sind aber nicht gut.«

Er hob die Schultern. »Einen Versuch war es wert.«

»Wenn du das sagst«, murmelte Zina. »Und dir ist nicht aufgefallen, dass sie sich nicht decken?«

Daniel runzelte die Stirn. »Das ist das Merkwürdige … sie decken sich schon. Zumindest teilweise. Deshalb dachte ich ja … nun, ich bin auf der Suche nach Mustern … nach größeren Bereichen, die übereinstimmen … was leichter wäre, wenn irgendeiner dieser Stümper schon mal von Maßstäben gehört hätte.«

»Lass mich mal.« Zina erhob sich geschickt und sprang mit
einem Satz neben Daniel. Das Floß blieb völlig ruhig. Azad
hatte schon früher bemerkt, wie mühelos Zina auf dem Wasser die Balance hielt, aber auch diesmal war er beeindruckt.
Sie korrigierte ihre Haltung so leichtfüßig, als würde sie von
unsichtbaren Seilen getragen. Daniel reichte ihr eine Hand,
ohne aufzusehen, Zina ergriff sie und sank dicht neben ihm
auf die Knie. »Wo sind die Stellen?«

Daniels Arm streifte Zinas Schulter, als er auf eine der Karten deutete.

»Hm.« Zina beugte sich vor und ihr langes Haar glitt wie
Flusswasser über ihren Hals. »Zeig mal die.« Sie gab Daniel
eine Karte, und als er sie ausbreitete, lehnte sich Zina neugierig gegen ihn.

Azad fühlte sich auf einmal seltsam ertappt. Er hatte das
vage Gefühl, etwas zu sehen, was nicht für ihn bestimmt war,
und die Erkenntnis sackte schwer in seine Magengrube. Mühsam versuchte er, die unangenehme Schwere in seinem Bauch
zu ignorieren. Er hatte kein Recht gehabt, mit Zina über Daniels Gefühle zu reden. Trotzdem hatte sie ihm geantwortet.
Sie liebte Daniel nicht, das hatte sie gesagt. Und doch war da
etwas – er konnte es daran ablesen, wie Zina sich in Daniels
Nähe bewegte. Es war nicht seine Angelegenheit, das war
Azad klar. Es konnte ihm egal sein, völlig egal. Aber er sah
Daniels Hand an Zinas Schulter, Zinas schwarze Haarsträhnen auf Daniels blasser Haut, und plötzlich fühlte er sich über-
flüssiger denn je. »Und?«, fragte er ruppig.

Zina schien sein Ton nicht aufzufallen. »Hm«, wiederholte
sie abwesend. Ihr Blick blieb auf die Karten gerichtet und
mit einem Finger fuhr sie eine der dunklen Tintenlinien nach.
»Diese hier ... nach der Karte folgen wir gerade diesem Arm.
Auf der Karte hier drüben folgen wir ... dem hier ...« Kritisch
zog sie die Brauen zusammen. »Es ist wirklich komisch. Jede

der Karten passt irgendwie ein bisschen, aber keine passt *genau*.«

»Dann wussten die Zeichner es eben nicht besser«, murmelte Azad. Es fiel ihm schwer, Interesse für das Gewirr aus Linien und Punkten zu heucheln.

»Dafür ist es zu nah dran«, widersprach Daniel, die Augen auf eines der Schriftstücke gerichtet. »Es ist nicht so, als würden Details fehlen. Es wirkt eher … verzerrt. Als hätten alle Karten dieselbe Vorlage … und jemand hätte sie verfremdet.«

Azad schnaubte. »Wieso sollte man das tun?«

Zina warf ihm einen spöttischen Blick zu. »Als gäbe es nicht genug Leute, die Interesse daran haben, andere von der Dracheninsel fernzuhalten.«

Azad starrte zurück. »Wäre ja auch zu naheliegend, einfach *keine* Karte in Auftrag zu geben.«

Zu seiner Überraschung nickte Daniel zustimmend. »Er hat recht. Diese Karten hier sollen uns weiterhelfen, es sind Versuche, den Weg festzuhalten. Aber sie sind nicht gelungen. Ich frage mich …«

»Ich habe es doch gesagt«, fuhr Azad ihn an. »Wir suchen einen der Wahren Wege! Wieso hört mir hier eigentlich niemand zu? Man kann Wahre Wege nicht aufzeichnen, weil sie sich verändern! Natürlich gibt es keine korrekte Karte dafür.«

Zina verdrehte die Augen, doch Daniel horchte auf. »Sie verändern sich?«, wiederholte er.

Azad ruckte unwirsch mit dem Kopf. »Jeder Reisende geht seinen eigenen Weg. Die Dracheninsel ist verborgen, anders kommt man nicht hin.«

»Du bist dir sicher?«

»Das ist allgemein bekannt.« Plötzlich irritiert stellte Azad fest, dass er genau wie Rayan klang.

Daniel nickte langsam. »Ich habe davon gehört. Ich wusste

nicht, was ich glauben sollte. So viele Prinzen haben die Insel schon gefunden …«

»Der erste Kaiser hat den Wahren Weg zur Insel zuerst entdeckt«, erinnerte ihn Azad. »Ich schätze, wir haben eine Art … Vorteil.«

»Ich verstehe.« Der Plattenmeister musterte ihn aufmerksam. »Du glaubst an die unsterblichen Seelen der Ersten Drachen, nicht wahr? Glaubst du, dass sie dich rufen?«

Unter Daniels durchdringendem Blick unterdrückte Azad ein Frösteln. »Keine Ahnung. Nein. Nein, ich glaube nicht.«

Zina kniff die Augen zusammen. »Denkst du, sie rufen Yamal?«

Azad gab keine Antwort.

Die Karten waren Zina ein einziges Rätsel. Sie weckten seltsam widersprüchliche Emotionen in ihr, wann immer sie sie studierte. Inzwischen war sie überzeugt, dass keine von ihnen stimmen konnte. Trotzdem hörte sie nicht auf, hoffnungsvoll auf die feinen Linien zu starren. Wieder und wieder verschwamm ihr Blick, bis sich eine ganz neue Karte vor ihren glasigen Augen abzuzeichnen begann, und etwas an diesem Trugbild schien sie zu locken. Sobald Zina blinzelte, waren die verschwommenen Striche wieder nichtssagend und klar.

»Er ist da drin«, murmelte sie und fuhr mit der Fingerspitze über einen der Flussarme aus Tinte. »Der Weg. Es fühlt sich an, als wäre er da, aber ich kann ihn nicht richtig fokussieren …« Sie schüttelte verwundert den Kopf. »Ich sehe ihn … irgendwie … aber dann gleite ich ab …«

Zina schloss die Augen und wieder tanzten geschlängelte Linien durch ihren Geist. Sie verflüchtigten sich zu schnell, um ein klares Bild zu ergeben. »Bei der Feuermutter, das macht mich wahnsinnig!« Ungeduldig drückte sie Daniel die Karten in die Hand. »Da, pack sie weg. Ich kann das Zeug nicht mehr sehen.«

Der Plattenmeister rollte die Karten zusammen und schob sie zurück in seinen Beutel. Er sprach seine Frustration nicht aus, aber Zina bemerkte, wie sein linker Flügel bebte.

»Was soll's«, seufzte sie. »Wir folgen einfach dem Arm hier, solange es geht. Bisher können wir nicht wirklich falsch sein, oder?«

Wie aufs Stichwort teilte sich der Fluss hinter der nächsten Biegung in zwei Unterarme. Schweigend sahen sie zu, wie die Strömung sie nach rechts trieb.

»Tja«, murmelte Azad. »So viel dazu.«

Zina warf ihm einen Seitenblick zu. »Dachtest du, es gibt Hinweisschilder?«

Azad hob vage die Schultern. »Wieso nicht? Wäre doch nett.« Er grinste halbherzig. »Aber wenn es welche gab, hat Navid sie vermutlich abgerissen. Er ist … ein bisschen kompetitiv.«

Zina lachte nicht. »Dieses Feuer im Abendsaal, war das nicht Navid?« Sie kannte die Geschichte. Die Prinzen hatten Karten gespielt, und Navid ertrug es nicht, zu verlieren. Es hatte Wochen gedauert, den Saal wieder bewohnbar zu machen.

Azad nickte. »Ja«, gab er zu, »das war Navid.« Seine Mundwinkel zuckten. »Rayan hätte gewonnen.«

Etwas sehr Kaltes regte sich in Zinas Brust. »Du findest das lustig.«

Azad blinzelte und sah auf. »Ich … nein, natürlich nicht. Navid ist … ich meine, er war schon immer …«

Ein Klingeln erfüllte Zinas Ohren und Azad verstummte jäh unter ihrem Blick.

»Was?«, fragte sie ruhig. »Was ist Navid deiner Meinung nach?«

»Zina«, sagte Daniel leise.

Azad öffnete den Mund, doch plötzlich stockte er und richtete sich auf. »Was ist das?«

Zina folgte seinem Blick. Vor ihnen ragte eine Gruppe von Steinen aus dem Wasser, wie sie ihnen schon hundertfach begegnet waren. Erst nach einem Moment entdeckte sie, was ihn irritierte. Etwas auf dem Fels glitzerte im matten Schein des Flusses. Wortlos tauchte Zina ihren Arm ins Wasser und steuerte sie näher an die Steine heran.

»Vorsicht.« Ihr Floß stieß hart gegen die Steinformation. Zina erhob sich, sprang zurück an Azads Seite und beugte sich vor. Azad spähte neugierig über ihre Schulter. »Ist das … Blut?«, flüsterte er.

Zina zögerte. Das Sekret auf dem Fels schimmerte metallisch im Dämmerlicht. Sie streckte einen Finger aus und wischte vorsichtig darüber. Die zähe Flüssigkeit, die auf ihrer Haut zurückblieb, war lauwarm und fast schwarz.

»Es sieht aus wie Öl«, stellte Azad gedämpft fest. Er griff abwesend nach Zinas Hand und drehte sie leicht, um sich das schillernde Farbspiel der Substanz anzusehen.

Zina schnupperte daran. »Blut«, sagte sie. »Flussfresserblut.«

»Bist du dir sicher?«

Zina hob die Finger an seine Nase und Azad zuckte zurück. »Riech mal.«

Er gehorchte zögernd. Zina konnte zusehen, wie ihn die Erkenntnis traf. »*Zimt?*«

»So riechen sie, wenn sie sich sonnen. Wenn ihre Haut trocknet, riecht sie nach Zimt.«

Azad starrte sie an.

»Hinter der Sternwarte gibt es ein Stück Palastmauer, wo die Wachen fast nie patrouillieren. Da ist ein kleines Ufer, an dem man in Ruhe baden kann«, erklärte sie verlegen. »Manchmal liegen sie da im Sand.«

»Du badest mit ihnen. Sollte mich das überraschen?«

»Ich bade nicht *mit* ihnen. Jedenfalls riechen sie so.«

»Wie Drachen«, sagte Azad.

»Was?«

»Drachen riechen auch so. Nach Zimt.«

Zina runzelte die Stirn. »Wirklich?« Sie sah zurück auf das Blut an ihren Fingern. Es hatte zu trocknen begonnen und ein feines Kribbeln breitete sich auf ihrer Haut aus. Hastig wischte sie sich die Hand an der Hose ab. »Aber das kann kein Drachenblut sein.« Sie sah sich nach Daniel um. »Oder?«

Er hob die Schultern. »Ich denke nicht.«

»Also Flussfresser.« Zina zögerte. »Denkt ihr, Silberwasser ... ich meine ...« Sie schluckte. »Sie wurde von diesem anderen Vieh verletzt.«

»Hier muss es von Flussfressern wimmeln«, sagte Azad. Es klang, als bemühte er sich dabei um einen beruhigenden Ton, obwohl seine Miene gar nicht glücklich wirkte. »Das kann irgendein Tier gewesen sein.«

Wasser schwappte gegen ihr Floß und Zina balancierte es rasch neu aus. »Aber das Blut ist noch frisch. Ihre Wunde war tief. Vielleicht ...« Suchend sah sie sich um. Der Schein des Wassers reichte kaum, um die umliegenden Tunnelwände zu erleuchten. Grünes Licht flackerte auf, und als Azad den Arm hob, löste sich eine Funkenwolke von seiner Hand und stieg langsam an die Decke.

Sie sahen es im selben Moment.

»Da!« Azad bewegte sich so plötzlich, dass das Floß erneut ins Schwanken geriet. Zina griff nach seinem Arm, damit er stillhielt. »Ist das ... ein Weg?«

In der Wand zu ihrer Linken, kaum eine Floßlänge flussabwärts, war der Fels nicht länger senkrecht. Vielleicht war hier einmal ein Flussarm gemündet, doch inzwischen sprudelte nur noch ein fingertiefes Rinnsal über den Stein, der wie das Ende einer steilen Rutsche abfiel und eine Art glitschige Rampe bildete. Nach ein paar Schritt endete der Weg in Dunkelheit.

»Schau dir den Boden an«, flüsterte Azad.

Zina kniff die Augen zusammen und nun entdeckte auch sie die Kratzspuren im Fels. »Das ist es«, sagte sie entschieden. »Das muss zu ihrem Schlafplatz führen.« Sie hob den Kopf. »Ich muss nach ihr sehen.«

Azad zuckte zusammen. »Wir wissen nicht mal, ob das Silberwasser ist!«

»Sie muss es sein. Das ist ihr Blut, sie ist verletzt. Wenn sie Hilfe braucht …«

»Zina, das ist ein verletztes, wildes Raubtier. Hörst du? Wir folgen keiner verwundeten Bestie in ihren Unterschlupf!«, stieß Azad hervor.

Zina lachte laut auf. »Tun wir nicht?«

»Du weißt genau, was ich meine! Das ist Wahnsinn! Und wenn es das andere Vieh ist, hm? Das uns angegriffen hat?«

»Es ist Silberwasser!«, fuhr sie ihn an. »Ich *weiß* es. Sie hat mir das Leben gerettet, ich muss nach ihr sehen.«

»Du bist … bei den Drachenseelen, das ist …« Er stieß ein frustriertes Knurren aus und raufte sich tatsächlich die Haare. Beinahe hätte Zina noch einmal gelacht.

»Du musst ja nicht mitkommen«, ergänzte sie stur.

Azad schnaubte bloß. »Dann sag du's ihr«, knurrte er.

Daniel, der sich interessiert über das Blut gebeugt hatte, sah auf. »Sie hört nicht auf mich«, erwiderte er sachlich.

Azad öffnete den Mund.

»Wenn sie gehen will, muss sie gehen. Außerdem kennt sowieso keiner von uns den richtigen Weg.«

Azad verzog das Gesicht. »Schön«, grummelte er. »Aber wir gehen zusammen. Und falls jemand meine letzten Worte überliefern muss: Ich war dagegen.«

»Ich werde es Silberwasser ausrichten.« Zina hob das lose Ende des Spinnenseils auf und knüpfte es mit ein paar schnellen Griffen zu einer Schlinge. »Kann einer von euch anständig werfen?« Sie deutete auf eine Felszacke, die aus der Tunnelwand hervorragte. »Wir sollten da festmachen.«

Azad nahm ihr das Seil aus der Hand und traf zu Zinas Missfallen beim ersten Versuch.

Es gestaltete sich schwieriger als erwartet, auf dem steilen Fels voranzukommen. Zina kletterte als Erste an Land und fand sich beinahe sofort auf Händen und Knien wieder. Das seichte Rinnsal, das über den abfallenden Boden plätscherte, machte den Grund fürchterlich rutschig. Als sie gemeinsam mit Azad versuchte, ihr Floß nach oben zu ziehen, wäre sie beinahe kopfüber zurück in den Fluss gestürzt.

»Können wir es nicht hierlassen?«, stieß Azad hervor.

Zina zögerte und warf einen Blick flussaufwärts, wo nichts als Dunkelheit lag. »Und wenn jemand kommt? Einer vom Kaiserkanal? Ohne Floß sitzen wir hier fest.« Sie lächelte schief. »Außer, du willst schwimmen.«

Das überzeugte ihn. »Krallen … müsste man haben«, keuchte Azad, als er zum vierten Mal abrutschte und hart auf den Fels fiel. Kleine Steinchen lösten sich unter seinen Füßen und wurden vom Wasser weggespült. Zina biss die Zähne zusammen und warf Daniel einen prüfenden Blick zu. Der Plattenmeister war neben ihnen auf den Weg geklettert und versuchte nun, Azad in seinem Kampf mit dem Floß zu unterstützen. Er zog an dem Spinnenseil und Schmerz zuckte über sein Gesicht, sobald sich seine Schultermuskulatur anspannte.

»Lass das«, wies Zina ihn unwirsch zurecht, »du reißt deine Wunden wieder auf. Wir kriegen das schon hin.«

Sie zog erneut an dem Seil, verlor den Halt und schlug

sich die Knie auf. »Bei der Feuermutter«, zischte sie durch die Zähne.

»Wartet.« Daniel richtete sich vorsichtig auf und griff in seinen Beutel. Er wühlte kurz in der Tiefe und zog dann etwas hervor, das wie ein silbriger Ball aussah. Er streifte seine Schuhe ab und warf sie achtlos hinter sich in den Fluss. »Zieh die Sandalen aus«, empfahl er Zina, »die stören uns nur.«

»Ist das …«

»Ein Rest Spinnenseide. In meiner Heimat nutzen die die Luftfahrer, wenn sie in großer Höhe guten Halt brauchen.« Er zupfte an dem Knäuel, das sich, wie Zina nun begriff, entrollen ließ. Daniel zog einen feinen Faden aus dem Ballen, trennte ihn mit einem Magiefunken ab und reichte ihn an Azad weiter. »Du musst ihn um deine Hand- und Zehenballen wickeln. Man kann ihn dehnen, er reißt nicht.«

Sichtbar skeptisch folgte Azad seiner Anweisung. Auch Zina bekam einen Faden von Daniel, der sich noch klebriger anfühlte als das geflochtene Seil. Sie schlang ihn einige Male um ihren rechten Fuß und trat vorsichtig auf. Prompt fand ihre Sohle festen Halt auf dem glitschigen Grund. »Hey, das funktioniert!« Mit wachsender Begeisterung nahm sie den zweiten Spinnenfaden entgegen. »Wo du herkommst, gibt es Luftfahrer?«

»Jede Menge«, gab Daniel zurück. »Es gibt verschiedene Möglichkeiten, sich zwischen den Fliegenden Inseln fortzubewegen. Wer Flügel hat, kann über kürzere Strecken natürlich selbst fliegen. Flügellose können reiten … für lange Strecken gibt es den Schiffsverkehr.« Ein sehnsüchtiger Glanz war in seine Augen getreten, und seine Stimme wurde weicher, als er fortfuhr. »Jeder sollte einmal im Leben die Inseln sehen. Himmel, so weit das Auge reicht … schneebedeckte Bergspitzen … Städte aus Marmor, der in der Sonne leuchtet …

und dazwischen die fliegenden Schiffe mit bunten Segeln aus Spinnenseide. Es gibt keinen schöneren Ort auf der Welt.«

»Du bist dort aufgewachsen?«, fragte Azad leise.

Daniel nickte. »Ich habe in Aranea gelebt. Früher war das eine Stadt des Flügeladels ... die alten Familien, wisst ihr, die das Flügelerbe seit vielen Hundert Jahren tragen. Aranea ist immer noch eine reiche Stadt, aber vor einigen Generationen ... es lag wohl am Dreizehntägigen Krieg ... gab es zum ersten Mal viele Verbindungen unter dem Stand. Das Flügelerbe hat sich verbreitet und Geflügelte wurden plötzlich in allen Familien geboren. Ich bin der Erste aus meiner Familie, der Flügel trägt, und so konnte ich auf den Inseln ausgebildet werden. Aranea ist berühmt für Kunsthandwerk. Ich wurde dort Feinschmied und habe gelernt, wie man Leerplatten und Doppelspiegel fertigt.«

»Aber ...« Zina zögerte. »Nur, weil du Flügel hast? Ich meine, könnte man nicht einfach ... was meintest du, reiten? Oder ein Schiff nehmen?«

Daniels Miene verdüsterte sich. »Theoretisch könnte man das. Ja.«

»Aber ...«

»Es ist eine Frage der Einstellung. Viele Geflügelte haben sehr ... traditionelle Vorstellungen davon, wer das Leben auf den Fliegenden Inseln verdient hat. Ohne Flügel hat man es in ihrer Welt nicht leicht.«

Zina kämpfte mit sich. Ihre Neugier gewann. »Daniel, was ist mit deinen Flügeln passiert?«

Die hellbraunen Augen des Plattenmeisters flackerten. »Es war ein Unfall«, sagte er knapp. »Ich war nicht vorsichtig genug.«

Das war alles, was Zina je von ihm erfahren hatte. »Aber *wie* ...«

»Es ist vorbei, Zina. Darüber zu reden macht sie nicht wieder gesund.«

Zina biss sich auf die Zunge. »Die meisten Sachen werden leichter, wenn man sie teilt.«

Daniel lächelte nicht, aber er wirkte auch nicht verärgert. »Diese nicht«, sagte er ruhig. »Aber danke.«

Zina seufzte. »Und wann verrätst du mir, warum du diese Narben sammelst?«

Der Plattenmeister hob mechanisch die Hand und fuhr sich über die Schnitte in seiner Haut. Zina fragte sich, ob er noch wusste, welche der Narben *ihre* war. Daniels Mundwinkel hoben sich. »Jede aus einem anderen Grund.«

Zina verengte die Augen. »Das ist vielleicht, was du dir einredest.«

Daniel ließ die Hand sinken. »Nun«, gab er leise zurück, »dann scheinst du es ja zu wissen.«

Kurz herrschte Stille.

»Los«, sagte Azad dann und griff wieder nach dem Spinnenseil. »Wir haben immerhin noch ein Monster zu retten.«

Zina seufzte, bückte sich nach dem Seil und zog.

Was möglich ist

Azad hatte seine Heimat nie verlassen. Er hatte nie auch nur einen Fuß über die Grenze des Kaiserreichs gesetzt. Uyneia war groß – der größte der drei lunadësischen Kontinente, der reichste und wichtigste. Und alles, vom Bergland im Norden über die flammende Wüste bis zum Dschungel im Süden, stand unter der Herrschaft des Kaisers. Uyneia war Kontinent und Kaiserreich zugleich und allein die Vorstellung machte Azad schwindelig. Er selbst kannte nicht viel mehr als die Goldene Stadt. Die Metropole beherbergte fast ein Drittel der gesamten uyneianischen Bevölkerung. Die Paläste, Häuser und Hütten zogen sich weit an den Armen des Del Lungh entlang, des gewaltigen Flusses, der selbst in der Wüste das Leben pulsieren ließ. Einige Male war Azad dem Wasser weiter gefolgt als bis zu den Mauern des Kaiserpalasts, er hatte die Wüstenstadt Kattana gesehen, den Urwald von Abundi und das östliche Meer. In Kattana hatten rote Adler über den Dächern gekreist, doch Azad hatte nie fliegende Schiffe gesehen oder Marmorstädte über den Wolken. Er hatte nie fremden Boden betreten und bis auf den Singsang in Daniels Stimme hörte er nie fremde Sprachen. Was er gehört hatte, waren Geschichten gewesen: Geschichten, wie Daniel sie erzählte, von Fliegenden Inseln und geflügelten Männern. Geschichten von funkelnden Riesen, lebenden Stürmen und Bergspitzen aus Kristall. Als er ein Kind gewesen war, hatte er geglaubt, all das einmal mit eigenen Augen sehen zu dürfen. Rayan hatte es ihm ausgemalt, und wenn er seine Mutter besucht hatte, war er zum Helden ihrer Abenteuer geworden. Als er zu jung gewesen war, um komplizierte Dinge wie die Thronfolge zu verstehen, hatte er es nicht erwarten können, einmal Kaiser zu sein und alle Wunder der Welt zu entdecken.

Früher hatten alle Kinder der Herrscherfamilie ferne Länder besucht, doch das war schon lange vorbei.

»Bist du häufig auf Reisen gewesen?«

Seine Stimme hallte leise im Tunnel wider. Seit einiger Zeit schon gingen sie schweigend vorwärts. Der steinerne Weg war flacher geworden und sie zogen das Floß hinter sich über den glatt gespülten Grund. Zina hatte mehr als einmal verflucht, dass sie ihr rollbares Floß verloren hatte, aber Azad scherte es nicht. Er genoss es, nach der langen Zeit auf dem Fluss seine Arme und Beine zu gebrauchen und das Brennen der Muskeln überstrahlte den Schmerz seiner steifen Gelenke.

Daniel trug ihr Gepäck in den Armen, um den Schorf auf seinem Rücken zu schonen. Wie Zina hatte er ein neues Hemd übergestreift. Fransige Löcher ließen Platz für seine Flügel und an einigen Stellen sickerte immer noch Blut durch den Stoff. Die Wunden waren fast geschlossen, aber hier und da riss die Haut wieder auf.

»Reisen?«, wiederholte Daniel, als wäre ihm der Begriff völlig fremd.

»Bevor du an den Palast gekommen bist«, sagte Azad. »Du hast doch bestimmt noch mehr von der Welt gesehen, oder nicht?«

Daniel hob die Schultern und fluchte gleich darauf unterdrückt, als seine Haut bei der Bewegung spannte. »Ein bisschen. Dies und das. Ich hatte nie besondere Ziele.«

Das glaubte Azad keine Sekunde lang. Wer sich aus freien Stücken zum Diener eines fremden Kaisers machte, ging nicht ohne Ziel durch die Welt.

»Hast du die gläsernen Berge gesehen?«, mischte sich Zina überraschend ein. »Oder die Nebelfälle? Die Versunkene Stadt?«

Daniel schüttelte mit einem leisen Lächeln den Kopf. »Die Versunkene Stadt ist eine Legende«, sagte er geduldig. »Und selbst wenn nicht, wäre sie unerreichbar am Meeresgrund. Die Nebelfälle gehören dem Regenkönig, sein Reich habe ich nie betreten. Die Glasberge …«

»Du hast sie gesehen!«

Der Plattenmeister war langsamer geworden. Er warf Zina einen kurzen Blick zu, ihre Begeisterung schien ihn zu amüsieren. »Nein«, widersprach er ruhig. »Aber ich hatte es vor. Vielleicht, wenn …« Er hielt inne. »Nun, eines Tages hole ich das vielleicht nach.«

»Was *hast* du gesehen?«, beharrte Azad.

Daniel lächelte erneut und diesmal sah er fast ein bisschen traurig aus. »Das Morgenlicht auf den Bergspitzen von Avolatis«, gab er zurück. »Auf denen Schnee liegt, obwohl einem die Sonne in den Augen brennt. Städte und Wälder und Häfen in der Luft und am Meer. Bücher und Kunst. Die Meisterstücke, die in den Werkstätten von Aranea entstanden sind … und Magie. Ich habe Magie in all ihren Formen gesehen, ich habe gesehen, wie sie gelernt, gelehrt und gelebt wird.« Er zögerte. »Ich habe gesehen, was möglich ist.«

»Und jetzt bist du hier«, sagte Azad.

Daniels braune Augen verharrten einen Moment auf seinem Gesicht. »Uyneia ist ein wundervolles Reich«, entgeg-

nete der Plattenmeister nach einer kurzen Pause. »Schön …
und intensiv … und voller Widersprüche.«

Azad runzelte die Stirn. »Das musst du mir nicht sagen.«

»Es klang, als hättest du danach gefragt.«

Azad zögerte. »Die Magie«, sagte er. »Wo hast du sie gesehen?«

Daniel hob den Kopf. »Magie?«, wiederholte er. »Überall.« Er lächelte. »Manches lässt sich nicht so einfach verbieten.«

Tatsächlich war Azad der Ansicht, dass sich alles verbieten
ließ. Er erlebte es ja, konnte zusehen, wie der Kaiser die Wirk-
lichkeit nach seinen Vorstellungen formte. Oder zumindest
versuchte er es. Er hatte verboten, den Tempelgarten zu betreten, er hatte verboten, die Wächter des Flusses zu passieren.
Er hatte alles verboten, was sie gerade taten, doch verhindert
hatte er es nicht.

»Dort, wo die Magier frei sind«, sagte Azad langsam,
»herrscht Chaos?«

Daniel ließ sich Zeit mit seiner Antwort. »Die Magie ist anders dort, wo ich herkomme«, erwiderte er schließlich. »Kinder wachsen mit ihr auf. Die Kräfte entwickeln sich langsam,
wie alles andere auch. Natürlich kann Magie gefährlich werden. Wir alle können gefährlich werden. Du wärst vermutlich
stark genug, um jemanden mit bloßen Händen zu töten. Es
ist sinnvoll, das zu verbieten. Aber verbietest du Muskeln?«

»Natürlich nicht.«

»Wieso nicht?«

»Weil Muskeln nicht schlecht sind. Ich … kann etwas tragen, ich kann arbeiten, ich …«

»Ja.« Daniel nickte. »Das kannst du. Und du kannst heilen,
nicht wahr?« Der Plattenmeister seufzte leise. »Was Magie
auszeichnet, ist nicht das Chaos. Es ist die Tatsache, dass man
sie lenken kann.«

»Aber deswegen gibt es doch die Regeln über illegalen Gebrauch …«

»Nein, Azad. Deswegen gibt es Personen, die sie fürchten. Personen, die vielleicht spüren, dass es da draußen Mächte gibt, die sich ihrem Willen nicht beugen.« Daniel wirkte abwesend, trotzdem hatte Azad das Gefühl, dass er vielleicht zum ersten Mal wirklich mit ihm sprach. »Angst ist ein mächtiges Werkzeug. Man kann mit ihr herrschen, wenn man will. Aber wenn man die Angst als Verbündeten wählt, dann wird man sie selbst niemals los.« Daniel blieb stehen, scheinbar ohne es zu bemerken. Sein Blick, der verschwommen gewesen war, richtete sich mit plötzlicher Schärfe auf Azad. »Du hörst zu«, stellte er fest.

Azad runzelte die Stirn. »Klar höre ich zu. Ich hab dich doch gefragt.«

Der Plattenmeister lächelte grimmig. »Ja. Du hast gefragt.«

Der Aufstieg wurde steiler. Überall stieß Azad nun auf tiefe Kratzspuren, die sich über den Stein zogen, und einmal trat er auf etwas Knirschendes, das nach dem Skelett eines kleinen Tieres aussah. Er ging in die Knie und untersuchte die feinen Knochen. »Fledermaus?«

Wie zur Bestätigung schoss ein kleiner, dunkler Schatten über ihre Köpfe und verschwand vor ihnen in der Dunkelheit.

»Igitt.« Zina verzog das Gesicht und schüttelte sich, was Azad zum Lachen brachte.

»Im Ernst? Riesige Flussfresser sind kein Problem, aber vor *Fledermäusen* fürchtest du dich?«

»Ich fürchte mich nicht«, widersprach Zina beleidigt. »Ich finde sie nur irgendwie … bah, Mäuse. Nur Drachen sollten Flügel haben.«

»Ach«, sagte Daniel.

»Bei dir ist das was anderes«, räumte Zina ein. »Du springst mich nicht aus irgendeiner dunklen Ecke an.«

»Für gewöhnlich nicht«, bestätigte Daniel.

Azad zerrte stärker an dem Floß. »Kommt jetzt. Weiter.«

Der schmale Tunnel mündete bald in einen breiteren und hier floss wieder mehr Wasser. Der knöcheltiefe Bach machte den Aufstieg nicht weniger anstrengend, und an manchen Stellen war der Boden so glitschig, dass sie nur auf Händen und Knien vorwärtskamen. Immer wieder huschten Schatten über die Tunneldecke und Zina zuckte zusammen, als rechnete sie damit, jeden Moment von den Fledermäusen attackiert zu werden. Azads anfängliche Erleichterung darüber, sich endlich wieder zu Fuß weiterzubewegen, ließ allmählich nach. Der Weg war mühsam, das Seil des Floßes schnitt in seine Handflächen und außerdem rutschte er ständig ab und landete im Bach. Vielleicht hätte ihn das nicht ganz so sehr gestört, hätte er vergessen können, wohin sie unterwegs waren. Azad war klar, dass Zina eine merkwürdige Verbundenheit mit dem Flussfresser – *Silberwasser* – spürte, aber seine eigene Zuneigung zu diesem Tier hielt sich doch sehr in Grenzen.

Vor ihm glitt ein Schatten durchs Wasser. Gleich darauf spürte Azad einen stechenden Schmerz. »Au!« Er schlug fluchend nach dem silbrigen Etwas, das sich in seiner Wade verbissen hatte. »Was, bei den Drachenseelen …«

»Halt still.« Zina packte sein Bein, griff nach dem zappelnden Angreifer und mit einem raschen Handgriff hatte sie ihn von Azad gelöst. »Schon vorbei.«

»*Au*«, wiederholte Azad mit Nachdruck. »Was ist das?«

Misstrauisch beäugte er das sich windende Tier, das Zina in den Händen hielt. Es war kaum so lang wie ihr Unterarm und vielleicht daumendick. Sein geschmeidiger Körper war von silberweißen Schuppen bedeckt. Zina hielt es direkt hinter seinem dreieckigen Kopf, damit es nicht noch einmal beißen konnte.

»Eine Schlange!«, stieß Azad hervor.

»Keine Schlange«, widersprach Zina und hob ihm das Tier näher ans Gesicht. Goldene Augen starrten Azad feindselig an.

»Wie bitte? Also, wenn das keine Schlange ist …«

»Es ist keine. Das ist ein Junges. Ein Flussfresserjunges.« Zina lächelte, als das Tier in ihren Händen zappelte.

Azad starrte sie an. Sie musste den Verstand verloren haben. »Aber … das ist eine Schlange. Sie hat keine Beine! Flussfresser haben Beine.«

»Was du nicht sagst.« Zina verdrehte die Augen. »Sie bekommen Beine, wenn sie ein paar Monate alt sind. Wenn sie schlüpfen, sehen sie so aus. Ist er nicht irgendwie niedlich?« Sie streckte Azad den sich windenden Wurm entgegen.

»Er hat mich gebissen«, sagte Azad.

»Und es sind ganz andere Zähne als bei Schlangen, oder nicht?« Zina drückte Daniel das Flussfresserjunge in die Hand und beugte sich erneut über Azads Bein. »Hier siehst du die ganze Zahnreihe und hier den Unterkiefer. Wenn das eine Schlange wäre, hättest du nur zwei Punkte von den Fängen.«

»Faszinierend«, murmelte Azad düster. »Sind die giftig?«

Zina zuckte die Schultern. »Nicht sehr.«

Azad starrte sie an.

»Oh, jetzt beruhig dich mal. Die Jungen produzieren ein bisschen Betäubungsmittel, das ist alles. Weil sie sich anders ernähren«, fügte Zina hinzu. »Sie beißen sich fest und saugen Blut, bis sie groß genug sind, um richtig zu jagen. Sie betäuben die Wunde, damit der Wirt sie nicht bemerkt.«

Gegen seinen Willen war Azad beeindruckt. »Woher bei den Drachenseelen weißt du das alles?«

Zinas ohnehin erhitzte Wangen wurden eine Spur dunkler. »Ich … mag sie eben. Und … na ja, bevor meine Eltern an den Palast kamen, haben sie eine schwimmende Apotheke geführt. Sie haben mir viel beigebracht. Flussfresser sind nützlich, weißt du. Der Speichel der Jungtiere betäubt und desinfiziert, und das Blut kann man in verschiedenen Tränken und Salben verwenden. Um da ranzukommen, muss man sich allerdings auskennen.« Sie hielt inne. »Wo wir gerade dabei sind …« Zina drehte sich nach Daniel um, der den zappelnden Flussfresser so weit wie möglich von sich weghielt. »Gib mal. Und dreh dich um.« Sie nahm ihm das Tier ab, und als Daniel ihr den Rücken zuwandte, hielt sie den Kopf des Flussfressers über die am schlimmsten geröteten Hautstellen. »Man muss Druck auf die Speicheldrüsen ausüben, siehst du? Die größten sitzen im Kieferwinkel, leicht zu erreichen.« Mit zwei geübten Handgriffen tropfte Zina zähe Flüssigkeit auf Daniels Rücken und rieb sie vorsichtig über die halb verheilten Wunden. »Das sollte ein paar Stunden helfen.« Sie gab dem Flussfresser einen sanften Klaps auf die Schnauze und warf ihn zurück ins Wasser, wo er sofort verschwand.

Azad konnte nicht aufhören, sie anzusehen. Noch nie war er jemandem wie Zina begegnet, die so sanft und furchtlos mit Geschöpfen umging, die im Palast als Plage galten. »Wieso bist du nicht auch bei den Palastapothekern in Ausbildung?«, wollte er wissen. »Wenn deine Eltern welche sind?«

Zina warf ihm einen kurzen Blick zu. »Meine Eltern sind keine Palastapotheker. Meine Mutter war Dienerin im Kaiserflügel und mein Vater hat in den Nussplantagen gearbeitet.«

»Und jetzt?«

»Keine Ahnung. Nach zehn Jahren waren sie frei.«

Azad schluckte. »Wieso sind sie dann … ich meine …«

»Wieso sie an den Palast gekommen sind?«

Er nickte.

»Ich wurde geboren«, sagte Zina. »Sie wollten ein besseres Leben für mich.«

Eine Weile sagte keiner von ihnen ein Wort. Dann drehte Zina sich um und riss mit Nachdruck am Floß. »Kommt. Ich glaube, es ist nicht mehr so weit.«

Azad ließ sein Hosenbein fallen und folgte ihr weiter in den Tunnel.

Eine Ahnung
von Licht

Aus dem Bach war ein Wasserfall geworden.

Es war langsam gegangen, deshalb hatte Zina es nicht gleich bemerkt. Sie war durch Wasser gewatet, dann durch mehr Wasser, es war steiler geworden und plötzlich kämpfte sie sich an einer fast senkrechten Felswand empor, umgeben von prasselndem Wasser und Gischt. Wenn der Stein nicht immer wieder Vorsprünge mit Tümpeln gebildet hätte, wären sie nicht weit gekommen. Aber es waren immer nur kurze Abschnitte, in denen sie senkrecht klettern mussten, und oben angekommen zogen Zina und Azad das Floß hinterher. Erst als Zina verschnaufen musste und atemlos einen Blick über die letzte Kante warf, wurde ihr klar, wie hoch sie inzwischen waren. Unter sich sah sie nichts mehr als tosendes Wasser und in den Nebelschwaden, die in der Luft hingen, schimmerte der Glanz des Goldenen Flusses.

»Nette ... Aussicht«, keuchte Zina und stemmte die Hände in die stechende Seite.

Heftig atmend trat Azad neben sie. »Und für die Aussicht sind wir schließlich hier.« Er zerrte das Floß über die Kante, dann bückte er sich, um Daniel die Hand zu reichen. Zina beeilte sich, ihnen zu helfen. Der Plattenmeister schien weniger Schmerzen zu haben, aber seine Bewegungen waren immer noch eingeschränkt. Der leise Zweifel, der sich in den letzten Stunden mal mehr, mal weniger heftig gemeldet hatte, zuckte wieder in ihr auf. Hatte es überhaupt einen Sinn, weiterzugehen? Zwischendurch hatte sie gedacht, Daniel würde nicht mal die nächste Nacht überleben. Seine Wunden waren eine Sache, der Blutverlust die andere. Nach wie vor war er sehr bleich und er war wieder stiller geworden. Zina war sich ziemlich sicher, dass das kein gutes Zeichen war.

Sie hätte allein gehen sollen, dachte Zina verärgert. Es war keine gute Idee, sein Herz an zu viele Personen zu hängen, im Palast nicht und auf der Reise zur Insel erst recht nicht. Dann dachte sie daran, dass Daniel sie vor dem Flussfresser gerettet hatte. Und Azad hatte sie im Kaiserkanal aus dem Wasser gezogen.

Zina holte tief Luft und griff nach Daniels Arm. »Hey. Geht's dir gut?«

Der Plattenmeister hob den Kopf. Seine Brust hob und senkte sich unter sichtlicher Anstrengung, aber um seine Lippen spielte das vertraute Lächeln. »Ging mir nie besser.«

»Hm.« Zina taxierte ihn eingehend. »Brauchst du eine Pause?«

»Nein.«

»Daniel …«

»Zina?«

Sie seufzte. »Schön. Aber denk bloß nicht, du könntest einfach dahinsterben, während wir wegsehen. Ich schulde dir noch was.«

»Käme dir mein Tod dann nicht ziemlich gelegen?«, wandte Daniel ein.

»Daniel!«

»Mir geht es *gut*. Gut genug jedenfalls. Vertrau mir.«

Zina schnaubte nur. »Schön. Gehen wir weiter.«

Der Wasserfall wollte kein Ende nehmen. Es war schwer

vorstellbar, dass Silberwasser sich hier entlanggeschleppt haben sollte, obwohl sie immer wieder auf Kratzspuren und Blutstropfen stießen. Für eine Weile waren die Fledermäuse verschwunden, doch inzwischen sah Zina sie wieder, huschende Schemen am Rand ihres Blickfelds. Sie machten sie nervös. Die Dunkelheit drückte auf ihre Augen, das Tosen des Wassers rauschte in ihren Ohren und die Verbrennungen, die sie zwischendurch kaum mehr gespürt hatte, begannen wieder schmerzhaft zu pochen.

Zina zog sich über einen weiteren Felsvorsprung, Dreck und Blut unter den Fingernägeln, den Geschmack von Angst und Erschöpfung im Mund. Sie wischte sich über die Stirn, schob sich lose Haarsträhnen aus den Augen, dann hob sie den Blick und sah, wo sie war.

Sie erstarrte.

»Zina?« Azad war so dicht hinter ihr, dass sie seine Körperwärme spüren konnte. Abwesend griff sie nach seinem Arm und zog ihn neben sich.

»Sieh dir das an …«

Sie hatten eine Höhle erreicht. Eine Höhle, die größer war als jedes Gebäude, das Zina je betreten hatte, und sie war immerhin Dienerin im Kaiserpalast. Eine eigene Landschaft erstreckte sich vor ihren Augen – Pflanzen, die mit ihren fächerartigen Blättern den Boden überwucherten, sogar Bäume mit spiralförmig wachsenden Ästen und leuchtend bunten Blüten, die größer waren als Zinas Kopf. Glitzernde Tropfsteine erhoben sich wie kleine Inseln aus dem Wald. Schillernde Insekten schwirrten durch die Luft, der Fluss trieb ruhig und klar durch das Dickicht, und erst, als Zina die tanzenden Lichtpunkte auf seiner Oberfläche sah, begriff sie wirklich.

Blinzelnd sah sie nach oben, wo sich in einiger Entfernung ein weiterer Wasserfall Richtung Himmel erhob. Denn da sah sie ihn: den Himmel. Ein blauer Fleck, so hoch über ihr, dass sie ihn auf den ersten Blick nicht einmal bemerkt hatte. Durch ein großes Loch in der Mitte der gewölbten Höhlendecke schimmerte endlich wieder Tageslicht. Als Zina einatmete, war die Luft voller Düfte und so feucht und heiß wie Dampfschwaden über Tee.

»Das ist …« Wie in Trance setzte sie sich wieder in Bewegung. Zwei Sprünge, mehr waren es nicht, und dann stand sie auf festem Boden. Zina ging in die Knie und legte die flache Hand auf feuchte Erde und Moos. »*Boden*. Richtiger Waldboden.«

Sie drehte sich um. Azad schien von ihrer Umgebung nicht weniger beeindruckt als sie, aber als er sich umsah, war sein Blick scharf und wachsam. »Hier lebt also Silberwasser.«

Zina ahnte, was ihn beschäftigte. »Wahrscheinlich.«

»Sicher nicht allein.«

Sie schüttelte den Kopf und versuchte, nicht an ihren Kampf mit dem fremden Flussfresser zu denken. Ihr Knöchel pochte an der Stelle, an der das Tier nach ihr geschnappt hatte. »Und jetzt?«

Daniel schloss zu ihnen auf. »Jetzt suchen wir sie.«

Sie schoben das Floß unter dichte Farnblätter am Ufer, wo es vor fremden Augen und Krallen geschützt war. Glitzernde Libellen stoben von den Pflanzen auf und schwirrten davon, bevor Zina sie sich näher ansehen konnte. Immer wieder ertönten Tierlaute – helles Kreischen, mal weit weg, mal überraschend nah. Zina war klar, dass ihre Umgebung nicht ungefährlich sein konnte, aber die Schönheit der Urwaldhöhle ließ sie nicht los. Instinktiv versuchten sie, dem Wasserlauf zu folgen, mussten allerdings bald feststellen, dass das Ufer an manchen Stellen viel zu dicht bewachsen war. Nach und nach bewegten sie sich tiefer in den Wald hinein, wo breite Blätter ihre Schatten warfen. Das Licht, das noch durch die Baumkronen drang, war golden und grün, was ihre Umgebung noch verzauberter wirken ließ. Zina versuchte, sich ihren Weg einzuprägen, wurde aber immer wieder von duftenden Blüten und schillernden Insekten abgelenkt. Sie erkannte keines der Tiere, die meist nur für einen Sekundenbruchteil durch ihr Blickfeld schossen. Es mussten Libellen oder Falter sein, aber hin und wieder raschelte auch etwas im Gehölz und Zina sah den glänzenden Schwanz einer kleinen Schlange verschwinden.

Es wurde dunkler und von Silberwasser zeigte sich keine Spur. Die Geräusche im Wald veränderten sich – das Kreischen, das wohl von Vogelstimmen stammte, wurde lauter und irgendwie tiefer, zumindest kam es Zina bedrohlicher vor. Sie zuckte nun unwillkürlich, wenn etwas knackte, und obwohl keiner von ihnen ein Wort sagte, rückten sie näher zusammen.

Als aus dem Sonnenlicht schließlich ein bläuliches Schimmern geworden war, blieb Zina stehen. »Wir sollten ein Lager aufschlagen.«

Azad sah sich um. Sie standen an einer Stelle, die man kaum als Lichtung bezeichnen konnte, aber zumindest gab es ein unbewachsenes Stück ebenen Bodens zwischen einigen schlanken Bäumen. »Hier?«

Sie zuckte die Schultern. »Falls es hier mehr Flussfresser gibt, sind sie wahrscheinlich näher am Ufer. Sicherer wird es nicht mehr, schätze ich.«

Azad seufzte und nickte.

Aus einigen abgebrochenen Ästen und trockenen Palmwedeln brachten sie etwas zustande, das zumindest ansatzweise aussah wie ein Zelt. Azad breitete seinen Umhang auf dem Boden aus. Daniel ließ eine orangerot glimmende Lichtkugel unter dem improvisierten Dach schweben. Und als sie mit

Müh und Not zu dritt Platz gefunden hatten, fühlte Zina sich fast schon ein bisschen geschützt.

Azad schien es allerdings anders zu gehen. »Wir bräuchten Banne«, murmelte er und spähte unruhig in die dichter werdende Dunkelheit. »Wer weiß, was es hier für Tiere gibt. Wir haben nicht mal eine richtige Wand.«

Rund um ihr Zelt hatte Zina angespitzte Stöcke in die Erde gesteckt, die Spitzen nach außen gerichtet. Sie war stolz auf ihr Werk, aber es hatte Azad offenbar nicht sehr beeindruckt.

»Was für Banne?«, wollte sie wissen.

»Es gibt … Schutzzauber«, erklärte Azad, »alle möglichen Arten. Die stärksten von ihnen sind so gut wie unüberwindbar, aber dafür muss man sehr mächtig sein. Rayan hat ein paar schwächere Banne auf seine Zimmer gelegt, die gerade reichen, um nicht magische Eindringlinge abzuhalten.«

Zina nickte. »Klingt doch gut. Leg so einen auf unser Zelt.«

Azad starrte sie an, gab jedoch keinen Kommentar zu ihrer Einstellung gegenüber Magie ab. »Würde ich ja gerne, aber ich weiß nicht, wie. Rayan wollte mir nie welche zeigen. Hat gesagt, ich bin sowieso nicht mächtig genug.«

»Unsinn«, schnaubte Daniel, der wieder einmal begonnen hatte, in seinem Beutel nach den Karten zu wühlen. »Solche Abwehrzauber kann jeder lernen, der seine Magie halbwegs unter Kontrolle hat. Die Heilung war deutlich schwieriger.«

»Aber Rayan …«

»Rayan hat vermutlich Angst, du könntest seine Banne brechen«, fiel Daniel ihm unbeirrt ins Wort. »So, wie es klingt, bist du talentierter als er. Halt mal.« Er drückte Azad ein paar Wachspapierrollen in die Hand und räumte die restlichen Karten zurück in seinen Beutel.

»Ich bin nicht talentierter als Rayan«, widersprach Azad ehrlich verblüfft. »Er hat immer gesagt, meine Magie wäre unterdurchschnittlich …«

»Welche Farbe hat Rayans Magie?«, wollte Daniel wissen.

»Dunkelrot.«

Daniel nickte, als hätte er das erwartet. »Und die deiner anderen Brüder? Deines Vaters?«

»Auch rot«, murmelte Azad. »Wie die aller mächtigen Kaiser.«

»Siehst du, und das ist Unsinn. Grüne Magie ist stärker als rote, das lässt sich sogar berechnen. Du bist der bessere Magier, Azad, oder zumindest könntest du es sein. Denkst du, der Kaiser verbietet Magie, weil er selbst so wahnsinnig talentiert ist?« Daniel schnaubte erneut. »Er weiß genau, dass er als Magier höchstens durchschnittlich wäre, wenn er Talente fördern würde, statt sie zu unterdrücken.«

Azad wirkte wie vom Donner gerührt. »Das kann nicht sein.«

»Es ist so«, beharrte Daniel. »Was du übrigens wüsstest, wenn du deine Nase jemals in eines der wunderbaren Bücher gesteckt hättest, die sich seit Jahrhunderten im Besitz deiner Familie befinden.«

Azad verzog das Gesicht. »Es gibt keine Bücher über Magie im Palast.«

»Gibt es doch. Nach allem, was man so hört, hat Rayan sie schon vor Jahren aus den Räumen deines Vaters gestohlen.« Daniel lächelte über Azads entrüstete Miene. »Und jetzt sieh dir diese Sachen mal an.«

Zina beugte sich neugierig vor, als Azad den Blick auf die Schriften warf. Was sie für weitere Karten gehalten hatte, stellte sich als ein Bündel eng geschriebener Notizen heraus. Der dichte Text wurde hin und wieder von kurzen Absätzen durchsetzt, die nur aus einzelnen Zeichen bestanden. Zina konnte gerade gut genug lesen, um einzelne Beschriftungen auf Landkarten zu entziffern, doch die Worte auf dem Wachspapier wirkten merkwürdig fremd. »Ist das …«

»Nereisch«, murmelte Azad, ohne aufzusehen. »Die Sprache der Fliegenden Inseln.«

»Daniels Sprache?«

»Ja.« Azads Augen glitten langsam über die ersten Seiten. »Das ist … ziemlich gut. Hast du das geschrieben?«

Daniel schüttelte den Kopf. »Ist der Entwurf für ein Lehrbuch, den ich vervielfältigen sollte.«

»Als Plattenmeister sitzt du gewissermaßen an der Quelle, was?«

»Gewissermaßen«, bestätigte Daniel knapp. »Was denkst du?«

»Hm.« Abwesend senkte Azad den Blick zurück auf die Notizen.

Zina sah ungeduldig zwischen ihm und dem Plattenmeister hin und her. »Was ist das?«

»Notizen«, brummte Azad.

»*Was* …«

»Anweisungen für Schutzzauber«, fügte Daniel hinzu. »Es ist nicht einfach, Magie schriftlich zu vermitteln, aber auch nicht unmöglich. Man muss die Terminologie kennen, wissen, worauf man achten muss … das da sind die Formeln, die dahinterstecken, aber vielleicht heben wir uns die Theorie für … nun, ruhigere Zeiten auf.« Er deutete auf die einzelnen Kringel, die nur entfernt nach Buchstaben aussahen.

»Und da, wo du herkommst, gibt es diese Bücher einfach überall?« Zina zog die Beine an, um Azad Platz für die losen Seiten zu machen. »Jeder kann sie lesen?«

Daniel zögerte. »Theoretisch … es gibt große Sammlungen in den wichtigsten Bibliotheken und die meisten davon haben einen öffentlich zugänglichen Bereich. Etwas wie das hier könntest du jederzeit lesen, wenn du wolltest.«

»Was ist mit den anderen Büchern?«, wollte Azad wissen und sah auf. »Warum sind die nicht öffentlich zugänglich?«

»Verschiedene Gründe.« Daniel legte den Kopf schief und musterte ihn nachdenklich. »Manche sind zu wertvoll … manche sind zu empfindlich … und manche sind zu gefährlich, nehme ich an.«

»Also hast du nicht die Wahrheit gesagt. Es gibt auch in deiner Heimat verbotene Magie.«

»Das ist etwas anderes«, sagte Daniel leise.

»Wer hat sie verboten?«

»Die Edlen.«

»Eure Regierung?«, fragte Zina.

Daniel nickte.

»Ha.« Sie kniff die Augen zusammen. »Also haben sie doch auch Angst vor Magie.«

»Nicht vor dieser Magie.« Daniel deutete auf die Notizen. »Nicht wie Rayan oder der Kaiser. Manche Zweige der Magie sind aus gutem Grund verboten, und nicht nur auf den Inseln.«

»Wieso?«, beharrte Zina.

Für einen Moment blieb der Plattenmeister still. »Sie verleihen Macht … aber sie erfordern Opfer«, sagte er schließlich.

Zina begegnete Azads Blick.

»Was für Opfer?«, fragte er zögernd.

Daniel lehnte sich bedächtig zurück und die Leuchtkugel tauchte seine Züge in rötliches Licht. »Das kommt darauf an, was man will«, erwiderte er langsam. »Alles hat seinen Preis, junger Prinz.«

Azad blinzelte. »Junger Prinz«, wiederholte er spöttisch. »Das lässt dich nicht weiser klingen, falls du das dachtest.«

»Daniel?« Zina beugte sich vor, bis er seinen Blick auf sie richtete.

»Ja?«

»Hast du schon mal ein Opfer gebracht?«

Daniel starrte sie an. »Ob … *was?* Wie kommst du darauf?«

»Hast du?«

Seine Augen blitzten auf. »Nein«, fuhr er sie an. »Natürlich nicht.«

»Ich dachte nur, weil du …«

»Du hast keine Ahnung, wovon du sprichst«, sagte Daniel scharf. »Glaub mir, Zina. Keine Ahnung.«

»Ich wollte dich nicht beleidigen.«

Seine Flügelreste raschelten, als Daniel die Sitzhaltung änderte. »Du hast mich nicht beleidigt.«

Zina sagte nichts mehr, aber ihr Herzschlag blieb wild. Daniels Fingerknöchel waren so weiß geworden, dass man die hellen Flecken nicht mehr erkennen konnte. Vielleicht hatte sie ihn nicht beleidigt, aber aus irgendeinem Grund hatte sie ihn erschreckt.

»Daniel.«

Der Plattenmeister zuckte zusammen, als hätte Azad nach ihm geschlagen. »Was?«

»Die Banne.«

Das Blut kehrte in die Haut über seinen Knöcheln zurück. »Richtig.«

Daniel und Azad beugten die Köpfe erneut über die Schriftrollen, und Zina sagte nichts mehr. Als die Luft zu knistern begann, stellten sich die Härchen in ihrem Nacken auf. Grüne Funken tanzten durch die Dämmerung und einer davon verirrte sich in ihre Richtung. Er wirbelte über ihren Arm, ihre Finger, erreichte ihre umschlungenen Knie. Als er sich ihrer Wade näherte, begriff Zina, was sie da sah.

»Hey.«

Azad hob den Kopf, als der Funke gerade in ihrer Wunde versank. »Oh. Tut mir leid.«

Er machte eine scheuchende Bewegung mit der Hand, aber Zina zögerte. Wärme pulsierte durch ihren Unterschenkel und der brennende Schmerz ließ ein wenig nach. »Schon … in Ordnung.«

Azads Lippen zuckten, aber er sagte nichts. Seine Aufmerksamkeit richtete sich zurück auf die Notizen und mehr Lichter flackerten auf.

Die meisten versanken zwischen den angespitzten Stöcken in der Erde, um ihren Wall zu verstärken. Ein paar allerdings wirbelten in Zinas Richtung und heilten sanft glühend die Verbrennung an ihrem Bein.

Atemlos

Zinas Schultern stoßen hart gegen die kalte Wand. Sie bleibt stehen, den Rücken gegen bunte Kacheln gedrückt.

Er nähert sich langsam. Er beeilt sich nicht. Kommt näher, bis sie ihn riechen kann. Seine Schlagader pocht sichtbar. Auf der Haut darüber schimmert duftendes Öl. Zina hält die Luft an, so lange sie kann. Trotzdem schmeckt sie seinen Atem in ihrem Mund.

Zina gibt keinen Ton von sich. Schweiß kitzelt in ihrem Nacken. Sie will die Augen schließen, doch ihre Lider gehorchen ihr nicht. Sie will schreien und ihre Stimme versagt.

Navids Griff schließt sich ohne Vorwarnung um ihren Hals. Seine Finger graben sich in ihr Fleisch. Dann ist es kein Fleisch mehr, ihre Haut keine Haut. Nur noch Stoff über Knochen, mit Watte gefüllt.

Das Gewicht, das sie spürt, ist seines, und fremd.

Fackellicht flackert. Stoff zerreißt. An der Decke bewegen sich Schatten.

Navids Worte in ihrem Kopf.
Gold um ihre Kehle.
Schmerzen in ihren Flügeln.
Sie schreit.

Es war dunkel, die Dunkelheit war plötzlich da. Neue Aromen legten sich auf ihre Zunge und sie sog die feuchtwarme Luft in gierigen Zügen ein. Sie erstickte, gerade war sie noch erstickt. Gold um ihre Kehle, keine Luft, kein Entkommen. Und etwas war falsch, so falsch ...

»Zina.«

Sie zuckte so heftig zurück, dass sie mit dem Rücken gegen etwas Hartes prallte. Neue Wogen von Panik wallten in ihr auf. Sie tastete blindlings hinter sich, fühlte etwas Raues, dann endlich – Freiheit. Sie sprang auf, stürzte in die Dunkelheit, wollte weg.

»Zina, die ...«

Etwas tauchte vor ihr auf, so schnell, dass sie nicht reagieren konnte. Sie stolperte und stürzte über das Hindernis, fiel und schlug auf federndem Boden auf.

Keuchend blieb sie liegen, die Wange auf muffige Erde gepresst.

»Zina.«

Jemand ging vor ihr auf die Knie. Für einen Moment war da immer noch Angst, aber die kalten Traumfinger begannen sie loszulassen. Sie blinzelte und erkannte endlich Azads Gesicht. Er sah auf sie hinunter, ernst und besorgt.

»Hörst du mich?«

Sie rang sich ein Nicken ab.

»Hast du dich verletzt?«

»Nein.« Ihre Stimme war rau. »Was ... ist passiert?«

»Du hast ... geträumt. Und ...« Azad zögerte für den Bruchteil einer Sekunde. »Geschrien. Dann bist du rausgestürmt und über die Pfähle gefallen.«

»Oh.« Zina setzte sich langsam auf und stellte fest, dass sie zitterte.

»Soll ich ...« Azad räusperte sich. »Soll ich vielleicht Daniel wecken, oder ...«

»Nein!« Sie wollte aufspringen, verlor das Gleichgewicht und packte Azad am Arm. »Sag ihm nichts. Gar nichts, hörst du?«

»Aber …«

»Kein Wort!«

Azad runzelte die Stirn. »Na gut. Ich habe nur gedacht …«

»Dann lass es bleiben.« Sie wollte ihn loslassen, aber ihre Hände gehorchten ihr nicht. Sie hielt seinen Arm weiter umklammert, als könnte er jeden Moment davonlaufen. Azad schien mit sich zu kämpfen, dann legte er vorsichtig eine Hand auf ihre. Seine Haut war warm und trocken. Schlagartig wurde Zina bewusst, wie verschwitzt sie war. Verlegen wollte sie zurückweichen, aber wieder rührte sie sich nicht. Azads Berührung sandte warme Schauer durch ihre Fingerspitzen und vertrieb endgültig den nachhallenden Schmerz aus ihrem Traum. Mit jähem Schuldbewusstsein bemerkte sie ihre Erleichterung darüber, dass sie Azad geweckt hatte und nicht Daniel.

»Zina«, flüsterte Azad erneut. Er hatte ihren Namen schon oft gesagt, voller Anspannung oder wie eine Beschwörung. Diesmal klang es nach einer weiteren Berührung, wie ein Finger, der über ihre Wange strich.

Sie hob den Kopf, sah ihm endlich in die Augen. »Ja?«

»Du …« Er schluckte. »Dieser Traum …«

Zina schüttelte den Kopf. »Vergiss ihn«, murmelte sie müde.

»Ich kann nicht.« Azad warf einen unruhigen Blick zurück auf das Zelt. »Du hast … einen Namen gesagt, und ich …« Er holte tief Luft. »Navid. Was hat er dir getan?«

Zina zuckte zusammen. »Gar nichts.«

Er schien sie kaum zu hören. »Weiß Daniel, was passiert ist, oder …«

»Mir ist nichts passiert.«

Azad starrte hinunter auf seine Hand, die auf ihrer lag. Vielleicht fragte er sich, wieso sie sich seiner Berührung nicht endlich entzog. Das war es zumindest, was Zina sich fragte.

»Das … was Navid getan hat, es …« Er schien mit jedem Wort zu kämpfen, aber er gab nicht auf. »Du weißt doch, dass dich keine Schuld trifft? Du musst nicht lügen, wenn …«

»Ja«, sagte Zina knapp. »Aber du hast keine Ahnung, wovon du sprichst.«

»Das weiß ich.« Azad schüttelte resigniert den Kopf. »Tut mir leid. Ich wollte nur … ich weiß auch nicht.«

»Du bist nicht Navid«, erinnerte Zina ihn nüchtern. »Du hast keinen Grund, dich schuldig zu fühlen.«

»Darum geht es nicht.«

»Worum geht es dann?«

»Um dich.«

Für einen Moment sagte keiner von ihnen ein Wort.

»Wie spät ist es?«, fragte Zina dann.

Azad warf einen Blick auf das kleine Stück Himmel, das über ihren Köpfen zu sehen war. »Noch eine Weile bis Sonnenaufgang.«

»Dann lass uns gehen.«

Er blinzelte. »Was?«

»Ich brauche einen Spaziergang.«

»Aber Daniel …«

Zina sah über ihre Schulter zurück zum Zelt. »Hat er geatmet, als wir gegangen sind?«

»J…ja.«

»Dann kommt er zurecht.«

Statt einer Antwort stand Azad auf. Als er die Hand nach ihr ausstreckte, sah sie den Säbel an seiner Hüfte schimmern. Ihr eigener lag im Zelt, aber sie wollte nicht riskieren, Daniel doch noch zu wecken.

»Wohin?«

Sie schloss kurz die Augen. »Nach oben«, murmelte sie. »Ich brauche Luft.«

Azad bewegte die Finger, und als sie hinsah, war ein schimmerndes, grünes Licht in seiner hohlen Hand aufgetaucht. Es leuchtete nicht hell, aber hell genug, um im Dunkeln vorwärtszukommen.

»Danke«, wisperte Zina.

Als sie aufbrachen, verschränkte sie ihre Finger mit seinen. Es fühlte sich nicht mehr merkwürdig an. Seine Berührung *stimmte*, trotzdem schlug ihr Herz viel zu schnell. Sie waren sich auf dem Floß gezwungenermaßen körperlich nah gewesen, aber es war nicht gewesen wie jetzt. Diesmal war da kein Wasser, das sie zusammentrieb, kein wackliges Holz unter ihnen. Der Wald, durch den sie sich bewegten, war dicht und voll fremder Geräusche, und hätte Zina sich vor Tieren gefürchtet, hätte sie vielleicht bei Azad Schutz gesucht. Aber sie suchte keinen Schutz. Sie suchte ihn, seine Berührung, seine Haut. Die Wärme, die er ausstrahlte, und seinen besonderen Duft. Zina wusste, dass sie schlecht riechen musste, nach Flusswasser und Schweiß und Blut. Auch Azad sollte so riechen, aber was sie wahrnahm, war etwas anderes – Leder, Waldboden, Spuren von Palmseife aus dem Palast. Kein Duftöl, zum Glück nicht. Vielleicht hatte es sich abgewaschen, aber Zina glaubte nicht, dass Azad normalerweise welches verwendete.

Sie hatten einen Trampelpfad gefunden, der von irgendwelchen Tieren stammen musste. Zina war nicht in der Stimmung, auf Spurensuche zu gehen. Sie folgten dem Pfad, der sie aufwärtsführte, weg von ihrem Zelt und dem Fluss. Schlingpflanzen streiften ihre Schultern und hin und wieder hielten sie sich gegenseitig federartige Blätter aus dem Weg. Sie gingen schweigend, hörten nur ihren Atem und die Nachtgeräusche des Waldes um sie herum. Kleine Tiere huschten aus dem blassen Lichtschein ins Dunkel, glitzernde Geschöpfe mit Schuppen und Flügeln. Am Fuß eines moosbewachsenen Felsens blieben sie stehen.

»Hast du Angst?«, flüsterte Azad. Grünes Licht schimmerte in seinen Augen, als er den Blick über ihre schattenhafte Umgebung wandern ließ.

Zina schüttelte den Kopf. »Nicht vor dem Wald.«

Azad bewegte noch einmal die Finger und die Lichtkugel stieg auf und hüpfte über den Fels. »Willst du weiter?«

»Ja.«

Der Felsen war vielleicht drei Manneslängen hoch und nicht sehr schwer zu besteigen. Zina kletterte zügig voran und zog Azad oben über die Kante. Die Bäume, die in der Umgebung wuchsen, waren niedriger als unten am Zeltplatz. Vor ihnen erstreckte sich in schwarzen Umrissen, was der Boden der Riesenhöhle sein musste. Bei Tag wäre die Aussicht fantastisch gewesen. So kehrte Zinas Aufmerksamkeit rasch zu Azad zurück, der dicht neben ihr stand und das grüne Licht zu ihren Füßen auf den Fels sinken ließ.

»Besser?«, flüsterte er.

Sie nickte. Die Ader an seinem Hals pochte, aber sie hatte keine Angst. Azad hob die Hand und strich ihr langsam über die Wange.

»Darf ich dich was fragen?«

Zina nickte erneut.

»Daniel«, murmelte Azad.

»Das ist keine Frage.«

Er wartete.

»Wir waren nie … ein Paar.« Wieder etwas, das sie zum ersten Mal aussprach.

»Aber du liebst ihn.«

Sie schwieg für eine Weile. »Nein.«

»Nie?«

145

Zina kniff die Augen zusammen. Es war leichter, sich auf ihre Worte zu konzentrieren, wenn sie ihn dabei nicht ansah. Sie schämte sich und konnte nicht einmal sagen, wofür. »Vielleicht … am Anfang. Irgendwie. Bevor ich wusste, wie … er ist. Wie wir sind.«

»Wie seid ihr?«

Sie senkte den Kopf. »Wütend«, murmelte sie. »Und allein. Ich dachte, es könnte … helfen. Wir beide dachten das. Am Anfang.«

Azad nickte langsam.

»Tut mir leid«, flüsterte Zina. »Das alles ist … ich kann es dir nicht erklären. Ich will Daniel nicht im Stich lassen. Ich kann nicht.«

»Hast du mal mit ihm geredet?«

»Daniel redet nicht.«

»Hm.«

Zina sah auf. »Was ist mit dir?«

Azad lächelte amüsiert. »Ob ich rede?«

»Ob du jemanden hast.«

Er hob die Schultern. »Es gab … Geschichten.«

»Ah.«

»Nichts Spektakuläres.«

»Keine süße Königstochter, die dir versprochen ist?«

Er schnaubte. »Nein. Die gehen an Yamal und …« Er unterbrach sich.

»Navid.«

»Ja.«

Wieder Schweigen. Zina trat einen winzigen Schritt näher, bis ihre Lippen Azads Kehle streiften. Es war kein Kuss, kaum eine Berührung. Trotzdem lief das vertraute Kribbeln durch ihren Körper, und sie spürte, wie Azad schneller atmete.

»Zina …« Diesmal klang es wie eine Frage und ein bisschen wie ein Gebet. Sie sah auf, und bevor sie antworten konnte, hatte er sie geküsst. Er küsste anders als Daniel, mit volleren Lippen und ganzem Herzen. Sein Atem schmeckte nach dem Kuchen, den sie sich geteilt hatten, und seine Hände hinterließen prickelnde Spuren auf ihrer Haut. Zina schlang die Arme um seinen Hals, zog ihn an sich. Ihr Herz hämmerte wie wild, war gleichzeitig auf der Flucht und da, endlich da. Sie streifte Azads Weste ab und spürte, wie er innehielt, aber sie schüttelte den Kopf. »Nicht«, murmelte sie gegen seine Lippen, »bleib …« Sie wusste nicht, was sie sagte, und es war ihr auch egal. Azad schien sie verstanden zu haben, denn er küsste sie noch einmal und seine Hände glitten weiter. Ihre Finger flogen über Knöpfe, die sie im Dunkeln ertastete. Mehr Stoff fiel zu Boden und Zinas Hemd flatterte über den Rand des Felsens davon.

»Verdammt«, stieß sie atemlos hervor und Azads warmes Lachen kitzelte ihre Haut.

»Suchen wir … später …«

Wieder war da Atem, Murmeln, die Geräusche im Wald. Zina sprach nicht mehr, ließ ihre Hände sprechen, ihre Augen, ihre Haut. Das grüne Licht flackerte, als sie auf die Knie sanken, zwischen zerknitterten Stoff und feuchtes Moos. Azad suchte ihre Lippen, ihren Blick, und dann …

Der Schrei gellte plötzlich und verstummte abrupt. Zina erschrak so sehr, dass sie fast vom Felsen gestürzt wäre. Sie erstarrte in Azads Armen, lauschte, Millimeter von seinem Gesicht entfernt.

»Was …?«

»Daniel.«

Selbst im Dämmerlicht konnte sie ihn erbleichen sehen.

»Aber …«

Sie sprang auf, zog blindlings ein Hemd über ihren Kopf. Azad war eine Sekunde nach ihr auf den Beinen, schnallte seinen Gürtel um und tastete nach seinem Säbel. Das Licht tanzte vor ihnen durch die Dunkelheit. Zina kletterte, sprang und fiel, kam hart auf festem Boden auf und hielt für eine Sekunde inne, um zu lauschen. Kein Laut drang mehr durch die Nacht, selbst die Tiere schienen verstummt. Sie wollte loslaufen, doch Azad hielt sie zurück.

»Was …«

»Du bist unbewaffnet«, stieß er hervor. »Du kannst nicht …«

»Wir müssen ihm helfen!«

»Ich gehe zurück, aber du solltest …«

»Wag es nicht!«

Er kämpfte mit sich. Dann stieß er einen gereizten Laut aus und drückte ihr seinen Säbel in die Hand. »Pass auf, der ist scharf.«

»Was ist mit dir?«

»Magie.«

Zina holte tief Luft, dann nickte sie. »Danke.«

Er küsste sie so schnell, dass sie es kaum merkte, dann stürmte er vorwärts und sie hastete hinterher.

Der Hinweg war ihr viel kürzer vorgekommen. Obwohl sie rannten, tauchte die kleine Lichtung einfach nicht vor ihnen auf. Sie stürmten den Trampelpfad entlang, so schnell und so leise sie konnten, und hielten nur einmal kurz inne, um zu lauschen. Nichts. Als sich das Dickicht endlich zu lichten begann, war das Stück Himmel über ihren Köpfen schon heller geworden. Trübes Licht drang vor ihnen zwischen den Stämmen durch.

Wie auf Befehl hielten sie inne.

Vor ihnen sprach jemand. Zina kannte die Stimme nicht. Sie war leise, doch obwohl sie die Worte nicht verstand, war der drohende Unterton unverkennbar.

Neben ihr regte Azad sich leicht. Zina sah ihn an. *Yamal,*

formten seine Lippen. Er sah aus, als könnte er es selbst nicht glauben.

Wieder eine Stimme und diesmal war es Daniel. Auch er sprach leise, seltsam gepresst. Dann etwas, das klang wie ein Schmerzenslaut. Zina wollte vorspringen, doch Azad griff erneut nach ihrem Arm und legte sich einen Finger auf die Lippen.

Schritt für Schritt näherten sie sich einer Lücke zwischen den Bäumen. Zina wusste nicht, wann Azads Licht erloschen war, aber offenbar hatte er mitgedacht. Niemand konnte sie sehen. Vorsichtig ging Zina hinter einem hohen Rotspitzenfarn in die Knie und spähte zwischen den gefächerten Blättern hindurch.

Das Erste, was sie sah, war die glänzende Rückenplatte der leichten Rüstung, die Yamal trug. Er stand vor den zersplitterten Astresten, die einmal ihr Schlafplatz gewesen waren, einen Dolch in der herabhängenden Hand. Die Waffe baumelte achtlos an seiner Seite, als wäre er sich der unterarmlangen Klinge kaum bewusst. Ein Säbel hing an seinem Gürtel wie eine subtile Drohung von *mehr*.

»Noch einmal«, sagte er mit tiefer, sanfter Stimme, die Zina Schauer über den Rücken jagte. »Wo ist er?«

Er machte einen geschmeidigen Schritt zur Seite, wie bereit zum Sprung, und Daniel geriet in Zinas Blickfeld. Wie sie selbst war er auf den Knien, doch er schien sich kaum aufrecht halten zu können. Seine Hände waren vor seinem Körper gefesselt und hinter ihm standen zwei Männer mit steinernen Mienen und hielten ihn an seinen Flügelresten gepackt. Der Anblick ließ Zina erzittern vor Wut. Es war lange her, dass sie Daniels Flügel berührt hatte, aber sie wusste, wie schmerzempfindlich die Membran war. Schweiß glitzerte auf Daniels Gesicht, gerade so sichtbar im bleichen Morgenlicht.

Daniel sagte kein Wort. Er sah Yamal nicht an, schien überhaupt nichts zu sehen. Sein Blick war ins Leere gerichtet, als könnte ihn nichts weniger berühren als die Situation, in der er sich gerade befand.

»Ich weiß, dass du mich verstehst«, fauchte Yamal. »Und erzähl mir nicht, dass du allein bist! Mein Magier hat seine Aura gespürt, als ihr diese lächerlichen Banne errichtet habt. Mein Bruder ist hier irgendwo. Wo ist er, hm? Hat er dich fallen lassen, um seine eigene Haut zu retten?«

Zinas Blick glitt hektisch über die Lichtung. Der Magier, den Yamal erwähnt hatte, stand zwischen zwei weiteren Wachen im Halbschatten der Bäume. Sein Gesicht war fast so ausdruckslos wie Daniels. Er trug drei wulstige Schnitte im Gesicht und aus den weiten Ärmeln seiner Robe ragten zwei narbige Stümpfe. Vier Wachen, ein Magier und Yamal selbst gegen Azad und sie. Zinas Hand schloss sich fester um Azads Säbel, das Gefühl des warmen Lederhefts gab ihr Halt.

Yamal trat vor. Er tat es langsam, blieb dicht vor Daniel stehen. Seine Klinge strich die Linie von Daniels Kiefer nach, verharrte kurz unter seinem Kinn, bis sie über seine Kehle wanderte und klirrend auf Metall traf.

»Was haben wir denn da. Du hast reiche Freunde, nicht wahr? Oder bist du ein Dieb?«

Yamals Hand schoss vor. Er packte die Kette und riss sie nach hinten. Daniel bäumte sich auf, als die Goldglieder in seinen Hals schnitten, und der Ausdruck seiner Augen veränderte sich. Zina musste die Panik nicht sehen, um ihre Entscheidung zu treffen.

Sie schnellte hinter den Farnwedeln hervor und stürzte sich auf Yamal.

Der Handlose

Du kommst nicht davon.
Schmerz.
Schmerz in seinem Rücken, seinen Flügeln.
Finger, die sich in sein Haar graben, es zurückreißen, bis seine Kopfhaut brennt.
Funken um seine Hände, die flackern und verglühen.
Flüstern in seinem Ohr.
Soll ich dir deine Haare einzeln ausreißen, bis du mir glaubst, dass sie mich kaltlassen? Soll ich dir neue Narben schneiden, bis du endlich begriffen hast, wem du gehörst?
Schmerz.
Ich wollte dich nie … verletzen …
Lüg mich nicht an.
Metall an seiner Kehle. Gold, das sich enger zieht.
Schatten vor seinen Augen. Kettenglieder um seinen Hals.
Was hast du dafür getan, Krüppel?
Schmerz in seinen Lungen, seinen Flügeln.
Hände auf seiner Haut.
Dann musst du es mir eben zeigen.

Zina stürzte vor, bevor Azad einen Finger rühren konnte. Daniel bäumte sich auf. Sie warf sich nach vorn. Etwas schlang sich um Azads Hals und drückte so fest auf seine Kehle, dass ihm die Luft wegblieb.

»Beweg dich nicht«, zischte eine undeutliche Stimme in sein Ohr.

Fremde Funken glitten über Azads Haut und ließen sie jucken und brennen. Er versuchte, sich aus dem eisernen Griff zu winden, doch sein Hals traf auf etwas Kaltes und er erstarrte. Die Messerklinge hatte seine Haut nur angeritzt, trotzdem brannte die Stelle wie Feuer.

»Sag ich doch.« Wieder klangen die Worte seltsam verwaschen. »Name.«

Azad überlegte schnell und kam zu dem Schluss, dass es in dieser Situation nur helfen konnte, wenn er erkannt wurde. Vorerst.

»Azad«, murmelte er.

»Weiter?«

Natürlich.

»Azad Ilias von Uyneia. Wer …«

»Du bist ein Prinz.«

Lärm drang von der Lichtung an seine Ohren, Waffenklirren, Schreie. Die Farnwedel verdeckten Azads Sicht, aber er war sich ziemlich sicher, dass Zina allein nicht lange durchhalten würde.

»Ja, verdammt. Jetzt bring mich endlich zu meinem Bruder, oder …«

Der Griff an seiner Kehle lockerte sich. Nicht viel, aber genug, dass Azad tief einatmen konnte. »Du kämpfst gegen ihn.«

Diesmal kamen die Worte schneller und so undeutlich, dass er sie kaum verstand. Azad hatte keine Ahnung, wer ihn da festhielt, und es war ihm langsam auch egal. »Nein. Ja. Ich …«

»Dann kämpfe.«

Der Druck verschwand von seinem Hals, die Messerklinge wurde zurückgezogen und jemand stieß ihn von hinten hart zwischen die Schulterblätter. Azad taumelte nach vorn und sprang über Farn und Gräser auf die Lichtung.

Zina war nicht tot und das war durchaus beeindruckend. Es war ihr nicht gelungen, Yamal zu verletzen, zumindest stand er nach wie vor aufrecht und zog seinen reich verzierten Säbel ohne sichtliche Schwierigkeiten. Eine der beiden Wachen hatte ihren Posten hinter Daniel verlassen, um den Prinzen zu unterstützen, und die beiden Männer, die den Magier flankiert hatten, standen mit gezückten Klingen um sie herum. Nach allen Regeln der Kampfkunst sollte sie sich längst ergeben haben, aber das schien Zina nicht zu interessieren. Sie hatte Azads Säbel nicht verloren und fuchtelte wild mit ihm durch die Luft, während sie aus vollem Hals auf den hinter Daniel verbliebenen Wächter einschrie: »Lass ihn los! Lass ihn sofort los oder ich bring dich um!«

Der Mann rührte sich nicht. Vermutlich hatte Zina es nur dem Überraschungseffekt zu verdanken, dass sie noch lebte, denn schon im nächsten Moment verlor Yamal die Geduld. Er machte zwei schnelle Bewegungen und Azads Säbel fiel dumpf zu Boden.

»Weg von ihm«, befahl er ruhig.

Zina dachte nicht daran. Sie ging langsam zurück, die blitzenden Augen auf Yamal gerichtet, bis sie direkt vor Daniel stand. Der Plattenmeister sprach immer noch kein Wort. Sein Gesicht war schweißnass und bleich.

»Einen Schritt weiter, und er schneidet ihm die Kehle durch.«

Zina erstarrte.

»Na also.« Ein feines Lächeln breitete sich auf Yamals Gesicht aus.

»Lass ihn los«, wiederholte Zina matt.

Yamal ignorierte sie. »Woher hast du diesen Säbel?«

»Ich habe ihn ihr gegeben.«

Azad registrierte mit leiser Zufriedenheit, wie Yamal zusammenzuckte. Zinas Zorn hatte sie alle zu sehr abgelenkt, sodass sie sein Auftauchen nicht bemerkt hatten. Als Yamal nun herumfuhr, waberten grüne Funken um Azads Hände. Er hatte Magie nie zuvor als Waffe benutzt, aber die Chancen standen gut, dass Yamal das nicht wusste.

»Azad.« Yamal starrte ihn aus schmalen Augen an. »Also ist es wahr.«

»Sag ihm, er soll loslassen«, gab Azad zurück. »Sofort.«

Yamal schien ihn kaum zu hören. »Weiß Vater, dass du hier bist? Hat er dich geschickt?« Fast unmerklich ließ er seine Waffe sinken. Azad rief die Funken an seinen Fingern nicht zurück.

»Wieso sollte er mich geschickt haben?«, fragte Azad leise. »Du bist der Zweite.«

Yamal antwortete nicht darauf. Er trat langsam näher und die Spitze seines Säbels hob sich wieder. »Du hättest etwas sagen können. Ich hätte dich mitgenommen, wenn du gefragt hättest. Wie hast du es so schnell hierher geschafft?«

»Lass Daniel los«, wiederholte Azad langsam und deutlich. »Er ist gefesselt. Er wird euch nichts tun.«

Yamal warf einen kurzen Blick über die Schulter. »Wer ist das?«

»Daniel«, sagte Azad noch einmal. »Ein Plattenmeister. Kein Krieger. Lass ihn los.«

Yamal machte eine vage Handbewegung und der Mann hinter Daniel ließ seine Flügelreste los. Daniel fiel vornüber und wäre mit dem Gesicht voran auf den Boden gestürzt, wenn Zina ihn nicht aufgefangen hätte.

»Was ist mit ihm?«, fragte Yamal unbewegt.

»Er wurde verletzt.« Und Zina hatte die Wahrheit gesagt. Navid hatte ihr nichts getan. Ihr nicht.

Yamals Aufmerksamkeit kehrte zu Azad zurück. Genauer gesagt, zu den Funken, die um seine Finger tanzten. »Du weißt, was mit illegalen Magiern passiert. Sieh dir Firas an.«

Der verstümmelte Magier hatte sich nicht von der Stelle gerührt. Tiefblaues Licht ließ seine Armstümpfe glühen.

Azad schluckte. »Ich bin kein illegaler Magier.«

»Du bist ohne Erlaubnis auf die Reise gegangen. Alles, was du tust, ist illegal. Wenn Vater davon erfährt, wirst du bestraft werden.«

»Ist es das, was du willst? Dass ich bestraft werde?«

Yamal musterte ihn mit unbewegter Miene. »Wieso bist du hier, Azad?«

Azad zögerte. »Und du?«

»Das hier ist mein Auftrag. Vater hat *mich* geschickt. Er glaubt, dass ich schaffen kann, woran Navid gescheitert ist.«

»Du … willst den Drachenkönig töten?«

Yamal lächelte. »Ich werde mächtig sein«, flüsterte er. »Mächtiger als Navid. Mächtiger als ihr alle. Die Welt wird mir zu Füßen liegen, und ich werde sie formen, wie es mir gefällt. Vater wird stolz sein, mir den Thron zu überlassen, und niemand wird mehr auch nur Navids Namen kennen …«

»Das ist verrückt«, stieß Azad aus, bevor er sich bremsen konnte.

»Es ist Vaters Wunsch …«

»Es ist *verrückt*, Yamal! Niemand kann so mächtig werden. Wieso will er das überhaupt?«

»Das kannst du nicht verstehen«, gab Yamal abschätzig zurück. »Manchmal muss man Zeichen setzen, damit die Welt sieht, womit sie es zu tun hat.«

»Ach ja, und was soll das für ein Zeichen sein? Dass du blindlings tötest …«

»Du willst den Befehl des Kaisers hinterfragen?«, zischte Yamal.

»Vielleicht solltest *du* das tun.«

Langsam trat Yamal näher. Azad hob die Hände und sah im Rand seines Blickfeldes, wie der Magier es ihm gleichtat. »Wieso bist du hier?«, wiederholte Yamal. »Was hast du vor?«

Azad schüttelte leicht den Kopf. »Ich weiß es nicht.«

»Lüg mich nicht an. Du willst mir zuvorkommen, habe ich recht? Du willst den Drachenkönig töten, bevor ich es tun kann.«

»Ich will niemanden töten. Ich wollte nur …« Er zögerte. »Weg.«

Yamal schien nicht zu wissen, was er von dieser Information halten sollte. Sein Blick glitt unruhig über seine Wachen, seinen Magier, über die tanzenden Lichter an Azads Fingern. »Du bist hier«, murmelte er, als müsste er seine Gedanken neu ordnen. »Du wurdest nicht geschickt, aber du bist hier. Wie hast du den Eingang gefunden?«

»Eingang?«, wiederholte Azad verdutzt.

Etwas blitzte in Yamals Augen auf. »Du weißt es nicht. Du weißt es wirklich nicht.«

»Hör zu«, versuchte Azad es noch einmal, »das hier bringt uns nicht weiter. Wir können gemeinsam überlegen, was wir jetzt tun. Steck den Säbel weg, dann erzähle ich dir alles.«

»Du wurdest gerufen«, flüsterte Yamal, plötzlich bleich im Gesicht. »Sie müssen dich gerufen haben, sonst wärst du nicht hier. Aber wieso du, wieso … *ich* sollte … es ist *mein* Auftrag …«

»Ich wurde nicht gerufen«, sagte Azad mit dem unangenehmen Gefühl, sich um Kopf und Kragen zu reden. »Wir sind nur hierhergekommen, weil …« Er brach ab, als es ihm klar wurde. Zumindest hatte er genug Verstand übrig, um nicht in Zinas Richtung zu sehen, aber sein Herz setzte einen Schlag aus.

»Du. Du wirst mich führen.« Yamal blieb so dicht vor Azad stehen, dass grüne Funken über die Klinge seines Säbels tanzten. »Ich werde dich verschonen, wenn du mich zum Drachenkönig bringst.«

Azad verzichtete darauf, ihm mitzuteilen, dass er keine Ahnung vom Aufenthaltsort des Drachenkönigs hatte. »Verschonen«, wiederholte er hart. »Ich bin dein Bruder, Yamal.«

»Ich weiß. Deshalb bleibst du am Leben.« Yamal machte eine harsche Bewegung in Zinas und Daniels Richtung. »Für sie habe ich keine Verwendung. Tötet sie.«

Azad hatte damit gerechnet, trotzdem trafen ihn die Worte wie ein Schlag ins Gesicht. Er fuhr herum und wie von selbst entfaltete sich eine grünliche Mauer aus Licht in der Luft, die sich über Zina und Daniel spannte und die Waffe des Wächters zurückprallen ließ. Im nächsten Moment war Daniel auf den Beinen und Zina warf sich auf Azads Säbel, der immer noch zu Yamals Füßen lag. Sie rollte herum und wehrte Yamals Klinge ab, wich zurück und sprang erneut an Daniels Seite. Seine Fesseln fielen zu Boden, noch bevor Azad sie erreicht hatte. Schulter an Schulter wichen sie vor den Wächtern zurück, die den Kreis um sie langsam enger zogen.

»Yamal«, keuchte Azad, »nicht.«

Yamal hob den Säbel, doch an Azads Seite flammte etwas auf. Ein orangefarbener Lichtschweif traf Yamal so fest vor die Brust, dass er zurücktaumelte.

»Krüppel«, stieß er wütend hervor.

Daniel wankte leicht, aber er zitterte nicht mehr. Offene Verachtung lag in seinen Zügen. Erneut holte er aus, doch diesmal blitzte strahlend blaues Licht auf und ein Schild tauchte vor Yamal auf, wie er eben noch über Daniel und Zina gelegen hatte. Es gab keinen Zweifel daran, dass das blaue Gleißen deutlich mehr Macht versprach als alles, was Daniel oder Azad zustande brachten. Der handlose Magier trat vor und rief einen zweiten Schild auf, der ihn selbst vor Angriffen schützte. Beide Schutzmauern hingen in der Luft, ohne auch nur zu flackern.

»Ergebt euch.« Der Magier sprach leise, sein Blick wich Azads Augen aus. Die Wächter kamen näher, ihre Klingen schimmerten blau.

Azads Finger zuckten, aber die wenigen grünen Funken prallten wirkungslos an den blauen Schilden ab.

»Es hat keinen Zweck. Ergebt euch.«

Azad schob sich zwischen Zina und den Magier, so gut es ging. Er spürte ihren schnellen Atem in seinem Nacken, als er den Kopf schüttelte. »Lass sie gehen. Ich bleibe freiwillig, aber lass sie gehen, wenn ihr sie nicht braucht.«

»Du bist nicht wirklich in der Position, hier den Helden zu spielen«, bemerkte Yamal. »Der Krüppel hat mich angegriffen und deine kleine Schlampe auch. Dafür werden sie bezahlen.«

»Du dagegen bist natürlich der Held schlechthin«, knurrte Azad. »Ist es dir nicht peinlich, dass ein Magier ohne Hände mehr ausrichten kann als du?«

Yamal ignorierte den schwachen Versuch, ihn aus der Reserve zu locken.

»Firas«, sagte er ruhig. »Mein Bruder wird geschwätzig. Töte das Mädchen, vielleicht ist er dann still.«

Der Magier trat einen kleinen Schritt vor. »Geh aus dem Weg«, wies er Azad mit derselben leisen Stimme an, mit der er ihn aufgefordert hatte, sich zu ergeben.

»Nein.«

»Ich werde dir wehtun.«

Azad rührte sich nicht.

»Bei den Drachenseelen!« Ungeduldig stieß Yamal den Magier beiseite, um sich selbst um Zina zu kümmern. Das blaue

Licht flackerte und Azad sprang vor. Schmerz zuckte durch seinen Körper, als er den Schild des Magiers durchbrach, aber er schaffte es und riss den Mann mit sich zu Boden. Hinter sich hörte er Säbel klirren. Orangefarbenes Licht flammte auf, so hell, dass er die Augen zusammenkniff. Halb blind tastete er nach dem Gesicht des Magiers. Er konnte ihn vielleicht nicht besiegen, aber mit ein wenig Glück konnte er ihn ablenken. Grüne Funkenschauer prasselten dem Magier in die Augen, der aufstöhnte und versuchte, seinen Schild wieder zu stabilisieren. Hinter ihnen brüllte Yamal wild Befehle, die keiner wirklich zu verstehen schien. Mit einem gurgelnden Schrei ging einer der Wächter zu Boden und Zina riss die blutige Klinge mit einem Ruck zurück. Daniels Angriff warf einen zweiten Wächter zurück, dann flammte Licht auf, heller als alles zuvor.

»Weg von ihm.« Die Worte waren dumpf, wie durch einen Knebel erstickt.

Magie schlang sich um Azads Handgelenke, Seile aus purem Licht, die ihn nach hinten zerrten. Er drehte sich um.

Zwei Armstümpfe, die von türkisblauen Wolken umwabert wurden, ragten ihm entgegen. Etwas blitzte, und als Azad den Kopf hob, starrte er direkt auf die silbrige Klinge eines Messers. Die Frau, die den schmalen Griff zwischen den Zähnen hielt, ruckte unwirsch mit dem Kopf. »Weg«, wiederholte sie.

Der Zug an seinen Handgelenken wurde stärker und riss Azad von dem liegenden Magier fort. Die Frau öffnete den Mund und das Messer fiel zu Boden, nur eine Handbreit von Azads Zehen entfernt.

»Nimm und verschwinde.«

»Was …«

»Mayra?« Der Magier hatte gesprochen. Er richtete sich auf wie betäubt und zum ersten Mal sah Azad wirklich sein

Gesicht. Er war jünger, als Azad erwartet hatte, und nur einer der drei Schnitte war zu einem Kreuz ergänzt.

»Firas«, stieß die Frau hervor. Winzige Feuerwerke flammten um sie herum in der Luft auf, kleine Explosionen aus Funken, die über ihre Kleidung tanzten, ihr Haar. Der Magier, Firas, stieß ein ersticktes Schnauben aus, als lachte er über einen privaten Scherz. Er rappelte sich auf und in der Luft um sie herum erblühten Schutzschilde wie fremdartige Blumen aus Licht.

Azad wich zurück, doch sie schienen ihn völlig vergessen zu haben. Für einen weiteren Atemzug standen sie nur da, starrten sich an. Dann, wie auf ein geheimes Signal hin, wirbelten sie herum und verschwanden zwischen den Schatten.

»Halt!« Yamals Schrei gellte über die Lichtung, doch Firas warf keinen Blick zurück. Der Wald verschluckte ihn in Sekunden und endlich kam Azad wieder zur Besinnung. Er packte das Messer und warf es, ohne wirklich darüber nachzudenken. Die Klinge bohrte sich in die Schulter des verbliebenen Wächters, der Zina am nächsten war. Zina riss das Messer aus dem Arm ihres Gegners und wich zurück. Ihre Augen tanzten über Yamal, der mit dem Säbel auf sie zustürzte, über den Wächter mit der verletzten Schulter, der immer näher kam. Kurz begegnete sie Azads Blick. Sie hob das Messer.

»Du …«

Etwas brach zwischen den Bäumen hindurch. Es schoss vorwärts, getragen von Funkenschauern, und Azad dachte nicht nach. Er sprang und landete, das fliegende Floß fing ihn auf. Es glitt durch die Luft wie über Wasser, auf Zina und Daniel zu. Azad klammerte sich krampfhaft an den Querstreben fest, um nicht das Gleichgewicht zu verlieren.

»Zina!«

Ihre Augen weiteten sich, als sie das Floß entdeckte, aber

sie zögerte nicht. Zina packte Daniels Hand und sprang. Sie landete dicht neben Azad und schwankte nicht mal, während Daniel keuchend auf dem Floß aufkam.

»Halt!«, brüllte Yamal noch einmal, doch Azad dachte nicht daran. Er hätte ohnehin nicht gewusst, wie er das Floß lenken sollte, doch das war glücklicherweise nicht nötig. Wie von einer unsichtbaren Flutwelle getragen stieg es höher, den Baumkronen entgegen. Das Gewicht seiner drei Passagiere schien nicht zu stören. In einem blauen Funkenschauer ließen sie die Lichtung unter sich zurück und mit ihr den wutschnaubenden Prinzen und seine Wachen.

Ausgestoßene

»Es tut mir leid.« Zinas Kehle fühlte sich hart und fremd an. Daniel, der heftig atmend auf dem Floß lag, richtete seinen Oberkörper mit mühsamen Bewegungen auf. Sein Blick glitt über ihr Gesicht und blieb dort hängen, wo sie die breite Seite von Yamals Säbel getroffen hatte. Zina spürte ein inzwischen vertrautes Kribbeln, als Funken über ihre Haut zu wandern begannen. Wärme vertrieb den pochenden Schmerz, und als sie nach ihrer Wange tastete, war die beginnende Schwellung zurückgegangen.

»Ich hätte nicht gehen dürfen«, flüsterte sie. »Wir hätten nicht ... ich wollte nur ...«

Daniel schüttelte wortlos den Kopf.

»Bist du ... in Ordnung?«

Seine Lippen verzogen sich zu einem freudlosen Lächeln.

»Es tut mir ...«

»Hör schon auf damit. Du hast nichts getan.«

»Ich habe dich allein gelassen ...«

»Ich brauche kein Kindermädchen, Zina!« Unvermittelt blitzte Ärger in seinen hellen Augen auf. »Hör endlich auf, so zu tun, als müsstest du dich um mich kümmern. Ich brauche weder deine Hilfe noch dein verfluchtes Mitleid, hast du das jetzt endlich verstanden?«

Zina biss sich auf die Zunge, um ihn nicht anzuschreien. »Ja.«

Daniel holte tief Luft und die Spannung in seinen Schultern ließ ein wenig nach. »Die Situation war so oder so ungünstig«, fügte er ruhiger hinzu. »Das waren mehr als wir, ausgebildete Krieger, und ihr Magier war gut. Sie hätten uns auch erwischt, wenn ihr im Zelt gewesen wärt. So konntet ihr immerhin angreifen.«

Zina konnte nicht vergessen, wie Yamal die Kette um Daniels Hals zugezogen hatte, aber sie sagte nichts mehr. Das Floß trug sie rasch vorwärts, und ein Blick auf Azads Gesicht verriet ihr, dass er die Gefahr keinesfalls für gebannt hielt. Sie glitten nun über das dichte Blätterdach des Urwaldes hinweg. In der Ferne glitzerte Gischt, wo der Wasserfall tief in das Tunnelsystem des Flusses stürzte. Vor ihnen stob eine Schar schillernder Tiere aus den Baumkronen auf, formte eine glitzernde Wolke und schoss zurück in das Dickicht.

»Hat jemand von euch eine Ahnung, wie man ein fliegendes Floß steuert?«, fragte Azad in bemüht neutraler Tonlage.

Zina schüttelte den Kopf.

»Gibt es Steine?«, fragte Daniel.

»Bitte?«

»In meiner Heimat werden kleine Luftfahrzeuge oft mit Kristallen angetrieben, darüber kann man sie kontrollieren.« Er sah sich suchend auf dem Floß um. »Sieht nicht danach aus. Die großen Luftschiffe fliegen mit Spinnen- oder Koboldsegeln, aber die haben wir offensichtlich auch nicht. Es ist, als würde es jemand lenken«, fügte er stirnrunzelnd hinzu. »Diese Funken …«

»Firas«, murmelte Azad. »Das ist die Magie des Handlosen, glaube ich.«

Zina beäugte misstrauisch den rauchblauen Funkenschweif, den sie wie ein Feuerwerkskörper hinter sich herzogen. »Yamals Magier?«

»Ja.«

»Der Magier, der die Anweisung hat, mich zu töten?«

»Nun, ja.«

»Und wir sind auf sein Floß gesprungen?«

»Wir hatten nicht sonderlich viele Alternativen. Wie kann es eigentlich sein, dass keiner von euch beiden ordentlich fechten kann?«, fügte Azad vorwurfsvoll hinzu. »Die haben uns plattgemacht.«

»Wir haben zwei von denen erledigt«, erinnerte ihn Zina. »Und wir hatten nur einen Säbel.«

»Und das Glück, dass Yamal uns lebendig wollte. In einem richtigen Duell hätten wir überhaupt keine Chance gehabt.«

»*Dich* wollte er lebendig«, murmelte Zina. »Deine Brüder sind übrigens Mistkerle.«

»Ja, ich weiß.«

Das Floß sank so abrupt, dass ihr Magen einen Satz machte. Blätter schlugen ihr ins Gesicht, als sie zwischen die Baumkronen tauchten, und um ein Haar hätte ihr ein dorniger Ast die Augen ausgestochen. Zina warf sich bäuchlings auf das Floß. Azad und Daniel taten es ihr gleich, als sie durch ein großes Spinnennetz und zwischen blühenden Lianen hindurchglitten. Die Bäume hier waren höher als an dem Felsen, auf den sie mit Azad geklettert war, und offenbar deutlich älter. Mächtige Äste tauchten wie aus dem Nichts auf und hätten sie aus der Luft geschlagen, wenn das Floß nicht im letzten Moment ausgewichen wäre. Als sie schließlich über einer breiten Astgabel ruckartig innehielten, setzte sich Zina erleichtert auf und spuckte Spinnweben aus. Die Äste, die von der Gabel wegführten, verliefen waagrecht und waren beinahe so breit wie ihr Floß.

»Da … wären wir wohl.«

Azad zupfte ihr eine zerfetzte Blüte aus dem Haar. »Wir wären *wo?*«

Ein Schatten glitt über sie hinweg und Zina hob den Kopf.

In einer ausladenden Schleife kam ein zweites Floß zu ihnen herunter und blieb direkt vor ihnen schweben. Türkisblaue Lichter tanzten über das dunkle Holz, als es sanft gegen die Astgabel stieß. Drei der Gestalten, die daraufstanden, trugen identische Kleidung aus grob gewebtem Material. Auf der Brust der vierten schimmerte das Wappen des Kaisers: eine Sonne, eingerahmt von zwei gewaltigen Drachenflügeln.

»Firas«, sagte Azad mit erstaunlich fester Stimme.

Der handlose Magier nickte und machte einen Schritt zur Seite. Eine Frau, deren Arme wie die des Magiers in Stümpfen endeten, trat vor. Über ihrem groben Hemd trug sie etwas, was wie eine Weste aus Palmblättern aussah, und ihr schwarzes Haar war zottelig und stumpf. Keine Narbe verunstaltete ihr Gesicht, dafür hatte sie mit blauschwarzer Farbe drei lange Linien auf ihre Wange gemalt.

»Mayra«, stellte Azad fest.

Zina fuhr herum und starrte ihn ungläubig an. »Woher ...«

»Sie war auf der Lichtung. Sie hat mir das Messer gegeben«, fügte er hinzu und hob eine kurze Klinge, die Zina jetzt erst auffiel.

»Ihr kennt euch?«

»Nein.« Azad musterte die beiden Magier abwartend. Nach einem Moment ergriff die Frau das Wort.

»Ihr habt gegen den Prinzen gekämpft«, sagte sie. Es klang nach einer reinen Feststellung, und Zina konnte unmöglich sagen, was Mayra davon hielt.

»Er hat uns angegriffen«, bemerkte Azad.

»Befolgt ihr Befehle des Kaisers?«

Azad und Zina tauschten einen Blick. »Im Moment eher weniger«, gab Zina schließlich zurück.

»Wurdet ihr verbannt?«

»Ausschließen würde ich es nicht«, murmelte Azad.

Ein Anflug von Unmut glitt über Mayras farbverzierte Züge. »Geht das auch konkreter?«

»Wie wäre es«, mischte sich Daniel gelassen ein, und Zina erkannte nur an seinem stärker werdenden Akzent, dass er nervös war, »wenn ihr euch erst mal vorstellt? So ein Verhör geht deutlich schneller, wenn die jeweiligen Positionen klar sind. Und ich wüsste wirklich gerne, wo wir hier sind.«

Er machte eine ausschweifende Handbewegung, und Zina registrierte zum ersten Mal, dass sie nicht einfach zwischen Bäumen schwebten. Holzstege führten von der Astgabel weg und in den Baumkronen um sie herum konnte sie Plattformen und Seile ausmachen.

»Ihr kennt unsere Namen«, sagte Firas mit seiner leisen Stimme. »Das hier sind Baumsiedler«, er deutete auf die beiden Gestalten hinter Mayra. »Und das ist Mayras Floß, das euch gerade das Leben gerettet hat.«

»Aber Ihr habt es gesteuert«, wandte Azad ein.

Firas nickte nur.

»Wieso?«

Er musterte nacheinander ihre Gesichter. »Sie hätten ihr Leben verloren. Und du deine Hände.«

Das erklärte rein gar nichts, doch bevor Zina darauf hinweisen konnte, sagte Azad: »Danke.«

»Also, Prinz«, sagte Mayra und verschränkte ihre handlosen Arme vor der Brust. »Was willst du hier?«

Azad holte tief Luft. »Wir sind auf der Suche nach einer verletzten Flussfresserin«, sagte er dann. »Habt ihr zufällig eine gesehen?«

Mayra und Firas starrten ihn an.

Es dauerte seine Zeit, bis die beiden Magier sich mit den Baumsiedlern auf ein Vorgehen geeinigt hatten. Zina versuchte, ihr eindringliches Geflüster zu verstehen, gab aber bald auf. Als sie sich ihnen endlich wieder zuwandten, war es offensichtlich, dass zumindest Firas seinen Willen bekommen hatte. Mayras Gesicht war ausdruckslos, die beiden anderen wirkten verärgert.

»Wir haben beschlossen, euch am Leben zu lassen«, sagte Mayra. »Wir behalten uns vor, diese Entscheidung zu überdenken, falls ihr auf die Idee kommt, Dummheiten zu machen.«

»Ah.«

»Wenn sich herausstellt, dass euch nicht zu trauen ist, werden wir euch töten. Wenn ihr einen von uns angreift, werden wir euch töten. Wenn ihr versucht zu fliehen …«

»Ich glaube, wir haben das Prinzip begriffen«, sagte Azad.

»Seid ihr einverstanden?«

»Sieht mir nicht danach aus, als hätten wir eine echte Wahl.«

Mayra lächelte grimmig. »Dann sind wir uns einig. Eure Waffen, wenn ich bitten darf.«

Widerstrebend gab Azad ihr das Messer zurück.

»Alle Waffen«, fügte Firas hinzu.

Zina warf ihm einen gereizten Blick zu, bevor sie Azads Säbel unter ihrem Hemd hervorzog. »Vorsicht. Der ist scharf.« Sie reichte den Säbel an die Frau hinter sich weiter, die wie Mayra gekleidet war und bisher kein Wort an sie gerichtet hatte.

»Kommt«, befahl Mayra. Sie und Firas traten von ihrem Floß auf die Astgabel und warteten, bis Zina, Azad und Daniel es ihr gleichgetan hatten. Die Frau, die Azads Säbel trug, sprang von ihrem Floß auf das zweite und in zwei grünblauen Funkenschauern zischten die beiden fremden Baumsiedler in die Baumkronen davon. Mayra sah zu, bis beide von den Schatten der Blätter verschluckt worden waren. Dann drehte sie sich abrupt um und betrat ohne Zögern einen der breiten Äste, die von der Gabelung wegführten. Zina beeilte sich, ihr zu folgen. Die Rinde unter ihren Füßen war rau und trocken, sodass sie keine Probleme hatte, sich an Mayras Tempo anzupassen. Die Magierin eilte über den Ast, als hätte sie in Baumkronen das Laufen gelernt, aber Firas hielt mehr schlecht als recht mit ihr mit. Hinter sich hörte sie Azad leise fluchen und warf einen raschen Blick über die Schulter. Daniel tänzelte leichtfüßig voran, als würde ihn die schwindelerregende Höhe mit neuer Energie versorgen. Azad folgte ihm mit wild rudernden Armen.

»Schau nach vorne«, wies der Plattenmeister ihn gedämpft an, »nicht nach unten. Und halte den Oberkörper gerade.«

Azad zischte etwas, von dem Zina nur *Fledermaus* aufschnappte.

Daniel lachte leise und winkte ihn vorwärts.

Bald erreichten sie eine aus geflochtenen Lianen konstruierte Hängebrücke, die höher in die Baumkronen führte, doch zu Zinas Überraschung lief Mayra unbeirrt daran vorbei. Erst als der Ast schon schmaler zu werden begann, erreichten sie eine weitere Gabelung und das darüber baumelnde Ende einer Strickleiter.

»O nein«, murmelte Azad hinter ihnen. »Hätten die uns nicht ein Floß dalassen können?«

Mayra ignorierte ihn. »Hoch da«, befahl sie. »Wir kommen nach.« Zina warf einen skeptischen Blick auf ihre Armstümpfe, widersprach aber nicht. Die Strickleiter begann heftig zu schaukeln, sobald sie ihre Füße vom Ast gelöst hatte. Kleine Zweige verfingen sich in ihrem Haar und einmal flatterte ihr ein blau glitzerndes Insekt ins Gesicht, aber als ihre Arme schon zu schmerzen begannen, ertastete Zina endlich wieder Holz über sich und zog sich nach oben. Sie schien durch die Bodenluke einer Art Hütte geklettert zu sein, doch bevor sie sich umsehen konnte, stemmte sich Azad japsend neben ihr hoch. »Das ist ja … lebensgefährlich«, keuchte er.

Daniel folgte ihm nur einen Moment später. Er wirkte nicht mehr so unbeschwert wie eben und ein neuer Blutfleck breitete sich an seinem Kragen aus.

»Hat einer eine Idee, wie die da hochkommen wollen?«, fragte Zina und fuchtelte mit ihren Händen.

Die Antwort folgte noch im selben Atemzug, als Mayra sich ohne sichtliche Probleme durch die Luke stemmte. Sie schien gelernt zu haben, wie sie ihre Arme um die Strickleiter schlingen musste, um voranzukommen, und wirkte nicht einmal sonderlich angestrengt. Ohne auf Zinas beeindruckte Miene zu achten, trat sie noch einmal an die Luke und warf einen prüfenden Blick hinunter. »Bereit?«

Ein rauchblauer Funken flackerte in der Luke auf und verlosch. Offenbar zufrieden schnalzte Mayra mit der Zunge und in einer türkisblauen Lichterwolke rauschte die Strickleiter nach oben. Firas, der sich mehr schlecht als recht in den unteren Streben eingehakt hatte, wurde durch die Luke gezogen und kam taumelnd neben Mayra auf.

Azad stieß einen leisen Pfiff aus. »Wie machst du das ohne …«

»Hände«, ergänzte Mayra nüchtern. »Wo liegt das Problem?«

»Na ja, das war sehr kontrollierte Magie, und das ohne Fingerbewegungen.«

Die Magierin lächelte tatsächlich und prompt wirkte sie weniger Furcht einflößend. »Magie wird mental gelenkt. Fingerbewegungen helfen, weil sie die Aufmerksamkeit in die richtigen Bahnen lenken, wenn man aber gut ist, braucht man sie nicht. Je komplexer dein Zauber ist, desto schwieriger wird es, aber es gibt tausend Möglichkeiten, ohne Finger zu lenken. Man kann die Arme verwenden, den Blick, die Stimme … manche von uns nutzen ihre Füße und Zehen, das funktioniert wunderbar.«

Zina runzelte die Stirn. »Manche von euch? Wie viele seid ihr?«

»Wir?« Mayra musterte sie prüfend. »Viele. Und jetzt sind wir einer mehr.« Ihre Augen wanderten zu Firas und ihre Miene wurde weich.

»Ihr kennt euch also«, stellte Zina fest.

»Wir kannten uns«, sagte Firas und rieb mit seinem Armstumpf über das Wappen auf seiner Brust. Aus der Nähe erkannte Zina, dass einer der drei Schnitte in seinem Gesicht zu einem Kreuz ergänzt war. Für ein volles Jahrzehnt hatte er bereits im Kaiserpalast gedient. »Wir …« Er hielt inne, als müsste er abwägen, was er ihnen erzählen konnte. »Wir waren Magier in Treibstadt«, fuhr er schließlich fort. »Wir wurden von klein auf zusammen ausgebildet. Es gibt einige Magier im Flussvolk, und wenn sie neue Talente erkennen, nehmen sie sie auf und unterrichten sie. Wir waren sechs Kinder, die bei sehr talentierten Magiern untergekommen waren. Sie haben sich als Trödelhändler getarnt … irgendjemand muss sie schließlich verraten haben. Die Soldaten kamen, und weil unsere Lehrer sich nicht ergeben wollten, haben sie sie getötet. Uns Übrige haben sie zu einem Flussfresser geführt, der an der Palastmauer festgekettet war. Wir mussten ihm unsere Hände ins Maul legen … Sie haben gesagt, wenn sie bis zehn gezählt haben, bevor er zuschnappt, lassen sie uns laufen. Sie haben sehr langsam gezählt.« Firas' Arm zuckte, als wären seine Wunden ganz frisch. »Den Ersten von uns hat der Flussfresser totgebissen. Zwei von uns sind danach verblutet. Mayra und mich hat einer der Heiler von Treibstadt gefunden. Sie haben die Reste unserer Hände abgetrennt und die Stümpfe versorgt. Am Anfang waren wir zu dritt, aber Derya ist Wochen später an einer Infektion gestorben.«

Zina senkte den Blick und merkte, dass sie ihre Hände in die Ärmel zurückgezogen hatte. Hastig ballte sie sie zu Fäusten. »Und dann?«

Firas sah zu der Magierin hinüber.

»Wir waren Ausgestoßene«, sagte Mayra mit hölzerner Stimme. »Niemand wollte es riskieren, mit uns in Verbindung gebracht zu werden. Sobald wir gesund genug waren, hat der Heiler uns weggeschickt. Firas hatte die Idee, im Palast nach Arbeit zu fragen. Es war natürlich ein Risiko, aber wir waren verzweifelt. Sie haben gesagt, für drei Schnitte dürften wir wieder als Magier arbeiten. Mir war der Preis zu hoch, Firas hat eingewilligt.«

»Ich dachte, du wärst tot«, flüsterte Firas kaum hörbar. »Irgendwo in Treibstadt gestorben …«

»Das wäre ich fast. Ich habe am Rand der Stadt gelebt, zwischen Flussfressern und Bettlern. Eines Morgens bin ich aufgewacht und trieb durch einen Tunnel, den ich nie gesehen hatte. Mein Floß muss sich losgerissen haben und die Strömung war stark. Ich bin lange durch die Tunnel geirrt, wochenlang. Irgendwann habe ich das Bewusstsein verloren. Wieder zu mir gekommen bin ich hier, bei den Baumsiedlern. Seitdem bin ich wieder Magierin. Und frei.«

Ihre dunklen Augen glitten zu Azad. »Sie haben deinen Säbel, nicht wahr? Den das Mädchen getragen hat?«

Azad nickte.

»Sie werden erkennen, dass er einem Prinzen gehört hat. Sie werden keinen von ihnen hier dulden. Dass ihr bei mir seid, wird euch Zeit verschaffen, aber nicht viel. Sobald die anderen mitbekommen, wer du bist, werden sie dich töten wollen.«

»Wieso habt ihr ihn mir dann abgenommen?«, fauchte Zina. »Firas hätte nichts sagen müssen!«

Mayras Augen verengten sich. »Firas ist mit dem kaiserlichen Wappen auf der Brust hier aufgetaucht. Wenn er aufgenommen werden will, kann er es sich nicht erlauben, für Fremde zu lügen.« Sie hob die Hand, als Zina erneut nachhaken wollte. »Wenn jemand bei den Baumsiedlern um Zuflucht bittet, wird darüber beraten. Ihr werdet die Chance bekommen, euch zu erklären. Bis dahin solltet ihr wissen, was ihr wollt, und die Flussfressergeschichte reicht nicht. Ich habe euch hierher gebracht, weil ich denke, dass ihr nützlich werden könntet. Überlegt euch gut, wie ihr die Baumsiedler dazu bringt, das auch zu glauben.« Sie hielt kurz inne, dann zog sie etwas aus ihrer Tasche und warf es Zina zu. »Das hier hat die Patrouille gefunden, mit der wir angekommen sind. Sieht aus, als könnte es euch gehören.« Ihr Blick wanderte von Azads nackter Brust zu Zinas viel zu großem Hemd.

Zina sah hinunter auf ihre verloren geglaubte Bluse, um niemandem ins Gesicht sehen zu müssen. »Danke«, murmelte sie.

»Zieh dich gleich um. Sie sollten bald hier sein, um mit euch zu reden.«

Mayra wandte sich ab und verschwand mit Firas hinter einem Vorhang aus geflochtenen Palmblättern.

Frage und Antwort

Das Hemd war warm und roch nach Zinas Haut, als er es sich überstreifte: ein bisschen wie Blumen und ein bisschen wie würziger Rauch. Azad sah auf und begegnete prompt Daniels Blick.

Er räusperte sich. »Sind deine Wunden wieder offen?«

Daniel machte sich nicht die Mühe, den Blutfleck auf seiner Schulter zu überprüfen. »Schlechtes Gewissen?«

Azad suchte nach Worten und fand keine.

»Dachte ich mir.« Daniel hatte sich auf den glatt gewetzten Holzboden sinken lassen und musterte ihn durch die farblosen Wimpern. »Das kannst du dir sparen.«

Azad bemühte sich, seinen bohrenden Blick zu ignorieren. »Wir hätten nicht einfach so verschwinden sollen.«

»Hättest du lieber erst um Erlaubnis gefragt?« Ein feines Lächeln tanzte über Daniels Lippen. »Ich mag mich irren, aber das klingt nach einem recht unangenehmen Gespräch.«

»Nicht so wie das hier.« Zina hatte die letzten Knöpfe ihrer Bluse geschlossen und trat stirnrunzelnd zwischen die beiden. »Du«, wandte sie sich an Azad, »hör auf, dich wegen Sachen schlecht zu fühlen, die ich getan habe. Und *du*«, sie fuhr auf den Fersen herum und funkelte Daniel an, »beantworte die Frage. Was ist mit deinen Wunden?«

Daniel hob eine Braue. »Du bist also der Meinung, dass ich hier derjenige bin, der Rede und Antwort stehen sollte.«

»Ich bin der Meinung, dass du derjenige bist, der medizinische Hilfe benötigt.« Kurz dachte Azad, sie würde etwas hinzufügen, aber sie schwieg. Offenbar hatte sie nicht vor, sich zu rechtfertigen, und Daniel schien es nicht zu erwarten. Er musterte Zina, wie er Azad gemustert hatte: mit vagem Interesse, als wäre er neugierig, was sie als Nächstes tat.

»Meine Wunden können warten«, gab Daniel endlich zurück. »Im Moment haben wir dringendere Probleme. Ich habe keine Ahnung, was es mit diesen Baumsiedlern auf sich hat, ihr vielleicht?«

Zina schüttelte den Kopf.

»Ich habe von ihnen gehört«, sagte Azad nach kurzem Zögern. »Glaube ich zumindest.«

Zina und Daniel starrten ihn an, als hätte er etwas sehr Erstaunliches von sich gegeben. »Wo?«, fragten sie gleichzeitig.

»Mein … also, Navid hat mir viel von den Drachenkriegen erzählt«, begann Azad und senkte mit einem Blick auf den Palmvorhang die Stimme. Mühsam versuchte er, sich Details in Erinnerung zu rufen. »Es gibt natürlich die Geschichten, die alle kennen … dass wir unter die Erde geflohen sind, dass das Land verwüstet wurde, dass der Kaiser schließlich einen Pakt mit den Drachen geschlossen hat und seitdem die Wege zur Insel bewacht. Es gab … Gerüchte … von Wilden, die auf der Seite der Drachen gekämpft haben. Navid hat gesagt, sie wären hässlich wie die Nacht und hätten wie Tiere auf Bäumen gelebt. Ich dachte immer, sie wären mit den Drachen besiegt worden.«

»Die Drachen wurden nicht besiegt.« Mayra war wieder hinter dem Vorhang hervorgetreten. »Sie haben eingewilligt, den Frieden zu sichern. Das ist ein Unterschied, Prinz.« Sie sah ihn unverwandt an, und Azad fragte sich jäh, ob sie dachte, er hätte sie hässlich genannt. Hitze stieg ihm in die Wangen, für die er sich stumm verfluchte. »Habt ihr euch darauf geeinigt, weshalb ihr wirklich hier seid? Oder habt ihr die Zeit genutzt, um in Ruhe zu plaudern?«

Azad war sich ziemlich sicher, dass sie sie belauscht hatte. »Ich habe gemeint, was ich vorhin gesagt habe«, gab er unbeirrt zurück. »Wir sind hier, weil Zina dem Flussfresser folgen wollte. Aber aufgebrochen sind wir, um den Drachenkönig zu finden. Und wir wollen sein Blut.«

Er spürte, wie Zina an seiner Seite zusammenzuckte. Weder sie noch Daniel sagten ein Wort.

»Ich verstehe.« Mayra nickte nachdenklich. »Sie sind jetzt bereit, euch zu verhören. Kommt nicht auf die Idee, sie anzulügen. Ihr habt nur diese eine Chance.«

»Wer sind *sie*?«, wollte Zina wissen.

Mayra lächelte. »Das werdet ihr gleich sehen.«

Das Floß war wieder da. Zumindest war es *ein* Floß – größer als die beiden, die sie bis zu der Astgabel gebracht hatten. Dieses war mit Laternen geschmückt und zwei Männer mit Speeren standen schweigend an einer der Längsseiten. Beide trugen ihr Haar schulterlang, ihre Füße waren nackt und bis zu den Knöcheln mit grauem Lehm verschmiert. Firas war der Erste, der das Floß betrat. Azad registrierte, dass er die Robe mit dem kaiserlichen Wappen abgelegt hatte. Einzelne Funken tanzten über seine Haut, aber zu Azads Verwunderung waren sie türkisblau wie Mayras Magie. Offenbar war das ihre Version einer Berührung. Azad warf Zina einen raschen Blick zu, bevor er dem Magier folgte. Das Floß gab kaum merklich nach, als er den Fuß aufsetzte, glich Azads Gewicht aber im nächsten Moment wieder aus. Es fühlte sich tatsächlich fast an, als wären sie wieder auf dem Fluss unterwegs, und das machte die Situation auf seltsame Art vertrauter. Zina sprang neben ihn und ihre schmalen Finger streiften seine.

»Wirst du ihnen sagen, wer du bist?«, flüsterte sie ihm ins Ohr, als Daniel und Mayra aufgestiegen waren und sich das Floß in Bewegung setzte.

»Wenn sie fragen«, murmelte er.

»Sie werden dich umbringen wollen.«

»Nicht, wenn sie mir glauben, dass ich auf ihrer Seite bin.«

Zinas dunkle Wimpern schimmerten im Licht der Lampions. »Bist du das?«

Azad wusste es nicht. Er wollte nicht auf der Seite der Soldaten stehen, die Flussfressern Kinderhände zwischen die Kiefer schoben und zusahen, wie sie sich schlossen. Er wollte nicht auf der Seite eines Kaisers stehen, der Zehnjährigen in die Wange schneiden ließ, weil sie keine andere Wahl hatten, als sich an den Palast zu verkaufen. Er wollte nicht wie Yamal sein, der blind den Träumen seines Vaters nachjagte, und ganz bestimmt wollte er nicht sein wie Navid. Azad wusste, auf wessen Seite er *nicht* stehen wollte, doch er wusste nicht, wozu ihn das machte.

»Sag bloß nichts Dummes«, flüsterte Zina kaum hörbar. »Sonst töten sie dich noch.«

»Ich gebe mein Bestes.«

»Gut.«

Sie glitten lautlos zwischen den Baumkronen dahin. Hin und wieder fielen Sonnenstrahlen durch das dichte Blätterdach und versahen ihre dämmrige Umgebung mit Farbflecken: leuchtend rote Blüten, die von einem Ast hingen, oder glitzernde Insektenflügel über ihren Köpfen. Dort, wo Brücken und Stege die uralten Bäume verbanden, erhellten goldgelbe Lampions den Wald. Von Zeit zu Zeit erhaschte Azad einen Blick auf Baumhütten wie die von Mayra, deren Fenster und Türen mit geflochtenen Vorhängen oder Stoffen verhüllt waren. Es war schwer zu sagen, wie groß die Siedlung der Baumbewohner war. Auf den ersten Blick wirkte der Wald verlassen, doch wenn man genauer hinsah, tauchten immer mehr Hütten und Wege in den Baumkronen auf.

»Lebt ihr alle so?«, fragte Daniel, als sie gerade einen geheimnisvoll summenden Kokon passierten. »In der Höhe?«

Mayra warf ihm einen prüfenden Blick zu. »Diese Siedlung ist vollständig auf Bäumen erbaut.«

»Aber es ist nicht die einzige Siedlung«, schloss Daniel.

Mayra erwiderte nichts.

»Treibt ihr die Flöße alle selbst an oder gibt es eine eigene Quelle dafür?«

Firas drehte sich neugierig nach Daniel um.

»Sie werden durch Magie angetrieben«, gab Mayra knapp zurück.

Daniel zog die Brauen zusammen. »Aber *deine* Magie? Oder etwas anderes?«

Mayra schien nicht zu wissen, wie viel sie ihm sagen konnte, also sagte sie nichts. Firas wirkte amüsiert. »Bist du Theoretiker?«

Daniel zuckte zusammen. »Bei den Ersten Geflügelten, nein. Ich bin Feinschmied«, erklärte er, »Plattenmeister, um genau zu sein. Magische Objekte interessieren mich. Die Formeln überlasse ich anderen.«

»Ich hatte mich schon gefragt, wieso ich dich nie bei den Palastmagiern gesehen habe. Du bist also der Plattenmeister.« Firas seufzte. »Ich habe von dir gehört.«

»Nur Gutes, nehme ich an«, sagte Daniel mit einem ironischen Lächeln.

Firas lächelte nicht. »Das kann man so wohl nicht sagen.«

Das Floß wurde langsamer. Sie hatten einen Baum erreicht, dessen Krone mit besonders vielen Laternen geschmückt war. Würziger Rauch stieg Azad in die Nase, und als sie einen breiten Ast umrundeten, eröffnete sich der Blick auf eine ausladende Plattform in der Mitte der Baumkrone. Mehrere Flöße waren an umliegenden Stegen festgebunden, Stimmengewirr erfüllte die Luft. In der Mitte der Plattform prasselte ein Feuer und darum herum saßen und standen Siedler mit blau bemalten Gesichtern und erwarteten sie.

Mayra sprang ab und band das Floß fest. »Folgt mir.«

Die Gespräche verstummten, sobald sie sich näherten. Nach und nach richteten sich die Blicke auf sie, während Mayra ihnen voran auf die Feuerstelle zusteuerte und dabei tat, als würde sie die eintretende Stille nicht bemerken. Vor einer Gruppe aus Frauen in Palmkleidern blieb Mayra stehen und verkündete knapp: »Das sind sie.«

»Danke.«

Die helle Stimme ließ Azad zusammenzucken. Die kleine Gruppe aus Baumsiedlern, die ihm den Blick auf das Feuer verstellt hatte, wich zurück, und endlich konnte er sehen, mit wem Mayra gesprochen hatte.

Auf einer aus dünnen Baumstämmen bestehenden Bank saßen sechs Kinder, keines viel älter als zwölf. Wie die Erwachsenen trugen sie Hemden und Hosen aus grobem Stoff und Gürtel oder Westen aus Palmblättern. Ihre runden Gesichter waren mit blauer Farbe verziert, die sie sich über Wangen und Stirn geschmiert hatten. Der Junge, der gesprochen hatte, sah aus wie sieben oder acht. Er rieb sich die Nase und sagte: »Setzt euch.«

Völlig verdutzt folgte Azad seiner Aufforderung und ließ sich vor der Reihe der Kinder zu Boden sinken.

»Wir werden euch jetzt Fragen stellen«, erklärte ein Mädchen mit geflochtenen Zöpfen und einer großen Lücke zwischen den Schneidezähnen. »Ihr müsst antworten und ihr müsst die Wahrheit sagen. Am Ende entscheiden wir, was mit euch passiert. Wenn ihr das nicht wollt, dürft ihr jetzt gehen, und zwar so, wie ihr gekommen seid. Dann dürft ihr die Höhle nie wieder betreten. Wenn ihr es trotzdem versucht, töten wir euch.«

»Ihr dürft auch nie wem von uns erzählen«, ergänzte ein schlaksiger Junge mit aufgeschürften Knien. »Wenn wir glauben, dass ihr es doch tut, dann schneiden wir euch die Zunge raus.«

Azad starrte ihn an.

»Das machen wir aber fast nie«, fügte das Mädchen mit den Zöpfen versöhnlich hinzu. »Seid ihr bereit?«

Fassungslos sah Azad zu Mayra auf.

»Das sind unsere Gesetze«, sagte die Magierin mit unbewegter Miene. »Ihr habt es gehört. Antwortet oder lasst es bleiben. Dann müsst ihr aber wieder gehen.«

»So, wie ihr gekommen seid«, piepste ein Mädchen mit Grübchen in beiden Wangen.

Azad tauschte einen Blick mit Zina. »Na gut«, sagte er und kam sich verrückt vor, »wir sind bereit.«

»Wer seid ihr?«, fragte der Junge, der zuerst gesprochen hatte. »Du zuerst.« Er zeigte auf Firas.

»Ich bin Firas Alandis. Ich war Magier im Kaiserpalast.«

»Magst du den Kaiser?«

»Nein.«

»Wie hast du deine Hände verloren?«

»Flussfresser haben sie abgebissen, weil ich heimlich Magie benutzt habe.«

»Kennst du jemanden hier?«

»Ich kenne Mayra.«

»Stimmt es, dass sie dich hergebracht hat?«

»Ja.«

»Wusstest du, dass wir hier leben?«

»Nein.«

»Was willst du jetzt machen?«

»Ich will hierbleiben, wenn ich darf.«

Das Mädchen mit den Zöpfen musterte ihn kritisch. »Wirst du uns verraten, wenn wir dich wegschicken?«

Firas sah zu Mayra hinüber. »Nein.«

Stille trat ein, die nur durch das Knistern des Lagerfeuers und Tiergeräusche in der Ferne gestört wurde.

»Du bist mit einem der Prinzen gereist«, sagte der Junge mit den schorfigen Knien schließlich. »Was will er hier?«

»Er will den Drachenkönig töten.«

Der Junge runzelte die Stirn. »Weißt du, warum?«

Firas zögerte. »Nein.«

»Du lügst.« Das Mädchen mit den Grübchen rutschte auf der Bank hin und her. »Du darfst uns nicht anlügen.«

»Er tut es, weil es der Kaiser so will. Wieso der Kaiser es will, weiß ich nicht.«

Das Mädchen nickte zufrieden. »Gut. Du.« Sie zeigte auf Zina. »Wer bist du?«

»Zina Zarastra. Dienerin im Kaiserpalast.«

»Wieso bist du hier?«

»Ich will die Dracheninsel finden.«

»Warum?«

»Weil ich nicht mehr im Palast leben will.«

»Ist es schlimm dort?«

»Ja.«

Das Mädchen mit den Zöpfen legte den Kopf schief. »Willst du den Drachenkönig töten?«

»Nein.«

»Was willst du dann?«

Zina reckte ihr Kinn. »Sein Blut.«

Ein Junge mit einer Nase voller Sommersprossen kniff die Augen zusammen. »Warum?«

»Weil es wertvoll ist.«

»Also willst du reich sein.«

»Ja.«

»Sonst nichts?«

»Frei«, sagte Zina. »Ich will frei sein.«

»Hast du schon mal gelogen?«, fragte der sommersprossige Junge.

»Ja.«

»Und hast du jemanden verraten?«

Für einen Moment blieb Zina stumm. »Nein«, sagte sie dann.

Der Junge nickte. »Gut.« Er griff hinter sich und hielt ihr etwas entgegen. »Ist das dein Säbel?«

Zina schluckte. »Nein.«

»Wem gehört er?«

»Einem Freund.«

Wieder Stille.

»Du«, sagte der Junge dann und zeigte auf Azad. »Wer bist du?«

Azad räusperte sich. »Azad Ilias von Uyneia. Ich bin der jüngste Prinz.«

Die Zuschauer wurden unruhig. Aus den Augenwinkeln konnte er sehen, wie sie einander ungläubige Blicke zuwarfen. Umhänge wurden zurückgeschlagen und Waffen blitzten auf – Drohgesten, die man überall verstand. Azad bemühte sich, nicht darauf zu achten.

»Ist das dein Säbel?«

»Ja.«

»Warum bist du hier?«, fragte das Zopfmädchen.

»Ich suche die Dracheninsel.«

»Willst du auch reich werden?«

»Nein.«

»Frei?«

»Vielleicht. Ja.«

»Wovor hast du am meisten Angst?«

Azad schluckte. »Vor meinem Vater.«

Wieder schwiegen die Kinder für einen Moment. Ein Mädchen, das so klein war, dass seine Beine in der Luft baumelten, flüsterte dem Jungen neben ihm etwas ins Ohr.

Der Junge nickte und fragte: »Liebst du ihn?«

Azad starrte ihn an.

»Hast du die Frage verstanden?«

Er räusperte sich. »Ich … ja.«

»Ist das deine Antwort?«

»Ja.«

»Hast du schon mal jemanden getötet?«

»Nein.«

»Willst du den Drachenkönig töten?«

Azad holte tief Luft. Sein Herz begann zu rasen, aber er wich dem Blick des Jungen nicht aus. »Nein.«

Das Feuer knackte und Funken wirbelten hoch in die Luft. Der Junge legte den Kopf schief und musterte Azad prüfend von Kopf bis Fuß. »Hast du schon mal gelogen?«

Azad blinzelte. »Ja.«

Der Junge nickte langsam. »Gut.«

Ein Schweißtropfen löste sich von Azads Schläfe und rann langsam über seine Wange.

Die Entscheidung

Kinder.

Die Baumsiedler ließen ihre Verhöre von Kindern führen und das schien auch noch zu funktionieren. Die Fragen, die sie stellten, waren simpel, aber sie schienen ihren Zweck zu erfüllen. Für Zinas Geschmack hatten diese Kinder jedenfalls viel zu schnell herausgefunden, wie sie tickte.

Der Junge mit den Sommersprossen und dem unheimlich bohrenden Blick wandte sich seinem nächsten Opfer zu.

»Du«, sagte er zu Daniel. »Wer bist du?«

»Daniel Dalosi. Ich war Plattenmeister am Hof des Kaisers.«

»Jetzt nicht mehr?«

»Nein.«

»Wohin willst du?«, fragte das Zahnlückenmädchen.

Daniel sah sie ausdruckslos an. »Nach Hause.«

»Wieso bist du dann hier?«

»Weil ich Flügel brauche.«

Zina hätte an dieser Stelle mindestens fünf irritierte Fragen gestellt, aber die Kinder taten, als kämen jeden Tag Reisende auf der Suche nach Flügeln bei ihnen vorbei. »Was ist mit deinen Flügeln passiert?«, fragte das kleinste Mädchen mit seiner Piepsstimme.

Es war ein Unfall, dachte Zina automatisch. *Er war nicht vorsichtig genug.*

Daniel musterte das Mädchen aufmerksam. »Ich habe jemanden geliebt«, sagte er schließlich. »Da, wo ich herkomme. Sein Vater ... mochte mich nicht. Am allerwenigsten mochte er meine Flügel.«

»Hat er sie kaputt gemacht?«

»Ja.«

»Hat es wehgetan?«, fragte das Mädchen mit großen Augen.

Daniel schüttelte den Kopf. »Nein.«

»Hast du dich gerächt?«, fragte der Sommersprossenjunge.

»Nein.«

»Warum nicht?«

Daniel lächelte sein furchtbares Lächeln, das am schönsten wurde, wenn er traurig war. »Es hätte nichts geändert.«

Zina wollte das nicht hören. Sie wollte nicht hören, wie er Fremden eine Geschichte erzählte, die er ihr nie hatte anvertrauen wollen. Sie hatte gewusst, dass er sie nicht liebte, aber sie hatte zumindest gedacht, dass sie Freunde waren. Er hatte sich für sie ins Gesicht schneiden lassen, aber er hatte ihr nie die Wahrheit gesagt. Nicht ein einziges Mal.

»Hast du schon mal gelogen?«, fragte eines der Kinder, es war Zina egal, welches genau.

»Ja.«

»Hast du jemanden verraten?«

Stille. »Ja.«

»Bereust du es?«

»Jeden Tag.«

Rauch und Funken wehten Zina ins Gesicht, als der Wind drehte. Kräuterduft erfüllte die Luft und sie atmete in tiefen Zügen ein. Jäh fragte sie sich, ob es Pflanzen gab, die einen dazu zwangen, die Wahrheit zu sagen.

»Wenn wir dich wegschicken, wirst du gehorchen?«

»Nein«, sagte Daniel.

»Wirst du uns verraten?«

»Nein.«

Schweigen breitete sich aus. Kinderstimmen flüsterten, jemand machte Psst! und dann trat Mayra wieder nach vorn.

»Ihr könnt mitkommen«, sagte sie und sah auf Zina hinunter. »Wir haben keine Fragen mehr.«

»Das war alles?«

»Ja.«

Zina stand auf und sah misstrauisch zu den Kindern hinüber. Sie blinzelten ungehemmt zu ihr hinauf. »Werden wir jetzt getötet, oder was ist der Plan?«

Mayra legte den Kopf schief. »Das kommt drauf an. Seid ihr hungrig?«

Zina schluckte hörbar. »Ja.«

»Dann besorgen wir euch was zu essen.«

»Weil wir mit vollen Bäuchen schlechter davonlaufen können?«

»Weil ich noch kein Frühstück hatte. Sie werden sich jetzt besprechen, das dauert. Kommt.« Sie winkte ihnen zu und verschwand leichtfüßig zwischen den Schaulustigen. Zina beeilte sich, ihr zu folgen, und machte im Vorbeigehen einen großen Bogen um die Kinder. Sie sahen zwar im Moment nicht sonderlich mordlustig aus, aber man wusste ja nie.

Mayra führte sie nicht zurück zu dem Floß, das sie hergebracht hatte. Stattdessen stieg sie eine Wendeltreppe hinauf, die in aus der Rinde ragenden Tritten höher in die Krone des Baumes führte. Nach ein paar schwindelerregenden Umkreisungen erreichten sie schließlich eine kleinere Plattform, die gerade groß genug war für Zina, Azad, Daniel und die beiden Magier. Mayra setzte sich als Erste und schüttelte ein Bündel von ihrer Schulter.

»Packt das aus. Ist frisch gegrillt, ich habe es gerade am Feuer bekommen.« In einem Funkenschauer entkorkte sich außerdem ein großer Tonkrug, den sie an Lederriemen auf dem Rücken getragen hatte. Ein sirupartiger Geruch stieg Zina in die Nase und ließ ihr das Wasser im Mund zusammenlaufen. Neugierig schlug sie die großen Blätter zurück, in die das Essen eingewickelt war. Dampf quoll ihr entgegen und der intensive Duft nach Kräutern und Gebratenem. Mit spitzen Fingern nahm Zina einen langen Spieß von den Blättern und musterte das gegrillte Fleisch. Es war weiß und leicht durchscheinend, scheinbar knochenlos und auf einer Seite mit knuspriger Haut überzogen. »Was ist das?«, wollte sie wissen und schnupperte neugierig an dem köstlich duftenden Essen.

Mayra hatte ihre Sandalen abgestreift und griff mit geschickten Zehen nach einem anderen Spieß. Er war lang genug, dass sie ihn problemlos zum Mund führen konnte. Sie zog das erste Stück mit den Zähnen ab und antwortete kauend: »Drache.«

Zina spuckte ihr erstes Stück in hohem Bogen aus. Azad hielt sich eine Hand vor den Mund, würgte seinen Bissen mit mühsamer Beherrschung hinunter und fragte heiser: »*Was?*«

»Drache«, wiederholte Mayra ungerührt und verschlang vor ihren aufgerissenen Augen ein zweites Stück. »Einer von den kleinen natürlich, denen ist es egal, ob wir sie jagen oder ein größerer Drache. Hier lebt ja sonst nichts, was sollten wir sonst essen? Immer nur Obst?«

»Hier leben … Drachen?«, stieß Zina hervor.

Mayra legte den Kopf in den Nacken und lachte laut auf. »Ob hier Drachen leben? Wonach sucht ihr denn bitte die ganze Zeit?« Sie machte eine ausladende Handbewegung auf die umliegenden Bäume. »Hier ist alles voller Drachen, Zina

Zarastra. Habt ihr die Schwärme nicht gesehen, die Kokons? Die glitzernden Schwanzspitzen, die im Gras verschwinden, sobald man näher kommt? *Hört* ihr sie nicht?«

Zina dachte an die Schlangen am Wegrand. An die Insekten, die ihr ins Gesicht geflogen waren. An das ferne Trällern und Kreischen und dumpfe Gebrüll. »*Das* sind Drachen? Aber ... sie sollten größer sein. Sie sind riesig und gefährlich und speien Feuer ...«

»Manche von ihnen«, korrigierte Mayra belustigt. »Die kleinen sind vollkommen harmlos. Viele der großen übrigens auch. Aber um die zu sehen, müsst ihr sowieso noch viel weiter. Hier leben nur ein paar größere Flussdrachen und die kennt ihr ja schon.«

»Flussdrachen«, wiederholte Azad matt.

»Ja, Flussdrachen. Ihr seid doch auf der Suche nach einem, oder?«

»Du willst sagen ... Flussfresser sind ...«

»Drachen«, bestätigte Mayra schlicht. »Zumindest würde ich nicht sagen, dass es *keine* Drachen sind. Die, die ihr aus dem Palast oder Treibstadt kennt, haben ihre Magie längst verloren. Aber ihre Vorfahren, die wilden Flussfresser, deren Nachkommen heute hier leben ... das sind mächtige Geschöpfe mit Drachenmagie im Blut.«

»Mayra«, sagte Azad eindringlich und beugte sich vor. »Wo sind wir hier? Wir sind doch noch nicht auf der Insel, oder?«

Die Magierin schüttelte lächelnd den Kopf. »O nein, ihr seid nicht auf der Insel, Prinz. Ihr seid an der Pforte. Die Wahren Wege, die du vielleicht kennst – sie kreuzen sich hier. Deshalb haben wir hier unsere Siedlung errichtet. Der Kaiser kontrolliert vielleicht den Fluss in der Goldenen Stadt, aber über die Pforte wachen wir. Die Prinzen kommen, weil es einen Pakt mit dem Kaiser gibt. Ihr aber wurdet gerufen.«

Zina schüttelte langsam den Kopf. »Niemand hat uns gerufen. Wir sind einfach aufgebrochen, und wenn Silberwasser nicht gewesen wäre …«

»Ist das der Flussfresser, den ihr sucht?«, fiel Mayra ihr ins Wort.

»Ja.«

»Da habt ihr es. Wenn sie euch bis in diese Höhle geführt hat, dann ist sie eine der ältesten Wächterinnen überhaupt. Ihr seid einem Wahren Weg gefolgt. Sie hat ihn euch gezeigt.«

Azad zog zweifelnd die Brauen zusammen. »Die Kinder haben uns nicht danach gefragt, wie wir hergekommen sind.«

»Weil sie es schon wussten. Die Baumsiedler, die mit uns angekommen sind, haben sie informiert.« Mayra ließ ihren abgenagten Spieß fallen und hob mit beiden Unterarmen den Tonkrug, um zu trinken. »Sie waren an euren Beweggründen interessiert, und ich denke, darüber haben sie genug erfahren.«

Zögernd hob Zina das Drachenfleisch wieder an ihre Lippen. Es hatte einen scharfen Nachgeschmack in ihrem Mund hinterlassen, gleichzeitig wollte sie mehr. Sie überwand sich und zerrte ein Stück mit den Zähnen von ihrem Spieß. Vor lauter Hunger hatte sie es verschlungen, bevor sie Zeit hatte, zu genau darüber nachzudenken. »Was sind das für Kinder? Was ist so besonders an ihnen?«

»Gar nichts«, erwiderte Mayra prompt. »Es sind einfach Kinder.«

»Aber … *wieso?* Wieso führen sie diese Verhöre durch und wieso entscheiden sie?«

»Die Entscheidung treffen sie nicht allein. Die Siedler, die zugehört haben, werden auch abstimmen. Wir haben die Erfahrung gemacht, dass Kinder anders fragen«, erklärte Mayra ruhig, setzte den Krug ab und wischte sich mit dem Unterarm über den Mund. »Sie sind unvoreingenommener. Wir tendieren dazu, unser Gegenüber in Kategorien einzuordnen, die unseren Erfahrungen entsprechen. Wir interpretieren zu schnell und übersehen dadurch Details, die nicht in unser Bild passen. Unsere Kinder sind besser darin, Dinge einfach wahrzunehmen. Und ihr Instinkt ist eine wertvolle Informationsquelle.«

Azad schüttelte ungläubig den Kopf. »Das kann doch unmöglich funktionieren …«

»Bisher hat es funktioniert.«

»Was ist mit Navid?«, wollte Zina wissen. »Ihr habt ihn durchgelassen, oder nicht?«

Mayra reichte ihr bedächtig den Tonkrug. »Der älteste Prinz hat uns nicht um Einlass gebeten«, gab sie langsam zurück. »Genauso wenig, wie Yamal es tun wird. Sie sind die Söhne des Kaisers, also können wir ihnen den Weg nicht verbieten. Solange der Pakt mit den Drachen besteht, haben wir dazu kein Recht.«

»Aber er hat den Drachenkönig angegriffen!«, stieß Zina wütend hervor. »Sollte das den Pakt nicht irgendwie … brechen?«

»Ich spreche nicht für den Drachenkönig«, erwiderte Mayra nur.

Zina setzte den Krug an die Lippen, um nicht zu fluchen. Die Magierin hatte recht, aber dass jemand wie Navid unbehelligt an den Baumsiedlern vorbeispazieren konnte und sie verhört wurde, passte ihr ganz und gar nicht. Zina nahm einen tiefen Schluck von dem Getränk und zuckte zurück, als sich würzige Süße auf ihrer Zunge ausbreitete. »Was … ist das? Und wenn es Körperflüssigkeiten eines Drachen enthält, sag es mir nicht.«

»Es ist Wein«, sagte Mayra nüchtern. »Wir machen ihn aus Beeren und Palmnüssen.«

»Damit kann ich leben.« Zina trank ein paar große Schlucke, bevor sie den Krug an Azad weiterreichte. »Ihr esst also wirklich Drachen? Ihr jagt sie?«

»Manchmal. Vor allem legen wir Fallen aus. Wir fangen die kleinen Tiere, die leicht zu töten sind. Auf die Jagd gehen wir nur, wenn es sich nicht vermeiden lässt.«

»Reitet ihr auch auf ihnen?«

Mayra schüttelte den Kopf. »Nicht hier. Nicht wir.« Sie erhob sich und warf einen Blick über den Rand der Plattform. »Es sieht so aus, als hätten sie eine Entscheidung getroffen. Wartet hier. Ich bin gleich zurück.«

Sie verschwand leichtfüßig über die Wendeltreppe und ließ sie mit den restlichen Drachenspießen zurück.

»Noch könnten wir fliehen«, murmelte Zina.

»Wir könnten ihre Hilfe aber ganz gut gebrauchen«, wandte Azad müde ein. »Wir brauchen jemanden, der Daniel endlich richtig heilt.«

»Was ist passiert?«, fragte Firas und gestikulierte vage in Richtung von Daniels blutigen Schultern.

»Peitschen«, sagte Daniel knapp.

»Ah.« Firas machte eine leichte Armbewegung und ein Stück Fleisch löste sich von dem letzten Spieß und stieg von Funken getragen bis an seinen Mund. Er verschlang es in zwei Bissen und fügte kauend hinzu: »Ich heile dich. Wenn sie beschließen, dich nicht zu töten.«

»Danke. Das ist nett.« Der Plattenmeister starrte auf das Essen, das er als Einziger nicht angerührt hatte. Seine Finger glitten über die Haut an seiner Kehle, dort, wo die Goldkette eine rote Linie hinterlassen hatte. »Vielleicht beschließen sie auch, *dich* zu töten. Du hast immerhin zehn Jahre dem Kaiser gedient.«

Firas hob die Schultern. »Ich bin ein Magier. Bisher habe ich immer irgendwie überlebt.«

»Ja«, murmelte Daniel. »Das haben wir alle.«

Zina richtete den Blick auf ihre Zehen, die fast schwarz waren vor Erde und getrocknetem Blut. Es war schwer zu sagen, wem es gehörte – vielleicht Daniel, vielleicht einem der Soldaten. Sie hatte einen Mann getötet. Er hatte sie angesehen, im letzten Moment. Hatte es begriffen, ganz kurz bevor es geschehen war. Sie hatte die Klinge zwischen seine Rippen gerammt, ohne zu zögern. Er hatte gehustet, gewürgt und dann war er gestorben. Sie hatte sich abgewandt und seitdem nicht mehr an ihn gedacht.

Sie hätte schockiert sein sollen, stattdessen war sie erleichtert gewesen. Und noch etwas anderes hatte sie wahrgenommen, für die Dauer eines Wimpernschlags nur. Es hatte sich um ihr Herz gelegt und auf die Spitze ihrer Zunge und für einen winzigen Moment hatte sie nichts anderes mehr gespürt.

Macht.

»Azad«, flüsterte Zina. Er rückte näher an ihre Seite, und sie spürte, wie er sich zu ihr beugte.

»Was?«

Zina starrte weiter auf ihre blutige Haut. »Nichts.«

Er hatte noch nie jemanden getötet. Die Kinder hatten ihn gefragt. Zina hätte gerne gewusst, ob man ihr ansehen konnte, dass sie eine Mörderin war. Ob es etwas Besonderes gab in ihrem Blick. Oder ob darin etwas fehlte.

Die Plattform ächzte leise, als Mayra wiederkam. Sie blieb stehen, und als Zina aufsah, lächelte sie.

»Firas«, sagte sie mit diesem Leuchten in der Stimme, das nicht für Zinas Ohren bestimmt zu sein schien. »Du darfst bleiben. Wenn du das willst.«

Der handlose Magier stand auf. »Einfach so?«

»Sie wollten wissen, wie gut ich dich kenne. Was ich ihnen gesagt habe, hat ihnen gereicht.«

Firas stieß Luft aus, als versuchte er, Jahre der Einsamkeit aus seinen Lungen zu pressen. »Danke«, brachte er heiser hervor.

Türkisblaue Funken glitten über seine Wange, dann drehte sich Mayra um und ihr Blick blieb an Zina hängen. »Was euch angeht … wir halten euch nicht für Feinde, aber ihr seid zu gefährlich, um Freunde zu sein. Yamal hat versucht, euch zu töten, und es war meine Entscheidung, euch zu helfen. Die Siedler unterstützen diese Entscheidung nicht. Wir werden euch gehen lassen, wenn ihr schwört, uns nicht zu verraten. Wenn nicht, schafft ihr es nicht lebend aus diesem Wald.« Sie hielt für einen Moment inne. »Es gab … Uneinigkeit, was den Prinzen betrifft. Die Mehrheit hält es für falsch, ihn gehen zu lassen.«

Es dauerte, bis Zina begriff, was sie da sagte. Ohne zu merken, was sie tat, sprang sie auf. »Soll das heißen, sie wollen ihn töten?«

Mayra schüttelte den Kopf. »Wir wollen den Zorn des Kaisers nicht auf uns ziehen. Aber unsere Aufgabe ist es, die Insel vor Unberechtigten zu schützen, und nachdem Yamal der Ältere ist …«

»Aber er wurde gerufen!«, begehrte Zina auf. »Du hast selbst gesagt, dass er gerufen wurde!«

»Wer von euch gerufen wurde, weiß ich nicht. Ich weiß nur, was die Mehrheit entschieden hat. Ich habe in Dinge eingegriffen, die mich nicht betreffen, weil ich Firas helfen wollte. Das war falsch von mir. Es tut mir leid, aber mehr kann ich nicht für ihn tun.«

»Das verstehen wir«, sagte Azad förmlich.

»Gar nichts verstehen wir!«, fauchte Zina. »Was genau soll jetzt passieren? Wird er Yamal ausgeliefert, hm? Wäre dein Fehler damit behoben?«

Mayra seufzte. »Nein. Wir würden ihn als … nun, als Gast bei uns aufnehmen, während ihr eure Reise fortsetzt. Wenn er kooperiert, könnt ihr ihn auf dem Rückweg wieder mitnehmen …«

»Ihr wollt ihn als Geisel«, stellte Daniel leise fest. »Ihr wollt euch absichern, mehr nicht.«

»So haben wir entschieden …«

»Nein.« Zina verschränkte die Arme und funkelte die Magierin an. »Auf gar keinen Fall lassen wir ihn hier. Dann müsst ihr uns eben doch töten.«

»Zina!«, stieß Azad gereizt hervor. »Das bringt uns nicht weiter.« Er sah Mayra prüfend an. »Haben wir irgendwelche Alternativen?«

Mayra schüttelte stumm den Kopf.

»Dir gefällt das nicht«, bemerkte er.

Die Magierin zögerte. »Es war nicht falsch«, sagte sie schließlich. »Was du zu deinem Bruder gesagt hast.«

»Er wird versuchen, den Drachenkönig zu töten«, betonte Azad. »Hast du ihnen das gesagt?«

»Ja.«

»Und es ist ihnen egal?«, fragte Zina ungläubig.

Mayra presste die schmalen Lippen zusammen. »Es könnte … Bewegung bedeuten. Eine Umverteilung der Macht. Nicht alle halten das für schlecht.«

»Haben sie Yamal mal *gesehen*?«, schnaubte Zina. »Haben sie gehört, was er von sich gibt?«

»Es geht nicht um Yamal. Es geht darum, was er in Gang setzen könnte.« Mayra schüttelte den Kopf. »Das kann ich euch nicht erklären, ich weiß selbst so vieles nicht. Ich wollte euch nur … ich wollte euch warnen. Es tut mir leid. Ich hatte auf bessere Nachrichten gehofft.«

»Dann kämpfen wir«, sagte Zina und versuchte, nicht an das Blut zu denken, das sowieso schon auf ihrer Haut klebte.

»Das würdet ihr nicht überleben. Ihr habt ja nicht mal mehr Waffen.« Mayra lächelte schief. »Außerdem werdet ihr gerade umstellt. Wenn ihr anfangt, euch zu wehren, greifen sie an.«

»Können … können wir fliehen?«

»Jetzt? Nein.« Mayras Blick wanderte zu Azad und wieder zurück. »Doch nicht am helllichten Tag.«

Zina hörte, wie Azad neben ihr scharf einatmete. »Schön«, sagte er. »Ich bleibe hier. Aber ihr müsst euch um die Verletzungen meiner Begleiter kümmern.«

Mayra nickte. »Unsere Heiler sind schon informiert.«

Zina hoffte inständig, dass Azad nicht so nervtötend edelmütig war, wie er tat.

Hoffnung

Azad war bei Weitem nicht so edelmütig, wie er tat. Und er konnte den Baumsiedlern nicht mal vorwerfen, dass sie ihm nicht trauten, schließlich traute er ihnen auch nicht. Er glaubte nicht, dass Mayra ihn anlog, aber er konnte auch nicht ausschließen, dass die Siedler seine Anwesenheit früher oder später für keine gute Idee mehr hielten und doch noch beschlossen, ihn zu töten. Abgesehen davon dachte er nicht mal im Traum daran, Zina und Daniel allein weitergehen zu lassen. Nicht jetzt, da sie zum ersten Mal seit ihrem Aufbruch aus dem Palast sicher wussten, dass sie auf dem richtigen Weg waren. Ihm war klar, dass Mayra Firas' neues Leben bei den Siedlern nicht in Gefahr bringen würde, um ihm zur Flucht zu verhelfen, aber mit ein wenig Glück würde sie ihn nicht aufhalten.

Die Zuversicht, dass ihm die Flucht bei Dunkelheit schon irgendwie gelingen würde, schwand rasch, als er sein Gefängnis sah. Man hatte ihn auf ein Floß verfrachtet, das von einem schweigenden Siedler mit zotteligem Bart gesteuert wurde. Zina und Daniel waren bei den Magiern zurückgeblieben, und noch bevor er ein Abschiedswort über die Lippen gebracht hatte, war das Floß mit ihm in die Baumkronen geschossen. Die Hütte, vor der sie nun hielten, unterschied sich gar nicht sosehr von Mayras Zuhause: Wände aus dunklem Holz, ein Dach aus Palmblättern und gewebte Vorhänge, durch deren Spalt er einen Blick auf das schlicht eingerichtete Innere werfen konnte. Eine einzelne Laterne beleuchtete den niedrigen Eingang, und schon im nächsten Moment wurde der Unterschied zu Mayras Hütte klar: Keine Strickleiter baumelte an der Plattform, und weder Brücken noch Äste führten in die umliegenden Bäume davon. Es gab nur einen Weg, das Baumhaus zu erreichen: Man musste fliegen.

Der Wächter stieß mit einem dumpfen Geräusch seinen Speer auf das Floß. »Wir sind da«, sagte er. »Absteigen.«

Widerstrebend betrat Azad das Stück Plattform vor dem Hütteneingang, das gerade groß genug war, um sich vorsichtig darauf umzudrehen. Azad sah über die Kante der Plattform in schwindelerregende Tiefe. Der Waldboden lag weit, weit unter ihm.

»Falls du dich fragst, ob du einen Sprung überleben würdest«, fügte der Baumsiedler hinzu, »die Antwort lautet nein. Nun, einer hat sich nur beide Beine gebrochen. Geflohen ist er dann aber nicht mehr.«

»Und jetzt lasst ihr mich hier verhungern?«

»Vorräte sind drinnen«, gab der Mann ungerührt zurück. »Etwa einmal am Tag kommt jemand vorbei. Regenwasser wird aufgefangen und ein Badezimmer gibt es natürlich auch.« Er grinste.

»Ist es ein Loch im Boden?«, seufzte Azad. Er steckte den Kopf in die Hütte und entdeckte die Holzklappe in der Ecke sofort. »Fantastisch.«

»Fühl dich wie zu Hause, Prinz.« Der Siedler machte eine spöttische Verbeugung, während sein Floß Fahrt aufnahm. Im nächsten Moment war der grüne Funkenschweif zwischen den Bäumen verschwunden.

Langsam trat Azad über die Schwelle der Hütte. Unter einer der schmalen Fensterluken hatte jemand ein Schlaflager aus trockenem Moos hergerichtet. In dem einzigen Schrank fand er Pakete mit Dörrobst, einigen frischen Früchten und gepökeltem Drachenfleisch. Ein ausgehöhlter Ast leitete Süßwasser in eine kleine Regentonne, daneben stand ein großer Krug mit duftendem Wein. Von den Zellen im Kaiserpalast hatte er Schlimmeres gehört. Azad nahm die Vorhänge ab und verbrachte einige Zeit mit frustrierenden Versuchen, die geflochtenen Palmblätter zu einer Art Seil umzufunktionieren. Dass er etwas zu tun hatte, half, aber das Material war spröde und brüchig, es würde sein Gewicht niemals halten. Schließlich gab er auf, ließ sich auf die Moosmatte fallen und starrte an die Decke. Lichtpunkte drangen durch das Palmdach, die zu tanzen begannen, wenn er die Augen zusammenkniff.

Hier war er also.

Er holte tief Luft und eine Spur von Zinas Duft stieg ihm in die Nase. Seufzend drückte Azad die Handballen gegen seine Augen, bis er Sterne sah, und versuchte, sich zu konzentrieren. Er war gefangen, irgendwo in der Siedlung der Höhlenbewohner. Weder Zina noch Daniel konnten ein Floß fliegen, und sie hatten keine Möglichkeit, miteinander zu kommunizieren. Sein vager Plan, auf den Einbruch der Dunkelheit zu warten und dann zu fliehen, wies bei näherer Betrachtung doch einige Lücken auf. Es gab keine Wachen, die er überzeugen konnte, kein Material in der Hütte, das ihm weiterhalf. Er konnte springen und hoffen, sich nur beide Beine zu brechen, aber dann würden ihn die Siedler wieder einsammeln und töten.

Wenn Silberwasser wenigstens ein Flugdrache wäre … aber selbst, wenn Zina sie wiederfand, könnte sie nichts für ihn tun. Und natürlich hatte Daniel sich ausgerechnet in jemanden verlieben müssen, dessen Vater ihm beide Flügel nahm. Azad schauderte. Er fragte sich, ob Daniel gelogen hatte, als das Mädchen ihn nach Schmerzen gefragt hatte. Er konnte sich nicht vorstellen, dass man ein Körperteil verlor, ohne es zu spüren. Azad wusste, dass diese Information auch für Zina neu gewesen war. Sie hatte Daniel nach seinen Flügeln gefragt, er hatte es selbst gehört. *Hast du sie geliebt?* Das hatte sie wissen wollen, als Daniel die Goldkette berührt hatte wie einen Talisman. Also hatte er ihr nie von dem Mann aus seiner Heimat erzählt.

Ungebeten wanderten seine Gedanken zu Navid. Azad kannte den Ruf seines Bruders. Er selbst hatte schon als Kind gelernt, dass man Navid nicht wütend machen sollte, denn wer ihn wütend machte, wurde bestraft. Es waren Methoden, die Navid von seinem Vater übernommen hatte. Er nutzte sie, um sich Respekt bei seinen Brüdern zu verschaffen, und er nutzte sie bei den Dienerinnen. Azad wusste nicht, was genau Navid tat, aber er hatte Geschichten gehört. Und einmal, als er jünger gewesen war, Schreie. Nicht zum ersten Mal verfluchte er sich dafür, dass er nie den Mut aufgebracht hatte, Navid dafür zur Rede zu stellen. Irgendwie hatte er sich einreden können, was sein Bruder tat, ginge ihn nichts an. Aber er konnte den Ausdruck in Daniels Gesicht nicht vergessen, als sich die Kette um seinen Hals zugezogen hatte. Als wüsste er genau, was noch kam. Endlich verstand Azad Zinas Hass auf Navid und Daniels Zittern, als er ihn geheilt hatte. Daniel sprang furchtlos durch Baumkronen und warf sich ohne Angst ins Gefecht, aber er ertrug kaum noch Berührungen. Es war eine Spur, die Navid hinterlassen hatte, schlimmer als die Schnitte auf seiner Wange. Für einen Augenblick wünschte Azad sich heftig, er wüsste von nichts, und war im nächsten entsetzt von sich selbst.

So ist es, dachte er nachdrücklich, nahm die Hände von seinem Gesicht und starrte stur in die Luft. *So ist es, und du weißt es. Navid ist ein Vergewaltiger, der Kaiser ist ein Tyrann und Yamal auf dem besten Weg, einer zu werden. So ist es. Jetzt steh auf und tu was dagegen.*

Azad kam auf die Beine und trat unruhig auf die Plattform vor der Tür. Sonnenlicht schimmerte schwach durch die Baumkronen hindurch, weit und breit war niemand zu sehen. »Yamal wird den Drachenkönig nicht töten«, murmelte er, als könnte er handeln, indem er es aussprach. »Das nicht. Das verhindere ich.«

Aus dem Wald erscholl helles Drachengeschrei, das ihm vorkam wie gackerndes Lachen.

Zina konnte nicht bestreiten, dass es angenehm war, Zeugin einer völlig unkomplizierten Heilung zu sein. Der handlose Magier hatte keine Zeit verloren, sein Versprechen an Daniel einzuhalten. Zina hatte noch nicht aufgehört, über Azads abrupte Gefangennahme zu schimpfen, als er sich schon den Wunden des Plattenmeisters zuwandte. Mayra brachte sie gerade zurück in ihre Hütte, warf nur einen kurzen Blick auf Daniels Rücken, der an mehreren Stellen wieder zu bluten begonnen hatte, und fragte: »Geht?«

»Geht«, bestätigte Firas.

»Gut, dann sage ich den Heilern Bescheid. Ich warte draußen.«

Sie verschwand und Firas schob seine Hemdsärmel zurück, damit sie ihm nicht über die Arme rutschen konnten. »Was habt ihr bisher gemacht?«, wollte er wissen. Seine Stimme hatte eine seltsame Tonlage angenommen, ruhig und melodisch, als spräche er mit einem schreckhaften Tier. Er bewegte den Arm und eine Phiole erschien wie aus dem Nichts, obwohl Zina annahm, dass er sie irgendwo bei sich getragen hatte. »Achtung, das brennt«, warnte er und schnalzte mit der Zunge. Klare Flüssigkeit schwappte auf Daniels Rücken. Der Plattenmeister erstickte einen Schmerzenslaut in dem Kissen unter seinem Gesicht.

Zina wandte nervös den Blick ab. »Azad hat ihn geheilt, so gut er konnte. Die Schmerzen sind wiedergekommen, also habe ich es mit Flussfresserspeichel versucht …«

»Du hast Heilmittel dabei?«, fragte Firas gelinde beeindruckt.

»Ähm, nein. Unverarbeitetem Speichel«, murmelte Zina. »Von einem Jungen, das ich im Fluss gefunden habe.«

Firas nickte. »Ah. Der dürfte gegen die Schmerzen gewirkt haben, enthält aber etwas zur Blutverdünnung, wie es aussieht.« Er begutachtete das rote Rinnsal, das sich über Daniels Schulter zog.

Hitze kroch über Zinas Wangen. »Das wusste ich nicht …«

»Nicht schlimm, das hat sie zumindest sauber gehalten. Das meiste Blut hat er sicher vorher verloren.« Firas seufzte leise. »Jetzt brauche ich deine Hilfe. Hier«, er deutete auf den Riss zwischen den Flügelansätzen, der sich wieder geöffnet hatte, »muss ich die Ränder zusammenkriegen.«

»Was muss ich tun?«

»Drück sie gegeneinander, nicht zu fest. Es sollte möglichst glatt schließen.«

Zina schluckte und trat näher. »Hast du gehört?«, fragte sie unruhig.

»Klar und deutlich«, ertönte Daniels dumpfe Stimme durch das Kissen.

»G…gut.« Zina rührte sich nicht.

»Zina.« Daniel hob den Kopf. Sein Gesicht war so bleich, wie sie erwartet hatte, aber sein Blick war überraschend klar. »Keine Angst.«

Sie blinzelte. »Ich habe keine Angst.«

Er lächelte. »Natürlich nicht.«

Zina holte tief Luft und legte die Hände auf seinen Rücken.

200

Die Heilung ging fast absurd schnell. Rauchblaue Funken wirbelten über Daniels Haut, obwohl Firas ihn nicht mal berührte. Sie strömten ungehindert in seine Wunden, stoppten die Blutung und schlossen das Fleisch. Es war, was Azad getan hatte, aber in einem Bruchteil der Zeit und ohne die ganze Panik. Als Firas zurücktrat und Daniel sich aufrichtete, konnte Zina die blassen Narben gerade noch so erahnen.

Der handlose Magier schob einen Krug Wasser und eine Phiole mit dunkelrotem Saft auf Daniel zu und befahl: »Trink das und das und meide in nächster Zeit Peitschen. Dann sollte es eigentlich halten.«

Der Plattenmeister bewegte prüfend seine Arme und lächelte. »Danke«, sagte er. »Viel besser. Ich würde dich gerne bezahlen, aber ich kann dir nichts anbieten, fürchte ich.«

»Wie wäre es mit den Formeln, die du da mit dir herumträgst?«

Daniel erstarrte. »Welche … alles, was ich dabeihatte, wurde zerstört …«

»Ah, aber das stimmt nicht. Yamal hat euer Lager verwüstet, magische Schriften aber lasse ich mir nicht entgehen.« Firas' Mundwinkel zuckten, als er Daniels Gesicht sah. »Keine Sorge, ich nehme sie dir nicht weg. Mein Nereisch ist erbärmlich, außerdem sind das Originale. Ich würde nie das Werk eines fremden Magiers stehlen. Wie du das hältst, weiß ich natürlich nicht.«

Daniel räusperte sich. »Ich habe nichts gestohlen.«

Firas lächelte zweifelnd. »Dann hast du kluge Freunde. Klug und ein bisschen verrückt. Viel Erfolg damit«, fügte er hinzu und schob mit dem Fuß seine Robe zur Seite, die in einem Haufen auf dem Boden gelegen hatte. Darunter kam ein Wachsbeutel zum Vorschein, der Zina nur zu bekannt vorkam. »Sag mir Bescheid, falls es klappt. Unter Umständen würde ich dann auf die Sache mit der Bezahlung zurückkommen.« Er wedelte mit seinen Armstümpfen und zwinkerte. »Bis später, vielleicht. Und wenn nicht: Alles Gute.« Firas drehte sich um. »Ruht euch aus«, rief er über die Schulter. »Mayra wird sich verabschieden, bevor ihr geht.« Licht flammte auf und schon waren die Magier samt Floß verschwunden.

Zina sah von dem Beutel zu Daniel und wieder zurück. »Originale«, wiederholte sie. »Was meint er damit? Ich dachte, du hättest das Zeug kopiert.«

Der Plattenmeister lächelte entschuldigend. »Das hat Azad angenommen. Ich habe nie so was gesagt.«

»Du hast gesagt, es ist ein Lehrbuch!«

»Teile davon, ja. Was Firas meinte, war etwas anderes.« Daniel seufzte, als er ihren Blick sah, und stand auf. Bedächtig trat er auf seinen Beutel zu, bückte sich und zog eine Rolle hervor. Mit dem Schriftstück in der Hand kam er zu ihr zurück. »Das hier … ist der Grund, aus dem ich hier bin. Es ist meine letzte Hoffnung. Firas hat recht, es ist verrückt. Aber … nun. So ist das eben mit Hoffnung.«

Er breitete die Schriftrolle vor ihr aus und Zina senkte den Blick.

Flügel.

Die Zeichnung war sauber und detailgetreu, bedeckt mit eng gekritzelten Schriftfetzen und Formeln. Zina verstand kein Wort und nahm an, dass das auch nicht anders gewesen wäre, wenn sie Nereisch gekonnt hätte. Atemlos fuhr sie mit einem Finger über die geschwungenen Linien, die ein majestätisches Paar Drachenschwingen an die Skizze eines stehenden Mannes gezaubert hatten.

»Das ist …« Zina stockte. »Das ist doch nicht möglich, oder?«

»Nein«, erwiderte Daniel leise. »Ich denke nicht. Aber verstehst du, ich … ich muss es zumindest *versuchen* …«

»Du hast doch gehört, was Azad gesagt hat«, wandte sie kaum hörbar ein. »Der Drachenkönig ist kein Gott, Daniel. Er kann deine Flügel nicht heilen. Ich ... ich weiß, dass das dein größter Wunsch ist, aber ich dachte, dir wäre klar ...«

»Dass es keine Hoffnung gibt.« Daniel schüttelte den Kopf. »Ich will keine Heilung. Darum geht es hier nicht. Das sind nicht *meine* Flügel, es ist ...« Er seufzte. »Es ist schwer zu erklären. Hier geht es um sehr komplizierte Magie, schwieriger als alles, was ich je gelernt habe. Weißt du, schon die Magie der Leerplatten ist nicht ganz einfach, und man braucht Jahre, um sie sicher zu beherrschen. Das hier wären magische Objekte von solcher Komplexität ...« Er hielt inne. »Sie müssten leben, Zina. Darum geht es. Ich brauche Flügel, die zu einem Teil von mir werden, und dafür muss sie etwas mit Leben füllen. Es gibt nicht viele magische Quellen in unserer Welt, die so etwas möglich machen könnten ...«

»Deshalb hast du nach den Flößen gefragt?«, begriff Zina. »Weil du wissen wolltest, was sie versorgt.«

Daniel nickte langsam. »Es ist das Drachenfleisch«, sagte er tonlos. »Mayra hat es mir erklärt. Sie wachsen damit auf, Drachen zu essen, und dadurch nehmen sie nach und nach einen kleinen Teil ihrer Magie in sich auf. Das macht die meisten von ihnen von Natur aus zu guten Magiern, es liegt ihnen im Blut. Mehr ist es nicht. Die Flöße fliegen nicht von selbst, sie haben keine Seele. Sie können für einen kurzen Zeitraum in der Luft gehalten werden, wenn ein fähiger Magier sie steuert. Deshalb konnte auch Firas eines lenken ... er ist es gewohnt, Dinge fliegen zu lassen.«

»Aber könnte er dann nicht auch ... ich weiß nicht ... *dich* fliegen lassen?«

Daniels Miene verdüsterte sich. »Ich will nicht von jemandem durch die Luft geschaukelt werden, Zina. Ich will *fliegen*. Ich will meine Flügel zurück.«

Zina sah auf die Zeichnung. »Du hast mir nie erzählt, wie du sie verloren hast.«

Er seufzte. »Jetzt weißt du es ja.«

»Dachtest du, es würde mir etwas ausmachen? Dass du einen Mann geliebt hast?« Sie funkelte ihn herausfordernd an.

»Nun, die Goldene Stadt ist nicht gerade für ihre Offenheit bekannt. Wusstest du, dass der Kaiser selbst fast von seinem Vater verstoßen worden wäre, weil er so lange kinderlos war?«

Zina verzog abschätzig das Gesicht. »Wäre er lieber mal kinderlos geblieben.« Im nächsten Moment wurde ihr klar, was sie gesagt hatte. »Ich meinte … nicht *Azad* …«

Daniel lächelte leicht. »Es ist erstaunlich, nicht wahr? Dass jemand wie er zustande kommen konnte, wenn man sich seine Familie ansieht.«

»Ich finde ihn überhaupt ziemlich erstaunlich«, sagte Zina mit fester Stimme.

»Hm. Das habe ich gemerkt.« Daniel räusperte sich. »Nein, übrigens. Ich dachte nicht, dass es dir etwas ausmachen würde. Ich wollte nur nicht … ich dachte nicht unbedingt, dass du es hören willst.«

»Ich hab immer gewusst, dass da jemand ist«, murmelte Zina. »Es hätte keinen Unterschied gemacht, wenn du es gesagt hättest.« Sie seufzte. »Du kannst mir vertrauen, Daniel. Ich weiß nicht, ob ich dir das mal gesagt habe. Wir sind immer so … es war immer so viel Wut zwischen uns. Aber du bist mein bester Freund, ob es dir passt oder nicht. Und du kannst mir vertrauen.«

Daniels Wimpern flatterten unruhig. »Ich habe dich benutzt«, sagte er mit rauer Stimme, »um mich abzulenken. Das hätte ich nicht tun dürfen, nie. Es tut mir schrecklich leid.«

»Wir haben uns gegenseitig benutzt. Vergiss es.« Zinas Blick glitt noch einmal über die Zeichnung. Der Mann mit den

Drachenflügeln hatte Daniels helle Locken. »Die Skizze … du hast sie wirklich nicht gestohlen, oder?«

Daniel schüttelte den Kopf. »Sie war ein Geschenk«, sagte er. Zögerte. »Zum Abschied.«

»Verstehe.« Sie grinste. »Ein Magier also. So, so.«

»Zina.«

»Ja. Bin schon still. Tut mir leid.« Sie sah auf. »Du suchst also eine Quelle. Etwas, das deine Flügel lebendig macht. Und du denkst, der Drachenkönig kann es?«

Der Plattenmeister hob die Schultern. »Er ist eines der mächtigsten Wesen unserer Welt. Ich würde sagen, einen Versuch ist es wert.«

»Dann machen wir das.« Sie stellte zufrieden fest, dass er über ihren Eifer lachen musste. »Wollen wir vorher vielleicht noch Azad aus dem Gefängnis befreien? Ich finde, das sind wir ihm schuldig.«

»Irgendwie dachte ich mir, dass du das vorschlagen würdest«, bemerkte Daniel. »Hast du vielleicht auch einen entsprechenden Plan?«

Zina warf einen Blick aus dem Fenster. Es war immer noch viel zu hell, aber zumindest schien die Sonne langsam tiefer zu stehen. »Keine Ahnung. Aber am besten versuchen wir es im Dunkeln.«

In der Dämmerung

Die Sonne schien langsam unterzugehen. Ganz sicher konnte Azad das nicht sagen. Zwar kam tagsüber genug Licht durch die Öffnung in der Höhlendecke und die dichten Baumkronen, um die eigene Hand vor Augen zu sehen, aber viel mehr als Dämmerlicht war es dennoch nicht. Trotzdem – das Licht, das zwischen den Blättern glitzerte, schien wärmer zu werden und bemalte die Baumstämme um ihn herum mit einem Hauch orangeroter Glut. Die Farbe kam irritierend nah an Daniels Magie heran, und mehr als einmal hatte Azad schon hoffnungsvoll den Kopf gehoben, um ihn dann wieder auf die Hände sinken zu lassen.

Sein neu erwachter Kampfgeist war ja schön und gut, aber das änderte nichts daran, dass er festsaß. Missgelaunt wickelte Azad ein weiteres Essenspaket aus, das sich als eine Art Fruchtmus herausstellte. Man hatte ihm kein Besteck dagelassen und er hatte keine Ahnung von den Essgewohnheiten der Baumsiedler, also blieb ihm nichts anderes übrig, als die klebrige Masse direkt vom Palmblatt zu kratzen. Sie schmeckte köstlich. Würzig-süßer Honig schien ihr beigemischt zu sein und die säuerlichen Früchte waren sogar aromatischer als die Datteln aus dem kaiserlichen Anbau. Azad leckte sich die Finger sauber, wischte sie an seiner Hose ab und widerstand dem

Bedürfnis, sich mit dem süßen Wein der Siedler zu betrinken. Noch hatte er die Hoffnung nicht aufgegeben, dass er seinen klaren Kopf früher oder später wieder brauchen könnte. Abgesehen davon war ihm das Risiko, dass er volltrunken von der Plattform stürzte und starb, doch zu hoch.

Etwas raschelte im benachbarten Baum.

Azad sprang auf und trat aus der Hütte auf das schmale Stück Plattform vor dem Eingang. »Zina?«

Wieder das Rascheln. Die schmalen, silbrigen Blätter erzitterten, dann schob sich eine Gestalt zwischen den Zweigen hervor. Azad starrte sie an. Zwei purpurne Augen starrten zurück. Vor ihm saß ein Drache im Baum, nicht viel größer als eine gewöhnliche Katze. Seine Schuppen schillerten in verschiedenen Grüntönen, und wenn er sich nicht bewegte, verschmolz er mühelos mit den Blättern um ihn herum.

Die feingliedrigen Flügel, die er fest an den Körper gepresst hatte, weckten Azads Aufmerksamkeit. »Hey. Drachen sind stark, richtig?«

Der Drache gab keine Antwort. Nicht, dass Azad damit gerechnet hätte. Man hatte von Arten gehört, die über die Gabe der Sprache verfügten, aber dazu gehörten die wenigsten, und selbst wenn sie einen verstanden, waren sie nicht sehr gesprächig. Es konnte durchaus passieren, dass man jahrelang auf einem Drachen ritt und er es nicht für nötig hielt, seine Sprachbegabung zumindest kurz zu erwähnen.

»Die Sache ist nämlich die«, erklärte Azad müde, »ich sitze hier fest. Und du hast Flügel, also …«

Der Drache zwitscherte verächtlich.

»Ja, schön, du bist winzig. Aber es wäre besser als freier Fall, oder? Zumindest ein bisschen?« Er streckte hoffnungsvoll die Hand aus, die schuppigen Nüstern des Drachen blähten sich. Eine lange Zunge schoss über die glänzende Schnauze und verschwand blitzschnell wieder hinter nadelspitzen Zähnen.

»Frisst du Obst?« Azad wusste nicht, wieso er mit diesem Tier redete. Vielleicht reichten schon wenige Stunden in Gefangenschaft, um ihn in den Wahnsinn zu treiben. Wenn man sich Yamal ansah, gab es dazu in seiner Familie wohl zumindest eine gewisse Tendenz. »Ich hab genug für uns beide. Wenn du teilen willst …« Er bückte sich vorsichtig und hob das Palmblatt mit dem Fruchtmus vom Boden auf. Als er wieder aufsah, glaubte er kurz, der Drache wäre verschwunden. Es war rasch dunkler geworden, aber nach einem Moment entdeckte er die leuchtenden Augen vor sich im Geäst. »Komm schon«, lockte er halbherzig. »Das wird dir schmecken …«

Er streckte den Arm aus und der Drache schoss vor. Mit seinen Zähnen packte er das Palmblatt, riss es Azad aus den Händen und verschwand wie ein schuppiger Blitz in der Dämmerung.

»Verdammt noch mal!« Azad starrte suchend umher, aber es war zwecklos. Der Drache war verschwunden, und da er offensichtlich klüger war als Azad, würde er auch nicht mehr zurückkommen.

»Tja«, ertönte eine belustigte Stimme über ihm. »Das war peinlich. Was hattest du überhaupt vor? Wolltest du dein Abendessen zur Abwechslung selbst erlegen?«

Azad sah ruckartig auf. »Was …«

Zina saß auf einem ausladenden Ast zwei Manneslängen über seinem Kopf und ließ die schmutzigen Füße baumeln.

»Was bei den Drachenseelen machst du hier?«, stieß Azad hervor und legte den Kopf so weit in den Nacken, dass es knackte.

»Dasselbe wie du. Ich sehe mich nach neuen Haustieren um.« Sie verdrehte die Augen. »Wir sind natürlich hier, um dich zu retten. Obwohl das ja kaum nötig ist, wenn man sich ansieht, wie gut du zurechtkommst.« Zina lachte glucksend, und wenn Azad gekonnt hätte, hätte er sie auf der Stelle geküsst oder erwürgt oder beides. »Hattest du wirklich vor, diesen armen Drachen mit deinem vollen Gewicht zu belasten? Ihr wärt gefallen wie ein Stein, alle beide.«

Azad ignorierte das. »Wir?«, wiederholte er.

»Ja.« Zina machte eine vage Handbewegung nach oben. »Daniel ist auch da, Firas hat seinen Rücken geheilt. Hier unten ist kein Platz für uns drei, deswegen wartet er oben.«

»Die Aussicht ist phänomenal«, ertönte Daniels gedämpfte Stimme … irgendwo aus der Baumkrone.

Azad spürte, wie sein Herz einen Schlag aussetzte. »Was soll das heißen, hier *unten*?«, fragte er ungehalten. »Wir sind hier ein ganz ordentliches Stück über dem Boden!«

»Ach, jetzt komm schon. So hoch ist es nicht.« Zinas Augen blitzten. »Und anders kommen wir nun mal nicht an dich ran. Keiner von uns kann fliegen, das ist leider nach wie vor der aktuelle Stand.«

»Was ist mit diesen Flößen?«

Sie seufzte laut auf. »Du bist wirklich der einzige Gefangene, der sich über die Art seiner Befreiung beschwert. Die Flöße fliegen nicht von selbst, mutiger Prinz. Wir müssten sie mit Magie steuern und weder Daniel noch ich halten das für eine sicherere Alternative. Abgesehen davon hätten wir eines stehlen müssen und die sind gar nicht mal so schlecht bewacht. Ganz im Gegensatz zu dir.«

»Prioritäten«, murmelte Azad. »Na schön. Wie lautet der Plan?«

»Du kommst hier hoch«, sagte Zina, »Und dann klettern wir weiter. Weiter oben gibt es einen Ast, der ziemlich weit zum nächsten Baum hinüberreicht. Ein kleiner Sprung, und wir sind drüben. Von da gibt es einen ganz guten Weg bis zu einer Stelle, wo man absteigen kann. Achtung.« Sie warf etwas, das sich als Strickleiter entpuppte. Sie rollte sich aus und blieb baumelnd auf Augenhöhe vor Azad hängen.

»Ihr habt eine Leiter«, stellte er ungläubig fest.

»Klar.«

»Und ihr habt nicht in Erwägung gezogen, dass ich einfach … nun …« Er gestikulierte vielsagend Richtung Boden.

»Ah, sie haben es dir nicht gesagt. Fies.« Zina lächelte. »Wirf mal was Schweres.«

Azad zögerte, dann schob er den Weinkrug über den Rand der Plattform. Trudelnd fiel er nach unten, traf dumpf auf dem Laub auf und verschwand im nächsten Moment in einem dunklen Spalt, der sich jäh im Boden aufgetan hatte. Azad zuckte zurück. »Was war das?«

Er beugte sich vorsichtig vor und spähte nach unten. In der tiefer werdenden Dunkelheit erkannte er gerade noch blitzende Speerspitzen und ein oder zwei Tonscherben am Rand der Grube.

»Das sind Fallen«, informierte ihn Zina sachlich. »Sie sind hier überall. Wir haben die Siedler noch ein bisschen beobachtet, bevor wir hergekommen sind. Dachten, das könnte nicht schaden.«

»Das hätte auch mal jemand erwähnen können«, murmelte Azad. »Vermutlich hätte der Wächter meine Leiche liebend gern aus einer dieser Gruben gezogen.«

»Vermutlich.« Zina ruckte auffordernd mit dem Kinn. »Kommst du?«

Azad nahm die restlichen Essenspakete aus dem Schrank, stopfte sie sich ins Hemd und ließ dafür die kostbaren Pantoffeln zurück, die seit dem Tempelgarten in seinem Gürtel gesteckt hatten. Er war zwar ein Ausbrecher, aber ein Dieb war er nicht. »Schon dabei.«

Die Strickleiter gefiel ihm hier auch nicht besser als an Mayras Hütte. Es war ein schreckliches Gefühl, seine Füße von dem kleinen Fleckchen Plattform zu lösen, mit nichts als Luft und todbringenden Fallen unter sich. Azad klammerte

sich an der Strickleiter fest und machte sich wild schaukelnd
an den Aufstieg. Mehrmals prallte er hart gegen das Hütten-
dach, während er sich daran vorbeischob, und als er es dann
unter sich zurückließ, wurde das Gefühl der Haltlosigkeit
nur schlimmer. Endlich ertastete er über sich Baumrinde,
dann spürte er warme Finger um sein Handgelenk. Zina zog
ihn auf ihren Ast, die Strickleiter hinterher. »Da bist du ja
endlich.« Sie beugte sich vor und gab ihm einen kurzen Kuss,
ohne auf seinen schaudernden Blick in die Tiefe zu achten.
»War doch gar nicht so schwer.«

Azad verkniff es sich, seine Meinung zu äußern, und richtete sich wankend auf. Der Ast war nicht ganz so breit wie
der, der zu Mayras Zuhause geführt hatte, aber zumindest
konnte man problemlos darauf stehen. Unauffällig schob er
sich näher zum Stamm, damit er sich festhalten konnte.

Zina grinste. »Du willst wohl keine Zeit verlieren, was?
Hier, das hilft.« Sie griff in die Tasche und zog das schimmernde Knäuel Spinnenseide hervor, das sie sich offenbar
von Daniel ausgeliehen hatte. Sie selbst hatte sich klebrige
Fäden um Hände und Zehenballen gewickelt und Azad folgte
rasch ihrem Beispiel. Es änderte nichts an der Höhe, aber
zumindest fühlten sich seine Füße auf dem Ast ein bisschen
weniger rutschig an. »Wo ist Daniel?«

Sie nickte nach oben. »Man sieht ihn nicht, die Blätter sind
dicht. Aber es ist nicht sehr weit.«

Das war glatt gelogen. Zumindest kam es Azad schnell
so vor, als hätte er schon die halbe Nacht auf dem Baum verbracht. Je höher sie stiegen, desto dünner wurden die Äste, bis
er sich wirklich bemühen musste, auf ihnen Halt zu finden.
Es war jetzt so dunkel, dass er nicht weiter als bis zu seinen
Fingerspitzen sah, und mit all den Zweigen und Blättern um
sich herum verlor er schnell vollends die Orientierung. Hier
und da knackte etwas, und mehr als einmal war er sich sicher,

am Rand seines Blickfelds ein leuchtendes Augenpaar zu sehen. Azad griff nach oben, verfehlte den nächsten Ast und wäre um ein Haar in die Tiefe gestürzt. Keuchend packte er den Baumstamm und hielt sich fest.

»Man merkt, dass du als Kind nicht in den Palmenhainen gearbeitet hast«, bemerkte Zina und zog sich neben ihm in eine Astgabel. »Stell dir das genauso vor, aber mit zwei Körben voller Datteln, die du nicht verlieren darfst. Oh, und keine Äste«, fügte sie hinzu, »nur der Stamm.«

»Während du das gemacht hast, habe ich fechten gelernt«, murmelte Azad und wischte sich den Schweiß von der Stirn.

»Auch nützlich«, gab Zina zu. »Nur vielleicht nicht gerade jetzt.«

Sie schob einen durchhängenden Zweig mit blassgelben Blüten zur Seite.

»Da seid ihr ja endlich.« Daniel balancierte mühelos auf einem Ast, der viel zu dünn für sein Gewicht aussah. Er wirkte völlig in seinem Element, und Azad fragte sich unwillkürlich, ob ihm klar war, dass Fliegen im Fall eines Sturzes keine Option darstellte. Der Plattenmeister sprang auf und machte ein paar Schritte rückwärts, um ihnen Platz zu lassen. Er sah dabei nicht mal über die Schulter.

»Ihr seid beide nicht ganz normal«, stellte Azad fest und war froh, auf Anhieb den nächsten Ast zu erreichen. Mit weit ausgebreiteten Armen richtete er sich auf und versuchte, nicht nach unten zu sehen. »Was jetzt?«

»Jetzt müssen wir rüber auf den anderen Baum. Der hier biegt sich ein bisschen durch, wenn du weiter zur Astspitze läufst, das ist aber nicht weiter schlimm. Nimm Schwung, und wenn du den nächsten Ast siehst, spring. Ist nicht mehr als eine Manneslänge, würde ich sagen. Ich kann zuerst gehen, dann halte ich dich drüben fest.«

Azad starrte ihn an. »Ähm, nein.«

Daniel hob fragend die Brauen.

»Ich lebe am *Boden*, Daniel. Ich bewege mich nicht durch Sprünge zwischen Baumspitzen fort. Ganz sicher nicht.«

»Es ist wirklich nicht sehr weit«, wandte Zina ein, »und er fängt dich …«

»Hast du nicht gesehen, wie ich hier hochgekommen bin?«, stieß Azad ungläubig hervor. »Sah das für dich aus, als wäre ich ein … ein Seiltänzer, oder *schwindelfrei?*«

»Du bist ohne Probleme hier hochgekommen, Azad, und du hast es lebend durch diese Schlacht auf dem Kaiserkanal geschafft. Ich weiß, dass du springen kannst. Und es ist dunkel, also kannst du nicht mal sehen, wie hoch es ist.«

Azad schloss für einen Moment die Augen. Doch es war so stockdüster geworden, dass es keinen besonderen Unterschied machte. »Wenn ich die Tempeldiener, den Flussfresser und Yamal überlebt habe, um jetzt vom *Baum* zu fallen …«

»Du fällst nicht. Komm schon.«

Er seufzte und blinzelte. »Schön. Sagt mir bloß nicht noch mal, wie weit das ist. Oder wie hoch.«

Daniel drehte sich um und lief los. In ein paar Sätzen war er verschwunden und Azad spürte nur noch den Ast unter sich zittern. Dann ging ein Ruck durch die Baumkrone und im nächsten Moment ertönte Daniels viel zu fröhliche Stimme: »Jetzt du! Brauchst du Licht?«

»Kommt drauf an, wie weit ich es schaffe«, rief Azad zurück.

Ein orangeroter Lichtkegel erschien flackernd vor ihm im Geäst. Er wirkte furchtbar weit weg.

»Wir sehen uns drüben«, flüsterte Zina. »Bis gleich.«

Sie drückte seine Hand, dann ließ sie ihn los. Azad holte tief Luft, richtete seinen Oberkörper auf und begann zu laufen. Der Ast wippte unter seinen Füßen, aber dank der Spin-

nenseide rutschte er nicht weg. Er wurde schneller, Blätter
peitschten ihm ins Gesicht. Daniels Licht hopste vor ihm auf
und ab, der Ast federte stärker, begann sich unter seinem Gewicht zu neigen. Azad machte einen letzten großen Schritt
und sprang. Er riss die Arme nach vorne, warf sich mit dem
ganzen Körper ins Nichts. Orangerote Magie tanzte zum
Greifen nah vor seinen Händen, er packte zu und bekam Blätter und Zweige zu fassen. Seine Füße trafen wieder auf Holz,
er stolperte, verlor die Balance und knickte in den Knien ein.
Eine Hand schloss sich um seinen Oberarm und irgendwie
fand er sein Gleichgewicht.

»Siehst du«, sagte Daniel und ließ ihn los. »Es war nicht
weit.«

Azad rang nach Luft und drehte sich um. Er hatte seinen
Gefängnisbaum verlassen, sah nur noch die groben Umrisse
in ihrer Umgebung aus Schatten. Daniels Magie erhellte einen
kleinen Teil des Baums, in dem sie gelandet waren. Der Ast,
auf dem Azad stand, war ein wenig breiter als der letzte und
die Rinde war silbrig und glatt. Etwas raschelte, als Zina fe-
dernd hinter ihm aufkam. Ihr schneller Atem glitt über sein
Gesicht und sie griff kurz nach seinen Armen, um sich aufzurichten. »Hey.«

»Hey.« Ihr Rauch-und-Blumen-Duft hüllte ihn ein.

»Störe ich?«, fragte Daniel. »Wir können auch später weiter fliehen.«

Azad seufzte leise und drehte sich wieder um. »Nein, schon
gut. Fliehen wir.«

Daniel ließ die Leuchtkugel verschwinden und sie machten sich wieder auf den Weg. Azad fiel auf, dass der Plattenmeister sein Tempo angepasst hatte. Er bewegte sich leichtfüßig, aber langsam genug, damit Azad und Zina auch im
Dunkeln mithalten konnten. Wenn Azad die Augen zusammenkniff, konnte er sich fast vorstellen, wie Daniel mit Flü-

geln ausgesehen hatte. Hin und wieder breitete er die Arme
aus, als wollte er abheben, und ließ sie dann wieder sinken.

»Wissen wir noch, wo wir hinlaufen?«, wisperte Azad über
die Schulter, als sie zum ersten Mal wieder einen von Siedlern
befestigten Weg erreichten. Die schmalen Holzbretter führten in eine andere Baumkrone davon und fühlten sich nach
den wippenden Ästen so luxuriös an wie eine der Marmor-
brücken im Palast.

»Hier irgendwo muss ein Abstieg sein«, flüsterte Zina zurück. »Wir haben vorher Siedler am Boden gesehen. Es schien
keine Fallen zu geben. Wenn wir es nach unten schaffen, ohne
erwischt zu werden, können wir versuchen, unser Floß am
Ufer wiederzufinden …«

»Und wohin dann?«

»Das entscheiden wir, wenn es so weit ist.«

Sie hatten eine kleine Plattform erreicht, die einmal um
einen Baumstamm herumführte. Über eine Öffnung in den
Brettern konnte man eine hölzerne Wendeltreppe erreichen,
die vermutlich zum Boden führte.

»Hier gehen wir runter«, sagte Daniel und bückte sich nach
einer der Laternen, die an der Plattform hingen. »Ich denke
nicht, dass hier Fallen sind. Wenn wir gleich Richtung Fluss
verschwinden, holt uns hoffentlich niemand mehr ein.«

»Hattet ihr nicht vor, mir die Strickleiter zurückzubrin-
gen?« Ein Schatten sank aus den Ästen über ihnen herab,
umwabert von türkisblauen Funken. Mayra stand breitbeinig
auf ihrem Floß und musterte sie über ihre verschränkten
Arme hinweg. »Ihr wart meine Gäste und habt mich bestohlen. Das lernt man also im Kaiserpalast.«

Azad riss die Hände hoch und ließ grüne Lichter um seine
Finger tanzen, was die Magierin kein bisschen zu beeindrucken schien.

»Ah«, sagte Mayra. »Da bist du ja wieder. Das ging schnell.«

Ihr Blick wanderte von ihm zu Daniel und Zina. »Hatte ich euch nicht gesagt, ihr sollt warten, bis ich euch verabschiedet habe? Da unten sind siebzehn verschiedene Fallen installiert. Ihr wärt keine drei Schritte weit gekommen.« Sie schüttelte ungehalten den Kopf.

Langsam ließ Azad die Hände sinken. »Du ... wirst uns nicht verraten.«

»Bisher habe ich es nicht vor. Wenn wir noch lange hier herumtrödeln, wird mir allerdings nichts anderes übrig bleiben. Falls wir erwischt werden, habe ich euch gefangen und wollte euch ausliefern, verstanden?« Sie funkelte ihn drohend an. »Meine Wachrunde führt in ungefähr einer halben Stunde am Gefängnis vorbei, bis dahin müsst ihr spurlos verschwunden sein. Dann kann ich Alarm schlagen und versuchen, sie in die falsche Richtung zu schicken. Sie werden denken, ihr müsst zum Fluss.«

»Aber wir *müssen* zum Fluss«, wandte Azad ein. »Unser Floß liegt da am Ufer.«

»Nein, tut es nicht.« Sie schob ein schweres Bündel mit einem Fuß über ihr Floß, bis es weit über die Kante ragte. Zina packte es und stieß aus: »Unser Floß! Aber ...« Fassungslos rollte sie die Konstruktion aus schlanken Hölzern und Spinnenseide auseinander, die Azad sehr viel behelfsmäßiger in Erinnerung hatte. »Du hast es ... gefunden? Repariert? Wie ...«

»Sagen wir, ich habe es neu interpretiert. Dieses Seidenseil ist fantastisch, der Rest war reif für das Lagerfeuer. Ich habe euch das hier als Ersatz besorgt, damit solltet ihr besser klarkommen. Der Bann, den ich darübergelegt habe, dürfte etwa bis Sonnenaufgang nachlassen, aber damit kommt ihr weit genug. Wer auch immer von euch der beste Magier ist, sollte es lenken. Ah, und gebt mir die Strickleiter, dann hänge ich sie in der Umgebung der Gefängnishütte an einen niedrigen

Ast. Das sollte euch genug Zeit verschaffen.« Ihre dunklen Augen blieben an Zina hängen. »Ich weiß nicht, wer von euch gerufen wurde oder welchen Eingang zur Pforte ihr braucht. Viel kann ich euch deswegen nicht sagen, aber wenn ihr eine Flussfresserin sucht … probiert es am See.« Sie deutete in die Richtung, die Azads Meinung nach grob stromaufwärts war. »Und bevor ich es vergesse …« Erneut schob sie etwas mit dem Fuß vor und diesmal war es Azads Säbel. »Das ist offiziell deiner, also kannst du ihn zurückhaben.«

»Danke«, flüsterte Zina. »Aber wieso … tust du das für uns?«

Mayra lächelte grimmig. »Ich mag mein Leben hier, aber die Siedler sind nicht sehr … offen, wenn es um Fremde geht. Ich habe nicht vergessen, wie es ist, allein zu sein. Hilfe zu brauchen. Und er kommt mir vernünftiger vor als Yamal.« Sie bedachte Azad mit einem Nicken.

»Danke«, wiederholte Azad.

»Eine Sache noch …« Mayra sah Daniel an. »Viel Erfolg. Wenn du es schaffst, komm uns besuchen. Wir könnten ein Wunder gebrauchen.« Sie hob ihre Armstümpfe und Daniel nickte. »Und halte dich von Peitschen fern.«

Der Plattenmeister lachte leise. »Sag Firas Grüße von mir. Und dass er sich glücklich schätzen kann.«

Mayra lächelte. »Das weiß er.«

Sie nahm Zina die Strickleiter ab und verschwand in einem Funkenschauer.

Der geborene Luftfahrer

Zina rollte das Floß aus und hakte die Querstreben fest. Damit war ihr Beitrag erledigt. Sie ließ sich auf das silbergraue Holz sinken und sah zu, wie Daniel und Azad darum wetteiferten, wer der schlechtere Magier war.

»Du hast mich geheilt …«

»Nicht besonders erfolgreich. Du bist *Plattenmeister* …«

»Ich stelle Spiegel her und benutze immer wieder dieselben fünf Formeln. Deine Magie ist grün, das macht sie per Definition stärker.«

»Starke Magie hilft uns aber nichts, wenn ich nicht weiß, wie ich sie beherrsche …«

Zina verdrehte die Augen. »Wenn ihr euch jetzt nicht gleich einigt, lenke ich. Wie schwer kann das schon sein.«

Schließlich trat Azad vor. »Wenn wir abstürzen, seid ihr selber schuld.«

Zina rutschte zur Seite, um Daniel neben sich Platz zu machen, und Azad ging an der Stirnseite des Floßes auf die Knie. Er schloss die Augen und legte beide Hände flach auf das Holz vor sich. »In Ordnung«, murmelte er. »Ich spüre etwas. Ich werde einfach mal …« Türkisblaues Licht flammte auf und das Floß machte einen Satz vorwärts. Es stürzte über den Rand der Plattform, beschrieb einen scharfen Bogen nach unten und schoss ruckartig wieder himmelwärts. Zina klammerte sich mit beiden Händen an dem Spinnenseil fest und keuchte: »Was bei der Feuermutter …«

Grüne Blitze mischten sich in den türkisfarbenen Funkenschweif, der knisternd und flackernd hinter ihnen auftauchte. Das Floß geriet kurz ins Trudeln, Daniel griff hastig nach Zinas Arm, um sie am Fallen zu hindern. Dann ließ das Wackeln nach und sie wurden langsamer. In einer sanften Kurve umrundeten sie den Baumstamm, mit dem sie um ein Haar kollidiert wären, und glitten dicht über dem Boden davon.

»Huch«, sagte Azad und warf ihnen einen raschen Schulterblick zu. »Alles in Ordnung?«

Daniels Finger lösten sich nur widerstrebend von Zinas Handgelenk, als traute er der Ruhe noch nicht. »Hast du es im Griff?«

Azad war es irgendwie gelungen, den Kontakt zwischen seinen Händen und dem Floß während der Turbulenzen aufrechtzuerhalten. Das Floß wurde ein wenig schneller und der Funkenschweif nahm eine gleichmäßig grünblaue Färbung an. »Ich denke schon«, sagte er zufrieden. Als die Vegetation am Boden dichter wurde, stieg er ein wenig höher und steuerte sie zwischen den Baumstämmen hindurch.

»Gut.«

Zina spürte, wie sich Daniel neben ihr entspannte. Sie drehte sich um und warf einen Blick zurück, wo man jetzt die Beleuchtung der Baumsiedler nur noch erahnen konnte. Der Abstieg, den sie sich ausgesucht hatten, lag in einem Randgebiet, in dem es keine Hütten mehr gab. Einmal glitten sie noch unter einer verlassenen Hängebrücke hindurch, aber sie begegneten niemandem. Mayra hatte gewusst, was sie tat, als sie ihnen die Fluchtrichtung gezeigt hatte.

»Hast du eine Ahnung, ob wir auf Kurs bleiben?«, fragte

Zina, als Azad eine gewagte Schleife zwischen zwei Bäumen hindurch machte.

»Ich denke schon. Es ist ein bisschen, als könnte ich mir den Weg vorstellen, den ich fliegen will, und das Floß folgt. Nachher können wir mal über die Bäume gehen und nachschauen, aber jetzt noch nicht. Hier unten dürfte es schwierig werden, uns zu entdecken.«

Zina zog die Beine an, legte den Kopf in den Nacken und ließ sich den feuchtwarmen Fahrtwind ins Gesicht wehen. »Hieran könnte ich mich gewöhnen.«

»Lieber nicht«, wandte Daniel ein, der den Flug nicht weniger zu genießen schien als sie. »Wenn die Sonne aufgeht, ist es vorbei.«

Zina seufzte. »Ich weiß. Trotzdem. Es ist doch was anderes als diese ewigen Tunnel.« Sie blinzelte ihn an. »Außerdem, lass mich ein bisschen hoffen.«

Daniel lächelte und schwieg.

Sie würde es nicht zugeben, aber wie sicher Azad sie durch den stockdunklen Wald brachte, war durchaus beeindruckend. Nachdem sie die Laternen der Baumsiedler hinter sich gelassen hatten, war Daniel ein wenig weiter nach vorne gerückt und ließ zwei orangerote Lichtkugeln aus dem Nichts entstehen, die wie winzige Sonnen über Azads Schultern tanzten und ihm den Weg zumindest ein bisschen beleuchteten. Trotzdem musste er immer wieder schnell und geschickt reagieren, sobald Bäume vor ihm aus den Schatten auftauchten. Offenbar war die Luft sehr wohl sein Element, sobald es nicht mehr seine eigenen Füße waren, die ihn trugen. Um sie herum setzten die Geräusche der Nacht ein, aber weder das ferne Rufen und Kreischen der Drachen noch die überall aufflammenden Augenpaare schienen ihn zu irritieren. Sie flogen immer weiter, glitten ruhig dahin wie auf dem leuchtenden Fluss und Zinas Lider wurden schwerer. Sie kämpfte mit sich, aber der milde Wind und die über ihnen dahingleitenden Schatten hatten etwas seltsam Beruhigendes. Ihr verkrampfter Griff um die Spinnenseile lockerte sich und ihre Umgebung versank in einem Wirbel aus Nachtluft und gedämpften Geräuschen.

Zina wachte davon auf, dass sie stillstanden. Blinzelnd setzte sie sich auf und eine schwere Weste glitt von ihren Schultern.

»Wo …«

»Guten Morgen.« Azad saß ihr gegenüber, die Beine an den Knöcheln überkreuzt, und musterte sie mit funkelnden Augen. »Gut geschlafen?«

Zina streckte ihre verspannten Muskeln. »Hmm. Wo sind wir?«

Sie sah sich um. Ihr Floß lag auf der Erde, in den Gräsern um sie herum glitzerte Tau. Blasses Morgenlicht war gerade erst dabei, sich seinen Weg durch das Blätterdach über ihren Köpfen zu erkämpfen. Sie fuhr sich müde mit den Händen übers Gesicht und stellte fest, dass feine Tropfen sich auch auf ihre Haut gelegt hatten.

»Wir haben gestern kein Lager mehr aufgeschlagen«, erklärte Azad munter. »Es sollte bald wärmer werden, also ist ein bisschen Feuchtigkeit nicht schlimm.«

Zina blinzelte ihre Müdigkeit fort. »Wir sind entkommen«, stellte sie fest. »Sie haben uns nicht verfolgt?«

»Nicht, dass wir wüssten. Mayras Plan scheint funktioniert zu haben. Natürlich kommt es jetzt darauf an, wie dringend sie uns wiederfinden wollen … ich hoffe einfach mal, nicht sehr dringend. Und Yamal ist hier auch noch irgendwo, also …«

»Warte«, fiel Zina ihm ins Wort, »bleiben wir doch kurz dabei: Wir sind entkommen, alles hat wunderbar funktioniert. Und du kannst *fliegen!*«

Ein selbstzufriedenes Grinsen breitete sich auf Azads Zügen aus. »Allerdings. Ich bin der geborene …«

»Luftfahrer«, ergänzte eine heisere Stimme. Daniel trat zwischen zwei Farnbüschen hervor und verbarg sein Gähnen hinter einer Hand. »Ein echtes Naturtalent.« Er machte eine Handbewegung über die Schulter. »Und Orientierungssinn hast du auch noch, wie es aussieht. Dahinten liegt der See. Oder vielleicht eher Weiher. Vom Ufer aus sah er nicht sehr tief aus.« Sein Blick wanderte aufmerksam über ihre Umgebung. »Eines ist allerdings sicher. Tiere gibt es da.«

»Du hast Flussfresser gesehen?«, stieß Zina hervor.

»Ich habe … *etwas* gesehen. Es hatte Hunger. Zumindest hat es das Stück Fleisch ziemlich schnell unter Wasser gezerrt, als ich näher kam.«

Azad gab ein leises Stöhnen von sich. »Dann sehen wir uns das mal an. Bleib am Floß, ja? Zina und ich können gehen.«

Zina konnte sich nicht erinnern, jemals etwas so Schönes gesehen zu haben wie den See der Flussfresser. Die Öffnung in der Höhlendecke, durch die nun wieder Sonnenstrahlen fielen, schien direkt über seiner funkelnden Oberfläche zu schweben. Am gegenüberliegenden Ufer wirbelte ein mächtiger Wasserfall Sprühregen auf, in dem schillernde Regenbogen tanzten. Azad hatte geglaubt, der Wasserfall würde sich durch das sonnendurchflutete Loch in der Decke nach unten ergießen, aber nun sah er, dass er sich geirrt hatte: Das Wasser schien aus dem Nichts zu kommen, irgendwo aus einer Ecke der Höhlendecke, die zu dunkel war, um den Ursprung zu erkennen. Glitzernde Tiere schossen am Ufer umher, die Zina noch am Vortag für Insekten gehalten hätte. Nun sah sie genauer hin, als eines der feingliedrigen Wesen auf einem Seerosenblatt landete, und erkannte die Echsenschnauze und ledrigen Flügel eines Drachen, der nicht länger war als einer ihrer Finger. Wie verzaubert machte sie einen Schritt vorwärts und wurde prompt von Azad zurückgehalten, der nach ihrem Arm griff.

»Was …«

»Schau«, zischte er und deutete nach vorn. Nur ein paar Schritte vom Ufer entfernt trieb etwas im seichten Wasser, das wie ein Stück helles Holz aussah. Es bewegte sich nicht, aber eine leichte Brise kräuselte die Oberfläche des Sees und ließ winzige Wellen über zwei schuppige Nasenlöcher schwappen. Ein rotgoldenes Augenpaar blitzte kurz in der Sonne auf und Zina erstarrte.

»Gutes Auge«, wisperte sie und verfluchte sich innerlich dafür, dass Azad wachsamer gewesen war als sie. Seit wann wusste *er*, wie man sich in der Nähe unbekannter Gewässer zu verhalten hatte? Sie ließ den Blick wandern und entdeckte mindestens vier weitere Flussfresser, die reglos in der Nähe trieben. Sie wirkten nicht besonders jagdlustig, aber das konnte sich schnell ändern, wenn potenzielle Beute weiter so arglos vor ihren Nasen herumspazierte.

»Das ist nicht zufällig Silberwasser?«, murmelte Azad, während sie sich langsam in die Schatten der Bäume zurück-zogen.

Zina schüttelte den Kopf. »Und ich habe wirklich keine Ahnung, wie ich sie finden sollte. Wir können ja schlecht auf gut Glück baden gehen.« Sie seufzte und drehte sich nach Azad um. »Hör mal, ich weiß, das war meine Idee, aber viel-leicht sollten wir es einfach vergessen. Wir haben Wichtige-res zu tun, spätestens seit Yamal aufgetaucht ist. Diese Fluss-fresser hier sehen auch nicht viel freundlicher aus als dieses Vieh aus den Tunneln und wir haben nicht mal mehr eine Spur …«

»Warte, Zina.« Azad blieb stehen und sah sie an. Grün-liches Licht ließ die Haut über seinen Wangenknochen schim-mern und Zina machte unwillkürlich einen kleinen Schritt auf ihn zu. Es war das erste Mal seit der Nacht auf dem Felsen, dass sie beide allein waren, und kurz schien die Erinnerung in Azads dunklen Augen aufzuflackern. Er berührte ihre Hand, als könnte er nicht anders, aber sein Blick blieb ernst. »Du hast doch gehört, was Mayra gesagt hat«, sagte er leise. »Du wurdest gerufen. *Du* hast uns geführt, nur deinetwegen sind wir hier. Ich hätte es viel früher begreifen sollen, schon als du vor den Wächtern des Kaisers in den Fluss gesprungen bist. Du hast *gefühlt,* was zu tun war, und da hätte es mir klar sein sollen. Die ganze Zeit habe ich von Wahren Wegen geredet, ohne zu bemerken, dass du einen kennst.«

Zina schüttelte den Kopf. »Aber ich kenne keinen«, widersprach sie heftig. »Ich hatte keine Ahnung, wo es langgeht, ich habe immer noch keine Ahnung! Ich hätte dir niemals sagen können, dass diese Höhle hier existiert, und ich weiß wirklich nicht, wo wir jetzt hinsollen. Ich wollte nur … Silberwasser ist das Einzige, was ich *kenne,* verstehst du, nicht wie der ganze Rest. Flussfresser verstehe ich, sie sind normal für mich … mehr ist es nicht. Ich weiß nichts, Azad. Ich kann uns nicht führen.«

»Du wusstest, dass du deinem Gefühl vertrauen musst«, gab Azad unbeirrt zurück. »Du bist deinem Instinkt gefolgt und darum sollte es gehen. Du bist auch die Einzige, in der diese Karten irgendetwas ausgelöst haben … vielleicht solltest du sie noch mal ansehen. Ich bin mir sicher, der Weg ist irgendwo direkt unter der Oberfläche. Du weißt, wo es langgeht, Zina. Du kannst es spüren.«

Er klang so überzeugt, dass sie wütend wurde. »Wieso sollte das so sein?«, fuhr sie ihn an. »Ich habe nichts mit der Dracheninsel zu tun, nicht das Geringste. Ich hasse den Kaiser und seinen verfluchten Pakt, ich habe hier doch überhaupt nichts verloren. Ich bin eine Dienerin, die sich irgendwie durchgemogelt hat. Ich will dieses Blut, um es zu verkaufen,

Azad. Denkst du wirklich, irgendwelche altehrwürdigen Drachenseelen rufen nach mir, weil ich nichts gegen einen riesigen Haufen Gold hätte?«

Azad zuckte nicht mit der Wimper, obwohl sie nicht weit davon entfernt war, ihn anzuschreien. »Ich weiß nicht, warum sie dich rufen«, entgegnete er schulterzuckend. »Ich weiß nur, dass sie es tun. Und erzähl mir nicht, dass es dir hier nur um Gold geht. Du bist für Daniel aufgebrochen, und außerdem …«

»Was?«, knurrte sie.

Er legte den Kopf schief und grinste. »Und außerdem gibt es jetzt mich. Du musst doch zugeben, dass du mich besser findest als Yamal, oder? Du willst nicht, dass er den Drachenkönig zuerst findet.«

»Ich will nicht, dass er den Drachenkönig findet, weil er sich wie ein skrupelloser Irrer angehört hat«, betonte Zina.

»Und außerdem findest du mich einfach unglaublich gut.« Er beugte sich vor, bis sie die Wärme seiner Lippen erahnen konnte. Seine Hände wanderten an ihre Taille und zogen sie näher.

»Ich finde dich eher unglaublich überzeugt von dir selbst«, murmelte Zina und hielt sich mit all ihrer Willenskraft davon ab, den Abstand zwischen ihnen zu schließen. Doch ihre verfluchten Finger fanden ganz von selbst den Weg in seinen Nacken. Obwohl sie nur noch ein spinnenseidenfeiner Spalt voneinander getrennt hatte, schnappte sie überrascht nach Luft, als er sie küsste. Sogar durch den Stoff ihrer Bluse spürte sie die Wärme seiner Haut, und als er sich widerstrebend von ihr löste, kam ihr die Umgebung schlagartig kälter vor. Azad strich ihr Haar zurück, das sich über Nacht aus ihrem Zopf gelöst hatte, und berührte ihren nackten Hals federleicht mit den Lippen. »Ich bin auf jeden Fall zunehmend überzeugt von dir.«

Zina löste sich gerade weit genug, um ihn anzusehen. »Ist das so«, murmelte sie. Sein Hemd war ein Stück nach oben gerutscht und ihre Augen malten unsichtbare Spuren nach, die ihre Finger oben auf dem Felsen hinterlassen hatten. Zina schlang die Arme um seine Hüften und zog ihn näher.

»Allerdings …« Azads Stimme klang anders, rauer und ein kleines bisschen atemlos. Er griff nach ihren Händen und hielt inne, als könnte er nicht entscheiden, ob er sie von seiner Haut lösen wollte oder nicht. »Zina«, flüsterte er gegen ihre Schläfe, »wir haben keine Zeit …«

Zina schloss die Augen. »Weiß ich«, murmelte sie gegen die Stelle über seinem Schlüsselbein.

Mit einem leisen Seufzen rückte er ihren Hemdkragen zurecht und küsste sie erneut, offenbar heftiger, als er geplant hatte. Zina musste sich fast mit Gewalt von ihm lösen, und als sie endlich einen Schritt zurück machte, hämmerte ihr Herz in empörtem Protest.

Als sie ihr Floß wieder erreichten, saß Daniel über einen abgebrochenen Ast gebeugt da und bombardierte ihn in gleichmäßigen Abständen mit Funken.

»Da bist du ja«, stellte er fest, ohne in seiner Arbeit innezuhalten. »Kurz dachte ich, er hätte dich gefressen.«

Zina blieb in sicherer Entfernung zu diesem seltsamen Schauspiel stehen und starrte ihn an. »Was …«

»Der Flussfresser, Zina.« Daniel sah kopfschüttelnd auf und wiederholte: »Der Flussfresser.«

»Ja, ich *weiß*, wen du meintest.« Zina trat vorsichtig näher. »Was tust du da?«

»Ich härte eine Holzspitze«, entgegnete Daniel sachlich. »Unsere Waffen beschränken sich aktuell auf Azads Säbel und ein Messer, das sie uns nicht abgenommen haben, weil ich es unter meinem Gürtel versteckt habe. Das kommt mir relativ wenig vor, wenn ich mich mal zurückerinnere, wie Yamal ausgestattet war. Oder dieser Flussfresser, der uns attackiert hat«, fügte er hinzu und zeigte seine Zähne. »Das hier ist natürlich nicht so gut wie Metall, aber ich habe getan, was ich konnte. Hier.«

Er reichte ihr den Stab, der etwa zwei Armlängen maß und an einer Seite in einer beeindruckenden Spitze auslief. Zina schlug prüfend gegen einen benachbarten Baumstamm und nickte zufrieden, als der Stab zitternd stecken blieb. »Nicht schlecht.«

»Ich bleibe dann mal bei dem hier«, sagte Azad und bückte sich nach seinem Säbel, der neben Daniel im Gras lag. »Wenn du den zum Schnitzen benutzt hast, dann sag es mir lieber nicht, sonst muss ich dich leider köpfen.« Besorgt sah er auf die schimmernde Schneide.

»Tatsächlich habe ich ihn auch geschärft. Er hatte es nötig.«

Azad zuckte zusammen. »Bist du verrückt? Das ist in Drachenfeuer verarbeiteter Stahl! Hast du eine Ahnung, was du anrichten kannst, wenn du …«

»Darf ich dich daran erinnern, dass ich ausgebildeter Schmied bin?«

»Du bist *Feinschmied!* Du machst *Leerplatten!* Und nur, weil du in irgendeiner Meisterprüfung mal eine hübsche Brosche zustande gebracht hast, macht dich das nicht zum Experten für Klingen!«

»Zumindest habe ich mehr Erfahrung mit Metall als du«, entgegnete Daniel entschieden. »Und es war ein Giftring«, fügte er murmelnd hinzu. »Keine Brosche. Niemand bei klarem Verstand trägt noch Broschen.«

Azad stöhnte auf. »Daniel, ich schwöre dir, wenn dieser Säbel jetzt ruiniert ist …«

Er fuhr mit dem Daumen prüfend über die Schneide und verstummte jäh, als sie einen hauchfeinen Schnitt hinterließ.

»Bitte?«, fragte Daniel unschuldig.

Azad verzog das Gesicht. »*Au.* Schön, er ist scharf. Danke.«

»Was ist ein Giftring?«, fragte Zina interessiert.

»Das, wonach es klingt. Du trägst ihn am Finger und ein kleiner Hohlraum enthält das Gift. Beim alten Flügeladel nach wie vor sehr in Mode.«

»Lass das bloß nicht den Kaiser hören«, murmelte Azad. »Das bringt ihn nur auf Gedanken.«

Daniel lächelte trocken. »Ich denke, deinem Vater ist die Existenz von Gift durchaus bekannt. Ich würde ja sagen, frag deinen Großvater, aber der ist, wie es der Zufall so will, unter mysteriösen Umständen verstorben.« Er räusperte sich. »Hat euch der kleine Spaziergang zum See nun weitergebracht, was unsere Reisepläne angeht?«

Zina warf Azad einen Seitenblick zu. »Je nachdem, wen du fragst. *Azad* denkt, ich wäre diejenige, die uns auf den Wahren Weg geführt hat, also soll ich sagen, wo es langgeht. Der kleine Haken an der Sache ist nur, dass ich es nicht weiß.«

»Ich denke, wir sollten es noch mal mit den Karten versuchen«, mischte sich Azad ein. »Als sie sie das letzte Mal angesehen hat, konnte sie etwas spüren. Vielleicht sind die Wahren Wege da drin, und wenn man einen gefunden hat, kann man ihn lesen.«

In Zinas Ohren klang das vollkommen absurd, einen Weg konnte man doch nicht lesen. Sie rechnete fest damit, dass Daniel widersprechen würde. Doch zu ihrem Missfallen nickte er nur, als hätte Azad einen sehr naheliegenden Vorschlag gemacht, und sagte: »Dann versuchen wir es.«

Genau deshalb mochte Zina keine Magie. Ohne Vorwarnung gaben sonst völlig vernünftige Leute haarsträubenden Unsinn von sich und alle anderen nickten, als wäre *Zina* diejenige mit dem merkwürdigen Weltbild.

Daniel zog die Karten aus seinem Wachsbeutel und überreichte ihr mit seltsam feierlichem Gesichtsausdruck die Rollen. Zina ließ sich ins Gras fallen, öffnete die erste und starrte sie an. Linien, Punkte, der eine oder andere Tintenklecks. Ihre Augen glitten über die Karte, auf der Suche nach ihrer Höhle. Nichts.

Zina nahm die nächste Karte hoch und versuchte es erneut. Hier schien der komplette Flussarm zu fehlen, dem sie bis zum Wasserfall gefolgt waren. Mit wachsender Frustration warf sie die Karte beiseite und entrollte die dritte.

Sie sahen es alle gleichzeitig.

»Da!«

Azad deutete auf den kleinen Tintenkringel, der auch ein Versehen hätte sein können. Er befand sich über etwas, das wie eine Treppe aussah, und Zina dachte sofort an den stufenartigen Wasserfall. In dem Kringel befanden sich einige hauchzarte Striche und Punkte und mehrere Wellenlinien führten sternförmig von ihm weg.

»Das ist sie«, murmelte Zina und starrte die Miniaturzeichnung an, bis ihre Augen zu tränen begannen. Die Linien wellten sich stärker und verschwammen, tanzten vor ihren Augen, verbanden sich neu. Für den Bruchteil einer Sekunde sah sie ein vollkommen klares Bild. Dann blinzelte sie und die Symbole erstarrten.

Zina hob den Kopf. »Ich weiß, wo wir langmüssen.«

Daniel nickte. »Ich auch.«

Himmelwärts

Azad starrte hinunter auf das gekritzelte Höhlensymbol. Er kannte einige der Zeichen – es war eine veraltete Schriftform der Sprache der Sonne, in der ein Symbol ganze Begriffe beschrieb. *Himmel, Wasser,* etwas, das ein wenig aussah wie *Licht.* Er wusste nicht, was er daraus schließen sollte, aber aus irgendeinem Grund schien es Zina und Daniel ganz klar zu sein.

»Ihr wisst es?«, wiederholte er und versuchte, nicht verunsichert zu klingen. »Beide?«

Zina nickte. Sie wirkte benommen, als hätte er sie aus einem verwirrenden Traum gerissen. »Der Wasserfall«, sagte sie langsam. »Ich muss … ich muss mir diesen Wasserfall ansehen.«

Azad sah sie fragend an. »Denkst du, Silberwasser ist dort, oder …«

»Ich weiß es nicht. Aber die Karte … für einen Augenblick war er markiert. Ich bin mir ganz sicher.« Sie schüttelte ungläubig den Kopf. »Das ist so verrückt. Wie kann der *Weg* in der Karte sein und dann wieder verschwinden?« Azad öffnete den Mund, aber sie kam ihm zuvor. »Ja, ja, es ist ein Wahrer Weg. Aber trotzdem.« Sie hob den Kopf, neue Zuversicht im Blick. »Siehst du, jetzt hattest du recht. Ich kann euch führen. Wir müssen zum Wasserfall.«

»Nein«, sagte Daniel leise. Langsam löste er den Blick von der Karte und sah sie an, erst Zina, dann Azad. Seine hellbraunen Augen schienen ins Leere gerichtet zu sein, doch noch während Azad ihn ansah, wurden sie klarer. »Es ist der Himmel«, sagte er ruhig. »Ich bin mir vollkommen sicher. Wir müssen nach oben.« Er hob den Kopf und deutete auf das klaffende Loch in der Höhlendecke, in dem weit, weit oben die Sonne glitzerte.

Zina zog irritiert die Brauen zusammen. »Was? Wie willst du das anstellen? So gut klettert keiner von uns.«

»Ich werde nicht klettern«, gab Daniel mit fester Stimme zurück. »Ich werde fliegen.«

Stille.

Nach einer unangenehmen Pause sagte Azad nervös: »Daniel, du kannst nicht fliegen. Deine Flügel …«

Der Plattenmeister warf ihm einen ungehaltenen Blick zu. »Ich weiß, danke. Das meinte ich nicht. Wir haben dieses Floß, oder nicht? Es wird uns nach oben bringen.«

»Aber es fliegt nicht mehr! Wir haben es gerade noch hierher geschafft, schon vergessen?«

»Ich werde es noch mal zum Fliegen bekommen. Es muss nur noch einmal aufsteigen, Azad, nur einmal über den See. Der Bann ist noch nicht lange erloschen, mit ein bisschen Glück reicht es für einen kurzen Flug.«

»Und wenn wir kein Glück haben?«

»Firas konnte ein Floß schweben lassen, also kann ich es auch.«

»Firas war zehn Jahre Magier im Palast«, entgegnete Azad zunehmend verzweifelt. »Er lässt den ganzen Tag irgendwelche Sachen durch die Gegend fliegen. Daniel, ganz im Ernst, das ist *wirklich* keine gute Idee.«

»Trotzdem ist es der richtige Weg.« Daniel richtete sich auf. »Wir fliegen.«

»Nein«, widersprach Zina ungeduldig. »Wir müssen zum Wasserfall. Ich hab dir doch gesagt, ich habe es gesehen!«

»Zina …«

»Daniel!«

Beide waren aufgesprungen und funkelten sich an. Zina war einen halben Kopf kleiner als Daniel, aber das machte sie nicht weniger bedrohlich. Sie holte tief Luft und schleuderte ihm entgegen: »Silberwasser hat mich zu dieser Höhle gerufen, meinetwegen sind wir hier! Azad hat gesagt, dass ich den Weg kenne, und er hatte verdammt noch mal recht. Dieser Wasserfall wird uns zur Insel führen, das habe ich ganz genau gesehen. Wenn du nur ein einziges Mal deinen verfluchten Stolz vergessen und dich irgendwie überwinden könntest, mir zu vertrauen …«

»Zina«, wiederholte Daniel und hob beide Hände, als hielte sie ihm ihre Speerspitze an die Brust. »Ich vertraue dir. Darum geht es nicht. Ich glaube dir, was du gesehen hast, aber … ich *weiß*, dass ich diesen Weg nehmen muss. Ich bin mir genauso sicher wie du. Ich kann nicht einfach tun, als würde ich es nicht … nicht spüren …« Er seufzte und schüttelte den Kopf. »Es tut mir leid.«

Sie biss die Zähne zusammen und schwieg.

Azad sah von ihr zu Daniel und wieder zurück. Es war offensichtlich, was gerade geschah, obwohl keiner von beiden es begriff.

»Es gibt nicht nur einen«, sagte Azad leise. »Nicht nur einen Wahren Weg. Das bedeutet, je nachdem, wer die Dracheninsel sucht, öffnen sich verschiedene Pforten.«

Zina und Daniel sahen ihn gleichzeitig an.

»Was heißt das?«, fragte Zina unwirsch.

»Ihr könnt euch nicht auf einen Weg einigen«, erklärte Azad geduldig. »Ihr müsst den gehen, der zu euch passt.«

»Aber …« Zina sah hastig zu Daniel und wieder zurück.

»Aber wir reisen zusammen. Das war der Plan. Wir können nicht … wir haben nur ein Floß!«

»Brauchst du ein Floß?«, wollte Azad wissen.

Sie zögerte. Wieder flackerte ihr Blick zu Daniel und ein seltsamer Ausdruck trat in ihr Gesicht. »Nein«, murmelte sie. »Brauche ich nicht.«

»Da hast du es.«

»Aber wir können doch nicht …« Zina schluckte hart. »Wir wollten das zusammen machen«, wiederholte sie mit Nachdruck.

Azad nickte. »Ich weiß.«

Sie ballte unruhig die Hände zu Fäusten. »Was ist mit dir?«

Azad hob den Blick Richtung Decke. Die Sonnenstrahlen blendeten ihn, sonst spürte er nichts. Hinter den Bäumen, die das Ufer des Sees verdeckten, rauschte der Wasserfall. »Ich …« Er räusperte sich. »Ich glaube nicht, dass es einen Weg für mich gibt.«

»Natürlich gibt es einen.« Zina trat auf ihn zu und starrte ihn an. »Du bist der Prinz. Du bist der Einzige von uns, der hier sein sollte.«

»*Yamal* ist derjenige, der hier sein sollte«, erinnerte sie Azad. »Er wurde vom Kaiser geschickt. Ich nicht.«

»Wir doch auch nicht …«

»Aber ihr wurdet gerufen, Zina. Von der Insel oder den Drachenseelen oder den Wahren Wegen, ich kann es dir nicht sagen. Auf jeden Fall kommt ihr weiter und ich nicht. Ich weiß nicht, wie.«

»Dann komm mit mir.«

Er schüttelte den Kopf. »Ich glaube nicht, dass das funktionieren würde«, murmelte er.

Zina machte noch einen Schritt nach vorn, bis sie direkt vor ihm stand. Ihr Blick irrte über sein Gesicht, als würde sie ihn plötzlich nicht mehr erkennen. »Aber wieso«, flüsterte sie, »du wolltest doch, dass wir es so machen. Du wolltest, dass ich den Weg finde und euch zur Insel führe.«

»Das war, weil ich es nicht verstanden hatte. Ich bin … aufgebrochen, ohne zu wissen, was ich wollte. Ich dachte die ganze Zeit, ich bin im Recht, weil ich einer der Prinzen bin, aber das stimmt nicht. Die Drachenseelen rufen mich nicht, ich habe hier nichts verloren. Auf einmal wisst ihr, wie es weitergeht, und ich … da ist einfach *nichts*. Die Baumsiedler hatten recht damit, mich nicht weiterzulassen.«

»Mayra hat dir geholfen, weil sie es für das Richtige gehalten hat!«, fuhr Zina ihn an. Ihre Finger packten ihn am Kragen, und er konnte spüren, wie sie zitterte. »Sie hat *dir* vertraut, nicht Yamal. Was hast du denn sonst vor, hm? Willst du einfach umkehren? Dich zurück in dein Baumhausgefängnis setzen? Für Rückzieher ist es zu spät, Azad. Du bist hier und kalte Füße helfen niemandem weiter.« Azad wollte ihrem Blick ausweichen, aber ihre zornfunkelnden Augen ließen ihn nicht los. »Du hast dich hierfür entschieden. In dem Moment, in dem du deinen Fuß in den Tempelgarten gesetzt hast. Du wusstest ganz genau, dass du etwas Verbotenes tust, aber du hast es getan. Wieso?«

Er stöhnte resigniert auf. »Ich habe dir doch gesagt, ich *weiß* es nicht …«

»Unsinn! Natürlich weißt du es. Wieso bist du hier?«

Azad holte tief Luft. »Weil ich nicht zurückbleiben wollte«, gab er zu. »Ich wollte euch begleiten.«

»Und das wirst du jetzt verdammt noch mal auch tun.« Zina hielt inne und ihre Züge wurden wieder weicher. »Ich kann dir sagen, warum du aufgebrochen bist. Du bist aufgebrochen, weil du etwas tun wolltest. Du hast nicht darauf gewartet, dass es dir jemand befiehlt, du hast es einfach getan. Und jetzt bist du hier, und es ist mir völlig egal, ob du irgendwelche Wege siehst oder Stimmen hörst oder was auch immer. Wenn du mich begleiten willst, dann tu es. Und wenn du Yamal aufhalten willst, streng dich an. Den Kaiser und die Seelen im Tempelgarten haben wir sowieso schon wütend gemacht, also wovor genau hast du jetzt noch Angst?«

»Ganz ehrlich?« Azad lächelte schief. »Gerade vor dir. Zumindest ein bisschen.«

»Gut«, sagte Zina nachdrücklich. »Das hast du auch ein bisschen verdient.« Sie küsste ihn schneller, als er reagieren konnte, und fügte hinzu: »Also. Was sagst du?«

Diesmal hielt er ihrem Blick stand. »Ich komme mit dir. Ich muss es zumindest versuchen.«

Sie bemühte sich nicht mal, ihr triumphierendes Grinsen zu verbergen.

»Übrigens«, meldete sich Daniel amüsiert zu Wort, »ich würde dich natürlich auch mitnehmen, wenn du das wolltest. Falls es dir rein um die Mitfahrgelegenheit geht. Auf dem Floß ist mehr als genug Platz für zwei.«

Azad löste sich von Zina, um ihn anzusehen. »Das ist … ähm … nett, aber …«

»Nicht deine erste Wahl.«

»Nein.«

Daniel hob die Schultern. »Dann ist das wohl so. Winkt ihr mir wenigstens nach?«

Zina drehte sich nach ihm um. »Du meinst, jetzt?«

Der Plattenmeister wurde ernst. »Ja. Ich habe das Gefühl, je länger wir warten, desto schwächer wird der Bann auf dem Floß … falls überhaupt noch Spuren vorhanden sind. Wenn ich es versuchen will, dann so schnell wie möglich.«

Wie auf ein Kommando hoben sie ihre Blicke wieder Richtung Höhlendecke. Das Loch, in dem die Sonne glitzerte, wirkte noch weiter entfernt als zuvor.

»Bist du dir ganz sicher, dass das der richtige Weg ist?«, fragte Zina zweifelnd.

»Ich bin mir sicher.«

»Schade.«

Daniel lachte leise. »Denk an mich, wenn du mit diesem Wasserfall kämpfst.«

»Mach ich.«

Schweigend teilten sie ihre Vorräte auf. Die Schriftrollen über die Schutzbanne, die er Azad gezeigt hatte, blieben tief unten in seinem Wachsbeutel, aber die aufgerollten Karten steckte er nicht wieder ein. »Nehmt ihr sie«, sagte er und reichte die Rollen an Zina weiter. »Vielleicht braucht ihr sie noch.«

»Aber du doch auch«, protestierte Azad.

»Nimm«, wiederholte Daniel sanft und drückte ihm die Rollen in die Hand. »Dann fühle ich mich besser.«

»Behalte wenigstens eine.«

»Und was, wenn es die eine ist, die ihr braucht?« Er schüttelte den Kopf. »Wenn ich es schaffe, dann auch ohne Karte. Und vielleicht treffen wir uns auf der Insel ja wieder.«

»Tun wir«, sagte Zina nachdrücklich.

Daniel band den Beutel am Floß fest und richtete sich dann noch mal auf. Sein Blick wanderte zu Zina, doch dann trat er auf Azad zu. »Seid vorsichtig«, sagte er leise. »Nicht alle dieser Flussfresser sind wie Silberwasser.«

Azad nickte.

»Achtet auf eure Umgebung. Vergesst nicht, Yamal ist hier noch irgendwo und diese Baumsiedler auch. Wenn euch etwas merkwürdig vorkommt …«

»Daniel«, sagte Azad, »das wissen wir alles.«

»Ja.« Er räusperte sich. »Ja, wisst ihr. Also, sei einfach vorsichtig. Hörst du?«

Azad nickte. »Du auch. Du warst ziemlich gute Gesellschaft, weißt du.«

Daniel lachte heiser auf. »Du auch.« Er legte Azad kurz eine Hand auf die Schulter. »Danke.«

Azad rang sich ein Lächeln ab, dann trat er zurück.

»Zina. Ich …« Der Plattenmeister räusperte sich und verstummte.

»Ja, ich weiß.« Zina machte einen Schritt auf ihn zu, hielt inne. »Mach nichts Blödes, ja?«

»Mache ich nie.«

Sie lachte laut auf, dann hob sie eine Hand und strich vorsichtig über einen Schnitt auf seiner Wange. »Denk dran, ich schulde dir noch was.«

»Das war keine Leihgabe, es war ein Geschenk.«

»Dann schulde ich dir ein Geschenk.« Sie lächelte. »Also sorg besser dafür, dass wir uns wiedersehen.«

»Mit Geschenken kriegt man mich immer.« Daniel beugte sich vor und gab ihr einen Kuss auf die narbenlose Wange. »Bis bald, Zina Zarastra.«

»Bis bald. Und viel Glück.« Ihre Hand verharrte über seiner Schulter in der Luft. »Darf ich?« Und als er nickte, fuhr sie einmal leicht über den Ansatz seines linken Flügels. Seine vernarbten Reste entfalteten sich und im einfallenden Licht leuchtete die Membran wie Gold.

Schweigend betrat Daniel das Floß. Er ging in die Knie, hakte seine Knöchel in den Querseilen aus Spinnenseide ein und legte beide Handflächen fest auf das Holz. Mit angehaltenem Atem beobachtete Azad, wie sich erste Funken von seinen Fingern zu lösen begannen. Orangerot wie winzige Feuerbälle tanzten sie über seine Haut, über das Floß, versanken in den schlanken, silbernen Baumstämmen. Ein Glühen setzte ein, erst schwach, dann immer stärker. Lichter blitzten auf, die meisten orange, einzelne türkisblau.

»Da ist er«, wisperte Azad. »Das sind Spuren des Banns …«

Ein Ruck ging durch das Floß und es schoss aufwärts. Ein Funkenschweif schlug ihnen ins Gesicht. Azad stolperte zurück und griff nach Zinas Hand, als der Plattenmeister eine der Baumkronen streifte und ein Blätterregen auf sie niederging. In einem Wirbel aus Lichtern stieg er höher, immer höher, schoss ruckartig dem Himmel entgegen. Feuerfarbene Funken sprühten durch die Luft, das Floß knackte und knisterte und der Geruch von Verbranntem stieg Azad in die Nase. Daniel war jetzt so hoch, dass er ihn kaum noch erkennen konnte. Der Brandgeruch wurde stärker, und als er die Augen zusammenkniff, erkannte er Rauchfahnen.

»Es brennt«, stieß Zina neben ihm hervor und umklammerte seine Hand fester. »Bei der Feuermutter, er wird abstürzen!«

Hilflos standen sie da und sahen zu, wie das Floß ins Trudeln geriet. Es zog Spiralen grauen Rauchs durch die Luft, wurde langsamer, trieb unkontrolliert hin und her. Wieder zuckte Licht auf, Azad wusste nicht mehr, ob es Flammen waren oder Daniels Magie. Er wusste gar nichts mehr, konnte nur dastehen und zusehen, wie das Floß über ihnen zu fallen begann.

»Nein«, keuchte Zina. »Nein, o nein …«

Und dann glühte das Floß noch einmal auf. Es schoss aufwärts, während Glut und Asche auf ihre Gesichter regneten. In einem kometenhaften Funkenschweif raste es auf die Höhlendecke zu, wo die Sonne über ihnen glitzerte und flirrte. Sonnenstrahlen blendeten Azad, und als seine Sicht wieder klar wurde, konnte er gerade noch einen schwarzen Schatten fallen sehen. Zina riss an seiner Hand und er folgte ihr automatisch, rannte blindlings an ihrer Seite zum See. Sie erreichten das Ufer in dem Moment, in dem etwas spritzend auf der Wasseroberfläche aufschlug.

Azad blinzelte erneut und endlich nahm seine Umgebung wieder klare Formen und Farben an. Die Flammen und Funken waren erloschen. In der Mitte des Sees trieb das verkohlte Floß.

Daniel war weg.

So schön und wild

Zina würde nicht weinen. Sie würde keine der Tränen entkommen lassen, die unter ihren Lidern brannten, denn das würde bedeuten, dass Daniel verloren war. Und so war es nicht. Er war verschwunden, weil er den Weg zur Insel gefunden hatte. Weshalb sonst wäre das Floß ohne ihn gefallen? Zina versuchte, nicht über den Brandgeruch nachzudenken. Sie schüttelte sich Blätter aus den Haaren und sagte viel leiser als gewollt: »Er hat es geschafft.«

Azad sagte nichts. Er war bleicher als sonst und schwarze Rußstreifen zogen sich über seine Wangen. Die Linien sahen ein wenig wie die Bemalungen aus, mit denen Mayra sich geschmückt hatte, und viel zu sehr wie die Narben in Daniels Gesicht. Zina wischte die Streifen von seiner Haut und wiederholte heiser: »Er hat es geschafft, hörst du.«

Azad sah zu, wie sie sich die rußigen Finger an der Hose abwischte. »Du hast gesagt, du schuldest ihm ein Geschenk. War … eine der Narben …«

»Meine«, murmelte Zina. »Ich hatte einen wertvollen Weinkelch zerbrochen und konnte ihn nicht bezahlen. Daniel hat mir das Geld gegeben, das er für den Schnitt bekommen hat.«

»Wieso hat er das getan?«

Sie seufzte schwer. »Das habe ich ihn hundertmal gefragt. Wir kannten uns, aber wir waren nicht mal besonders gut befreundet. Er hat es auch für andere Diener getan, weißt du. Ich glaube … ich glaube, er hatte immer vor, zur Dracheninsel zu reisen. Nur deshalb ist er an den Palast gekommen, um auf seine Chance zu warten. Wie viele Narben er dabei sammelt, war ihm egal. Er hat nur an seine Flügel gedacht.«

»Aber … denkt er wirklich, der Drachenkönig könnte ihn heilen?«

Zina schüttelte den Kopf. »Nicht heilen … ich habe die Pläne gesehen. Ich glaube, er will Flügel … erschaffen.«

Azad sah sie zweifelnd an. »Ist das nicht ziemlich verrückt?«

»Natürlich ist es verrückt.« Zina lächelte schief. »So ist das eben mit Hoffnung.«

Nachdenklich starrte Azad auf die schwelenden Überreste des Floßes, die ganz langsam Richtung Ufer trieben. »Darf ich dich … was fragen?«

Zina zögerte. Er wirkte ernst, und obwohl er es eigentlich unmöglich wissen konnte, ahnte sie, worum es ging. »Ich glaube nicht«, murmelte sie.

Azad hob den Kopf und sah sie an. »Was ist passiert, mit Daniel und Navid?«

Zina presste die Lippen so fest zusammen, dass sie taub wurden. »Keine Ahnung.«

»Wirklich nicht?«

Sie holte tief Luft. »Doch.«

Azads Miene verdüsterte sich. »Ist es so schlimm, wie ich es mir vorstelle?«

Zinas Kehle brannte. Sie wusste, dass sie nicht darüber reden sollte, dass es Daniels Entscheidung war. Aber plötzlich hatte sie das schreckliche Gefühl, ersticken zu müssen, wenn sie noch eine Sekunde länger schwieg. »Ich denke schon«, gab sie hölzern zurück.

Azad fluchte leise. »Wann?«

»Kurz bevor er aufgebrochen ist. Ich glaube …« Zina kämpfte mit sich. »Das ist alles, was ich dir sagen werde, hörst du? Ich glaube, Daniel wollte mit Navid zur Insel reisen. Er hat versucht, Navids Aufmerksamkeit zu erregen, und das … ist ihm gelungen.«

Azad schluckte. »Verstehe.«

»Es war nicht seine Schuld!«, stieß Zina hervor und packte Azad hart am Arm. »Selbst wenn er nackt vor Navid getanzt hätte, wäre es nicht seine Schuld gewesen, kapiert?«

»Ich weiß, dass es nicht seine Schuld war.«

»Gut.« Zina ließ seinen Arm los und sah, plötzlich verlegen, auf die Spuren ihrer Fingernägel in seiner Haut. »Tut mir leid«, murmelte sie. »Ich bin nur … das ist alles irgendwie …«

»Schrecklich«, sagte Azad leise.

»Ja.« Zina wischte sich unwirsch über die Wangen, als sie das Salz auf ihren Lippen schmeckte. »Aber das Gute ist, Daniel ist stark. Und so verdammt stur, dass es einen wahnsinnig macht.« Sie sah hoch zu dem Loch, in dem glitzerndes Sonnenlicht tanzte. »Er schafft die verrücktesten Sachen, wenn er will.«

»Ja«, stimmte Azad zu, und sie stellte verwundert fest, dass er lächelte. »Da kenne ich noch jemanden, weißt du.« Er nahm ihre Hand, ohne auf die Asche an ihren Fingern zu achten. »Und ich kann kaum erwarten, dass sie sich mit mir in einen Wasserfall stürzt.«

Zina schnitt eine Grimasse. »Sei nicht dramatisch. Vielleicht müssen wir nur in seine Nähe.« Unentschlossen musterte sie die geschwärzten Baumstämme, die zwischen zwei bleichen Flussfresserschnauzen auf dem See trieben. »Denkst du, wir sollten versuchen, das zu retten?«

Azad warf einen Blick auf das ramponierte Floß. »Ich dachte, wir brauchen es nicht?«

Zina hob die Schultern. »Daniel hat die restliche Spinnenseide mitgenommen. Das Seil könnte nützlich sein, wenn wir dahin wollen.« Sie deutete auf die steilen Felsen, die den Wasserfall am gegenüberliegenden Seeufer umgaben.

Azad seufzte tief auf. »Ich wünschte, ich könnte dir widersprechen.« Seine Augen hefteten sich auf die beiden Flussfresser, die glücklicherweise ihren Abstand zum Ufer beibehielten. »Hast du auch eine Idee, wie wir rankommen, ohne zu sterben?«

Zina grinste. »Na ja. Es hat damit zu tun, dass wir baden gehen.«

»Das habe ich mir leider schon gedacht.«

Ein Stück am Ufer entlang fanden sie Reste des toten Drachen, den Daniel gemeint haben musste, als er von Fleisch gesprochen hatte. Auf allen vieren hätte er Zina wohl bis zur Hüfte gereicht, doch nun lag der zerfetzte Torso im Schlamm, über die blutigen Rippen hopsten Drachen von der Größe kleiner Singvögel und rissen mit spitzen Zähnen Fleischfetzen ab. Vermutlich hatten die Flussfresser in der Nacht schon von dem Kadaver gegessen, aber Zina hatte die Hoffnung, dass er trotzdem reichen würde, um die Tiere im Umkreis des Floßes abzulenken. Ihr Plan sah vor, dass Azad Fleischbrocken ins Wasser warf, um die Flussfresser anzulocken, damit Zina unbemerkt das Floß bergen konnte. Sie schwamm gut und schnell, und mit ein wenig Glück wäre sie wieder am Ufer, bevor die Flussfresser auf sie aufmerksam wurden.

Azad war ganz und gar nicht überzeugt von dieser Idee, aber er hatte auch keine bessere.

»Ich war schon tausendmal im Fluss baden und da wimmelt es von denen«, erinnerte sie ihn.

»Das hier sind andere Flussfresser als die in der Stadt«, entgegnete Azad düster. »Mayra hat gesagt, dass sie hier gefährlicher sind.«

»Sie hat nur gesagt, dass sie mehr sind wie Drachen. Und bisher wirken die genauso faul wie die im Palast.« Zina streifte Hose und Weste ab und warf sie über einen Ast in der Nähe. Dann kam sie zu Azad zurück und rollte die Ärmel ihres Hemds über die Ellenbogen, bevor sie nach dem blutigen Stück Drache griff. Abgesehen von den Flussfressern war das mit Abstand das größte Tier, das sie bisher in der Höhle gesehen hatte. Etwas schien es in der Mitte zerrissen zu haben, und Zina wollte lieber nicht daran denken, dass dieses Etwas mit ziemlicher Sicherheit irgendwo draußen im See herumschwamm.

»Wie dringend brauchen wir dieses Seil wirklich?«, stieß Azad hervor, während er mit dem Säbel ein großes Stück Fleisch von den Knochen löste.

Zina spähte mit zusammengekniffenen Augen zu dem Wasserfall hinüber, an dessen Ufer die Felsen durch das Sprühwasser glatt und rutschig aussahen. »Dringend genug«, entschied sie. »Ich bin mit ein paar Schwimmzügen da. Wir unternehmen einen Versuch, und wenn es zu brenzlig wird, lassen wir es. Ja?«

Azad verzog zweifelnd das Gesicht. »Hm.«

Zina nahm ihm das blutige Drachenfleisch aus der Hand und warf es ins Wasser, so weit weg vom Floß wie möglich. Für einen Moment passierte nichts. Dann drehte der erste Flussfresser den Kopf und paddelte gemächlich dorthin, wo der Köder langsam zu Boden sank. »Siehst du. Es klappt.«

Die blutige Wolke im Wasser schien die Flussfresser vom Floß wegzulocken. Zina packte den Speer, den Daniel ihr geschnitzt hatte, und während Azad sich auf die Fütterung konzentrierte, lief sie am Ufer zurück zu der Stelle, die dem treibenden Floß am nächsten war. Durch eine leichte Brise war es näher Richtung Land getrieben worden und das Wasser sah tatsächlich nicht sehr tief aus. Zina blickte sich noch einmal um, aber die einzigen Flussfresser, die sie entdeckte, kämpften weit genug weg um das Drachenfleisch. Mit einem letzten Blick zu Azad ließ sich Zina zwischen blühenden Seerosen lautlos ins Wasser gleiten.

Der See war angenehm kühl und spülte endlich den festgetrockneten Schmutz von ihrer Haut. Mit ruhigen Schwimmzügen bewegte Zina sich vorwärts, darauf bedacht, keine zu schnellen Bewegungen zu machen. Kein Tropfen Wasser spritzte in ihrer Nähe und den Speer hatte sie sich fest zwischen die Zähne geklemmt. Ihr Kiefer begann schnell zu schmerzen, aber das Floß trieb in Sichtweite. Schon hatte sie es erreicht und griff erleichtert nach dem verkohlten Holz.

Vor ihr schwappten kleine Wellen auf und etwas Helles teilte lautlos die schimmernde Wasseroberfläche.

Zina erstarrte.

Ein Flussfresser hatte sich nicht von dem Trubel um das Drachenfleisch beeindrucken lassen. Seine mächtigen Kiefer standen einen Spalt offen, gerade so weit, dass Zina die Reihen daumendicker Zähne erkennen konnte. Der Flussfresser rührte sich kaum, starrte sie nur an und schlug mit seinem schuppigen Schwanz. Zina hob quälend langsam die Hand und nahm ihren Speer aus dem Mund. Sie senkte die Spitze unter Wasser, richtete sie auf das Floß und zog die scharfe Kante einmal ruckartig über das Spinnenseil. Einige der Fasern rissen, aber nicht alle. Die roten Augen des Flussfressers verengten sich. Noch einmal zerrte sie und diesmal gab das Seil an ihrer Speerspitze nach. Das Spinnenseil, das die Floßhölzer zusammengehalten hatte, lockerte sich und die dünnen Baumstämme begannen auseinanderzutreiben. Zina ließ die Arme unter Wasser sinken, packte eines der Seilenden und wich langsam zurück. Der Flussfresser ruckte irritiert mit dem Kopf, als die Ecke eines Baumstamms gegen seine Schnauze stieß. Er schnappte blitzschnell zu, das verkohlte

Holz brach wie Knochen zwischen seinen Kiefern. Zina konnte nicht mehr atmen. Sie schwamm rückwärts, das Seil fest in einer Hand, den Speer in der anderen, und betete stumm. Ihre Zehen berührten schlammigen Grund, als der Flussfresser von den Floßresten abließ. Zina riss den Speer hoch, wich zurück und prallte mit dem Rücken gegen etwas Warmes.

»Sch«, murmelte Azad an ihrem Ohr. Neben ihr blitzte der Säbel auf, den er auf den Flussfresser gerichtet hatte. »Noch zwei Schritte rückwärts, dann sind wir an Land. Dann dreh dich um und lauf.«

Zina nickte kaum wahrnehmbar. Sie stand nur noch bis zu den Knien im Wasser. Dicht an Azad gedrückt, schob sie sich zurück und erreichte Land. »*Lauf.*«

Sie fuhr herum und rannte los. Hinter sich hörte sie etwas platschen, aber sie drehte sich nicht um. Azad war direkt hinter ihr und da waren Farne, Bäume, dichter Wald. Sie schlug sich ins Gestrüpp, duckte sich, sprang über Wurzeln und wurde nicht langsamer, auch als sie den See weit hinter sich gelassen hatten und ihre Lungen wie Feuer brannten. Erst, als sich ihr Fuß in dem Spinnenseil verfing und sie um ein Haar gestürzt wäre, blieb sie stehen und rang keuchend nach Luft. »Ist er …«

»Weg«, japste Azad und sah sich um. »Ich glaube nicht, dass er uns gefolgt ist.«

»Bei … der Feuermutter, das war …«

»Knapp.«

Zina drehte sich nach ihm um. Azads Arme waren bis zu den Ellenbogen mit Drachenblut verschmiert, seine nackten Füße mit schwarzem Schlamm verkrustet. Hose und Hemd klebten an seiner Haut, auf seiner Oberlippe glitzerte Schweiß.

»Und das … für ein bisschen Spinnenseide.« Er trat auf sie zu und griff nach dem fransigen Ende des Seils, das sie immer noch umklammert hielt. »Hab ich dir schon gesagt, dass du so stur bist, dass es mich wahnsinnig macht?«

Zina grinste. »Aber ich hab es geschafft.« Langsam holte sie die Erschöpfung ein. Mit hämmerndem Herzen schlang sie die Arme um Azads Hals und drückte ihre erhitzte Stirn gegen seine Schulter. »Danke für die Verstärkung übrigens.«

»Danke für das hier.« Er wedelte schwach mit dem Seil. Gemeinsam wickelten sie es auf, und da Zina nur ihr Hemd trug, steckte Azad es in seinen Gürtel. Seine dunklen Augen ließen nicht von ihr ab, und Zina spürte, wie ihre Haut unter seinem Blick prickelte.

»Du frierst«, stellte Azad mit rauer Stimme fest. Seine Hand glitt über ihren Arm, auf dem sich eine feine Gänsehaut ausgebreitet hatte.

»Tu ich nicht«, murmelte Zina.

»Du brauchst ein trockenes Hemd.«

»Keine zehn Drachen bringen mich jetzt an dieses Ufer zurück …«

»Das habe ich nicht gemeint.« Azad streifte seine Weste ab und zog sich sein Hemd über den Kopf, das bis auf ein paar Blutspritzer trocken war. Ihre Blicke trafen sich. Mit klammen Fingern schälte Zina sich den feuchten Stoff von den Rippen und ließ das nasse Bündel achtlos zu Boden fallen. Es war nicht das erste Mal, dass sie sich vor ihm auszog, aber zum ersten Mal sah er sie an. Zina streckte die Hand aus, machte aber keine Anstalten, nach Azads Hemd zu greifen. Ihre Finger glitten über seine Schultern, verharrten auf der erhitzten Haut seiner Brust.

»Hey«, murmelte sie kaum hörbar.

Seine Lippen zuckten. »Hey.«

Sie küsste ihn, und als er sich nach Luft schnappend von ihr löste, lag das Hemd längst vergessen im Gras. »Ich bin … voller Drachenblut …«

»Wenn mich das stören würde, hättest du es gemerkt.«

Azads Herz schlug so heftig, dass sie fast glaubte, seinen Puls in ihrem Brustkorb spüren zu können. »Ist das … die Euphorie, dass wir überlebt haben, oder …«

»Hör auf zu reden«, flüsterte Zina ihm ins Ohr, »dann findest du es heraus.«

Azad befolgte ihren Rat. Nach dem kühlen Seewasser und der hitzigen Flucht war seine Haut noch wärmer als sonst, und obwohl ihre Anspannung nachließ, blieb ihr Herzschlag schnell. Sein Atem streifte ihren Hals, als sie ins Gras sanken. Diesmal hinterließ er tatsächlich Spuren auf ihrer Haut, einzelne Fingerabdrücke aus Drachenblut, und vielleicht hätte Zina sich ekeln sollen, aber es war ihr egal. Azad fühlte sich wie immer an. Das Blut und der Schlamm und die Angst verschwammen zu einem unwichtigen Hintergrundrauschen. Grashalme kitzelten ihre Schultern, Haarsträhnen berührten ihr Gesicht und die Lichtflecken, die durch das Blätterdach auf Azads Haut fielen, waren grün wie seine Magie. Zina konnte nicht sagen, wie viel Zeit vergangen war, als Azad sich neben ihr auf sein Hemd fallen ließ und keuchend lauschte, wie ihr Atem ruhiger wurde. Seine Finger glitten träge über die Innenseite ihres Unterarms, verharrten sanft an der Stelle, wo er ihren Puls spüren konnte.

Zina drehte den Kopf und blinzelte. Sein Gesicht war dem ihren so nah, dass es ihr vor den Augen verschwamm. »Hey«, flüsterte sie.

Azads glucksendes Lachen vibrierte in ihrer Brust. »Hey.«

Er küsste ihren trockenen Mund und löste sich nur so weit von ihr, dass sie die Wärme seiner Lippen noch erahnte. »Als ich ein Kind war«, wisperte er, »hat meine Mutter mir die Drachen des Kaisers gezeigt. Sie hat mich frühmorgens geweckt und ist mit mir zum Tempel geschlichen, nur sie und ich. Sie hat mich an die Stäbe geführt und nach einem der Drachen gerufen. Er ist aus den Schatten gekommen, ganz langsam … seine Schuppen haben in der Sonne geglitzert … grün, wie meine Magie. Ich dachte, dass es nichts geben kann, was so wundervoll ist wie dieses Geschöpf.« Sie konnte spüren, wie er lächelte. »Ich habe mich geirrt.« Er küsste sie noch einmal und fügte flüsternd hinzu: »Du bist schön, wie Drachen schön sind, weißt du? So schön und wild, dass man das Atmen vergisst.«

Zina schloss die Augen und konzentrierte sich auf den leisen Luftstrom auf ihrer Haut. »Komisch«, murmelte sie, »wenn du da bist, kriege ich besser Luft.« Sie rollte sich auf die Seite und legte eine Hand auf seinen Brustkorb. »Aber du atmest ja doch«, stellte sie fest.

Azad blinzelte belustigt zu ihr auf. »Das ist gut, oder?«

Sie grinste. »Ja«, gab sie mit Nachdruck zurück. »Das ist gut.«

Hinter
dem Wasserfall

Schmerz.
Glut, die sich durch seine Wirbelsäule frisst.
Die das Fleisch von seinen Knochen schabt.
Gold an seiner Kehle und Hass in seinem Ohr.
Was hast du dafür getan, Krüppel?
Hände, die an ihm reißen.
Dann musst du es mir eben zeigen.
Schmerz.

Als sie es endlich über sich brachten, ans Seeufer zurückzukehren, hatten sich die Flussfresser in die Mitte des Gewässers zurückgezogen. Nur einige kleine Tiere trieben noch zwischen den Seerosen, aus denen Zina Stunden zuvor an Land gestiegen war wie ein Flussdrache in Frauenhaut. Die Reste des Drachenkadavers waren verschwunden, nur eine breite Schleifspur zum Wasser zeugte noch von seiner Existenz. Sie beeilten sich, ihre Beutel und Zinas in den Ästen aufgehängte Kleidungsstücke wieder einzusammeln, und behielten dabei das Ufer im Blick, aber keiner der größeren Flussfresser tauchte auf. Azad sah zu, wie Zina ihr Hemd achtlos in die Hose stopfte und dann wieder nach ihrem Speer griff. Sie versuchte nicht mehr, ihr Haar zu bändigen, das ihr als zottelige

Mähne über die Schultern fiel, und über ihre Stirn zog sich eine Schmutzspur aus Asche und Blut. Sie sah aus wie eine Baumsiedlerin, und Azad fragte sich, ob sie sich selbst wohl wiedererkennen würde. Wahrscheinlich schon. Auch im Palast war sie furchtlos gewesen, eine Kriegerin. Dann sah er die Blutflecken auf seinen Armen und fragte sich, ob dasselbe für ihn galt.

Bevor sie aufbrachen, wickelten sie zwei Stücke geräuchertes Drachenfleisch aus ihren Palmblättern, das sie im Gehen aßen, während die Sonne in der Höhlenöffnung höher stieg.

»Weißt du, was verrückt ist?«, fragte Zina und brach damit das Schweigen, das sie schon eine ganze Weile auf ihrem Weg um den See begleitet hatte. Sie gingen nicht direkt am Ufer entlang, sondern hatten sich in den Schatten der Bäume zurückgezogen, wo die Gefahr einer Flussfresserattacke deutlich geringer war. Schwerer Blumengeruch lag in der Luft, und es war so heiß, dass Azads Hemd an seinem Rücken klebte.

»Was?«

»Dass dein Vater hier war. Er ist zur Insel gereist, bevor er Kaiser wurde, oder?«

Azad nickte. »Er hat einen Drachen gefangen wie sein Vater vor ihm ... und wie Navid«, fügte er leise hinzu.

»Kannst du dir das vorstellen? Er, hier?«

»Mein Vater?« Azad seufzte. »Keine Ahnung. Ja. Er tut, worauf er Lust hat. Wenn er einen Drachen will, fängt er sich einen. Und wenn ihm das nicht mehr reicht, hetzt er seine Söhne auf den Drachenkönig.«

Zina schnaubte abfällig. »Du meinst, wenn sein Sohn bestraft werden muss, hetzt er ihn auf den Drachenkönig.«

Azad blinzelte. »Wie meinst du das?«

»Nur, dass es sehr plötzlich kam. Dieser Auftrag. Ich meine, er hätte einfach einen fangen können, wie alle anderen auch.

Aber …« Sie zögerte. »Daniel hat so was gesagt. Als hätte Navid etwas getan, wofür der Kaiser ihn bestrafen wollte.«

»Mein Vater würde Navid nicht bestrafen, wenn er sich nimmt, was er will«, erwiderte Azad düster. »Ob es dabei Opfer gibt, schert ihn nicht.«

»Aber die Thronfolge schert ihn.« Zina stieß ihren Speer so hart in den Boden, dass sie ihn mit beiden Händen wieder herausziehen musste. »Vielleicht ist es ihm egal, wie Navid *Frauen* behandelt. Aber du hast gehört, was Daniel gesagt hat. Wenn Dshihan fürchten muss, dass Navid ihm keine Erben liefert …«

»Schickt er ihn in den Tod?« Azad schüttelte den Kopf. »Mein Vater kann grausam sein, aber Navid ist sein Sohn. Das würde er nicht tun. Wieso hätte er sonst Yamal hinterherschicken sollen?«

Zina hob die Schultern. »Vielleicht, weil der Drachenkönig jetzt geschwächt ist. Wenn Yamal Erfolg hat, ist Navid nicht mehr wichtig. Denkst du nicht, der Kaiser würde lieber jemanden mit der Macht des Drachenkönigs zu seinem Nachfolger machen? Dass Yamal bisher nur der Zweite in der Thronfolge ist, lässt sich ziemlich leicht korrigieren.«

Azad starrte sie an. »Zina, ich weiß, du hasst den Kaiser. Ich weiß, er hat schreckliche Dinge getan. Ich bin der Letzte, der ihn deshalb verteidigen würde, aber er ist immer noch unser Vater. Navids Vater. Denkst du wirklich, er würde seinen eigenen Sohn umbringen?«

»Vielleicht würde er es nicht selbst tun. Aber als dein Großvater angefangen hat, Dshihan unter Druck zu setzen, ist er ermordet worden.«

»Das weiß man nicht.«

Zina verdrehte ungehalten die Augen. »Oh, bitte. Er ist beim Essen blau angelaufen und zusammengebrochen, wonach klingt das für dich?«

»Er hatte ein schwaches Herz …«

»Sein Vorkoster ist am selben Tag gestorben!«

Der Trampelpfad, dem sie folgten, war steiler geworden. Azad blieb stehen und sah Zina ins Gesicht. »Schön, vielleicht wurde er vergiftet. Er war der Kaiser. Es gibt tausend Gründe, ihn zu töten, und jeder hätte es tun können. Wieso ist es dir so wichtig, dass es mein Vater war?«

»Wieso ist es dir auf einmal so wichtig, dass er es *nicht* war? Ich dachte, dir wäre klar, wie er ist!«

»Mir ist klar, dass er Fehler hat! Dass er andere Prioritäten setzt als du oder ich, aber …«

»Andere *Prioritäten?* Dieser Mann lässt Kindern ins Gesicht schneiden und verfüttert ihre Hände, und du nennst das Prioritäten?« Sie schüttelte ungläubig den Kopf. »Weißt du, ich hab mich die ganze Zeit gefragt, wie du das ausgehalten hast. Wie du jede Nacht ein anderes Fest feiern konntest, während deine eigene Mutter mit wunden Fingern in der Weberei geschuftet hat. Ich dachte, es würde dir das Herz brechen, ich dachte, dass du genauso gefangen bist wie wir. Aber vielleicht ist es auch einfach eine Frage der Prioritäten.«

Azads Herz hatte zu rasen begonnen. Er starrte Zina an, ihre zornfunkelnden Augen, ihren schmalen Mund. So hatte er sie kennengelernt, aber plötzlich wusste er nicht mehr, ob er sie überhaupt kannte. Wut kochte in ihm hoch und seine Fingerspitzen begannen zu prickeln, ohne dass er etwas dafür tun musste.

»Du sagst immer *wir*«, entgegnete er hitzig. »Komischerweise sehe ich aber keine Schnitte in deinem Gesicht. Daniel hat es für dich ausgebadet, oder nicht? Hat das dein Herz gebrochen, oder funktionieren solche Vorwürfe nur, wenn es um mich geht?« Er ballte die Hände zu Fäusten, um die einzelne Funken zu tanzen begonnen hatten. »Vielleicht habe ich zu viele Feste gefeiert, aber zumindest habe ich genug Anstand, mich nicht mit fremden Narben zu schmücken.«

Zina zuckte zusammen. »Meinst du das ernst?«, stieß sie hervor.

»Meinst *du* es ernst?«, knurrte Azad.

Heftig atmend hielt sie inne und ihr Blick wanderte von den Funken an seinen Fingern zu ihrer eigenen Hand, die den Speer so fest umklammerte, dass die Knöchel weiß wurden. »Nein«, gab sie nach einer Pause zurück. »Nein, tu ich nicht. Ich weiß, dass du dich um deine Mutter kümmerst.«

Azad starrte auf seine Finger hinunter. Die grünen Lichter flackerten und erloschen nach und nach. »Mein Vater ist ein Tyrann«, sagte er leise. »Er ist der Sohn eines Tyrannen und er hat seine Söhne zu Tyrannen erzogen. Rayan und ich sind nicht so wichtig wie Navid und Yamal, deswegen hat er uns in Ruhe gelassen. Aber wenn sie nicht wären, wäre ich anders. Du würdest mich genauso hassen wie den Kaiser und du hättest recht damit.«

Zina schüttelte den Kopf. »Das kannst du nicht wissen, Azad …«

»Nein, *du* kannst es nicht wissen. Du kannst nicht wissen, ob ich anders wäre als Navid. Wenn du denkst, dass mein Vater ein Monster ist, dann denk auch daran, dass ich sein Sohn bin.«

»Denkst du wirklich, es kümmert mich, wessen Sohn du bist?« Zina trat vorsichtig einen Schritt näher und streckte die Hand nach ihm aus. »Azad, ich bin genauso in diesem Palast aufgewachsen wie du, und eines weiß ich: Du hattest mehr als genug Gelegenheiten, grausam zu sein. Du hattest furchtbare Vorbilder und niemanden, der dich aufgehalten hätte. Stattdessen hast du dich nachts davongeschlichen, um Thamara zu besuchen, und du hast weder Daniel verraten noch

mich. Du hast deine eigenen Entscheidungen getroffen, dir
deine eigenen Gedanken gemacht. Das war kein Zufall, kein
Schicksal, das warst *du*. Und ob ich den Kaiser für ein Unge-
heuer halte oder nicht, hat nichts damit zu tun, wie ich dich
sehe. Kapiert?«

Azad zögerte.

»Und vergiss den Quatsch darüber, wer du sein *könntest*.
Jeder von uns könnte alles sein. Ich könnte dir vor Wut diesen Speer zwischen die Rippen rammen, macht mich das zur
Mörderin? Du bist kein Monster, solange du dich nicht wie
eines verhältst.« Sie griff nach seiner Hand, obwohl immer
noch letzte Lichter an Azads Fingerspitzen flackerten. Seine
Magie glitt über ihren Arm und für einen Moment spürte er
ihre Haut unter den Funken, als wären es seine Fingerkuppen.
Es war eine seltsame Art, sie zu berühren, ein Kribbeln, das
tiefer ging als seine gewöhnliche Wahrnehmung. Zina beobachtete, wie das grüne Licht über ihre Haut strich, zog ihre
Hand aber nicht zurück.

»Wenn du jemandem ein Messer an die Kehle hältst und
ihm dabei in die Augen siehst«, murmelte sie, »wirst du wissen, was du fühlst. Du wirst wissen, ob du ein Mörder bist.«

»Zina?«

»Hm?«

»Es tut mir leid, was ich gesagt habe. Über Daniels Narben. Ich wollte dir das nicht vorhalten. Ich habe es nicht so
gemeint.«

Zina musterte ihn prüfend. »Ja«, sagte sie schließlich. »Weiß
ich.«

»Gut.«

»Ich hätte das über den Kaiser und Navid nicht sagen sollen. Für mich ist es ... leichter, sie einfach zu hassen. Ich vergesse manchmal, wie es für dich sein muss.«

»Ich will nicht verteidigen, was sie getan haben. Es ist

furchtbar, was Daniel passiert ist, oder Firas und Mayra. Das hasse ich. Aber …« Er verstummte.

»Die Kinder haben dich gefragt, ob du den Kaiser liebst.«

Azads Finger zuckten, aber Zina ließ sie nicht los. »Ja.«

»War das die Wahrheit?«

Er hob den Blick und sah sie an. Zinas Miene blieb ruhig, also nahm er seinen Mut zusammen. »Ich weiß es nicht«, gab er zu. »Ich meine … wenn es die Wahrheit wäre, wozu würde es mich machen?«

Zina lächelte grimmig. »Ich würde mal sagen, zu seinem Sohn. *Mich* kümmert es nicht. Dass es dich nicht kümmern darf, hab ich nicht gesagt.«

Azad sah hinunter auf ihre Finger, die immer noch miteinander verflochten waren, und grinste. »Weißt du, dass du manchmal wie Daniel klingst?«

Sie lachte laut auf. »Nimm das auf der Stelle zurück.«

»Im Ernst. Das hätte auch von ihm kommen können.«

»Weißt du, dass *du* ein Talent dafür hast, den Moment zu ruinieren?« Zinas Haar streifte seinen Hals, als sie ihn auf die Wange küsste, und als sie seine Hand losließ, roch er gerade noch eine Spur von Rauch und Blumen. »Komm jetzt. Bis zum Wasserfall ist es bestimmt nicht mehr weit und wir sollten Daniels Vorsprung so klein wie möglich halten. Am Ende kümmert er sich allein um Yamal und den Drachenkönig – ich glaube nicht, dass ich sein tragisches Heldengetue dann noch ertragen könnte.«

Sie setzten sich wieder in Bewegung, obwohl Azad immer noch der Schweiß in den Augen brannte. Der Weg war weder besonders weit noch sehr steil, aber die Hitze wurde immer schlimmer. Bald kam es Azad vor, als wäre er bis zum Hals in warmes Wasser getaucht, und jeder Atemzug schmeckte nach Dschungel. Als das Rauschen lauter wurde und sie zwischen zwei Bäumen endlich Wasser glitzern sahen, hätte er vor Erleichterung beinahe gelacht. Sie mussten doch steiler aufgestiegen sein, als er gedacht hatte, denn als sie zwischen den Bäumen hervortraten, lag der See wie ein schimmernder Spiegel unter ihnen. Sprühnebel schlug Azad ins Gesicht und kühlte seine erhitzten Wangen. Schroffer Fels ragte vor ihm auf und verdeckte ihm die Sicht auf den Wasserfall, aber das Tosen der stürzenden Wassermassen verriet seine beeindruckende Größe.

»Geht es hier weiter?« Zina spähte an ihm vorbei. Der Trampelpfad, dem sie zuletzt gefolgt waren, hatte sie zwischen den Bäumen hindurch auf einen Felsvorsprung geführt. Von hier aus schien man nicht mehr ohne Weiteres ans Ufer absteigen zu können, Richtung Wasserfall tat sich aber ein Spalt zwischen den Steinen auf.

»Ich glaube, wir können durchklettern«, sagte Azad.

»Dann warte.«

Zina reichte ihm einige Fasern der Spinnenseide. Azad wickelte sie um seine Hände und Füße, dann schob er sich zwischen den feuchten Felsen hindurch. Kalte Tropfen wehten ihm entgegen, verfingen sich in seinen Wimpern und nahmen ihm die Sicht. Er tastete sich vorwärts, links und rechts von Fels eingerahmt, und erreichte nach ein paar halb blinden Schritten einen schmalen Grat. Schützend hob er einen Arm vors Gesicht, und als er diesmal aufsah, toste direkt vor ihm der Wasserfall. Wie ein donnernder Vorhang stürzte er abwärts und trennte Azad und Zina vom Rest der Welt. Der Felsspalt hatte sie an den Rand des Wasserfalls geführt, direkt unter ihnen lag der aufgewirbelte See. Ein Regenbogen schillerte über Azads Kopf, aber wie sehr er sich auch bemühte, er konnte nicht sehen, woher all das Wasser kam.

»Wohin jetzt?«, rief er über das Rauschen hinweg.

»Geht es vorwärts?«, brüllte Zina.

»Ja, aber ich weiß nicht, wie weit!«

256

Der Grat, auf dem sie standen, schien hinter den Wasserfall zu führen und verschwand bald in glitzerndem Sprühnebel. Azad legte beide Hände an die Felswand zu seiner Linken und setzte seinen Weg fort. Einmal mehr war er froh über den zusätzlichen Halt, den ihm die klebrige Spinnenseide bot. Der Grat war nur so breit, dass er einen Fuß vor den anderen setzen konnte, und führte steil bergauf. Nach wenigen Schritten war er völlig durchnässt, und obwohl ihm gerade noch heiß gewesen war, begann er vor Kälte zu zittern. Immer wieder wurde ihm Wasser in die Augen geweht, seine Finger wurden klamm und gefühllos. Hinter sich hörte er Zina rufen, doch er verstand kein Wort. Seine nackten Zehen berührten etwas Raues und er zuckte zurück, bis er blinzelnd erkannte, dass es Farn war. Leise fluchend stieg er über die Pflanze hinweg, griff erneut nach der Felswand und fasste ins Leere. Mit einem Aufschrei stürzte er vorwärts und kam mit beiden Knien auf dunklem Fels auf. Er hatte eine Höhle erreicht – nicht viel mehr als eine Einbuchtung im Stein –, die sich direkt hinter dem Wasserfall auftat. Sie befanden sich weit über dem See, vielleicht auf halber Höhe zwischen Boden und Decke der Riesenhöhle. Azad rappelte sich gerade rechtzeitig auf, um nach Zinas ausgestreckter Hand zu greifen. Genau wie er taumelte sie vorwärts und wäre gestürzt, wenn er sie nicht festgehalten hätte.

»Bei der Feuermutter«, stieß sie hervor und wich von der steilen Felskante zurück. »Wir sind ein ganzes Stück höher, als ich dachte.«

Azad sah sich um. Es gab nicht viel zu entdecken. Die Höhle war so niedrig, dass er kaum aufrecht stehen konnte, und mit drei langen Schritten hatte man sie durchquert. Wenn man nicht direkt an der Kante stand und senkrecht nach unten auf den See starrte, war das fallende Wasser alles, was man von hier aus sah. Azad wischte sich mit dem Unterarm übers Gesicht, um das Spritzwasser endlich aus den Augen zu bekommen, und trat wieder einen Schritt näher an die Kante. »So schön die Aussicht hier ist«, sagte er mit einem Blick auf die weiße Wasserwand, »ich habe nicht das Gefühl, dass wir hier weiterkommen.«

Zina sah sich in der kleinen Felshöhle um. Der abwesende Gesichtsausdruck, den Azad inzwischen kannte, hatte sich wie Gischt auf ihre Züge gelegt. Langsam trat sie neben ihn an die Kante, sah hinunter, dann nach oben. »Wir ... nähern uns.«

»Nähern uns *was?*«

Zina antwortete nicht. Ihr Blick blieb an einem Lichtfleck hängen, der durch die fallenden Wassermassen schimmerte. Dort musste die Öffnung in der Höhlendecke liegen, durch die Daniel verschwunden war. »Da ist etwas ...«

Azad seufzte. »Wenn du mir jetzt erzählst, dass wir mit Daniel durch dieses Loch gemusst hätten ...«

Zina schüttelte den Kopf. »Nein, nicht das. Es ist ... da ist etwas. Mit Himmel und ... Wasser und ...«

»Licht«, sagte Azad.

Sie zuckte zusammen und sah auf. »Was?«

»Himmel, Wasser, Licht«, wiederholte er. »Das steht auf der Karte. Auf dem Höhlensymbol.«

Zina sah ihn scharf an, als wäre sie sich nicht sicher, ob er sie auf den Arm nahm. »Bist du dir sicher?«

»Na klar. Schau doch nach.«

Sie schüttelte ungeduldig den Kopf. »Und das sagst du erst jetzt?«

»Es klang nicht so, als würdet ihr Hinweise brauchen«, verteidigte er sich. »Das mit dem Himmel kam mir klar vor, als Daniel fliegen wollte, und du hast sofort von Wasser geredet ...«

»Trotzdem klingt das nach einer ziemlich nützlichen Information!«, fauchte Zina. »Falls du es vergessen haben solltest, Daniel hat da oben Feuer gefangen. Der Hinweis mit dem Wasser wäre vielleicht gar nicht so blöd gewesen.«

Daran hatte Azad tatsächlich nicht gedacht. »Wir wissen nicht, ob er Feuer gefangen hat …«

»Da war Rauch, es hat Asche geregnet und das Floß war total verkohlt!«

»Schön, *etwas* hat Feuer gefangen. Vielleicht war es auch nur das Holz.«

»Das will ich verdammt noch mal für dich hoffen.« Zina funkelte ihn an.

»Gut, also, jetzt weißt du es«, murmelte Azad. »Himmel, Wasser, Licht. Hilft dir das weiter?«

Zina schloss die Augen, aber er konnte sehen, dass sie nicht bei der Sache war. Ihr Brustkorb hob und senkte sich schnell, und ihre Schultern waren so angespannt, dass sie zitterte.

»Zina.«

Sie riss die Augen wieder auf. »*Was?*«

»Lass dir Zeit. Wenn du nicht weiterweißt, warten wir eben.«

Er machte einen Schritt auf sie zu und ihr wilder Blick wurde ruhiger.

»Himmel«, wiederholte sie leise, »Wasser, Licht.« Zinas Augen glitten über ihre Umgebung, dann senkten sich ihre Lider erneut. »Himmel, Wasser, Licht.« Sie atmete tief ein, ihre Züge entspannten sich. Es war beeindruckend, ihr zuzusehen, und wieder einmal wünschte sich Azad, er hätte auch etwas, das nach ihm rief.

»Azad?«, fragte sie, ohne die Augen zu öffnen.

»Ja?«

Zina lächelte. »Dreh dich mal um.«

Die Quelle

Azad folgte ihrer Aufforderung und starrte ratlos an die graue Höhlenwand. Für einen Moment fürchtete Zina, sie hätte es sich nur eingebildet, aber dann leuchtete Azads Miene auf und er trat einen Schritt näher an den glatten Felsen. »Das ist es«, stieß er hervor und bestätigte damit Zinas Vermutung. »Sieh dir das an.« Er deutete auf die geschwungene Linie, die aussah, als hätte sie jemand vor langer Zeit in den Stein geritzt. Auf den ersten Blick war sie kaum zu erkennen, nur wenn genug Sonnenlicht durch den Wasserfall drang, trat sie deutlich hervor.

»Wasser«, sagte Azad leise und streckte die Hand aus, um das fremdartige Schriftzeichen nachzumalen.

»Was ist das für eine Sprache?«, wollte Zina wissen.

»Unsere«, gab Azad abwesend zurück. »Die Schrift ist alt. Im Palast findet man sie noch an Wänden, in Wappen … solche Dinge. Diese Schriftzeichen wurden auch für die Karte verwendet.«

»Wasser«, wiederholte Zina und trat an Azads Seite. »Das heißt, wir sind nicht völlig falsch. Gut zu wissen.«

»Und jetzt?«

Zina antwortete nicht. Sie starrte das Schriftzeichen an, als müsste es ihr mehr verraten als die eine Bedeutung, die sie nicht einmal selbst lesen konnte. Das wellenförmige Zeichen begann vor ihren Augen zu verschwimmen, wie es das Höhlensymbol auf der Karte getan hatte, doch diesmal zeigte es ihr nicht auf magische Art und Weise, wie es weiterging. Es zeigte ihr gar nichts. Zina blinzelte ungeduldig und das Zeichen wurde wieder klar.

»Vielleicht solltest du es anfassen«, schlug Azad nach einer kurzen Pause vor.

Zina warf ihm einen skeptischen Blick zu. »Wieso?«

Er hob die Schultern. »Magie funktioniert leichter mit Körperkontakt, das ist bei vielen Dingen so. Ich musste Daniel anfassen, um ihn zu heilen, weißt du noch? Versuch es einfach.«

Zina seufzte und hob eine Hand. Beinahe hatte sie erwartet, etwas zu spüren – ein Kribbeln vielleicht, wie das Gefühl, das Azads Magie auf ihrer Haut ausgelöst hatte –, aber das geschah nicht. Der Fels unter ihrer Handfläche blieb kalt und rau und die erhoffte Erleuchtung blieb aus. Entmutigt zog Zina die Hand zurück und musterte das eingeritzte Zeichen. Die Aschereste, die sich hartnäckig auf ihren Fingern hielten, hatten matte Flecken auf dem Stein hinterlassen. »Hätte ja klappen können«, murmelte sie.

Azad rieb sich angestrengt die Schläfen, als könnte er die Lösung einfach an den Fingerspitzen aus seinem Kopf ziehen. »Du spürst gar nichts mehr?«

»Nein.« Zina zögerte. »Na ja …« Das Gefühl, das sie schon eine ganze Weile begleitete, war nicht verschwunden. Es war wie ein dumpfes Ziehen in ihrer Brust, ganz leicht – etwas, das sie vorwärtstrieb. Es schien ihr zu sagen, dass sie weitermusste, aber sie hatte keine Ahnung, wohin. »Ich denke schon, dass wir hier richtig sind. Ich weiß nur nicht, was jetzt.«

»Wasser«, wiederholte Azad langsam. »Himmel, Wasser, Licht.«

Zina hob noch einmal die Hand und wischte die Schmutzspuren ab, die sie auf dem Zeichen hinterlassen hatte. Im selben Moment stieß Azad einen gedämpften Schrei aus, der sie heftig zusammenzucken ließ. »Bei der Feuermutter …« Sie fuhr herum und starrte ihn an. Er hatte den Blick auf das Zeichen gerichtet, und in seinen Augen flackerte helle Aufregung.

»Ich weiß, was wir versuchen können!« Er deutete ungeduldig von Zina auf die Wand und wieder zurück. »Die anderen Zeichen. Sie fehlen, oder? Wir können sie ergänzen, vielleicht …«

Sie wusste sofort, dass er recht hatte. Ihr Herz begann zu hämmern, hastig wich sie zurück. »Mach du«, forderte sie ihn auf. »Ich kann diese Dinger nicht aufmalen.«

Azad schüttelte den Kopf. »Ich glaube, du musst es versuchen. Es ist dein Wahrer Weg.«

»Aber ich kenne die Schrift nicht …«

»Warte.« Er zog seinen Beutel auf und zerrte die Karte hervor, auf der sie das Höhlensymbol gefunden hatten. »Hier. Siehst du sie?« Er deutete auf die Stelle, an der blaue Tintenkringel zu einem winzigen Bild zusammengesetzt waren. Diesmal erschien Zina der Wasserfall nicht, dafür sah sie die einzelnen Schriftzeichen. Mit ein bisschen Konzentration erkannte sie das Symbol von der Höhlenwand, *Wasser*. Daneben hatte jemand etwas gezeichnet, das wie ein Kranz aus Spiralen aussah, und darunter ein Symbol wie eine Flamme. *Himmel. Licht.*

»Ja.«

»Denkst du, du kriegst das hin?«

Zina nickte. »Ich brauche nur …« Sie bückte sich und fuhr mit zwei Fingern durch den Uferschlamm, der noch an ihren Füßen klebte. Dank der Feuchtigkeit um sie herum war er nicht richtig getrocknet und hinterließ dunkle Fußspuren auf dem Boden der Höhle. Mit schmierigen Fingern richtete Zina sich wieder auf, sah sich die Karte noch einmal an und begann, das zweite Symbol, Linie für Linie, über das erste zu malen. Es war eine zähe Arbeit, denn der Schlamm hinterließ nur grobe Spuren, und sie musste mit Azads Hilfe immer wieder nachbessern. Bis sie endlich fertig war, hatte Zina vor Konzentration so fest auf ihre Lippe gebissen, dass sie Blut schmeckte. »Himmel«, sagte sie grimmig. »Das hätten wir. Und jetzt …«

»Licht«, sagte Azad. »Glaube ich zumindest. Es ist ein komisches Zeichen. Wie … eine *Art* von Licht.«

»Feuer vielleicht?«, fragte Zina trocken. Ein Anflug von schlechtem Gewissen huschte über sein Gesicht, und sie wusste, dass er an Daniel dachte.

»Könnte schon sein«, murmelte er. »Ich kenne nicht alle Zeichen. Nur die, die Rayan mir gezeigt hat.«

Das Auftragen des zweiten Symbols war genauso mühsam wie das des ersten, aber nach vielen Korrekturen und noch mehr Flüchen hatte Zina es schließlich geschafft. Erschöpft zog sie die letzte Linie, wischte sich die dreckigen Finger an der Hose ab und trat einen Schritt zurück.

»Wenn das jetzt wieder nicht funktioniert …« Ein Grollen ließ sie abrupt verstummen. »Was war das?«

»Keine Ahnung.« Azad trat dichter an ihre Seite, eine Hand am Griff des Säbels. Mit der anderen stopfte er die Karte zurück in seinen Beutel und Zina hob rasch ihren Speer. Das Grollen schwoll an, aber nur für einen Moment. Im nächsten herrschte schon wieder Stille, nur gestört vom Rauschen des Wasserfalls hinter ihnen.

Zumindest hatte Zina das gedacht. Als sie gerade irritiert den Mund öffnete, hörte sie noch etwas anderes: ein leises Plätschern, viel heller und näher als das donnernde Tosen des Wassers. Ungläubig trat sie wieder näher an die Felswand heran. Ein feines Rinnsal zog glitzernde Spuren über den Fels, rann über das Symbol und wusch nach und nach die Schlammlinien ab. Zina hob den Kopf und erwartete, eine Quelle zu sehen, aber das klare Wasser schien aus dem Felsen selbst zu sickern wie aus verborgenen Poren. Das Rinnsal wurde größer, bildete eine Pfütze zu ihren Füßen und benetzte ihre Zehen.

»Was …«

Zina starrte das Symbol an, das nun von einem anhaltenden Strom bedeckt war. Der Fels unter dem Wasser begann zu verschwimmen und diesmal brauchte sie Azads Aufforderung nicht. Wie von selbst hob sie die Hand und berührte das Wasser, in der Erwartung, direkt darunter auf Stein zu stoßen. Aber ihre Finger glitten einfach weiter, tauchten ein in kühle Nässe und Dunkelheit.

»Azad«, flüsterte Zina, »der Stein. Er ist weg.« Dort, wo das Symbol gewesen war, stürzte nun ein schmaler Wasserfall bis auf den Höhlenboden. Dahinter schien sich ein Spalt aufgetan zu haben, der eben noch massive Fels war wie weggespült. Zina war näher getreten, ohne es richtig zu merken, inzwischen war ihr ausgestreckter Arm schon hinter dem Wasser verschwunden. »Hier geht es weiter«, murmelte sie. »Da hat sich ein Durchgang geöffnet …«

Sie sah über die Schulter und begegnete Azads verblüfftem Blick. In seinen schwarzen Augen spiegelte sich das glitzernde Wasser. »Geh«, flüsterte er. »Ich bin direkt hinter dir.«

Zina richtete ihre Aufmerksamkeit wieder auf den Wasserschleier. Sie holte tief Luft, dann trat sie vor und kühle Nässe legte sich auf ihr Gesicht.

Durch den Felsen führte ein Gang. Es war ein sehr schmaler Gang, und nach wenigen Schritten wurde er so niedrig, dass Zina den Kopf einziehen musste. Die Luft war kühl und muffig und das kalte Wasser auf ihrer Haut mischte sich mit ihrem Schweiß. Dunkelheit hatte sich auf ihre Augen gelegt. Sie tastete sich in Schwärze vorwärts, stieß mit dem Kopf gegen Felsen, duckte sich tiefer. Zina hatte das dumpfe Gefühl, dass der Tunnel leicht abwärts führte, aber bei völliger Dunkelheit war es schwierig, die Orientierung zu behalten.

»Azad«, wisperte sie, als sie das Geräusch ihres keuchenden Atems nicht mehr ertrug, »bist du da?«

Für einen Moment herrschte Stille und ihr Herz setzte einen Schlag aus.

»Ja«, flüsterte es dann hinter ihr, »ich bin da. Brauchst du Licht?«

Zina war sich nicht sicher, ob sie sehen wollte, welche Krabbeltiere in diesem Tunnel lebten. Trotzdem antwortete sie gedämpft: »Wäre vielleicht besser. Ich weiß nicht, wie eng es noch wird …«

Etwas flackerte hinter ihr, dann tanzten grüne Lichter über ihre Schulter und blieben wie ein kleiner Glühwürmchenschwarm vor ihr in der Luft hängen. Der Schein war gerade so hell, dass Zina wieder die Hand vor Augen sehen konnte. Viel war da nicht: ein niedriger Tunnel aus dunklem Fels, Schmutz und Steinchen auf dem Stück Boden vor ihr. Es schien tatsächlich noch enger zu werden. Zinas Beine begannen vor Anstrengung zu brennen, und obwohl sie so geduckt wie möglich ging, streifte sie mit Kopf und Rücken immer wieder die Decke. Widerstrebend ließ sie sich auf Hände und Knie sinken und krabbelte auf allen vieren vorwärts, immer den grünen Lichtern hinterher. Die Wände schienen näher und näher zu kommen. Zina zwang sich mit aller Macht, ruhig zu atmen.

»Alles in Ordnung bei dir?«, flüsterte sie und wünschte, sie könnte Azads Gesicht sehen.

»Alles in Ordnung«, gab er mit gepresster Stimme zurück.

»Wenn es nicht mehr weitergeht, können wir einfach umkehren.« Sie wusste nicht, ob sie damit ihn beruhigen wollte oder sich selbst.

Stille. Dann: »J…ja.«

»Azad? Was ist?«

»Nichts.«

»*Azad* …«

Wieder herrschte Stille, und Zina versuchte, sich zu ihm umzudrehen. Mit leisem Entsetzen stellte sie fest, dass es dafür inzwischen zu eng war.

Schließlich ertönte erneut Azads zögernde Stimme: »Es ist nur … also, das Wasser. Es hat aufgehört zu fließen, glaube ich.«

Zina schluckte hart. Die grünen Lichter vor ihren Augen flackerten. »Was heißt das?«

»Ich … glaube nicht, dass wir umkehren können. Hinter mir ist nur … Stein. Der Tunneleingang hat sich wieder geschlossen.«

Zina stöhnte auf. »Gut. Dann … weiter.«

Der Steintunnel wurde enger. Sie hörte Azad hinter sich fluchen und nahm an, dass er auf dem Bauch kriechen musste, um überhaupt noch vorwärtszukommen. Zina hatte sich inzwischen beide Hände und Knie aufgeschlagen, auf ihrer Haut klebten Steinchen und Schlamm. Sie konnte den Kopf kaum noch hoch genug heben, um die Lichter vor sich zu sehen. Wie der Fels um sie herum, schien sich auch ihr Brustkorb immer weiter zusammenzuziehen. Das Haar fiel ihr in die Augen, ihr Atem ging schwer und der muffige Geruch wurde stärker.

»Zina«, keuchte Azad hinter ihr, »ich glaube nicht, dass ich … noch viel weiter komme …«

Auch Zina lag inzwischen auf dem Bauch. Sie konnte sich robbend bewegen, solange sie den Kopf nicht zu weit hob, doch Azad war viel kräftiger als sie, seine Schultern ein ganzes Stück breiter. Sie hielt inne, drückte die Stirn gegen den kalten Steinboden vor sich und versuchte krampfhaft, nicht in Panik zu geraten.

»Steckst du fest?«, stieß sie hervor.

»Noch … nicht …« Seine Stimme bebte vor Anstrengung.

Zina schloss die Augen. »Es kann nicht mehr weit sein«, rief sie zurück und legte so viel Zuversicht in ihre Stimme wie möglich. »Das hier ist der richtige Weg. Wir haben es bestimmt bald geschafft.«

Azad gab einen schwachen Laut der Zustimmung von sich, aber sie wusste, dass er nicht überzeugt war. »Gut. Weiter.«

Zina stemmte sich hoch und schob sich vorwärts. Der muffige Geruch war beißend geworden und noch etwas anderes lag jetzt in der Luft. Sie war sich nicht sicher, ob sie es sich vielleicht einbildete, aber irgendwann war es deutlich: Durch den lehmigen Geruch des Bodens drang der vertraute Duft nach Zimt.

»Riechst du das?«, zischte sie.

»Was?« Azads Stimme klang dumpf.

»Zimt …«

Sie kroch weiter. Stein schabte an ihrem Rücken, drückte auf ihre Schulterblätter. Als sie vor sich nach dem Weg tastete, glitten ihre Finger vom Felsen ab. In ihren Ohren raste das Blut, als sie weitersuchte und auf eine Spalte stieß. »Azad«, flüsterte sie, »hier wird es enger.«

»*Enger?*«, japste er.

»Da ist … ein Spalt …« Sie wollte weiter, aber es ging nicht. Ihre Schultern saßen fest, der Stein drückte sich von allen Seiten um ihren Oberkörper. Zina atmete flach, für tiefe Atemzüge war kein Platz mehr. »Azad«, wiederholte sie schwach, »ich stecke fest.«

Kurz herrschte Stille. Dann spürte sie, wie seine Hände ihre Knöchel umschlossen. »Ich kann versuchen, dich zu schieben. Denkst du, das hilft?«

Zina schob den Speer und den Wachsbeutel so weit vor sich wie möglich. Sie stieß nirgends an. »Mit dem Speer komme ich weiter.«

»Gut, dann versuchen wir es. Bereit?«

Sie atmete tief aus und streckte sich so weit wie möglich. »J…ja.«

Azad schob. Ihr Rücken schabte schmerzhaft über den Felsen und sie japste auf. Ihre Finger krallten sich suchend in den Boden, glitten ab. Schmerz zuckte durch ihre Wirbelsäule, ihre linke Schulter verkantete sich, und für einen Moment fühlte es sich an, als würde sie zerreißen. Dann gab es einen Ruck, ihre Schulter rutschte vorwärts und sie stieß mit dem Gesicht gegen ihren Beutel. Als sie diesmal die Hände ausstreckte, war da nur noch kühle Luft.

»Ich bin durch«, würgte sie hervor, zog ihre Beine aus dem Spalt und hob den Kopf. Sie hatte irgendeine Art von Raum erreicht, eine weitere Höhle vielleicht, genau konnte sie es wegen der Dunkelheit nicht sagen. Azads Magie tanzte vor der Spalte im Fels und Zina warf sich erneut flach auf den Bauch, diesmal, um einen Blick zurück zu werfen. »Azad? Hörst du mich?«

»Ja«, ertönte seine erstickte Stimme.

»Hier ist der Ausgang! Du hast es gleich geschafft!«

»Ich komme … nicht weiter.«

Zina streckte beide Arme in die Spalte. »Kannst du meine Hände sehen?«

»N…nein.«

Sie schluckte. Hastig griff sie nach dem Speer und schob ihn mit dem stumpfen Ende voran in den Tunnel. »Achtung, da …«

»Au!«

Zina atmete auf. »Das ist mein Speer. Kannst du dich festhalten?«

Sie spürte, wie er nach dem freien Ende griff. »Ja. Aber es ist wirklich verdammt eng hier, Zina …«

»Es ist nicht weit. Schieb mit den Beinen, ich ziehe. Bereit?«

»Ja.«

Zina stemmte beide Beine gegen die Felswand und zog. Etwas Schweres folgte ihrem Zug, es ruckte und Azad stöhnte auf. »Zina, das …«

»Nicht mehr weit! Nur noch ein bisschen!«

Sie zog noch einmal. Ein Ruck ging durch ihre Arme, dann verschwand der Widerstand und sie kippte nach hinten. Der Speer fiel klappernd zu Boden, von Azad keine Spur. »Alles in Ordnung?«, stieß sie hervor.

»Ich … lebe noch.« Seine Stimme klang schmerzerfüllt, aber näher. »Ich habe … den Speer verloren. Kannst du …«

Zina legte sich noch einmal auf den Bauch, und als sie diesmal die Arme ausstreckte, berührte sie Haut. Vertraute Hände griffen nach ihren, schlossen sich fest um ihre Handgelenke. »Noch einmal!«

Quälend langsam schob sich Azad aus dem Felsspalt hervor. Seine Unterarme tauchten auf, wie ihre schmutzverschmiert und blutig. Wieder ging ein Ruck durch seinen Körper, ein Schmerzenslaut ertönte und Azad rutschte endlich von Lehm und Steinchen begleitet ins Freie. Nach Luft schnappend rollte er sich auf den Rücken und zog mit verzerrtem Gesicht seine Beine aus dem Tunnel. »Da … bin ich.« Er tastete seinen Oberkörper ab und zischte leise. »Ich glaube, da hat eine Rippe was abgekriegt.«

Zina beugte sich vor. Sein Hemd war völlig zerfetzt und eine hässliche Schürfwunde zog sich über seine linke Seite. »Kannst du … aufstehen, oder …«

Er nickte. »Schon in Ordnung. Glaube ich.« Noch einmal tastete er nach der Rippe, schnitt eine Grimasse und rappelte sich auf. »Gut. Das wäre geschafft. Bist du verletzt?«

Zina schüttelte den Kopf, stand auf und sah sich um. Azad bewegte die Finger und die grünen Funken stiegen hoch, flackerten und leuchteten heller. Der Tunnel hatte sie nicht in eine weitere Höhle geführt, wie Zina zuerst gedacht hatte. Stattdessen schimmerte Tageslicht über ihnen, fast gänzlich verschluckt von steilen Felswänden zu ihren Seiten. Sie befanden sich in einer Art Schlucht, deren Wände von Moos und Farnbüschen bewachsen waren. Als Zina einen Schritt vorwärts machte, trat sie in Wasser. Ein kleiner Bach schien irgendwo in der Schlucht zu entspringen und führte fast bis an den Spalt in der Felswand, vor dem er in kaum mehr als einer großen Pfütze mündete. Zina hob ihren Wachsbeutel auf und nahm den Speer in die Hand.

»Weiter?«, fragte sie.

Azad nickte.

Zina watete ihm voran durch den Bach. Das Wasser war angenehm kühl und weich und sie blieb kurz stehen und spülte sich den gröbsten Schmutz von der Haut. Sie schob einen Farn zur Seite, der von der schrägen Felswand in ihren Weg hing, umrundete einige steile Felsen und blieb stehen, geblendet von Tageslicht. Für einen Moment dachte sie, die Schlucht hätte sich weiter zum Himmel geöffnet, aber dann wurde ihr klar, dass sie falschlag. Der Stein über ihnen schluckte immer noch die meisten Sonnenstrahlen. Das Licht, das sie sah, kam aber von unten.

Vor Zina lag die Quelle, aus der der Bach entsprang. Und noch etwas lag da, reglos und gewaltig wie ein Gebilde aus grau-weißem Gestein. Als sie näher trat, hob es den Kopf und musterte sie aus blassgoldenen Augen.

»Silberwasser.«

Die Flussfresserin sah sie an und rührte sich nicht.

»Ähm … Zina …« Azad war neben sie getreten. Sein Blick war auf das Loch im Boden gerichtet, das Zina vage als

Ursprung des Baches wahrgenommen hatte. »Sieh dir das an.«

Was sie für eine Springquelle gehalten hatte, war ein weiterer Wasserfall. Zumindest sah es aus wie einer – klares Wasser, weißer Schaum und Sprühnebel, der ihr ins Gesicht wehte. Aber er fiel in die falsche Richtung. Statt von oben floss er von unten in die Schlucht, durch etwas, das aussah wie ein bodenloser Brunnenschacht. Er strömte aufwärts und über die Kante des Loches, wo er sich in den schmalen Bach ergoss. Einige Tropfen stiegen sogar noch weiter, schwebten durch die Schlucht wie aufsteigender Regen, der über ihnen im Himmel verschwand. Wie betäubt streckte Zina die Hand aus und berührte einen der fliegenden Tropfen. Doch auf ihrer Haut schienen die Naturgesetze wieder für ihn zu gelten, er zersprang auf ihren Fingern und floss wie gewöhnliches Wasser nach unten.

»Ist das ... eine Art Springbrunnen, oder ...«

»Nein«, murmelte Azad. »Nein, es ist ein Wasserfall. Schau.«

Zina beugte sich tiefer über den Rand des Lochs, und da sah sie es. Weit, weit unter sich konnte sie den Ursprung des verdrehten Wasserfalls erahnen. Und da, wie der Wasserspiegel in der Tiefe eines Brunnens, tat sich unter ihnen ein zweiter Himmel auf.

Angekommen

Azad traute seinen Augen nicht. Er hob den Kopf und sah das schmale Stück Himmel über ihnen, wo sich die Schlucht öffnete. Er senkte ihn und starrte auf den runden Himmel tief unten am Boden der Quelle.

»Das ist es«, sagte Zina leise. »Das ist die Pforte zur Dracheninsel.«

»Wir müssen … da runter?« Azad riss seinen Blick von dem Himmelsloch los und drehte sich nach Zina um. Sie war neben Silberwasser in die Knie gegangen und legte eine schmutzige Hand auf ihre mit einem Schuppenmuster geschmückte Stirn.

»Ich denke schon«, murmelte Zina, ohne aufzusehen. Ihre Fingerspitzen glitten über Silberwassers Kopf, als könnte sie die Reihen scharfer Zähne überhaupt nicht sehen. »Sie hat mich gerufen. Und sie hat Schmerzen.«

Der Zimtgeruch war stärker geworden. Azad trat näher und sah, dass ihr rechtes Hinterbein völlig blutverschmiert war. Die Erinnerung an den riesigen Flussfresser, der ihr diese Wunde gerissen hatte, jagte einen Schauer über Azads Rücken. »Tja«, sagte er zaghaft, »das ist …«

»Wir müssen sie heilen.«

Das hatte er befürchtet. Seufzend ging Azad neben dem

Tier auf die Knie, darauf bedacht, seinem Kopf nicht zu nahe zu kommen. Silberwasser rührte sich nicht, doch Azad hatte inzwischen oft genug gesehen, wie schnell ihre Artgenossen werden konnten. »Ich habe keine Ahnung von Flussfressern ...«

»Es ist eine gewöhnliche Wunde, Azad. Du musst sie nur schließen.«

Azad warf Zina einen säuerlichen Blick zu. »Wie du dich vielleicht erinnerst, ist das nicht gerade meine Spezialität. Bisswunden sind schwierig und die hier ist nicht mehr ganz frisch ...«

»Du musst es versuchen.« Zina hob den Kopf. »Bitte. Ich kann dir helfen.« Sie setzte sich neben ihn und nahm die blutige Kralle behutsam in den Schoß. Die Schwanzspitze hinter ihnen zuckte leicht, aber Silberwasser ließ es geschehen. Sorgsam wischte Zina das angetrocknete Blut ab, schöpfte klares Wasser aus dem Bach über das Bein und legte eine hässliche Bisswunde frei, aus der ölig schimmernde Flüssigkeit sickerte. Azad holte tief Luft. »Du willst helfen? Dann hier.« Er reichte ihr seinen Säbel. »Die Ränder der Wunde sehen furchtbar aus. Die bekomme ich so nicht zusammen.«

Zinas Lippen wurden weiß, aber sie nahm den Säbel und trennte mit zusammengebissenen Zähnen die zerrissenen Wundränder ab. Ein dumpfes Ächzen ließ Silberwassers ansonsten reglosen Körper vibrieren, aber sie zog ihr Bein nicht weg. »Und jetzt?«, stieß sie hervor und ließ den blutverschmierten Säbel fallen.

Azad schluckte. »Ich versuche es.«

Es begann leichter zu werden. Diesmal hatte er keine Schwierigkeiten, seine Magie zum Fließen zu bringen. Funken wirbelten über Silberwassers Bein, drangen in die Wunde ein und brachten sie zum Glühen. Zina hielt die Ränder zusammen, und als seine Magie ins Stocken geriet und Azad die

Hände zurückzog, blutete nichts mehr, der Riss hatte sich geschlossen.

»Ich glaube, das reicht«, sagte Zina und musterte sein Werk prüfend. »Denkst du, das wird heilen?«

»Wenn es sauber bleibt, hoffentlich.« Azad zögerte, dann zog er das Spinnenseil aus seinem Beutel und zupfte einige Fäden heraus, mit denen er die frisch verheilten Stellen abdeckte. »Das sollte helfen.«

Er rappelte sich auf, wusch seine Hände im sprudelnden Bach und beobachtete, wie Zina zurück an Silberwassers Schnauze kroch. Die Flussfresserin hob den Kopf und stieß ein melodisches Brummen aus, das deutlich weniger gequält klang als ihr Ächzen vorhin.

»Das sah fast schon professionell aus«, informierte Zina ihn mit einem amüsierten Funkeln im Blick. »Du hättest mir ruhig sagen können, dass du dir bei Daniel keine Mühe geben wolltest.«

Azad grinste. »Ja, war was Persönliches. Andererseits bekomme ich langsam das Gefühl, dieses Tier könnte die größere Konkurrenz sein.« Silberwasser richtete ihre blassgoldenen Augen auf ihn und er wich einen Schritt zurück. »Was …«

Zina war aufgestanden und trat stirnrunzelnd an seine Seite. Das Flussfresserweibchen hatte sich in Bewegung gesetzt. Es kroch vorwärts, der schwere Körper schleifte über das Kiesbett des Baches. Erneut ertönte ein Brummen, lauter und tiefer als das erste. Azads Fingerspitzen begannen wieder zu prickeln. Ungläubig senkte er den Blick und sah zu, wie sich eine Kugel aus drachengrünem Licht von seinen Händen löste, obwohl er nichts dergleichen beabsichtigt hatte. Die Kugel schwebte vor ihm wie die aufsteigenden Wassertropfen über dem Bodenloch und warf leuchtende Lichtflecken auf ihre Umgebung.

»Licht«, flüsterte Zina neben ihm und Azad nickte.

Himmel, Wasser, Licht.

Die Magiekugel tanzte noch für einen Moment auf und ab, dann schoss sie in einem Funkenschweif vorwärts und verschwand in der Tiefe des aufsteigenden Wasserfalls.

»Hm«, machte Azad.

Silberwasser summte leise, dann glitt sie herum und schob sich auf das Loch zu. Noch bevor er begriff, was sie vorhatte, hatte sie die Stelle erreicht, an der der Bach entsprang. Mit einem Satz warf sie sich über die Kante und folgte dem Licht hinunter in das Himmelsloch.

Azad und Zina stürzten vor und starrten über die Kante. Wasser sprühte ihnen ins Gesicht, das Rauschen des verdrehten Wasserfalls füllte ihre Ohren. Grüne Funken tanzten in der Tiefe des Schachts und vom Boden des Lochs strahlte nach wie vor Tageslicht.

Silberwasser war verschwunden.

»Die Pforte ist offen«, stellte Azad fest.

»Hast ... *du* sie geöffnet?«, fragte Zina verblüfft.

»Nicht absichtlich. Ich glaube, eigentlich war es Silberwasser. Wenn sie wirklich eine der Wächterinnen ist ...« Azad spähte in die Tiefe des Himmelslochs hinab. Es war unmöglich zu sagen, wie weit es nach unten ging – oder nach oben? Allein die Vorstellung machte ihn schwindelig und der gähnende Fleck Himmelblau half nicht. »Ich fürchte, dann ist das hier der offizielle Weg.«

»Wir müssen springen.« Zina schluckte und rückte ein wenig näher an ihn heran. »Nichts leichter als das.«

Ihre Blicke begegneten sich. Feine Tropfen schwebten zwischen ihren Gesichtern, verfingen sich in Zinas Haar und ließen ihre schwarzen Strähnen glitzern.

»Sollen wir?«, fragte Azad heiser.

Zina griff nach seiner Hand. In der anderen hielt sie den Speer, den Daniel ihr geschnitzt hatte. Mit großen Augen sah sie noch einmal hinunter in das Himmelsloch, in das tosende Wasser, das vor ihnen in die Höhe fiel. Ein Ausdruck wilder Entschlossenheit trat in ihr Gesicht, den Azad inzwischen gut kannte. »Ja. Springen wir.«

Ihr Griff um seine Hand wurde fester. Azad vergewisserte sich, dass sein Säbel sicher an seinem Gürtel steckte, und zog den Riemen seines Beutels enger. Dann sah er wieder auf Zina, weil das leichter war, als in den Himmel zu starren. »Bei drei?«, fragte er.

»Jetzt«, sagte Zina und sprang.

Wasser schlug ihm entgegen und machte ihn schon vom ersten Moment an blind. Er trudelte hilflos durch kalte Leere, konnte nichts sehen, bekam keine Luft. Lichter zuckten auf, grüne Magie, die er kannte, doch über seinen Sturz hatte Azad keinerlei Kontrolle. Das Einzige, woran er sich festhalten konnte, war Zinas warme Hand. Er hörte ihren Schrei durch das Rauschen des Wassers, sein Magen schlug Purzelbäume und etwas knallte hart gegen seine Schläfe. Es konnte ihr Speer gewesen sein, er wusste es nicht. Es war hell und dunkel zugleich, da waren Himmel und Wasser und grüne Magie. Azad fiel oder schwamm oder flog, zumindest kam er nicht an. Mehr Wasser schlug ihm entgegen, legte sich auf seine Lider, seinen Mund. Seine Lungen brannten und er schnappte nach Luft, schluckte Wasser und begann zu würgen. Zinas Finger rissen an seinen, aber er ließ nicht los. Grüne Lichtblitze durchzogen die Dunkelheit und dann tauchte er auf.

Unter ihm war Wasser, oben war Luft.

»Zi...na ...« Er hustete und spuckte Süßwasser aus. Halb blind begann er zu schwimmen, stieß mit den Knien gegen Fels und hielt an. Heftig blinzelnd wischte er sich über die Augen, rang nach Atem und sah sich um. Sie waren aus einer Quelle aufgetaucht, die beinahe aussah wie das Himmelsloch.

Doch hinter ihnen plätscherte ein völlig gewöhnlicher kleiner Wasserfall und durch sein kristallklares Wasser sah er hinunter bis auf den steinigen Grund. Auf der spiegelnden Oberfläche des Wasserlochs konnte er einen wolkenlosen Himmel erahnen. »Wir … sind da.«

Azad stemmte sich aus der Quelle und zog Zina hinterher. Tropfend blieben sie stehen, um sich umzusehen. Die Schlucht, in der sie sich befanden, hätte immer noch dieselbe sein können, wenn sie sich nicht in eine Richtung geöffnet hätte. Dort, wo sie sich eben noch durch einen Tunnel im Fels hatten zwängen müssen, tat sich nun eine Lücke zwischen den Felswänden auf, die von blühenden Pflanzen überwuchert war. Etwas sirrte vor ihnen durch die Luft, und als es auf einer purpurfarbenen Blüte landete, erkannte Azad die winzige Gestalt eines schmetterlingsgroßen Drachen.

»Ja.« Zina streckte eine Hand aus, doch das Tier floh flatternd vor ihrer Berührung. »Da sind wir.« Sie warf ihm einen raschen Schulterblick zu, dann schob sie die blühenden Ranken zur Seite und trat ihm voran aus der Schlucht.

Die Dracheninsel war, was er seit dem Anblick der Riesenhöhle geahnt hatte, und so viel mehr. Unter ihnen erstreckte sich ein bewaldetes Tal, aus dem sich zerklüftete Berge erhoben. Uralte Bäume reckten sich wie knorrige Riesen in den Himmel, streckten ihre ausladenden Äste, als wollten sie den Göttern der Lüfte ein letztes Mal huldigen. Eine glutrote Sonne brannte unbarmherzig auf sie herab, obwohl Azad in der Ferne erste Wolken erahnen konnte. Die Schatten, die über Felsspitzen und Baumkronen glitten, hatten einen anderen Ursprung. Weit über ihnen zogen Drachen ihre Kreise. Dunkle Majestäten mit leuchtenden Flügeln, juwelengrün und purpurrot und mitternachtshimmelblau. Sie waren größer als Silberwasser, größer als die Kaiserdrachen, größer als alle Lebewesen, die Azad bisher gesehen hatte. Ihr Brüllen ließ die Insel erzittern, und als Azad Luft holte, schmeckte sein Atem nach Feuer und Zimt.

Neben ihm bewegte sich Zina, und als er zur Seite sah, hatte sie sich auf die Knie sinken lassen. Mit aufgerissenen Augen starrte sie himmelwärts, beide Hände auf halbem Weg zum Mund, der lautlos Worte formte. Azad wusste, dass sie nicht an die unsterblichen Seelen der Drachen glaubte, aber wenn er sich nicht täuschte, betete sie gerade zu ihnen. Er selbst blieb stehen, weil er nicht wusste, wohin. Also tat er nichts, als die mächtigen Wesen anzustarren, die über den Himmel glitten und sich nicht darum scherten, ob er existierte oder nicht. Jeder von ihnen hätte sich zum König der Drachen erklären können, und Azad wäre nicht auf die Idee gekommen, zu widersprechen. Nie zuvor hatte er Geschöpfe gesehen, die eine Krone mehr verdienten als diese.

Zina stand auf, wankte. Azad legte die Arme um sie und sah hinunter in ihr erschüttertes Gesicht. »Wir sollen … gegen sie kämpfen?« Ihre Stimme war ein heiseres Flüstern.

Azad küsste ihre vom Quellwasser benetzten Lippen. Er konnte spüren, wie sie zitterte. »Wenn wir ihr Blut wollen, müssen wir das tun. Zumindest gegen einen von ihnen.«

»Ihren König«, wisperte Zina. »Navid hat das getan … und überlebt?«

»Gerade so«, erwiderte Azad leise.

Zina schloss die Augen, als der Schatten eines Drachen über ihr Gesicht glitt. »Wir werden hier sterben. Verdammt noch mal.«

»Tja. Lieber hier als da unten im Fels, oder nicht?«

Sie blinzelte und sah zu ihm auf. »Ja«, stimmte sie zu. »Lieber hier.«

Wieder wanderte ein Schatten über sie hinweg und Azad sah sich um. »Was denkst du, wo der Drachenkönig lebt?«, fragte er. »Denkst du, es ist einer von denen?«

Zina musterte die kreisenden Riesen über ihnen mit zusammengekniffenen Augen. »Nein«, sagte sie schließlich. »Ich glaube, wenn wir den Drachenkönig sehen, dann wissen wir es.«

Azad warf einen Blick in die Ferne, wo die aufziehenden Wolken dichter wurden. Er hätte gerne gewusst, wie groß die Dracheninsel war. In jede Richtung sah er nur Urwald und Berge, aber irgendwo musste das Meer liegen. Zina schien sich ähnliche Gedanken zu machen. »Wenn wir nur wüssten, in welche Richtung wir müssen …«

Azad drehte sich nach der Schlucht um, aus der sie gekommen waren. Links und rechts davon erhob sich steil ansteigender Wald. Sie schienen auf halber Höhe eines der Berge zu stehen. »Wir könnten hochsteigen«, schlug er vor. »Vielleicht sehen wir dann mehr.«

Zina seufzte, dann nickte sie. Gemeinsam machten sie sich an den Aufstieg, der nicht weniger anstrengend war, als er ausgesehen hatte. Die Sonne brannte unerträglich heiß auf ihre Köpfe hinunter, und so war Azad froh, als sie endlich zwischen ausladenden Baumkronen Schutz fanden. Hier im Urwald war die Luft so schwülwarm wie in der Höhle. Einige der farbenfrohen Blumen und Sträucher kamen ihm bekannt vor, aber die meisten wirkten anders. Älter vielleicht. Sie schienen sich in einer vollkommen fremden Welt zu befinden, die in der Riesenhöhle nur einzelne Spuren hinterlassen hatte. Auch hier wimmelte es im Geäst von winzigen Drachen, die das Weite suchten, sobald sie sich näherten. Hin und wieder ertönte ein Kreischen über ihren Köpfen, das Azad jedes Mal heftig zusammenzucken ließ. Zwar kannte er die Laute der Drachen im Kaiserpalast, aber die waren alle gezähmt. Wenn einer der großen, wilden Drachen beschloss, sich auf sie zu stürzen, rechnete er weder sich noch Zina Chancen aus. Azad hätte nicht gedacht, dass er das einmal so sehen würde, aber tatsächlich wünschte er, Silberwasser wäre geblieben, um sie zu führen.

»Zina«, murmelte er und duckte sich unter einem umgestürzten Baumstamm hindurch, an dem einer der glitzernden Kokons hing, »spürst du eigentlich noch etwas?«

»Den Weg, meinst du?«

Er nickte.

»Nein.« Zina schloss zu ihm auf und strich sich feuchte Haarsträhnen aus dem erhitzten Gesicht. »Es war … als wir vorhin aus der Schlucht getreten sind, bin ich …«

»Angekommen«, sagte Azad leise.

»Ja.«

Sie musterte ihn aus ihren großen, schwarzen Augen. »So was habe ich noch nie in meinem Leben gespürt.«

Azad antwortete nicht sofort. Er musterte sie, wie sie sich ihren Weg durch den Urwald erkämpfte, mit wirren Haaren und dreckverschmiert. Der schwere Aufstieg hatte seinen Puls in die Höhe getrieben, und als er ihrem Blick erneut begegnete, spürte er sein Herz hart im Brustkorb hämmern. »Ich schon«, sagte er schließlich.

Sie legte den Kopf schief. »Im Palast?«

»Nein«, sagte Azad und lächelte.

Zinas erhitzte Wangen wurden dunkler. »Du bist ein Spinner«, beschied sie ihm mit diesem Funkeln, das man so oft in ihren Augen sah und manchmal in ihrer Stimme hörte.

Azad zuckte die Schultern. »Vielleicht. Oder vielleicht bin ich auch mutig.«

»Vielleicht beides«, sagte Zina und griff nach seiner Hand, um ihn vorwärtszuziehen. »Vielleicht hast du auch nur ein bisschen zu viel Fantasie.«

Ihre Finger lagen warm in seiner Hand und fühlten sich genau so an, wie sie sollten. »Glaubst du?«, fragte Azad, während er an ihrer Seite durch den Urwald lief. »Wirklich?«

Zina blieb erneut stehen und sah ihn an. Ihr Haar lag schwer auf ihren Schultern und sie drehte es unsanft zu einem Knoten, der nicht lange hielt. »Ich glaube, du hast Fantasie«, gab sie langsam zurück. »Und das ist gut. Weißt du nicht mehr, was Daniel gesagt hat?«

»Der Anfang der Veränderung.«

»Ja.« Sie lächelte. »Und ich glaube, du bist mutig. Und …« Sie zögerte und der Ausdruck in ihren schrägen Augen veränderte sich. Plötzlich wirkte sie jünger, irgendwie weich. »Und vielleicht hast du recht mit dem Ankommen. Oder …« Sie blinzelte. »Als ich dem Wahren Weg gefolgt bin«, sagte sie langsam, »da habe ich etwas gespürt. Dass ich … weiter wollte … und dass ich richtig war.« Sie hob die Schultern. »So ist es. Mit dir.«

Zina legte einen Arm um seine Schultern und küsste ihn, wie sie ihn vorher nicht geküsst hatte. Die Berührung ihrer Lippen war behutsam und zart. Sie löste sich vorsichtig von ihm und legte ihre Stirn an seine, ganz kurz. »So«, flüsterte sie. »So ist das mit dir.«

Dann trat sie zurück und zog ihn weiter zwischen die Bäume. Irgendwann hatte es zu regnen begonnen. Am Anfang spürte Azad es kaum, weil er sowieso völlig durchnässt war, aber dann prasselten die ersten schweren Tropfen auf sie herunter, spülten den Schweiß ab und durchweichten den Boden. Zinas Hand in seiner wurde glitschig und nasse Erde quoll zwischen seine Zehen, sobald er einen Schritt neben die üppigen Moospolster machte. Azad hätte nicht gedacht, dass das Wetter so schnell umschlagen würde, doch es dauerte nicht lange, da flossen ihnen Sturzbäche zwischen den Baumstämmen entgegen.

»Wir sollten uns einen Unterschlupf suchen«, rief Zina über das Prasseln des Regens hinweg. »Vielleicht hört es ja bald wieder auf!«

Unter einem entwurzelten Baumstamm fanden sie Deckung. Das dichte Wurzelgeflecht stand wie ein schräges
Dach in die Höhe, war mit Farnen und Schlingpflanzen be-
wachsen und hielt den Regen ab. Zina schlüpfte darunter und
Azad folgte ihr, seinen tropfenden Beutel fest an sich gepresst.
Es hatte keinen Zweck, die nassen Sachen auszuziehen, denn
es gab keine Chance, richtig zu trocknen. Trotzdem taten sie
es und drängten sich aneinander, zogen das Gefühl ihrer Haut
dem der durchweichten Hemden vor. Sie teilten sich klebrige
Früchte, die Zina nie zuvor gesehen hatte, und tranken dazu
Regenwasser aus der hohlen Hand. Spielerisch leckte Zina
Fruchtsaft von Azads Fingern und beugte sich vor. Wieder
küsste sie ihn, nicht mehr ganz so zart wie vorhin.

»So«, flüsterte sie und ihr Atem roch nach Datteln und
Zimt. »So ist das mit dir auch.«

Der Verlorene

Das Feuer hat seine Hände erreicht.
 Er sieht sie brennen, da ist Schmerz.
 Weit weg, der Schmerz. Weit weg.
 Dafür der Himmel, so nah. Über ihm alles, unter ihm nichts.
 Er wusste immer, dass er wieder fliegen wird. Auf einmal ist es so leicht.
 Er muss nur springen und vergessen, dass er aufschlagen wird.
 Er springt und die Flügel tragen ihn höher.

Zina konnte nicht sagen, wann genau sie eingeschlafen war. Das Prasseln des Regens war von Blitz und Donner begleitet worden, aber irgendwann hatte der Lärm wohl nachgelassen und ihre Erschöpfung gesiegt. Als sie wieder wach wurde, glitzerte ihre Umgebung vor Nässe im frischen Sonnenlicht und Nebelfetzen verflüchtigten sich zwischen den Bäumen. Sie rappelte sich auf und sah sich nach Azad um: Er lag mit einer Hand auf ihrer Hüfte da und schlief. Seine Brust hob und senkte sich langsam, dabei sah er so entspannt aus wie nach ihrer Flucht aus dem Tempelgarten. Es schien eine seiner Begabungen zu sein, im größten Chaos noch friedlich zu wirken.

Sie streckte eine Hand aus und berührte seine Wange. Er

hatte sich seit ihrem Aufbruch nicht mehr rasiert. Zina hätte gerne gewusst, ob er sich selbst noch erkennen würde. »Azad«, sagte sie leise. »Hey.«

Er schlug blinzelnd die Augen auf. »Wo … oh.«

»Genau.«

»Wir sind eingeschlafen, *beide*? Wie kommt es, dass wir nicht gefressen wurden?«

»Anfängerglück. Komm. Wir sollten es auf diesen Berg schaffen, bevor es wieder Regen gibt.«

Sie brachen rasch auf und aßen gepökeltes Drachenfleisch im Gehen. Azad sah sich immer wieder schuldbewusst um, als erwartete er, jeden Moment von einem wütenden Drachen zur Rede gestellt zu werden. Die Sonne wurde schnell kräftiger und die letzten Nebelschwaden lösten sich auf. Zina hatte fast vergessen, wie es sich anfühlte, trocken zu sein. Der Regen hatte Blut und Schmutz von Haut und Kleidern gespült und das Gefühl des sonnenwarmen Stoffs auf ihrer sauberen Schulter kam ihr wie purer Luxus vor. Es war ihr gelungen, ihr feuchtes Haar zu einem zotteligen Zopf zu flechten und sie fühlte sich wie neugeboren. Aber es dauerte nicht lange und es wurde heiß. Der Aufstieg in sengender Hitze trieb ihr den Schweiß auf die Stirn. Ihre Hand, die den Speer hielt, wurde rutschig, fast sehnte Zina sich in die muffige Kühle der Tunnelarme zurück. Die Sonne stieg immer höher, ihre Strahlen drangen unbarmherzig durch jede Lücke in den Baumkronen. Als es schließlich nicht mehr höher ging, klebte Zinas Hemd schon wieder nass geschwitzt an ihrem Körper.

»Das wurde auch Zeit.« Erschöpft wischte sie sich über die Stirn und sprang über die letzten Felsen, die sie vom Gipfel trennten. Auch hier oben wuchsen noch Bäume, die zumindest spärliche Schatten warfen. Zina trat zwischen zwei Stämme und endlich tat sich vor ihr wieder das Tal auf. Die Berge, die überall in die Höhe ragten, warfen scharfe Schatten auf die Szenerie, dazwischen glitten die Schemen dahin, die sie bis in ihre Träume verfolgt hatten. Die Drachen zogen ihre Kreise um die Bergspitzen und weiter in die Höhe, schraubten sich der Sonne entgegen und tauchten dann ab in den Wald. Wieder stieg diese Ahnung von Hoffnungslosigkeit in Zina auf, die die Schönheit des Anblicks schon bei ihrer Ankunft gestört hatte. Wie sollte sie mit ihren winzigen Gliedmaßen und der papierdünnen Haut gegen solche Geschöpfe ankommen, die Flügel wie Schiffssegel hatten und Schuppen wie Diamantrüstungen? Etwas bewegte sich vor ihr und sie stolperte rückwärts. Ein Drache schoss in die Höhe, so nah, dass sie den Windstoß spürte. Er war dunkel, wie all die Himmelsriesen, die über der Insel kreisten, aber im einfallenden Sonnenschein leuchteten seine Schuppen blau. Ein goldener Schimmer lag auf seinen Krallen, und als er seine Flügel spannte, brach sich Licht in der durchscheinenden Membran und blendete Zina mit fantastischen Farbspielen. Falls der Drache ihre Anwesenheit bemerkte, war sie ihm völlig egal. Er schraubte sich höher, flog eine enge Kurve und glitt tief über den Baumwipfeln davon, wobei er einen kreischenden Schwarm kleiner Drachen aufschreckte. Die hektisch flatternden Tiere schienen ihn ebenso wenig zu kümmern wie Zinas erstarrte Gestalt zwischen den Bäumen. Der Drache reckte den Kopf und schoss in den Himmel davon, im letzten Moment aber erhaschte Zina einen Blick auf die Stelle zwischen seinen Flügeln. Sie schnappte nach Luft.

»Hast du das gesehen?«, stieß sie hervor und fuhr herum. Azad war neben sie getreten, die Augen gegen die Helligkeit zusammengekniffen.

»Ja, Zina«, antwortete er trocken. »Der war schwer zu übersehen.«

»Nicht der *Drache*. Der Reiter! Da saß jemand auf seinem Rücken.«

Azad starrte sie an. »Du musst dich getäuscht haben. Die Drachen hier sind wild, sie haben keine Reiter.«

»Ich habe mich nicht getäuscht. Da saß jemand, ein Mann. Ich habe ihn gesehen.«

Azads dunkle Augen wanderten prüfend über ihr Gesicht. Halb erwartete sie, dass er ihr erneut widersprechen würde, stattdessen sagte er langsam: »Weißt du noch, was Mayra geantwortet hast, als du sie nach Reitern gefragt hast? *Nicht hier. Nicht wir.*«

Zina nickte. »Denkst du, sie meinte …«

»Die Verlorenen. Das müssen sie sein …«

Sie blinzelte. »Was?«

Azads Miene hatte sich verändert. Er starrte auf das Tal hinaus, als würde er es gar nicht mehr richtig sehen. »Thamara«, murmelte er, »sie hat mir von ihnen erzählt. Ich hatte keine Ahnung … ich dachte, es wäre nur eine ihrer Geschichten.«

»Wer sind die Verlorenen?«

»Prinzen«, gab Azad zurück. »Zumindest … waren sie das mal. Aber sie landen nicht mehr.« Er klang erschüttert.

»Azad, ich verstehe kein Wort.«

Er seufzte und richtete seinen Blick auf Zinas Gesicht. »Wenn Prinzen einen Drachen zähmen, suchen sie einen Ort, der sie ruft. Zumindest ist es das, was mein Vater getan hat. Er hat nicht viel über die Insel erzählt, gar nichts über den Weg. Aber irgendwie ist er angekommen und dann hat er sich auf einen Felsen gesetzt und gewartet. Irgendwann ist ein Drache gekommen – vielleicht hat er gegen ihn gekämpft, ich weiß es nicht. Der richtige Kampf kommt später. Wenn du es auf den Rücken eines wilden Drachen geschafft hast, steigt er mit dir in die Luft. Und dann … veränderst du dich. Es muss sein wie ein Rausch. Doch du musst den Drachen dazu bringen, wieder zu landen. Es ist eine Frage der Willenskraft, schätze ich.

Mein Vater hat es geschafft, Navid offenbar auch. Aber es gibt Prinzen, die schaffen es nicht. Sie bleiben dort oben, vergessen, woher sie kommen … wer sie sind. Drachen können ewig fliegen, ohne zu landen. Sie schlafen nicht richtig, ihr Geist ruht irgendwie in der Luft. Bis sie wieder zum Boden zurückkehren, haben die Prinzen vergessen, dass sie absteigen können.«

»Wie oft passiert das?«, flüsterte Zina.

Er zuckte die Schultern. »Ich war mir nicht mal sicher, dass es überhaupt passiert. Aber wenn du einen Mann gesehen hast …« Azad zögerte. »Ich hatte einen Onkel, glaube ich. Er ist nicht mehr von der Insel zurückgekehrt. Vielleicht ist er einer von ihnen.«

Zina schluckte.

»Hey«, sagte Azad sanft, »keiner von uns hat vor, einen Drachen zu reiten.«

»Nein«, murmelte Zina. »Wir wollen nur das Blut ihres Königs.«

»Tja.« Azad grinste schief. »Für Rückzieher ist es zu spät. Du bist hier und kalte Füße helfen niemandem weiter.«

Zina hob den Blick erneut zum Himmel. Nun, da sie von den Verlorenen wusste, waren ihr die kreisenden Drachen noch unheimlicher als zuvor. Sie starrte nach oben, bis ihr schwindelig wurde, und riss ihre Aufmerksamkeit nur mit Mühe von den gleitenden Schatten los. Auch aus dieser Höhe konnte sie die Grenzen der Insel nicht sehen, überall vor ihr lag Wald. Jede der Bergspitzen wurde von Drachen umkreist, aber keiner von ihnen sah aus wie der Drachenkönig. »Siehst du was?«

Azad schüttelte den Kopf. Wortlos drehte er sich um und trat an einer anderen Stelle zwischen die Bäume. Zina wollte es ihm gerade gleichtun, da stieß er einen erstickten Schrei aus. »Alles in Ordnung? Bist du …«

Azad, der auf der anderen Seite des Gipfels ins Tal gesehen hatte, winkte sie näher und Zina folgte ihm hastig. Mit angehaltenem Atem starrte sie an ihm vorbei. Es war nicht nötig, dass er es aussprach. Sie erkannte den Grund für seine Aufregung auf den ersten Blick, obwohl sie ihren Augen kaum traute.

Vor ihnen lagen Urwald und Berge, in der Ferne glitzerte Wasser am Horizont. Und noch etwas hob sich gegen den strahlenden Himmel ab wie ein steinerner Riese auf einem rankengeschmückten Thron. Jemand hatte dem Drachenkönig einen Tempel gebaut. Zumindest war es das, was Zina dachte, als ihr Blick auf das Gebilde aus groben Steinbrocken fiel. Dann sah sie genauer hin und erkannte, dass sie es mit natürlichen Felsformationen zu tun haben musste. Sie hatte keine Ahnung, wie das bizarre Konstrukt aus Bögen und Säulen entstanden war, aber es wirkte durch Wind und Wetter geformt. Die Felsen ragten kronenartig in die Höhe und schlossen sich zu etwas zusammen, das Zina auch auf den zweiten Blick an einen Tempel erinnerte.

»Das ist es«, murmelte Azad. »Da muss der Drachenkönig leben.«

Zina wusste, dass er recht hatte. Alles auf der Insel schien auf die Felsspitze ausgerichtet zu sein, die umliegenden Berge, die kreisenden Drachen, sogar der Wald. »Siehst du was?« Sie versuchte, etwas zwischen den Säulen zu erkennen, aber es war zwecklos. Die Felsen mussten größer sein, als es von hier wirkte, denn die in der Nähe kreisenden Drachen erschienen kleiner als auf der anderen Seite des Tals. Zina seufzte, als ihr klar wurde, welcher Weg ihnen noch bevorstand.

»Nein«, sagte Azad. Er warf Zina einen flüchtigen Seitenblick zu. »Denkst du, er ist hier irgendwo? Schon auf dem Weg?«

»Wer?«, fragte Zina. »Daniel oder Yamal?«

Azad schluckte. »Daniel«, gab er zurück.

Zina sah hinunter in das dicht bewaldete Tal. »Ja«, sagte sie leise. »Er ist bestimmt auf dem Weg.«

Kurz blieben sie beide stumm. »Komm«, sagte Azad dann und sprang von der Felskante auf den federnden Waldboden darunter. »Dann holen wir ihn mal ein.«

Sie stiegen auf der anderen Seite des Berges ab. Es dauerte, bis die Felsenkrone aus ihrem Blick verschwand, und immer wieder tauchte sie unvermutet zwischen Baumstämmen oder hinter Schlingpflanzen auf. Ihr Anblick ließ Zina jedes Mal zusammenzucken, dafür hatte sie sich erstaunlich schnell an das Brüllen der Drachen und die über sie hinweggleitenden Schatten gewöhnt. Keines der gigantischen Tiere schien sie für eine lohnenswerte Beute zu halten. Um sie herum knackte und raschelte es hin und wieder, doch falls es kleinere Drachen gab, deren Aufmerksamkeit sie auf sich zogen, dann griffen sie zumindest nicht an. *Noch nicht,* korrigierte Zina sich. Sie sollte es besser wissen, als sich von der Schönheit ihrer Umgebung einlullen zu lassen. Ihre Gedanken wanderten zu Daniel. Wenn er sie begleitet hätte, wäre er in dieser Felsspalte gestorben. Seine Flügelreste wären sein Ende gewesen, er hätte es nicht durch die Engstelle geschafft. Die Vorstellung ließ Zina schaudern, hastig verdrängte sie die schrecklichen Bilder. Er hatte gewusst, was er tat, als er sich für den anderen Weg entschieden hatte – natürlich ohne es wirklich zu *wissen*. Aber die Tatsache, dass er ihr nicht hätte folgen können, machte Zina Mut. Bedeutete das nicht, dass er recht gehabt hatte? Dass es sein Weg gewesen war und dass er ihn überlebt hatte? Schlagartig erkannte sie, dass sie ihn vermisste. So sehr, dass es wehtat. Zina biss die Zähne zusammen, aber das nagende Gefühl in ihrer Brust blieb. Sie empfand nicht für Daniel, was sie für Azad empfand ... zugleich wusste etwas in ihr, dass sie gelogen hatte. Es stimmte nicht, dass sie ihn nie geliebt hatte. Auf eine merkwürdige Art liebte sie ihn immer noch. Er war da gewesen, als sie niemanden gehabt hatte, und das hatte sie einander nahegebracht. Sie liebte seinen Humor, der in den unmöglichsten Momenten durchbrach, seine Wut und seine verzweifelte Hoffnung. Er war unglücklich und sehnte sich nach jemandem, und Zina hatte immer gewusst, dass diese Person nicht sie war. Aber die Zeit, die sie miteinander verbracht hatten, hatte Spuren hinterlassen, und sie konnte nicht verhindern, dass sie ihn vermisste. Nicht seinen Schmerz vielleicht, nicht ihre bitteren Küsse. Aber doch seine Gesellschaft, sein Lachen, die Art und Weise, wie er dachte. Seine Freundschaft fehlte ihr.

»Woran denkst du?«, fragte Azad und streckte eine Hand aus, um Zweige für sie aus dem Weg zu halten.

Zina zögerte. »Daniel.«

Er nickte, als hätte er es sich gedacht. »Er fehlt mir«, sagte er nach einer kurzen Pause. »Verrückt, oder? Dabei habe ich nicht mal das Gefühl, ihn zu kennen.«

Zina lachte, ein bisschen bitterer, als sie gewollt hatte. »Das ist normal. So ist er eben.«

»Ich glaube übrigens, dass ich mich geirrt habe.« Azad drehte sich nicht nach ihr um, während er sprach. Er ging weiter und Zina folgte ihm durch dichter werdendes Gestrüpp. »Ich glaube, er hat dich geliebt. Irgendwie. Wahrscheinlich liebt er dich immer noch.«

Sie starrte auf seinen Rücken. »Wieso sagst du das?«

Azad zuckte die Schultern. »Ich war gemein. Vorher, auf dem Fluss. Ich wollte dir klarmachen, dass er nichts für dich ist, aber das stand mir nicht zu.«

Zina schwieg, weil sie keine Antwort hatte. Er hatte recht. Aber sie wollte nicht, dass er es aussprach. Wollte nicht, dass es ihm egal war, ob Daniel Gefühle für sie hatte oder nicht.

»Zina.« Er blieb endlich stehen und drehte sich nach ihr um. »Hör mal, ich wollte nur … ich versuche nur, das hier richtig zu machen.«

Zina fragte nicht, was *das hier* seiner Meinung nach war. »Dann machst du es dir wohl gerne schwer. Wieso fängst du jetzt wieder mit Daniel an?«

»Eigentlich hast du mit ihm angefangen«, murmelte Azad.

»Ich habe nur … er ist mein bester Freund, kapiert?« Sie wusste nicht, wann sie angefangen hatte zu weinen. Die Tränen waren plötzlich da und erschreckten sie mindestens so sehr wie Azad, der sie anstarrte wie vom Donner gerührt. »Mein einziger Freund. Er war alles, was ich hatte, und ich weiß nicht mal, ob er noch lebt. Und wir … wir sind hier und du bist … *du* und … es ist, als würde ich ihn verraten. Und das tue ich nicht. Ich verrate niemanden, den ich …«

»Liebe«, ergänzte Azad.

Zina seufzte. »Keine Ahnung. Ja. Aber …«

»Was?«, fragte er.

»Anders«, murmelte Zina. »Es ist … wir hatten diese dumme Idee, uns gegenseitig über Dinge hinwegzutrösten, die nichts mit uns zu tun hatten. Aber irgendwie ist er auch meine Familie. Und überhaupt liebt er einen anderen, und ich …« Sie hielt inne, begegnete seinem Blick. Lächelte zögernd. »Ich mag dich eben.«

Der erschrockene Ausdruck in Azads Augen schwand. Kurz schien er etwas erwidern zu wollen, aber dann streckte er nur die Hand aus und wischte die Tränenspur von ihrer Wange.

»Sag das niemandem«, bat Zina rasch.

Seine Mundwinkel hoben sich. »Dass du mich magst?«

»Dass ich geweint habe. Ich weine nicht.«

Azad grinste. »Ich werde versuchen, es dem Drachenkönig gegenüber nicht zu erwähnen.«

»Ja. Danke.«

»Und er lebt«, fügte Azad ernster hinzu, »Daniel. Ich bin mir sicher, dass er lebt.«

Zina senkte den Blick zu Boden, obwohl er ihre Aufmerksamkeit nicht wirklich erforderte. Sie hatten den Fuß des Berges erreicht und suchten sich ihren Weg zwischen Sträuchern und Baumstämmen, kletterten hin und wieder über Wurzeln, die sich wie Schlangen über die moosige Erde wanden. Brandgeruch stieg ihr in die Nase, und sie musste an die beklemmende Angst denken, die sie gespürt hatte, als sie in der Felsspalte gefangen gewesen war. Der Weg zur Dracheninsel war weit und gefährlich, das hatte Daniel selbst gesagt. Er würde alles kosten, was sie hatte.

Zina hatte nicht verstanden, warum er gelächelt hatte, als sie behauptet hatte, sie hätte nichts. Es hatte gedauert, aber inzwischen war ihr klar, dass sie sehr wohl etwas zu verlieren hatte. »Ja«, murmelte sie, »er lebt.« An etwas anderes wollte sie nicht denken.

Der Brandgeruch war stärker geworden. Kurz zuckte Schmerz durch ihren Arm, obwohl ihr die Wunde aus dem Tempelgarten seit Tagen keine Probleme mehr bereitet hatte. Abwesend rieb Zina über die Stelle, wo das heiße Wasser sie verbrüht hatte, und atmete tief durch. Rauch stieg ihr in die Nase, und noch etwas. Ein Duft, der die ganze Zeit in der Luft gelegen hatte und schlagartig intensiver geworden war.

Zina blieb stehen. »Azad«, sagte sie leise, »riechst du das?«

Er hielt inne und drehte sich um. »Was …« Azad stockte. »Zimt.«

Zimt und der Geruch nach Verbranntem.

»Drachen«, flüsterte Zina. »Irgendwo …«

Etwas glitt vor ihnen zwischen den Bäumen durch. Licht tanzte über ein Schuppenkleid, schwarzbraun mit einem goldenen Schimmer. Der Drache kam näher, langsam. Sein Hals wölbte sich über ihnen, der von drei Hörnern geschmückte Kopf senkte sich Richtung Boden. Er war kleiner als die Riesen, die über der Insel kreisten, trotzdem ragte er weit über ihnen auf. Seine Flügel waren noch nicht ganz eingefaltet und auch auf der cremefarbenen Membran lag ein goldener Glanz. Der Drache starrte sie unverwandt an, aus honigfarbenen Augen mit schlitzförmig verengten Pupillen.

Zwischen den Schulterblättern des Drachen saß ein Mann. Seine Hände lagen auf den Schuppen des Tieres und sein Blick ging durch Zina hindurch. Er wirkte unendlich weit weg, als wäre er mit den Gedanken im Himmel geblieben.

Zina machte einen Schritt vorwärts und der Drache zischte sie an.

Daniel schien sie nicht zu bemerken.

Immer nur fliegen

Der Drache zischte, sein gewaltiger Brustkorb blähte sich. Funken tanzten um seine schuppigen Nüstern, aber noch spie er kein Feuer. Azad hatte keine Ahnung, wie er dann reagieren sollte, aber vermutlich hätte er ohnehin keine Zeit. Also riss er seinen Blick mühsam von der schwelenden Schnauze los und konzentrierte sich auf das zweitdringlichste Problem.

»Daniel.« Er verfluchte sich für alles, was er Zina über Verlorene erzählt hatte, denn sie stand neben ihm wie erstarrt. Der Plattenmeister saß aufrecht zwischen den Drachenflügeln. Frische Verbrennungen zogen sich von seinen Fingern bis über die Ellenbogen, wie zornigrote Handschuhe, doch er schien sie nicht zu spüren. Auch auf seinen Namen reagierte er nicht, vielleicht konnte er ihn gar nicht hören. Azad trat noch einen Schritt vorwärts, aber der Drachenkopf zuckte drohend in seine Richtung und brachte ihn abrupt zum Stehen. Verzweifelt versuchte er, sich an die Geschichten zu erinnern, die seine Mutter ihm erzählt hatte. Was wusste er über die Verlorenen? Dass sie verloren waren. Das half nicht.

Daniel konnte aber noch nicht lange auf diesem Drachen sitzen. Sein Vorsprung war nicht groß gewesen und er hatte das Tier zur Landung gebracht. Zumindest war es gelandet. Vielleicht kämpfte er und Azad sah es nur nicht. Vielleicht war es noch gar nicht zu spät.

»Daniel«, sagte Azad erneut, weil das alles war, was ihm einfiel. »Du hast es fast geschafft. Du sitzt auf diesem Drachen, du bist gelandet. Zina ist hier. Wir sind hier unten, hörst du? Du musst abspringen, das ist wichtig. Spring ab. Schnell.«

Die Hörner des Drachen schimmerten golden wie seltsame Säbel. Er war Furcht einflößend und atemberaubend zugleich, und als er sich in Bewegung setzte, konnte Azad nicht anders, als Ehrfurcht zu empfinden. Sein langer Hals reckte sich, seine Flügel raschelten unruhig. Azad hatte den Drachen seines Vaters oft genug abheben sehen, um zu wissen, was das bedeutete.

»Daniel!«

Er schrie. Es war seine letzte Chance. Wenn er davonflog, war Daniel verloren. Der Drache hatte sich zu Boden gedrückt wie eine Katze kurz vor dem Sprung. Ein Zittern lief über seinen schuppigen Leib und sein glühender Blick richtete sich auf Azad. Er fauchte, lauter und wütender als zuvor. Seine Nüstern begannen zu glühen, aber noch spuckte er kein Feuer.

Und Azad fragte sich endlich, warum.

»Er sieht uns.« Zina war aus ihrer Erstarrung erwacht, mit derselben Erkenntnis wie Azad. Sie stürzte vorwärts, an seine Seite, gefährlich nah an die Funken sprühende Schnauze des wilden Drachen. »Daniel, spring ab. Du musst springen, verstehst du? Du wirst für immer am Himmel gefangen sein, wenn du dich jetzt nicht bewegst. Spring, bitte …«

»Zina?« Daniels Stimme war heiser. Er blinzelte langsam.

»Ja!« Sie war dem Drachen jetzt so nah, dass sie ihn mit ausgestrecktem Arm hätte berühren können. Er verharrte in seiner geduckten Haltung und Daniel senkte den Kopf, starrte auf Zina hinunter. Auf seinem Gesicht zeigte sich ein Ausdruck milder Verblüffung.

»Zina Zarastra.« Er lächelte leicht. »Du hättest nicht kommen sollen.«

Sie zuckte zurück. »Daniel, das ist gefährlich. Komm von diesem Drachen runter, sofort. Du weißt nicht, was du da tust …«

»Ich weiß, was ich tue«, sagte der Plattenmeister leise. »Was ich immer wollte. Ich fliege.«

»Nein! Das ist es nicht, was du wolltest. Du wolltest deine Flügel zurück …«

»Niemand kann mir meine Flügel zurückgeben«, antwortete Daniel sanft, aber bestimmt. »Ich weiß es, du weißt es. Es ist unmöglich. Ich brauche etwas Lebendiges … etwas, das mich trägt …«

»Das ist doch … bei der Feuermutter!« Zina packte seinen Arm. Azad keuchte auf. Doch der Plattenmeister schien den Griff auf seinem verbrannten Fleisch nicht zu spüren. Er entzog sich ihrer Berührung nicht, sondern sagte mit vollkommen ruhiger Stimme: »Lass los.«

Sie zerrte an seinem Arm und es passierte sehr schnell. Der Drache fuhr fauchend herum und rammte sie beiseite. Mit einem Aufschrei stürzte Zina rückwärts und schlug hart auf dem Waldboden auf. Daniel sah mit ausdrucksloser Miene zu, wie sie sich aufrappelte. »Bist du verletzt?«

Zina antwortet nicht. Ihr Gesicht war blutleer, sie starrte ihn an wie einen Fremden. Der Drache stieß ein drohendes Zischen aus und pendelte mit seinem Kopf in der Luft wie eine Schlange.

»Das hättest du nie getan«, stieß Azad hervor. Er hütete sich, Daniel zu berühren, aber er wich nicht zurück. »Das nicht. Du verlierst den Verstand. Steig ab, bei den verdammten Seelen der Drachen!«

Daniel tat, als könnte er ihn nicht hören. »Ich habe gefunden, wonach ich gesucht habe«, sagte er mit dieser ruhigen Stimme, die Azad Schauer über den Rücken jagte. »Ich hoffe, das werdet ihr auch. Der Prinz kann nicht mehr weit sein. Ihr müsst schnell sein, wenn ihr ihn aufhalten wollt.« Sein Blick wanderte erneut zu Zina, die mit geballten Fäusten vor ihm stand. »Gib die Hoffnung nicht auf.«

»Habe ich nicht vor«, entgegnete sie grimmig. Sie wandte sich von ihm ab und sah Azad an. Er hatte gehofft, dass er sich täuschte, doch die Entschlossenheit in ihren schwarzen Augen verhieß nichts Gutes.

Azad seufzte. »Bei den Seelen, du bringst mich noch um.«

Das schien ihr zu genügen.

Daniel legte seine verbrannten Hände zurück auf die Schuppen, worauf der Drache melodisch brummte. Seine Flügel pressten sich eng an den glänzenden Körper und Daniel beugte sich tief über seinen breiten Hals. Mit seinen hellbraunen Augen und dem Goldschimmer in seinem weißen Haar schien er auf eine unheimliche Art und Weise mit dem mächtigen Tier zu verschmelzen.

»Spring«, sagte Zina, leise und klar.

Der Drache schoss aufwärts und Azad sprang. Seine Finger krallten sich in Schuppen und Fleisch, glitten ab, einmal, zweimal. Er klammerte sich blindlings an einem Rückenstachel fest, und dann, als er zu fallen drohte, packte ihn etwas am Arm. Daniels gerötete Finger schlossen sich wie eine Zange um sein Handgelenk und für einen Moment begegneten sich auch ihre Blicke. Die Miene des Plattenmeisters war reglos, aber er zog, und mit seiner Hilfe schwang Azad sich zwischen die Flügel des Drachen. Jemand bewegte sich hinter ihm. *Zina*, dachte er noch, dann schoss der Drache mit ihm in den Himmel und er vergaß, was es mit ihr auf sich hatte.

Er flog.

Er war ein Junge, ein Kind. Geflüsterte Worte trugen ihn über brennende Wüsten und goldene Städte. Jemand schrie hinter geschlossenen Türen und er stieg auf das Palastdach und sah in der Ferne die Sonne aufgehen.

Er war dreizehn und schlug mit dem Gesicht auf dem sandigen Boden des Palmenhains auf. Er schloss die Augen, trotz des Geschmacks von Demütigung und Blut konnte er die Drachen im nahen Tempel riechen.

Er war älter und spürte die Angst. Sie war überall, in jedem von ihnen. Wenn die geflüsterten Drohungen ihn nachts nicht schlafen ließen, stellte er sich vor, wie die Drachen des Kaisers ihre Fesseln sprengten und ihn über Wälder und Berge in ferne Länder trugen.

Er war gesprungen und er flog.

Er war ein Kind, seine Flügel trugen ihn nie höher als bis zum Fensterbrett. Wenn er sich auf die Zehenspitzen stellte, konnte er hinter den hölzernen Läden ein Fleckchen Himmel sehen.

Er war zehn und sprang wieder und wieder vom Dach. Seine Schultern und Flügel waren wund und erschöpft. Als er das Haus endlich von oben sah, war es die Schmerzen wert.

Er war vierzehn und schwebte über die Türme und Paläste der Stadt. Nachdem er abends die Werkstatt geputzt hatte, sah er dem Plattenmeister bei seiner Arbeit mit den schimmernden Spiegeln zu. Einmal geriet er zu nah an eine unversiegelte Platte und sie sog ihm Farbe aus den neugierigen Fingern.

Er war älter und die Luft war sein Zuhause geworden. Er lebte zwischen Wolken und Marmor und hatte fast vergessen, wie es sich anfühlte, am Boden zu bleiben.

Er saß auf einem Balkon über der Stadt, seine Aufnahmeprüfung stand an. Er hielt es kaum auf seinem Stuhl aus und erntete durchdringende Blicke aus dunklen Augen. An den Stoff erinnerte er sich nicht, aber das Gefühl seiner Lippen brannte sich fest.

Er hatte die Leerplatte noch nicht versiegelt, als jemand seine Werkstatt betrat. Er hätte den Mund halten können, aber er hatte genug. Als er aufwachte, lag er ohne Flügel zwischen den Scherben der Platte.

Er war am Boden, der Himmel unerreichbar weit weg. Die Hoffnung lag schwer auf seiner Brust, aber er wurde sie nicht los. Als er ging, steckte er die Skizzen im letzten Moment doch ein.

Er fuhr aus Albträumen hoch, die Erinnerung waren. Eine Mädchenstimme flüsterte ihn mit Geschichten über schillernde Wunderwesen zurück in den Schlaf.

Er hatte kaum noch daran geglaubt, aber er flog.

Sie war ein Mädchen und ihre Mutter verschwand. Nachts weinten die Kinder um sie herum, doch eine Frau schlich sich zu ihnen und erzählte mit weicher Stimme von Freiheit.

Sie war zwölf und goldgelbe Augen starrten sie an. Sie wusste, sie sollte Angst haben, aber die glühenden Blicke machten ihr Mut.

Sie war fünfzehn und sollte in die Räume des Kaisers ziehen. Sie ließ ihr Tablett fallen, damit man sie für ungeschickt hielt. Ein Mann mit verstümmelten Flügeln übernahm ihren Schnitt.

Sie war älter und die Sehnsucht ließ sie nicht los. Sie konnte nicht sagen, wovon sie träumte, aber der Mann ohne Flügel flüsterte schreckliche Dinge im Schlaf.

Sie stand am Rand eines Tals und schillernde Wunderwesen glitten über den Himmel.

Sie hatte nicht gewusst, wovon sie träumen sollte, aber sie flog.

Schmerz, weit weg.

Himmel. Stimmen. Ein Name. Seiner.

Augen, schwarz und vertraut.

Glut und Stein und Himmel und Wasser und Licht.

Etwas, das sie schaffen mussten.

Jemand, hinter ihm.

Etwas, das er wissen sollte.

Ein Name. Ihrer.

Zina.

Ihre Finger glitten über seinen Rücken. Gruben sich in sein Hemd, hielten ihn fest.

Zina.

Haar wehte ihm ins Gesicht, ihr Haar. Rauch und Blumen, der Duft ihrer Haut.

»Zina?«

Ihr Atem an seinem Ohr, schnell und flach. Ihre Stimme, weit weg, ihr Flüstern, ein Name. Seiner.

»Azad?«

Er blinzelte.

Er flog. Er saß auf einem Drachen, Wind heulte in seinen Ohren. Muskeln bewegten sich unter glänzenden Schuppen, trugen ihn höher und höher. Vor ihm saß ein Mann, den er kannte, und Arme hatten sich um seine Mitte geschlungen und ließen nicht los.

»Azad«, flüsterte Zina ihm heiser ins Ohr, »Azad, wir fliegen. Hörst du, wir fliegen. Wir müssen … müssen … spring …«

Sie hatte recht. Sie flogen, aber das durften sie nicht. Sie mussten etwas tun, unten.

»Daniel!« Azad wollte ihn an den Schultern packen, besann sich im letzten Moment. Er brüllte gegen den Wind an und wäre fast vom Drachen gerutscht. Mit bebenden Fingern packte er den nächsten Rückenstachel und hielt sich so gut daran fest, wie er konnte. »Daniel, hörst du mich? Wir müssen runter!«

Ein Zittern lief durch die Schultern vor ihm. Der Flügelrest hob sich und flatterte im Wind. »Daniel! Bring uns zurück!«

Seine Gedanken glitten vom Boden ab wie seine starren Finger von den Schuppen des Drachen. Etwas schien an ihm zu ziehen und zu zerren, das mehr war als der Flugwind in seinem Gesicht. Es fuhr durch seine Haut, seinen Kopf, seine

Gedanken und verwirrte seinen Geist mit Bildern von Wolken und Horizont. Er durfte nicht nachgeben, aber es war so schwer. Es wäre viel leichter, dem Zerren zu folgen, nur für einen Moment. Nur, bis er neue Kraft geschöpft hatte. Finger drückten sich in seine Haut, sie wollten etwas von ihm. Er konnte sich nicht mehr erinnern, was es war. Die Sonne, er hatte so sehr gehofft, noch einmal die Sonne zu sehen. Die Strahlen drangen in seinen Schädel, seinen Brustkorb und alles Schreckliche schmolz einfach weg.

Er war, was ihn umgab, und er flog.

Sonst war da ...

Ein Name.

Nicht seiner.

Nicht ihrer.

Jemand. Da war jemand.

Wenn er nur wüsste ...

Etwas zerrte an ihm, es war nicht der Wind. Nicht der Flug oder das übermächtige Wesen des Drachen. Drache, das stimmte. Der Drache flog, trug ihn mit sich. Und etwas zerrte an ihm, das nicht locker ließ. Ein Name, seiner.

Boden. Es gab Boden, dort unten, und er kam näher. Da waren Blätter, sie schlugen ihm ins Gesicht. Es tat weh und der Schmerz erinnerte ihn an etwas. Daran, dass er mehr war als Sonne und Himmel und Wind. Aber das konnte nicht sein. Nichts konnte sein, er war nichts, konnte nicht denken. Er wollte zurück, wollte spüren, was er dort oben gespürt hatte. Der Boden war schwer und dunkel und hart. Krallen gruben sich in die weiche Erde, das Licht über ihnen war grün und gedämpft.

Bilder wirbelten durch seinen Kopf wie Traumfetzen, aber sie füllten sich nicht mehr mit Leben, wie vorhin. Sie wurden blasser und etwas Neues nahm zu.

Sein Atem, laut und keuchend. Sein Herzschlag, so schnell,

als wäre er seit Stunden gerannt. Seine Muskeln waren stein-
hart und verkrampft, warme Finger gruben sich in seinen
Arm.

»Spring. Schnell!«

Er gehorchte der heiseren Stimme, ohne darüber nachzudenken. Seitlich glitt er vom Drachen und schlug dumpf
auf Waldboden auf. Feuchte Luft stieg ihm in die Nase, der
schwere Duft von Erde und Moos. Seine Gedanken ordne-
ten sich wie ein aufgescheuchter Schwarm kleiner Vögel,
der endlich wieder zur Ruhe kommt. Azad hob zitternd den
Kopf. Zina kniete neben ihm, das Gesicht in den Händen vergraben. Er rappelte sich auf, wankte. Seine Beine brüllten auf
vor Schmerz. Der Drache stand noch vor ihm, doch der un-
ergründliche Blick aus den goldenen Augen war Azad egal.
Seine Aufmerksamkeit war auf die Gestalt gerichtet, die nach
wie vor zwischen den schimmernden Flügeln saß.

Daniel erwiderte seinen Blick ohne eine Spur von Verwirrung. Er wirkte wütend und erleichtert zugleich. »Versuch
das nie wieder.«

Die Drachenflügel raschelten leicht. Azad kam näher, nur
einen winzigen Schritt. »Du hast uns … zurück zum Boden
gebracht.«

»Ihr habt den Verstand verloren, alle beide.« Daniel klang
müde. Seine hellen Wimpern flatterten, als könnte er die
Augen nur mit Mühe offen halten.

»Aber wir … aber *du* …« Azad räusperte sich. »Ich dachte,
du wärst … verloren.«

Daniels Lächeln war so müde wie seine Stimme. »Wahrscheinlich hast du recht.«

Azad schluckte. »Du bist gelandet«, sagte er kaum hörbar.
»Du … kannst doch abspringen. Spring ab.«

Daniel rührte sich nicht. »Es ist zu spät«, gab er zurück, in
einem seltsam sachlichen Ton. »Es war in dem Moment zu

spät, in dem ich gespürt habe, dass ich fliege.« Er sah hinunter auf seine geröteten Arme.

»Du bist verletzt.«

»Das Floß hat Feuer gefangen. Ich habe die Kontrolle verloren, meine Magie hat mir nicht mehr gehorcht. Ich bin … gefallen. Durch Feuer, so hat es sich angefühlt. Ich dachte, ich sterbe. Aber dann … bin ich geflogen.«

»Der Drache hat dich gefangen?«

Daniel nickte leicht. »Ich kann nicht«, flüsterte er. »Ich kann nicht zurück. Wenn ich absteige, wird er ohne mich abheben. Ich kann … das kann ich nicht riskieren.«

»Aber du wirst da oben sterben.«

Der Plattenmeister sagte nichts.

Verzweifelt sah Azad sich um. »Zina …«

Sie hatte sich bisher nicht gerührt, aber beim Klang ihres Namens sah sie auf. Wie Azad hatte sie Mühe, sich aufzurichten, ihre verkrampften Muskeln zitterten sichtbar. Für einen Moment wirkte sie völlig verwirrt, dann wurde ihr Blick langsam wacher.

»Warst du … hast *du* …« Zina trat mit bebenden Knien an Azads Seite und starrte Daniel an. »Du hast es geschafft. Wir sind gelandet. Du …«

»Zina«, sagte Daniel leise. »Du hast gesagt, du schuldest mir ein Geschenk.«

»Ja, ja.« Sie nickte ungeduldig. Ihre schwarzen Augen glitten rasch über den Drachen, dann zu Daniel zurück. »Was auch immer es ist, können wir das hier unten besprechen? Dieser Drache sieht aus, als hätte er es ziemlich eilig, zurück in die Luft zu kommen.«

»Nein.« Daniel lächelte bedauernd. »Können wir nicht.«

»Was …« Sie brach ab. »Das ist nicht dein Ernst.«

Er schwieg.

»Das … aber …« Zina schüttelte heftig den Kopf, ihre

Stimme wurde wieder lauter. »Das kann nicht dein Ernst sein! Du bist doch hier, du bist *du*. Du musst abspringen, oder …« Zornestränen traten ihr in die Augen, und diesmal tat sie nichts, um sie zu verstecken. »Das ist kein Geschenk, was du da von mir willst! Du willst ein Todesurteil, hörst du? Das bekommst du nicht!«

»Kein Urteil«, widersprach Daniel bestimmt. »Ich will nur, dass du verstehst …«

»Ich will das nicht hören! Du hast mir genug Lügen erzählt, über dich und deine verfluchte Hoffnung. Was ist mit den Skizzen? Was ist mit deinem Plan?«

»Ich wollte immer nur fliegen.«

»Das ist nicht wahr.« Zina trat vor, bis sie direkt vor Daniel stand. Der Drache neigte den Kopf, aber der Plattenmeister rührte sich nicht. »Du wolltest immer nur nach Hause, Daniel. *Das* wolltest du. Und jetzt gibst du auf, weil du Angst hast, dass du deine letzte Hoffnung verlierst.« Sie starrte ihn wütend an. »Das werde ich dir nicht leichter machen. Ich werde es dir nicht verzeihen. Nie.«

Für eine Weile sagte Daniel nichts, dann, sehr leise: »Es tut mir leid.«

Zina schüttelte den Kopf. »Nicht …«

»Irgendwann wirst du es vergessen.«

»Daniel, *bitte* …«

Er legte die Hände auf die Schuppen des Drachen und Zina wich wie von selbst zurück.

»Daniel!«

Er schloss die Augen. Der Drache stieß einen leisen Schrei aus und reckte seinen glänzenden Hals Richtung Himmel. Dann hob er ab und trug Daniel mit kräftigen Flügelschlägen davon.

Bei vollem Verstand

Sie hätte es wissen müssen.

Zina starrte auf die Erde, die sie zurückbekommen hatte, auf die schwarzen Halbmonde unter ihren Fingernägeln. Sie hatte gewusst, wie Daniel war. Sie hätte ahnen können, was passieren würde, was ihnen bevorstand. Schon als sie die Drachen über der Insel gesehen hatte. Als Azad ihr von den Verlorenen erzählt hatte.

Die *Verlorenen*.

Sie hatte verloren. Einen Kampf, von dem sie nicht mal gewusst hatte.

Jetzt war es zu spät.

»Hey.«

Azad ließ sich neben ihr auf die Knie sinken. Seine Finger zitterten und wie sie grub er sie Halt suchend in den Waldboden vor sich.

»Ich hätte es wissen müssen.« Die Worte taten weh. Es war ein Schmerz, den sie brauchte, und am liebsten hätte sie sie geschrien.

»Es hätte nichts geändert.« Azad wirkte erschüttert, aber er konnte nicht ahnen, was sie empfand. Es war nicht seine Aufgabe gewesen, Daniel am Fliegen zu hindern.

»Es hätte alles geändert! Ich hätte … hätte …«

»Was?«, fragte Azad ernst. »Was hättest du tun sollen? Du hast alles getan.«

»Er hatte nichts«, flüsterte Zina. »Nicht mehr genug zu verlieren. Wenn ich nur … wenn wir nicht …«

»Zina.« Er nahm ihr Gesicht in beide Hände und sah sie eindringlich an. »Du hast getan, was du konntest. Er hat sich entschieden. Das war, was er wollte.«

»Er wollte nach Hause«, murmelte Zina.

»Er wollte fliegen, und das tut er.«

Zina wich zurück und starrte ihn an. Wut kochte in ihr hoch und brannte wie Säure in ihrem Hals. »Er wird da oben draufgehen! Tu nicht so, als wäre es ein verdammter Ausflug, den er da macht. Er wird den Verstand verlieren und sterben und dabei nicht mal mehr wissen, wer er ist.«

»Ich weiß.«

Sie ballte die Hände zu Fäusten, bis ihre Knöchel knackten. Azad sagte nichts mehr. Er schien begriffen zu haben, dass es nicht half. Seine Worte waren nicht mächtig genug, um ihren Schmerz erträglich zu machen. Ihre Worte waren nicht mächtig genug, um Daniel wieder vom Himmel zu holen.

Zina schloss die Augen, für einen Moment nur. Als sie blinzelte, war Daniel immer noch weg. Und Azad war immer noch da.

»Du bist mit mir auf diesen Drachen gesprungen«, murmelte sie.

Azad hob die Schultern und nickte.

»Danke. Das war …« Sie lächelte, es fühlte sich falsch an und gleichzeitig verstörend normal. »Mutig.«

»Es war verrückt.« Er stand auf und zog sie auf die Beine. »Aber daran gewöhne ich mich langsam.« Azad seufzte und sah sich um. Zina folgte seinem Blick und stellte fest, dass sie ihre Umgebung nicht wiedererkannte. Die Bäume wirkten älter als zuvor, ihre Kronen höher und dunkel. Ein fernes Prasseln hatte eingesetzt, aber nur hin und wieder drang ein Regentropfen durch das dichte Blätterdach.

»Hast du eine Ahnung, wo wir gelandet sind?«, fragte Zina.

Azad schüttelte den Kopf. »Die Sonne stand hinter der Steinkrone. Wenn die Wolkendecke noch nicht ganz dicht ist, können wir vielleicht …« Er drehte sich suchend um und entdeckte einen zitternden Sonnenstrahl, der vor ihnen durch das Dickicht drang. »Da lang. Glaube ich.«

Zina hatte bisher keine Probleme gehabt, mit ihm Schritt zu halten, aber ihre Beine fühlten sich schwerer an als sonst. Vielleicht waren sie noch von ihrem Ritt auf dem Drachen strapaziert, obwohl Zina sich nicht an die Anstrengung erinnern konnte. Ihr Körper war müde und kraftlos, ihr Geist quälte sie aber noch mehr. Der Flug hatte seine Spuren tief in ihr hinterlassen und immer noch glitten Bilder durch ihr Bewusstsein, die sie nur teilweise zuordnen konnte. Es war so schnell gegangen. In einem Moment war sie Zina gewesen, im nächsten nur noch Erinnerung ohne Gesicht. *Sie* wäre auf diesem Drachen gestorben, ohne ihren eigenen Namen zu kennen. Daniel hatte verhindert, dass das geschah. Er war bei vollem Verstand gewesen. Es war schwer zu sagen, ob das seine Entscheidung besser machte oder noch schlimmer.

»Wie lange leben Verlorene?«, fragte sie ohne Vorwarnung.

Azad wurde langsamer, aber er blieb nicht stehen. »Ich weiß es nicht«, gab er zu.

»Und wie schnell verlieren sie den Verstand?«

»Zina …«

»Schon gut.« Sie schluckte. »Vergiss es.«

Azad sah nach oben, wo die Baumkronen den Himmel verbargen. »Ich glaube nicht, dass er leiden wird«, murmelte er. »Falls dir das irgendwie hilft.«

Zina folgte seinem Blick. Der Regen wurde langsam stärker, große Tropfen versickerten in ihrem Hemd. Bald würde ein Unwetter beginnen. Das Grollen lag schon in der Luft. »Tut es nicht«, sagte sie leise. »Aber danke.«

Diesmal suchten sie keinen Schutz. Als der Regen zu Sturzbächen wurde, gingen sie weiter. Der Weg war eben und das Wasser störte sie nicht. Ihre Sicht war so schlecht, dass sie vermutlich im Kreis liefen, aber keiner von ihnen wies darauf hin. Zina wollte vorwärts, einfach, um etwas zu tun. Regen verfing sich zwischen ihren Wimpern und irgendwann nahm Azad ihre Hand. Halb blind kämpften sie sich weiter, rutschten aus und verloren den Halt, fielen und rappelten sich wieder auf. Sie hörten keine Drachen mehr, nur noch Regen und die Geräusche des Gewitters. Zina war froh darüber, zum ersten Mal. Der Anblick der Drachen hatte ihr den Atem geraubt, doch jetzt wünschte sie, sie müsste nie wieder einen sehen.

Die Dunkelheit kam plötzlicher, als sie es erwartet hatte. Viel zu schnell legte sich Schwärze auf ihre Lider, und obwohl Azad eine Magiekugel heraufbeschwor, gaben sie sich schließlich geschlagen. Der grüne Schein kam gegen Nacht und Regen nicht an, also ließen sie sich zu Boden sinken, wo sie standen. Mit einem Baumstamm im Rücken, der ihnen zumindest eine schwache Illusion von Schutz versprach, klammerten sie sich aneinander und warteten – auf den Schlaf oder auf den Morgen, was auch immer zuerst über sie kommen würde. Glauben konnte Zina an keines von beidem, nicht hier, in der schwärzesten aller Nächte. Aber Azads Schulter an ihrer war warm und vertraut und sein Atem ging ruhiger als ihrer. Blindheit hatte sich auf ihre Augen gelegt, und als der Regen endlich nachließ, hob Zinas erschöpfter Geist ab. Sie hatte nicht daran geglaubt, aber sie träumte vom Fliegen.

Wieder schien die Sonne, als sie erwachte. Azad saß vor ihr, sein Hemd hing zum Trocknen auf einem Zweig über ihren Köpfen. Sein dunkles Haar fiel fast bis auf seine Schultern und grüngoldenes Licht tanzte in den feucht schimmernden Spitzen. Er war dabei, Proviant aus einem der Palmblätter zu wickeln, und hielt ihr einen stark aufgeweichten Fladen mit Fruchtmus entgegen. Zina griff zu und registrierte erst in der Bewegung, wie hungrig sie eigentlich war. Während sie schweigend ihr Frühstück verschlang, trocknete das Hemd auf ihrer Haut.

»Konntest du schlafen?«, fragte Azad, als sie fertig gegessen hatte.

Zina nickte.

»Gut.« Er deutete über seine Schulter. »Dahinten hat sich frisches Regenwasser in Blättern gesammelt, falls du dich waschen willst. Ich habe keine Ahnung, wohin wir gestern gegangen sind, aber jetzt können wir wenigstens wieder der Sonne folgen.«

Zina stand auf. »Kommst du mit?«

Er zögerte. »Wenn du …«

»Ja.« Sie zog sich das Hemd über den Kopf und streckte die Hand nach ihm aus. Er erhob sich und folgte ihr zwischen die im Morgenlicht glitzernden Bäume.

Das Drachenbrüllen war lauter geworden. Zina hatte es in der Nacht nicht bemerkt, war froh gewesen, sich im Lärm des Unwetters verlieren zu können. Aber als sie sich schweigend in Bewegung setzten, waren die Drachen wieder alles, was die Stille füllte. Und sie klangen näher. Zina hielt es für Einbildung, für einen grausamen Streich ihrer Sinne. Doch dann begegnete sie Azads Blick und wusste, dass es keine Täuschung war.

»Sie sind lauter.« Das Brüllen über ihnen füllte die Luft und ließ die Blätter der Baumkronen erzittern.

»Ich weiß.« Azad hatte den Blick Richtung Himmel gehoben, obwohl der durch das Dickicht des Waldes kaum zu erkennen war. Hin und wieder legten sich Schatten über die einzelnen Sonnenstrahlen, die ihnen als Wegweiser dienten. Sie verdunkelten den Weg vor ihnen und verschwanden dann wieder, als hätten sie nie existiert.

»Denkst du … sie kommen näher?«, murmelte Zina.

Azad schüttelte den Kopf. »Nicht sie«, gab er leise zurück. »Wir.«

Sie liefen nun schon eine ganze Weile über ebenen Waldboden. Keine Felsen tauchten vor ihnen auf, keine Lichtung – nichts, um ihnen bei der Orientierung zu helfen. Sie wussten nur, wo die Sonne stand, und es war schwer zu sagen, wie schnell sie wanderte. Sie könnten überall sein, das war Zina klar. Trotzdem spürte sie, dass Azad recht hatte.

Sie kamen näher.

Der Drachenkönig konnte nicht mehr weit sein.

Ohne es wirklich zu merken, hatten sie zu flüstern begonnen. Zina hatte den Griff fest um ihren Speer geschlossen und Azads Finger wanderten wieder und wieder zu seinem Säbel. Zina setzte jeden Schritt behutsam, darauf bedacht, keine unnötigen Geräusche zu machen. Azad hielt sich dicht an ihrer Seite und sein Atem ging flach.

»Das ist doch albern«, wisperte Zina, als vor ihnen ein schmetterlinggroßer Drache aus dem Dickicht aufstob und sie beide zusammenzuckten. »Wir könnten überall sein. Und selbst wenn wir uns nähern, heißt das doch nicht …«

Ein Schatten schob sich über ihre Gesichter und Zina verstummte abrupt. Ihr Blick schoss zu Azad und dann nach oben, dorthin, wo etwas zwischen sie und die Sonne geraten war. Luft strich über sie hinweg und der Duft nach Zimt war für einen Moment kaum erträglich. Durch das im Wind zitternde Blätterdach konnte Zina etwas erkennen. Es war dunkel und es war nah. Bis auf das Rauschen der Bäume war die

Stille perfekt, weder Zina noch Azad wagten zu atmen. Der Schatten glitt weiter, aber die Stille blieb. Das Kreischen und Zwitschern um sie herum war verstummt, und als Zina endlich Luft holte, klang das Geräusch viel zu laut.

Ein Brüllen fuhr ihr bis in die Knochen und vibrierte in ihrer Brust. Zina wirbelte herum, aber nichts stieß auf sie herunter. Das Blätterdach blieb unversehrt und der nächste Ruf schien weiter entfernt als zuvor. Langsam ließ Zina den Speer sinken. Sie hatte so fest zugepackt, dass Blutstropfen aus ihrem Handballen perlten. »Denkst du, er ist weg?« Ihre Stimme war ein heiseres Flüstern.

Azad gab keine Antwort. Ohne einen Ton setzte er sich erneut in Bewegung, schob sich zwischen zwei uralten Bäumen hindurch. Kurz wusste Zina nicht, was er vorhatte, aber dann sah sie es auch. Vor ihnen schimmerte Licht durch das Dickicht, mehr, als sie die ganze Zeit über gesehen hatten. Die Baumkronen schienen auseinanderzuweichen und eine Ahnung von Blau glitzerte zwischen den Zweigen. Sie wurden schneller, rannten beinahe. Der Wald wollte kein Ende nehmen, aber nun blitzte immer wieder ein Fleckchen Himmel über ihnen auf. Wieder ertönte ein Brüllen, diesmal kam es von vorn. Sie brachen zwischen zwei Sträuchern hindurch und Sonnenlicht schlug ihnen entgegen. Sie hatten den Waldrand erreicht. Schatten glitten über den Boden, zogen Kreise und Schleifen in das gelbgrüne Gras. Zina sah auf. Vor ihr ragte eine gewaltige Felsnadel auf, über der eine orangerot glühende Mittagssonne stand. Drachen bewegten sich in kunstvollen Formationen über den Felsen hinweg, und wenn Zina genau hinsah, konnte sie ganz oben die Zacken und Bögen der steinernen Spitze erahnen. Irgendwo dort musste der Drachenkönig auf sie warten.

Ihr Blick kehrte zurück zu der Steilwand, die im Sonnenlicht schimmerte wie poliert. »Azad«, murmelte sie und ihr

Herz sank mit jeder Silbe, »ich glaube nicht, dass man die Spitze ohne Flügel erreichen kann.«

Azad löste die Finger von seinem Säbel, als hätte er auf einen Schlag allen Kampfgeist verloren. »Nein«, seufzte er. »Das kann man wohl nicht.«

»Was machen wir jetzt?«

Er gab keine Antwort. Sein Blick wanderte die Felswand hinauf, die aussah wie glatt gemeißelt.

»Wir haben das Spinnenseil«, begann Zina ohne echte Überzeugung. »Und die Fasern, für guten Halt.« Sie warf einen prüfenden Blick Richtung Himmel, wo die Riesendrachen immer noch ihre Kreise zogen. Bisher schienen sie ihr Interesse nicht geweckt zu haben, aber die Art, wie sie über den Felsen hinwegflogen, hatte eindeutig etwas von einer Patrouille. Vermutlich würden sie Versuche, bis zur Spitze zu kommen, nicht gerade unterstützen. Trotzdem trat Zina schließlich zögernd auf die Felsnadel zu, um sich die Sache näher anzusehen. Es dauerte nicht lange, die steinerne Basis zu umrunden. Keine Seite wirkte zugänglicher als die andere. Überall sah Zina nur glatt abfallenden Fels.

»Wir können nicht hochklettern«, sagte Azad, als Zina zu ihm zurückkehrte, »richtig?«

»Ich … ich meine, ich könnte es *versuchen* …«

Azad schüttelte den Kopf. »Nur Drachen kommen da hoch.«

»Aber wir …« Zina hielt inne. Der Ausdruck in Azads Augen kam ihr schrecklich bekannt vor, und er musste nicht aussprechen, was er dachte. »Nein. O nein, das tun wir nicht.«

Azad warf ihr einen unglücklichen Blick zu. »Fällt dir etwas anderes ein? Wir haben nichts, keine Ausrüstung, kein fliegendes Floß … Wir brauchen einen Drachen, der uns nach oben bringt.«

»Falls es dir nicht aufgefallen ist: Wir haben auch keinen Drachen!«

»Also besorgen wir uns einen.« Azad starrte hinunter auf die Erde an seinen Fingern, als könnte er es nicht über sich bringen, ihr weiter ins Gesicht zu sehen. »Wir wissen, wie es geht. Bisher hat alles gestimmt, was Thamara mir über die Prinzen erzählt hat. Ich muss nur warten und ein Drache wird kommen und uns mitnehmen …«

»Er wird kommen und dich davontragen!«, fuhr Zina ihn an. »Hast du schon vergessen, wie es ist? Ohne Daniel wären wir nie wieder gelandet! Wir wissen *nicht,* wie es geht. Wie man ein Verlorener wird, *das* wissen wir!«

»Wir waren nicht vorbereitet«, widersprach Azad. »Jetzt wissen wir, wie es ist, also wird es leichter sein, dagegen zu kämpfen. Wenn ich mich konzentriere, kann ich uns da hochbringen. Du musst mir vertrauen, Zina.« Er hob den Kopf, begegnete ihrem Blick und schluckte. »Denk mal an Silberwasser. Wir konnten nicht wissen, dass sie harmlos ist, aber du hast ihr vertraut. Und ich habe dir vertraut und deswegen sind wir hier. Du hast uns durch diese Pforte gebracht und ich bringe uns auf diesen Felsen.«

Blut hämmerte in Zinas Ohren und übertönte beinahe das Rauschen der Drachen. Sie sah Azad an und kämpfte mit Worten, die alle zugleich richtig waren und falsch. Es sollte nicht so sein, sie sollten nicht hier stehen und diese Entscheidung treffen. Es würde sie alles kosten, was sie hatte. »Wieso tun wir das?«, flüsterte sie. Die Frage blieb zwischen ihnen in der Luft hängen und lachte sie aus. »Wieso sollten wir das riskieren? Vergiss das Blut. Es ist mir egal, ob ich reich werde. Dieser Preis … ich will ihn nicht zahlen, hörst du? Lass uns umkehren. Das ist es nicht wert.«

Azads Augen wirkten in der hochstehenden Mittagssonne heller als sonst. Normalerweise waren sie so dunkel, dass man die Pupillen höchstens erahnen konnte, aber jetzt waren sie zwei schwarze Punkte, umrahmt von tiefem Braun. Sie erinnerten Zina an die Farbe des Drachen, der Daniel davongetragen hatte.

»Mein Bruder wird kommen«, erwiderte er leise und ernst. »Du hast die alten Drachen gesehen. Willst du wirklich, dass jemand wie Yamal ihr König wird?«

Die Schatten über ihnen gaben ihm recht.

»Was willst du denn tun?«, fragte Zina. »Wie willst du verhindern, dass es passiert?«

Azads Blick flackerte. »Ich weiß es nicht«, gab er widerstrebend zurück. »Ich weiß nur … ich weiß, dass ich es versuchen muss.«

Zina sah ihn prüfend an. »Hast du vor, ihn zu töten?«

Azad lächelte düster. »Den Drachenkönig?«, fragte er. »Oder Yamal?«

»Beide.«

Er schwieg für einen Moment. »Nein.«

Zina nickte langsam. »Verstehe.«

Azad lächelte sie zweifelnd an. »Also?«

Sie seufzte und warf einen Blick zum Himmel. Von einem goldbraunen Drachen war weit und breit nichts zu sehen. »Du hast deine Entscheidung doch sowieso schon getroffen. Aber eins verspreche ich dir: Wenn du dich auf einen Drachen setzt und dann beschließt, nicht mehr zu landen, jage ich dir diesen Speer in die Brust. Das ist keine Option. Kapiert?«

Azad nickte. »Einverstanden.«

Sie beäugte ihn misstrauisch. »Schön. Wie stellst du dir das vor?«

Er sah sich um. »Ich … also, ich glaube, sie können mich spüren. Wenn sie mich als Prinz anerkennen, wird einer von ihnen kommen.«

»Aber du hast keine Ahnung, wann?«

Azad schüttelte den Kopf.

»Dann finden wir es heraus.« Zina ließ sich mit überkreuzten Knöcheln zu Boden sinken und Azad tat es ihr nach. Sie legte ihren Speer direkt neben sich und er zog seinen Säbel. Keiner von ihnen hatte die riesigen Schatten vergessen, die über ihnen kreisten. »Wenn ein Drache kommt … wirst du kämpfen müssen?«

Azad hob die Schultern. »Vielleicht.«

Zina schnitt eine Grimasse. »Bei der Feuermutter. Zumindest wissen wir, was wir tun.«

Azad schloss die Augen und wartete.

Drache und Prinz

Er flog.

Er war ein Kind und sein großer Bruder brach ihm den Arm. Sein Wimmern hallte in den Gängen des Kaiserflügels wider, aber es dauerte Stunden, bis man ihn fand.

Er war sieben und Navid erzählte ihm von den anderen Jungen. Ihre Mutter sang leise von Drachen und Prinzen, aber Navid zerrte ihn fort.

Er war neun und sein Vater raste vor Wut. Er verstand, dass er einen Fehler gemacht haben musste, aber er verstand noch nicht, welchen.

Er war zwölf und er hatte nichts falsch gemacht. Der Schlag warf ihn zu Boden, sein Kopf prallte auf. Als er wach wurde, hatte jemand das Blut aus seinen Haaren gewaschen.

Er war fünfzehn und das Mädchen war sanft und hatte samtweiche Haut. Abends hörte er sie hinter den Türen des Kaiserflügels schreien.

Er war älter und Navid hatte versagt. Im Palmenhain sprach ihm der Kaiser sein Vertrauen aus, und er würde lieber sterben, als ihn zu enttäuschen.

Er hätte sein Leben dafür gegeben und er flog.

»Azad!«

Er wusste nicht, wie viel Zeit vergangen war. Wahrscheinlich mussten es Stunden sein, er konnte sich nicht erinnern. Die gleitenden Schatten hatten sein Bewusstsein gefüllt. Als endlich einer zu sinken begann, riss Zinas Schrei ihn jäh aus seinen Gedanken. Azad sprang auf und hob den Säbel, obwohl die Geste lächerlich wirkte. Der Drache, der über die Baumkronen glitt, war größer als Daniels. Seine Flügel waren wie gewaltige Segel gebläht und die schwarz-grünen Schuppen leuchteten in der sengenden Sonne wie buntes Glas. Ein silberner Schimmer überzog die Krallen und Hörner, und als er näher kam, war der Brandgeruch kaum zu ertragen. Der Drache schoss über ihre Köpfe hinweg, flog eine Schleife und kam wieder. Zina war hastig zurückgewichen, aber Azad blieb zitternd stehen. Staub und trockenes Gras wirbelten ihm entgegen, als der Drache seine Flügel aufriss und zur Landung ansetzte. Schmutz schlug ihm ins Gesicht. Azad kniff die Augen zusammen, bis die Luft sich wieder zu beruhigen begann. Dumpf setzte etwas vor ihm auf dem Boden auf, so hart, dass die Erschütterung durch seine Wirbelsäule fuhr. Zina trat dicht an seine Seite. Heftig blinzelnd hob Azad den Kopf. Orangerote Augen starrten ihn an. Der Kopf des Drachen wölbte sich ihm entgegen, Sonne tanzte auf seinem Hals. Für einen Moment war ihm die Situation so vertraut, dass es wehtat. Wie von selbst hob er die Hand in Richtung der schuppigen Schnauze, obwohl ihm das Herz hämmerte bis zum Hals. Dann blitzte etwas zwischen den silbernen Rückenstacheln des Drachen auf und Azad zuckte zurück.

Yamals Gesicht war schweißnass, sein Blick kalt und hart. Seine Hände lagen auf den dunklen Schuppen und wie Daniels waren sie bis zu den Ellenbogen von Verbrennungen übersäht. Er starrte Azad geradewegs ins Gesicht, und zum ersten Mal wurde ihm bewusst, wie ähnlich Yamal ihrem Vater sah. Die Schweißperlen auf seiner breiten Stirn glitzerten in der Sonne und seine Lippen lächelten ohne jede Spur von Gefühl. »Ich würde dir empfehlen, deine Hand zurückzuziehen«, sagte Yamal leise. »Sonst … nun, du weißt vielleicht von meinem Magier, was sonst passiert.«

Azad ließ den Arm sinken, obwohl er nicht verstand. »Was … dein Magier ist …«

Yamal schnalzte mit der Zunge und Zina keuchte auf. Als Azad herumfuhr, war sie schon in die Knie gegangen. Voller Entsetzen starrte er auf die hässlich roten Blasen, die auf ihren Händen auftauchten. Rauchblaue Funken wirbelten über ihre Haut, und überall, wo sie ihre Finger berührten, blieb verbranntes Fleisch zurück.

»Nicht!« Azad sah sich hektisch um, aber es war niemand zu sehen. »Yamal, bitte …«

Yamal schnalzte erneut und die Funken erstarben sofort. Zinas Haut war wieder unversehrt und glatt, obwohl sie sich gerade noch vor Schmerzen gekrümmt hatte.

»Firas«, stieß Azad hervor. »Das ist Firas' Magie. Was hast du getan? Wie kannst du …«

»Ich habe ihm nichts getan. Mein Magier tut, was ich ihm sage. So ist das, wenn man bedeutend ist, weißt du. Andere tun, was man ihnen befiehlt.« Yamal warf einen Blick auf Azads Gesicht und seufzte. »Zeig dich, Magier. Ähnlich wie du ist mein Bruder hin und wieder schwer von Begriff.«

Etwas flackerte am Rand von Azads Gesichtsfeld. Eine Gestalt machte einen Schritt aus dem Nichts, dann stand Firas vor ihm und sah ihn ohne Bedauern an. Er hatte die Palastroben abgelegt und trug die einfache Kleidung aus Palmblättern, die ihm die Baumsiedler zur Verfügung gestellt haben mussten. Funken tanzten um seine Armstümpfe, Funken, die gerade noch Zina gequält hatten.

»Wieso bist du hier?«, stieß Azad hervor.

Der handlose Magier verzog keine Miene. »Falls du mein plötzliches Erscheinen meinst, das waren Illusionen. Ich war schon vor euch hier.« Er nickte in Richtung Waldrand und machte eine vage Armbewegung, als könnte er sich jederzeit wieder in Luft auflösen.

»Das meinte ich nicht«, gab Azad hart zurück. »Wieso bist du *hier*, Firas?«

Firas musterte ihn nachdenklich. Die drei Schnitte auf seiner Wange zauberten die Illusion eines schiefen Lächelns in seinen Mundwinkel, das Azad unangenehm an Daniel erinnerte. »Euer Freund ist gescheitert«, gab er schließlich zurück. »Seine Skizzen waren gut, aber ich habe nie erwartet, dass er es schafft. Die erforderliche Magie übersteigt seine Fähigkeiten und das hat er gewusst. Sonst wäre er hier, oder nicht?«

Azad bemühte sich, seinen Zorn unter Kontrolle zu bekommen. Seine Fingerspitzen hatten zu brennen begonnen, aber noch hielt er die Funken zurück. »Du hättest uns begleiten können …«

Nun lächelte Firas tatsächlich und die Dunkelheit in seinen Augen ließ Azad schaudern. »Da gibt es etwas, das du noch nicht begriffen hast. Ihr beide seid so verloren wie euer Freund. Ihr wisst nicht mal mehr, was ihr hier wollt. Ihr werdet hier sterben. Ich nicht.«

»Und dann?«, fuhr Zina ihn an. »Kehrst du in den Palast zurück und lässt dir noch zwanzig Jahre lang das Gesicht zerschneiden?«

Rauchblaues Licht tanzte auf Zina zu und einer der Funken berührte ihr Gesicht. Sie keuchte entsetzt, aber die Magie glitt über ihre Haut wie eine Fingerspitze, ohne Brandblasen zu hinterlassen. Es sah aus wie ein Streicheln und Zina wich irritiert zurück.

»Du hast keine Ahnung vom Leben außerhalb der Palastmauern«, sagte Firas tonlos. »Wieso denkst du, dass irgendwo etwas Besseres auf dich wartet?«

»Auf dich hat es gewartet«, entgegnete Zina leise. Azad warf ihr einen scharfen Blick zu, aber sie sagte nichts weiter. Er wusste nicht, weshalb Firas die Baumsiedler verlassen hatte, aber mit ein wenig Glück hatte er sie nicht verraten.

Firas' Lachen klang wie ein gequältes Tier.

»Die Magierin«, sagte Yamal sanft. »Mayra, nicht wahr? Sie hat ihre Strafe bekommen. Die Hände konnte ich ihr nicht mehr abschlagen. Sag ihnen, was ich stattdessen genommen habe.«

Firas Lippen zuckten. Seine Augen waren aufgerissen und leer, und Azad begriff nicht, wieso er den Wahnsinn darin nicht vorher gesehen hatte. »Ihren Kopf.« Er lachte noch einmal und Azad wurde schlecht.

»Du hast dich mit Verrätern eingelassen«, sagte Yamal sachlich und starrte über die Stacheln des Drachen auf Azad herab. »Du hast die Dienerin und den Krüppel gestohlen und wolltest einen Drachen berühren, der dir nicht gehört. Du hast mich angegriffen und ohne Erlaubnis Magie benutzt. Dafür wirst du sterben, ich weiß nur noch nicht, wie.« Sein scharfer Blick wanderte zur Firas. »Fesseln.«

Azad konnte nicht reagieren. Rauchblaue Seile schlangen sich um seine Handgelenke und rissen ihn nach vorn. Er fiel auf die Knie, Zina stürzte neben ihn. Ihr Speer wurde ihr entrissen und landete in einem Funkenschauer im Gras, Azads Säbel fuhr aus seiner Scheide und blieb in der Sonne glitzernd vor ihm schweben.

»Du«, sagte Yamal und richtete seine Aufmerksamkeit auf Zina, die mit zusammengebissenen Zähnen zu ihm aufsah. »Ich gebe dir diese eine Chance. Sag mir, wie viele Schnitte du auf dich nehmen würdest, vielleicht schenke ich dir dafür dein Leben.«

Zina ließ sich nicht zu einer Antwort herab.

Yamal zischte leise. »Du hast wohl nicht verstanden, was ich meine.« Er beugte sich vor und der Drache folgte seiner Bewegung. Der gigantische Kopf senkte sich, bis heißer Atem über Azads Gesicht strich. Der Geruch nach Zimt und verbranntem Fleisch war überwältigend. »Ich spreche davon, dein dreckiges Leben zu retten. Zeig ihr, worum es geht.«

Azads Säbel schoss vorwärts. Zina brüllte auf und etwas Heißes spritzte Azad ins Gesicht. Ein klaffender Schnitt hatte sich auf ihrer rechten Wange aufgetan, dunkles Blut floss ihr über Lippen und Kinn. Azad warf sich nach vorn, aber der fliegende Säbel wich in einem Funkenschauer aus und kehrte gefährlich nah an Zinas verletzte Wange zurück.

»Das war einer«, sagte Yamal kalt. »Was denkst du, wie viele erträgst du, wenn es um dein Leben geht?«

Zina würgte und spuckte. Blut tropfte vor ihr ins Gras, lief über ihren Hals und tränkte den Stoff ihrer Bluse. Der Säbel verharrte sanft hüpfend vor ihr in der Luft.

»Die Klinge ist scharf, nicht wahr? Vielleicht wäre die Narbe am Ende kaum zu sehen. Mein Magier hat Erfahrung mit Wunden. Er könnte dich heilen, weißt du. Ein kurzes Brennen, und der Schmerz wäre weg.« Yamals Augen glitzerten gefährlich. »Oder er könnte dir den zweiten Schnitt verpassen. In deinem hübschen Gesicht ist noch so viel Platz.«

Azad rappelte sich auf. Die Fesseln brannten und knisterten an seinen Handgelenken, aber zu seiner Überraschung zwangen sie ihn nicht zurück in die Knie. »Weißt du«, stieß er hervor, »du hattest schon immer eine Schwäche für ungleiche Kämpfe. Schon als Kind hast du dich nur geprügelt, wenn Navid auf deiner Seite war. Jetzt liegen wir in Fesseln, und du traust dich immer noch nicht, uns näher zu kommen?«

»Halt die Klappe«, zischte Zina durch zusammengebissene Zähne und Blut.

»Navid«, sagte Yamal gedehnt, »ist nicht hier. Und du liegst in Fesseln, weil ich es so will. Ich habe kein Interesse daran, mich mit dir zu messen. Du denkst, ich müsste dir etwas beweisen?« Er lächelte. »Säbel.«

Die Klinge zuckte noch einmal vor und Zina sackte mit einem dumpfen Schmerzenslaut zur Seite. Azad ließ sich neben ihr auf die Knie fallen. Blut strömte über ihren Hals und in ihren Augen schimmerten Tränen.

»Hör auf«, keuchte Azad und versuchte, sich zwischen sie und den Säbel zu schieben. »Hör endlich auf. Ich hab es verstanden.«

»Aber das hast du ganz offensichtlich nicht«, widersprach Yamal ernst. »Ich werde nicht aufhören, Azad. Ich brauche dich nicht mehr. In der Höhle hättest du mir nützen können, aber du wolltest ja nicht. Den Magier konnte ich am Ende doch überzeugen, mit seiner Hilfe bin ich dem Krüppel gefolgt. Jetzt gibt es nichts mehr, was du mir anbieten könntest. Du hast verloren. Und dafür wirst du bestraft.« Seine Mundwinkel hoben sich langsam. »Weißt du, es ist gar nicht so leicht, jemandem den Kopf abzuschlagen. Man braucht eine ordentliche Klinge und Kraft. Vielleicht hast du recht, kleiner Bruder. Vielleicht wird es Zeit, dass ich ein bisschen näher komme.«

Der gewaltige Drache machte eine Bewegung, die Azad auf absurde Art und Weise an einen Knicks denken ließ. Seine schuppigen Vorderkrallen beugten sich und sein gewaltiger Körper drückte sich an den Boden. Yamal hatte zahllose Flugstunden mit den Drachen des Kaisers absolviert, das sah man ihm an. Mit vollendeter Eleganz schwang er sich aus der Kuhle zwischen den Rückenstacheln und ließ sich über die schimmernde Flanke des Drachen nach unten gleiten. Er landete im sicheren Stand, geriet nicht einmal ins Taumeln. Der gehörnte Drachenkopf wölbte sich für einen Moment über seine Schulter und Yamal machte eine nachlässige Handbewegung in seine Richtung, um ihn an Ort und Stelle zu halten. Der Drache verengte die Augen zu zwei feurigen Schlitzen und beobachtete aufmerksam, wie sein Reiter auf Azad zutrat.

Im Gehen zog Yamal seinen Säbel, in dessen Heft faustgroße Opale saßen.

»Nicht.« Azad konnte seinen Blick nicht von der Klinge losreißen, seine Finger begannen zu brennen. Er riss und zerrte an den rauchblauen Fesseln, aber sie gaben nicht nach und das Brennen in seinen Händen wurde schlimmer. Kein einziger grüner Funke wollte sich von seinen Fingerspitzen lösen, egal wie sehr er darum kämpfte. Firas ließ Azads Säbel immer noch drohend über Zina schweben, trotzdem schien er keine Schwierigkeiten zu haben, Azads Magie im Kern zu ersticken.

»Firas«, stieß Azad hervor. Seine Hände fühlten sich an, als hätte er sie in glühenden Kohlen vergraben, aber seine Magie gehorchte ihm nicht. Der Geruch von verbranntem Fleisch stieg ihm in die Nase, und ohne hinzusehen wusste er, dass Brandblasen auf seiner Haut auftauchten – keine Illusion wie die, mit der Firas Zina gequält hatte. Yamal hatte Zina erreicht, die ihm wortlos entgegenstarrte. Blut hatte die Vorderseite ihres Hemdes getränkt. Ihre rechte Gesichtshälfte war geschwollen. Sie sagte kein Wort. Als Yamal ausholte, wanderte ihr Blick zu Azad. Ihre Augen waren gerötet, doch sie weinte nicht mehr.

»Firas!«, brüllte Azad.

Der Säbel fuhr auf Zina herunter und ein Klirren zerriss die Luft. Etwas blitzte, Yamal schrie auf und Azad packte Zinas Schultern. Da war Blut, viel zu viel Blut, und es dauerte, bis er begriff.

Seine Hände waren frei.

Drachengrün schillernde Funken tanzten um seine Finger.

Er hatte es geschafft, sich zu befreien und Firas die Kontrolle über seinen Säbel zu entreißen, gerade lange genug, um den ersten Hieb abzuwehren.

»Vorsicht!«

Zina warf sich auf ihn, im selben Moment schoss Yamals Säbel über ihn hinweg. Etwas lag zu Azads Füßen im Gras. Es war seine eigene Waffe, um die noch letzte grüne Lichter tanzten. Als er den Griff packte, durchzuckte gleißender Schmerz seine Hand, aber er schaffte es, den Säbel zu heben.

Yamal holte erneut aus. Azad warf einen Schild vor sich in die Luft, aber er war nicht schnell genug. Yamals Klinge zerriss ihn wie Seide, und als Azad den Angriff mit seinem Säbel abwehrte, schoss erneut heißer Schmerz durch seine geschundene Hand.

»Lauf«, keuchte Azad, »schnell …«

Zinas Atem ging rasselnd, aber sie dachte offensichtlich nicht an Flucht. Yamal entging ihrer Speerspitze nur knapp. Ein Donnergrollen zerriss die Luft. Yamal war zurückgewichen, den Säbel erhoben, die Zähne gefletscht. Hinter ihm richtete sich der Drache auf. Das Grollen schwoll an. Azad wusste, dass sie verloren waren.

Yamal atmete heftig. »Magier«, flüsterte er, »bring ihn mir. Die Hände zuerst.«

Rauchblaue Schlangen wanden sich über die Erde. Ein Lichtblitz, und Azads Säbel wurde ihm aus den Fingern gerissen. Ein zweiter, und die Fesseln schlangen sich um seine Arme. Sie zurrten sich fest und zogen ihn vorwärts, mit ausgestreckten Händen auf die Schnauze des Drachen zu.

»So«, sagte Yamal, als Azad stolpernd vor ihm zum Stehen kam. Die schuppigen Kiefer öffneten sich langsam, fingerlange Zähne schimmerten vor Azads Gesicht. Ein Schwall heißer Luft fuhr ihm entgegen und trocknete seine Augen aus. Die brennenden Fesseln zogen seine Handgelenke nach oben, bis Azads Finger die Wärme der Drachenhaut spüren konnten. Es war kein schlechtes Gefühl, er wünschte sogar, er könnte es irgendwie festhalten. Aber das konnte er nicht. Er würde nie wieder etwas festhalten können. »Ist dir das nah genug?«

Hinter ihm begann Zina zu schreien. Er verstand die Worte nicht, vielleicht gab es auch keine. Ihre Stimme klang wie hinter Wasser, aber Azad wusste, sie war da. Wenn er Glück hatte, würde sie das Geräusch seiner brechenden Knochen übertönen. Vielleicht, wenn er sich konzentrierte … und vielleicht war es dann endlich vorbei.

»Eins«, ertönte eine Stimme hinter ihm, und mit kaltem Entsetzen wurde Azad klar, dass es Firas war. »Zwei. Drei …«

Etwas knackte und Azad dachte: *vier.*

Am seidenen Faden

Zina hätte nicht gedacht, dass sie noch schreien konnte. Ihr Gesicht stand in Flammen und in ihrem Mund sammelte sich das Blut. Es rann über ihre Lippen und ließ sie würgen, aber als sie mitansehen musste, wie Azad auf den Drachen zustolperte, vergaß sie den schrecklichen Schmerz. Sie fuhr herum und riss den Speer hoch, doch in dem Moment, als sie ihn nach Firas werfen konnte, streifte der Magier sie mit einem Seitenblick und in einem Funkenschauer flog ihr die Waffe aus den Händen. Die rauchblauen Wolken um seine Stümpfe waren dichter geworden. Sein Gesicht zeigte keine Regung, als sich der riesige Kopf des grünen Drachen Richtung Boden neigte. Seine Kiefer öffneten sich, Zähne schimmerten in der Sonne. Die Lichtfesseln an Azads Händen leuchteten heller, sie schienen seine Arme nach vorne zu ziehen. Seine Fingerspitzen streiften die schuppigen Nüstern, dann schoben sie sich zwischen die geöffneten Zahnreihen.

Zina wagte nicht, sich zu rühren. Der Schrei riss ihr in der Kehle ab. Durch die schreckliche Stille drang laut und deutlich Firas' Stimme. »Eins.«

Ein Beben lief durch Azads Schultern.

»Zwei.«

Zina wollte wieder nach dem Speer greifen, aber ihre Arme gehorchten ihr nicht.

»Drei.«

Ein übelkeiterregendes Knacken ertönte und jemand brüllte auf. Zina sackte auf die Knie, versuchte zu begreifen, was geschehen war. Der Drache riss seine Flügel auf, die grüne Membran flirrte im Licht. Eine Gestalt stolperte rückwärts, fiel über Zinas Speer, rollte herum. Azad, es war Azad. Sein Blick irrte umher, ziellos und desorientiert. Die Fesseln waren von seinen Handgelenken verschwunden, so viel konnte sie sehen. Endlich löste sich ihre Starre und sie stürzte vorwärts, packte seine Arme und riss die Hemdsärmel zurück. Zitternde Finger streiften die ihren. Azads Hände waren schweißnass und mit Brandblasen überzogen, aber sonst unversehrt. Zina entfuhr ein schrilles Lachen. Azad starrte auf seine Hände, dann sah er auf. Sie folgte seinem Blick, und in dem Moment, in dem sie die zusammengesackte Person im Gras liegen sah, erinnerte sie sich an das Knacken.

Firas lag mit dem Gesicht nach unten und rührte sich nicht. Etwas glitt über seine Gestalt, ein Schatten. Der grüne Drache bäumte sich vor ihnen auf und schlug die Krallen donnernd zurück in die Erde. Sein Gebrüll hallte vom Felsen des Drachenkönigs wider. Wo der Schatten über ihn hinwegschoss, wurden seine grün glitzernden Schuppen fast schwarz. Yamal hatte den Säbel schon gegen Azad erhoben, hielt jedoch in der Bewegung inne. Sein Blick blieb für einen Moment an Firas' reglosem Körper hängen, und obwohl Zinas rechtes Auge zuzuschwellen begann, erkannte sie die Bestürzung auf seinem Gesicht. Es war ein seltsames Gefühl, ihn so zu sehen, als hätte er mitten auf der Bühne seinen Text vergessen. Seine Großspurigkeit verflog, ganz kurz nur. Für die Dauer eines Atemzugs wusste sie, dass er Angst hatte.

Dann brüllte der grüne Drache hinter ihm auf und sein Ausdruck veränderte sich.

»Ihr habt meinen Magier getötet«, stieß er hervor. Aber das hatten sie nicht und es schien ihm im selben Moment klar zu werden. Weder Azad noch Zina waren bewaffnet, sie hatten Firas nicht angerührt. Wieder glitt der Schatten über sie hinweg und Zina bückte sich nach ihrem Speer. Als sie aufsah, riss Flugwind an ihren Haaren. Bronzefarbene Schuppen schoben sich zwischen sie und den Himmel. Das Grollen, das nun ertönte, stammte nicht von dem grünen Drachen hinter Yamal. Goldene Krallen gruben sich in das trockene Gras, als das schwarzbraune Tier hart neben ihr aufsetzte.

»Daniel«, flüsterte sie.

Doch die Stelle zwischen den Schulterblättern des Drachen war leer. Sein Blick aus den goldgelb umrahmten Pupillen war auf den Grünen gerichtet, der sich drohend aufzurichten begann. Yamals Drache war mindestens doppelt so groß wie der an Zinas Seite. Sein breiter Brustkorb blähte sich und bläuliche Funken wirbelten um seine Nüstern.

»Yamal«, sagte Azad hastig und machte einen Schritt nach vorn, unter den halb gefalteten Flügeln des braunen Drachen hindurch. »Wir müssen nicht kämpfen. Das hier muss nicht so sein. Du hast deinen Drachen, du kannst ihn nehmen und zurückkehren …«

Das war Unsinn, er wusste es selbst. Yamal lachte auf, kurz und freudlos, und Azad verstummte abrupt. »Nein«, gab Yamal zurück. Er näherte sich der Flanke des grünen Drachen und hielt den Blick fest auf Azad gerichtet. »*Du* wirst zurückkehren. Du hast hier nichts verloren. Du wurdest nicht geschickt und du wurdest auch nicht gerufen. Niemand will dich hierhaben, hast du das immer noch nicht erkannt? Der Magier ist euch gefolgt bis zum See, er hat es mir gesagt. Du hast keinen der Wahren Wege gefunden, oder? Selbst der Krüppel hat es geschafft, aber du nicht. Ohne diese Dienerin wärst du gar nicht hier.« Er lachte erneut, während er eine Hand an den Hals seines Drachen legte. »Und ich dachte, du könntest mich zum Drachenkönig führen. Du kannst *nichts*. Nimm deinen Drachen und flieg zurück, wenn du dich traust. Erzähl dem Kaiser, dass ich dein Leben verschont habe.«

Azad bewegte sich nicht. »Tu das nicht.«

Yamal musterte ihn ungerührt. »Dein Leben verschonen?«

»Die Macht des Drachenkönigs gehört den Drachen. Es wird Chaos geben, neue Kriege …«

»Und wer würde diese Kriege gewinnen?« Yamal sprang auf die Vorderkralle des Drachen und zog sich elegant auf seinen Rücken. »Ich sage es ein letztes Mal. Verschwinde oder ich bringe dich um.«

Die Funkenwolke um die Nüstern seines Tiers waren dichter geworden. Zina trat unauffällig näher an die Flanke des Braunen. »Azad«, zischte sie. »Es hat keinen Zweck.«

Daniels Drache stieß ein unruhiges Fauchen aus. Er tänzelte auf der Stelle, kauerte sich Richtung Erde und zuckte mit den goldschimmernden Flügeln. Sein Blick war fest auf den größeren Drachen gerichtet, der drohend die Schnauze öffnete. Hitze flirrte vor ihm in der Luft und der Geruch nach Zimt und Verbranntem wurde wieder stärker.

»Azad!«, wiederholte Zina drängend. Sie zerrte das Spinnenseil aus ihrem Gürtel und warf es um eine der Rückenstacheln. Der Gedanke, sich erneut auf einen Drachen zu setzen, jagte ihr Schauer über die Haut, aber lieber starb sie oben als Verlorene als hier unten als Drachenfutter. Der Schmerz in ihrem Gesicht hatte sich ausgebreitet, und ihr Kopf fühlte sich an, als könnte er jeden Moment platzen. Blutrote Flecken tanzten vor ihren Augen, vielleicht waren es Funken, vielleicht nicht. Zina schlang das Spinnenseil um ihre Handgelenke und konzentrierte sich darauf, auf den Beinen zu bleiben.

»Azad, *bei der Feuermutter* …«

Endlich setzte er sich in Bewegung, aber nicht so, wie Zina es sich vorgestellt hatte. Statt auf den Rücken des Braunen zu steigen und sich davonzumachen, solange sie noch konnten, stürzte er vorwärts, direkt auf Yamal und sein Monster zu. Licht flammte auf, grün wie die Schuppen des Drachen, der Azad zu einem Häufchen Asche verbrennen würde. Er warf einen Magieschild vor sich in die Luft, dann noch einen, und dann ging ein Ruck durch das Tier an Zinas Seite und der braunschwarze Drache hob ab. Das elastische Spinnenseil zog sie mit, bevor sie reagieren konnte. Sie prallte mit der Stirn gegen die gepanzerte Flanke, und der Schmerz war so stark, dass sie Sterne sah. Aber nein, keine Sterne, es war Feuer. Drachenfeuer fauchte ihr entgegen und verbrannte die Luft dort, wo sie gerade noch gestanden hatte. Kreischend stieg der braune Drache höher und Zina pendelte hilflos hin und her. Sie hatte nicht genug Kraft, um sich zwischen die Stacheln zu ziehen. Das Spinnenseil rutschte durch ihre Finger. Während der braune Drache über ihr wilde Schleifen flog, um dem Feueratem seines Angreifers zu entgehen, klammerte sie sich fest.

»AZAD!« Es war zwecklos. Sie konnte nicht sehen, was unter ihr passierte, erkannte nur Feuer und schnell dichter werdenden Rauch. *Spring,* dachte sie matt, aber schon war sie zu hoch, um den Fall zu überleben. Sie flog und die Spinnenseide schnitt in ihre Handgelenke. Ihr Gesicht stand in Flammen, salziges Blut rann ihr in den Mund. Daniel war verschwunden, Azad war weg – und sie hing an der Seite eines Drachen, der nicht einmal zu wissen schien, dass es sie gab. Ihre Gedanken rasten. Sie rasten, aber sie rissen nicht ab. Die Bilder, die sie sah, waren immer noch echt: goldene Krallen, schwarzer Rauch, ein schmaler Streifen Himmel vor ihrem geschwollenen Auge. Zina flog, aber sie vergaß weder den Boden unter sich noch den schrecklichen Sturz, der ihr drohte, ließe sie jetzt los. Die Luft wurde klarer, der Rauch blieb zurück. Tropfen legten sich auf ihr Gesicht, und erst dachte sie, dass es weiteres Blut war. Doch als sie blinzelte, erkannte sie, dass es zu regnen begonnen hatte. Wolken hatten sich vor die Sonne geschoben, feines Sprühwasser benetzte ihre Haut. Die gigantischen Himmelsriesen, die über ihr kreisten, schienen näher gekommen zu sein. Der braune Drache stieg höher und Zinas Kräfte schwanden. Das Seil haftete an ihrer Haut, aber ihr Klammergriff begann sich zu lockern. »Halt an«, stieß sie hervor, doch ihre Worte wurden vom Wind verschluckt, und überhaupt, wer sollte sie hören? Die vom Regen feuchte Spinnenseide begann durch ihre Finger zu rutschen. Der Speer, den sie durch ihren Gürtel gesteckt hatte, stieß immer wieder hart gegen ihre Waden. Zina warf einen Blick nach unten und wünschte, sie hätte es gelassen. Dort erwartete sie nur gähnende Leere und eine rabenschwarze Rauchsäule, die nichts Gutes bedeuten konnte. Sie pendelte zur anderen Seite und wäre fast gegen die Steilwand geprallt, die senkrecht neben ihr abfiel. Der Drache legte sich in eine Kurve und ein Ruck ging durch das Seil. Zina keuchte auf, als sich der Griff ihrer linken Hand endgültig löste. Die Spinnenseide glitt ihr durch die kraftlosen Finger, sie tastete wild um sich und bekam nichts zu fassen. Gerade war sie noch geflogen, jetzt fiel sie, die Rechte noch um das nutzlose Seilende geklammert, die Linke hilflos rudernd. Ihre Schulterblätter prallten gegen Stein, einmal, dann noch einmal. Im Fallen wurde Zina herumgeworfen, sie sah Fels direkt vor ihrer Nase. Sie schrammte an der Steilwand entlang, streckte die Hände aus und bekam einen Vorsprung zu packen. Mit ihrem ganzen Gewicht krachte sie gegen senkrecht abfallenden Stein, schlug mit ihrer verletzten Gesichtshälfte dagegen und der Schmerz nahm ihr den Atem. Brüllend blieb sie hängen, über sich Wolken, unter sich nichts. Ihre Finger krallten sich in den Fels, der Speer klapperte an ihrer Seite … Der Speer. Zina kniff die Augen zusammen. Ihre Arme brannten jetzt schon vor Anstrengung, ihre Füße hingen nutzlos ins Leere. Mit ihren Zähnen packte sie das Spinnenseil, das vor ihrer Nase baumelte. Der Speer an ihrer Seite ragte neben ihr in die Luft, und mit wilden Verrenkungen gelang es ihr, das Seil über die gehärtete Spitze zu ziehen. Das silbrige Material blieb an dem geschwärzten Holz haften, aber das reichte nicht. Zina holte tief Luft und ignorierte jeden einzelnen Muskel in ihrem Körper, der sich anfühlte wie kurz vor dem Zerreißen. Dann löste sie die rechte Hand von dem Vorsprung, spießte das eine Seilende so gut sie konnte auf die Spitze, wickelte das andere um ihren Gürtel und zog den Speer. Ihr linker Arm stand in Flammen. Das Fleisch ihrer Finger fühlte sich an wie von den Knochen geschält, aber sie ließ nicht los. Mit aller Entschlossenheit, die ihr geblieben war, holte Zina aus und warf den Speer. Er schoss in einem steilen Bogen aufwärts und zog das silbrige Spinnenseil hinter sich her. Etwas ruckte und kurz hatte sie Hoffnung, aber dann ließ der Widerstand nach und der Speer fiel zurück. Er stürzte an ihr vorbei, und Zina schaffte es gerade noch, mit der zweiten Hand wieder nach dem Vorsprung zu greifen. Dann wurde der Speer mit einem Ruck gebremst und baumelte nutzlos an dem Spinnenseil, das Zina um ihren Gürtel gewickelt hatte.

»Verdammt«, zischte Zina, Zornestränen stiegen ihr in die Augen. »Verdammt, verdammt …«

Sie hatte nicht wirklich daran geglaubt, dass sie dort oben irgendwo Halt finden würde. Der Speer war nicht hart genug, um den Stein zu durchdringen. Wenn sie nicht zufällig genau in eine Felsspalte traf, hatte sie nicht den Hauch einer Chance. Mit bebenden Lippen löste Zina noch einmal die Hand von dem Vorsprung, tastete nach dem Spinnenseil und schlang es mehr schlecht als recht um die hervorstehende Felszacke, an der sie hing. Es würde nicht lange halten, aber wenn sie abrutschte, hätte sie wenigstens einen Augenblick, um zu reagieren. Oder um die Erkenntnis auszukosten, dass sie im nächsten Moment in den Tod stürzen würde … Der Speer baumelte unter ihr, als wollte er sie verhöhnen. Zina schrie gedämpft auf, als der Schmerz in ihren Schultern unerträglich wurde. Sie konnte nicht loslassen, sie konnte nicht. Verzweifelt griff sie noch einmal nach dem Seil und zog den Speer aufwärts, bis sie ihn mit ihrer linken Hand umschließen konnte. Diesmal hielt die rechte ihr volles Gewicht, und sie wusste, im nächsten Moment würde sie fallen. Zina holte noch einmal aus, legte den Kopf in den Nacken und sah durch einen Schleier aus Schmerzen und Blut nach oben. Da war Felsen und Himmel. Weit über sich konnte sie den Himmel sehen.

»Komm schon!«

Sie warf. Der Speer schoss nach oben, zog einen silbrigen Bogen aus Seide hinter sich her. Da war ein Klappern, aber kein Widerstand. Er musste irgendwo aufgekommen sein, aber er fand keinen Halt. Zina schrie vor Wut, ihre Finger schrammten über den Felsvorsprung. Sie würde fallen, es war vorbei. Etwas riss an ihrem Gürtel und sie machte sich bereit.

Das Reißen wurde stärker. Ihre Hand glitt ab und sie pendelte erneut gegen die Felswand. Aber sie fiel nicht. Das Spinnenseil hatte sich gespannt und es hielt.

Zina vergaß alles andere. Sie vergaß, wie hoch sie war, vergaß, dass sie über dem Abgrund baumelte. Mit blutigen Händen tastete sie um sich, fand kleine Spalten und Risse im Fels, die für kaum mehr Halt boten als ihre Fingernägel. Ihre nackten Füße krallten sich in die Steinwand, glitten ab, wieder und wieder. Zina zog sich hoch, an drei Fingern vielleicht, sie wusste es nicht. Das Seil an ihrem Gürtel zitterte und bebte, aber es hielt, zumindest für den Moment. Irgendetwas zerrte sie aufwärts und Zinas linker Fuß fand einen winzigen Tritt. Blindlings kletterte sie weiter, krallte Finger in Erhebungen und drückte Zehen gegen fast senkrechten Fels. Sie würde sterben, jeden Moment würde sich das Seil lösen und sie würde fallen. Aber sie würde nicht loslassen, nicht, solange sie atmete. Sie hatte zu schreien begonnen, Zina wusste nicht, wann. Und dann waren es nicht mal mehr Schreie, nur Laute, die sie ausstieß, während sie sich die Felswand nach oben quälte. Ihr Körper war am Ende, überall war Blut, aber sie ließ nicht los. Sie drückte ihre unverletzte Wange gegen den Fels und tastete mit einer Hand über ihren Kopf. Ihre Finger schlossen sich um etwas Warmes, das keine Seide war und kein Stein. Wieder ein Ruck um ihre Mitte, ihre Füße lösten sich von der Wand. Sie fiel oder flog, wie konnte sie es wissen? Stein schlug gegen ihre Knie, und dann war da etwas, packte sie, hielt sie fest. Sie spürte mehr Wärme, roch Mandelholz und etwas ergab plötzlich Sinn. Zinas Beine knickten ein und sie fiel auf ebenen Untergrund.

»Du fällst nicht«, flüsterte eine heisere Stimme. »Du bist sicher, du fällst nicht. Zina. Zina, sieh mich an.«

Funken tanzten vor ihren Augen, orangerotes Licht. Der Drache musste ihr gefolgt sein, wieso war er ihr gefolgt? Er würde sie verbrennen, ihr Fleisch, ihre Knochen. Ihre Muskeln verbrannten schon längst, wieso hatte sie nicht gemerkt, dass er sie in Brand gesetzt hatte? Das Feuer glitt über ihr Gesicht und schmolz ihre Haut, wärmte sie, vertrieb den Schmerz. Es tat nicht weh. Sie hatte gedacht, es müsste wehtun. Zina blinzelte. Sie blinzelte mit dem linken Auge, dann mit dem rechten. Es funktionierte ohne Schwierigkeiten. Sie hustete und kein frisches Blut rann ihr dabei über die Lippen.

»Ich brenne nicht«, würgte sie hervor und tastete zaghaft über ihre Wange. Die Haut schmerzte und spannte, aber sie blutete nicht mehr.

»Nein«, sagte die Stimme, »du brennst nicht.«

Das Warme zog sich langsam zurück und Zina hob den Kopf. Daniel kniete vor ihr, den Speer locker in einer Hand. Um die andere tanzten noch einzelne Funken in der Farbe des Feuers, das in der Kehle des Drachen gebrodelt hatte.

»Bist du in Ordnung?« Er klang immer noch heiser.

»Ich … glaube schon.« Zina streckte die Hände aus und starrte auf ihre Fingerspitzen. Sie hatte sie blutig gerieben und ihr fehlten mehrere Fingernägel, aber nach all den Qualen spürte sie diesen Schmerz kaum.

»Du bist hier«, sagte Zina schwach. »Du bist … du warst verloren, ich dachte …«

Daniel schüttelte den Kopf. »Ich bin …« Er zögerte. »Es war wie ein Traum«, sagte er dann. »Ich wollte nicht aufwachen, anfangs. Aber da waren diese Stimmen … Schmerzen … Schreie. Ich konnte sie nicht ignorieren. All diese Bilder, und … ich konnte nicht vergessen, wessen Gesichter es sind. Deines, und …«

Zina nickte. »Hast du uns den Drachen geschickt?«

»Ich weiß es nicht. Ich wusste, ich musste … etwas tun. Es gab etwas, am Boden … Vielleicht, ja. Oder vielleicht war es der Drache selbst. Vielleicht hat er mich gespürt, wie ich ihn gespürt habe.«

»Wo ist er?«, fragte Zina leise. Sie sah sich um. Sie standen an der Kante eines Felsplateaus, rechts und links von ihr ragten steinerne Säulen und Bögen auf. Hinter ihr ging es in schwindelerregende Tiefe und Zina brachte hastig Abstand zwischen sich und den Abgrund.

»Weg«, antwortete Daniel ruhig. »Er wird weitergeflogen sein.«

Zina schluckte. »Und wo …« Sie hielt inne. »Wir sind oben.«
Daniel nickte.

»Der Sitz des Drachenkönigs? Wir sind da?«

»Ja.« Daniels Stimme war kaum mehr als ein Flüstern.

Zina sah ihn an. »Was ist passiert? Warst du bei ihm?«

Er gab keine Antwort.

»Daniel Dalosi, ich hatte gerade diverse Nahtoderfahrungen. Azad ist da unten und kämpft gegen Yamal. *Du* tauchst hier auf, als wäre nichts gewesen. Und dann entscheidest du dich allen Ernstes für dramatisches Schweigen? Spuck es verdammt noch mal aus!« Daniel sagte immer noch nichts. Stattdessen trat er vor und umarmte sie so heftig, dass Zina ächzte. »Was … Daniel …« Sie gab auf. Als er sie endlich losließ, schimmerten seine Augen verdächtig hell.

»Ich wollte nicht dramatisch sein«, sagte Daniel und ignorierte ihr lautes Schnauben. »Ich weiß nur nicht … ich denke, du solltest es selbst sehen.« Er rollte die Spinnenseide ab und reichte ihr den Speer. »Komm.«

Zina warf einen letzten Blick in den Abgrund, wo Azad und Yamal in Rauchwolken verschwunden waren. Ihr Magen verkrampfte sich, aber sie konnte nichts für ihn tun.

Wortlos packte sie ihren Speer und folgte Daniel zwischen die steinernen Bögen.

König der Drachen

Azad wusste, dass sein Magieschild keinem Drachenfeuer standhalten würde. Wahrscheinlich gab es auf der ganzen Welt keinen Schild, der stark genug war. Aber er wusste auch, dass Yamal nicht abheben durfte, und bevor er diesen Gedanken weiterspinnen konnte, hatte er seine Deckung verlassen und war mit nichts als zwei zu schwachen Schutzschilden losgelaufen, direkt auf das schwelende Maul des grünen Drachen zu. Hinter sich hörte er Zina schreien, ein Luftstoß traf ihn zwischen den Schulterblättern. Er taumelte vorwärts und im Fallen richtete er seine kürzlich verloren geglaubte Hand auf Yamal. Grünes Licht flammte auf, heller, als Azad erwartet hatte. Ein drachengrüner Magiestrahl schoss vorwärts und traf Yamal vor die Brust. Er wurde in die Luft geschleudert, doch bevor Azad mehr sehen konnte, ertönte das lauteste Grollen und die Welt wurde in Drachenfeuer getaucht. Fauchende Flammen schossen über ihn hinweg, und diesmal hatte Azad keinen Fluss, in den er abtauchen konnte. Stattdessen blieb er dicht auf die Erde gepresst, während die beiden Schilde über ihm flackerten. Hitze schlug ihm entgegen. Er drückte sein Gesicht fest in das vertrocknete Gras. Um ihn herum fingen kleine Grasbüschel Feuer, doch der Drache hatte nicht auf Azad gezielt. Das röhrende Feuer verlosch, und als er den Kopf hob, hing schwarzer Rauch hinter ihm in der Luft. Die Bäume am Waldrand brannten lichterloh, Zina und der braune Drache waren verschwunden.

»Zina!« Er sprang auf und sah sich um, aber der Rauch ließ seine Augen tränen und hüllte alles, was weiter als ein paar Schritte entfernt war, in undurchdringliches Grau. Ein Schatten tauchte vor ihm auf. Es war nicht Zina. Yamal trat näher, hustend und taumelnd, doch er fing sich rasch. Er kam auf Azad zu, den Säbel gezückt, einen Ausdruck tiefer Abscheu im Gesicht. Azad sah sich nach seiner eigenen Waffe um, und sein Herz sank, als er die geschmolzene Klinge neben sich im Gras liegen sah. Er hob die Hände und der grünliche Schimmer ließ Yamal innehalten. Der zweite Prinz warf einen Blick in Firas' Richtung, der genauso reglos dalag wie Azads Säbel. Azad musste an das denken, was mit Mayra geschehen war, heiße Wut brannte in seinen Fingerspitzen. Er hob eine Funken sprühende Hand. »Er wird nicht mehr für dich kämpfen können«, fuhr er Yamal an.

Yamal wirkte nicht sonderlich besorgt. »Ich habe einen Drachen«, gab er sachlich zurück. »Und wer kämpft für dich?«

Die schuppige Schnauze wölbte sich über Yamals Schulter und erneut begannen rotgoldene Funken um die geblähten Nüstern zu tanzen. Yamal hob einen Finger und ein triumphierendes Lächeln breitete sich auf seinem Gesicht aus. Azad beschwor hastig mehr Schilde herauf, auch wenn keiner von ihnen ihn retten würde. Der Drachenkiefer öffnete sich. Verzweifelt entschied Azad sich für die einzige Option, die er hatte: Er ließ seine Hand durch die Luft peitschen und traf Yamal mit seinem Angriff hart vor die Brust. Yamal stolperte rückwärts und der Drache verharrte.

Azad blinzelte.

Die Hitzeschleier vor der grün geschuppten Schnauze schienen weniger zu werden und die orangeroten Funken erloschen. Der Drache starrte Azad unbewegt an, die Augen zu zwei Schlitzen verengt. Yamal rappelte sich keuchend auf und machte eine wütende Geste in Azads Richtung.

Der Drache rührte sich nicht.

Azad hob erneut den Arm. Der feurige Blick folgte jeder seiner Bewegungen. Versuchsweise wiederholte er Yamals Geste, doch auch bei ihm zuckte der Drache nicht einmal mit der stachelbewehrten Schwanzspitze.

Er wartet, erkannte Azad jäh. Dieser Drache hatte zwei mögliche Reiter erkannt, und jetzt wartete er darauf, dass einer von ihnen gewann.

Azad sah zurück zu Yamal, der zum selben Schluss gekommen zu sein schien. Der goldene Säbel blitzte auf, als er ihn hob, und eine Wolke zornroter Funken begann sich um die Klinge zu bilden. Gerade noch rechtzeitig riss Azad seinen Schild hoch. Yamals erster Angriff erwischte ihn mit unerwarteter Wucht. Licht flammte auf, wo Yamals Magie auf seine traf, und einzelne Funken fraßen sich durch den grün schimmernden Wall. Unwillkürlich wich Azad zurück. Die Verbrennungen an seinen Händen meldeten sich mit glühendem Schmerz zurück. Mit einem Fuß stieß Azad gegen seinen zerstörten Säbel. Der Qualm hinter ihm wurde dichter, zugleich verrieten ihm kühle Tropfen auf seinem Gesicht, dass es zu regnen begonnen hatte. Lautlos verdampfte das Wasser über dem brennenden Wald.

Azad atmete tief durch und richtete seine Aufmerksamkeit zurück auf Yamal.

Schatten lag zwischen den steinernen Bögen und Säulen, die die Krone der gewaltigen Felsnadel bildeten. Es war schwer zu sagen, wie groß das steinerne Plateau war. Daniel führte sie zielsicher über den glatt gewetzten Weg, der sich zwischen den zerklüfteten Steinformationen auftat, und hinter jeder

Windung begegnete Zina neuen Gebilden aus emporragendem Fels. In ihrer Vorstellung hätte der Wind hier oben heulen müssen, aber tatsächlich war es seltsam still. Sie hörte nichts bis auf das leise Geräusch ihrer Schritte. Selbst der Regen drang nicht mehr bis zu ihr durch und die kreisenden Drachen am Himmel wirkten riesig und doch Welten entfernt. Zina hatte inzwischen genug Erfahrung mit magischen Orten gemacht, um zu wissen, dass sie einen betreten hatte. Wind und Wetter schien es hier nicht zu geben und vielleicht galt das sogar für die Zeit. Zumindest konnte Zina unmöglich sagen, ob nur ein Augenblick vergangen war oder ein ganzer Tag, als Daniel vor zwei turmhohen Steinsäulen innehielt. Zina blieb neben ihm stehen. »Hier?«, fragte sie. In der seltsamen Stille klang ihre Stimme laut.

»Ja«, erwiderte Daniel.

Kurz rührte sich keiner von ihnen. Dann trat Zina an ihm vorbei und zwischen den Säulen hindurch.

Sie hatte zu Azad gesagt, wenn sie den Drachenkönig sähen, wüssten sie es. Sie behielt recht. Zina sah den Drachenkönig, und sie hätte ihn erkannt, egal, wo sie ihm begegnet wäre. Der Anblick war vertraut, obwohl sie ihm nie zuvor begegnet war. Zina machte einen winzigen Schritt vorwärts und spürte, wie Daniel lautlos an ihre Seite trat.

Sie stand am Rand eines Platzes, der von Steinsäulen umgeben war. In der Mitte der Fläche schimmerte Wasser, in dem sich ein strahlend blauer Himmel spiegelte. Kein Regentropfen störte die perfekte Oberfläche, obwohl hoch über ihnen Gewitterwolken hingen. Der Drachenkönig lag vor ihr, die perlweiße Schwanzspitze in das klare Wasser getaucht.

»Silberwasser?«, flüsterte Zina, obwohl sie es besser wusste. Das Bild kam ihr unheimlich bekannt vor, aber das Wesen vor ihr war nicht Silberwasser. Es war größer, mindestens doppelt so lang, mit kristallartig durchscheinenden Schuppen.

Anders als die Tiere, die Zina aus dem Kaiserkanal kannte, war der Drachenkönig nicht richtig weiß. Sein Panzer war milchig wie blind gewordenes Glas. Ein Muster wand sich über seine Stirn, das älter und verschlungener aussah als alle, auf die Zina bisher gestoßen war. Wie in dem Wasser hinter ihm schien sich in seinen Augen der Himmel zu spiegeln – oder *ein* Himmel, ein fast wolkenloser, der nichts mit dem grauweißen Gewölbe über ihnen zu tun hatte. Zina hätte den Drachenkönig für einen Flussfresser gehalten, wären da nicht die Flügel gewesen. Der Drachenkönig hatte sie nicht an seinen Körper gelegt. Ausgebreitet bedeckten sie einen Teil des steinernen Bodens, auf dem eine ölige Flüssigkeit eingetrocknet war. Das feine Knochengerüst war mehrfach gebrochen und die seidenzarte Membran hing in blutigen Fetzen herab. Große Stücke schienen zu fehlen, als hätte sie jemand abgehackt. Navid hatte den Drachenkönig nicht einfach verwundet. Er hatte seine Flügel zerstört. Der uralte Drache musste sich mit letzter Kraft auf seinen Felsen gerettet haben und war seitdem hier gefangen.

»Er stirbt«, flüsterte Zina.

Daniel antwortete nicht. Er stand da, die Hände zu Fäusten geballt, und starrte auf die zerrissenen Flügel.

Zina ging langsam weiter. Ihre nackten Füße berührten die dunklen Flecken auf dem Stein und ein brennender Zimtduft stieg zu ihr auf. Das Blut des Drachenkönigs, für das sie einmal aufgebrochen war, klebte eingetrocknet unter ihren Sohlen. Zina ließ sich auf die Knie sinken. Der Kopf des Drachenkönigs hob sich ganz leicht. Er war so groß wie Zinas ganzer Körper. Früher mussten die Drachen so ausgesehen haben, dachte sie abwesend, als sie eine Hand zitternd vorstreckte. Generationen in der Luft hatten dazu geführt, dass sich ihr Äußeres immer weiter von ihren Verwandten im Wasser entfernt hatte.

»Zina.«

Sie hielt inne, eine Handbreit von der Schnauze des Drachen entfernt. Daniel war näher getreten und ging langsam neben ihr in die Knie.

»Er stirbt«, wiederholte er leise ihre Worte. »Ist dir klar, was das bedeutet?«

Zina sah ihn an. Daniels Gesicht war ernst. In seinen Augen spiegelte sich der Himmel, wie er wirklich war, mit all seinen dunklen Wolken. »Was?«, fragte sie heiser.

»Diese Wunden«, entgegnete Daniel ruhig, »sind Navids Werk. Wer den Drachenkönig tötet …«

»… erbt seine Macht.« Zina starrte ihn an. »Aber … er ist gescheitert. Navid wurde besiegt, er …«

»Er hat ihn verletzt. Wenn der Drachenkönig an diesen Wunden stirbt, erhält Navid seine Kräfte.«

Für einen Moment blieb Zina stumm. »Können wir ihn heilen?«

»Nein«, sagte Daniel mit einem freudlosen Lächeln. »Der Drachenkönig ist eines der mächtigsten Geschöpfe des Planeten. Wenn er diese Flügel nicht heilen konnte, dann kann es niemand.«

Zina schüttelte benommen den Kopf. »Aber was sollen wir dann tun?«

»Es gibt nicht viele Optionen. Wir können warten, bis er stirbt und seine Macht auf Navid übergeht. Wir können warten, bis Yamal kommt und diese Macht für sich beansprucht. Oder …«

»Oder wir«, schloss Zina flüsternd. »Du … denkst, dass wir ihn töten sollten.«

Daniel sagte nichts. Sein Gesicht war ausdruckslos, als er aufstand und sich langsam von dem sterbenden Drachen entfernte. Zina erhob sich und folgte ihm, weil das einfacher war, als weiter in die gequälten Augen zu starren.

»Du hast mich … gefragt, ob ich schon einmal ein Opfer gebracht habe«, brach Daniel schließlich das Schweigen. »Die Formeln … das, was ich brauche, um neue Flügel zu bekommen, es ist etwas Lebendiges. Etwas Mächtiges.«

»Der Drachenkönig. Er sollte … dein Opfer werden?«

»Ich wusste es nicht«, flüsterte Daniel. »Das ist sehr komplexe Magie. Keiner konnte mit Sicherheit vorhersagen … ich dachte, vielleicht reicht mir sein Blut. Ein bisschen von seiner Magie. Aber er ist geschwächt. Er wird sterben, so oder so …«

»Versuchst du gerade, mich zu überzeugen?«

Daniel schloss die Augen und schüttelte den Kopf. »Nein«, murmelte er nur. Mehr nicht.

Zinas Blick wanderte zurück zu dem sterbenden König der Drachen. Er rührte sich nicht, sah sie nur an. Sie fragte sich, ob er verstand, worüber sie sprachen.

»Du könntest versuchen, ihn zu bitten …«

»Er wird es nicht lang überleben.«

Zina vergrub das Gesicht in den Händen und zuckte zusammen, als sie die frisch verheilten Schnitte spürte. Ungewollt dachte sie daran, dass es ihre ersten waren. Daniel hatte so viel auf sich genommen, um ihr zu helfen. Und wenn sie nichts taten, gewann Navid. Oder Yamal. Sie ließ die Finger sinken und sah den Drachenkönig an. Dachte an Silberwasser, die Azad für sie geheilt hatte. An die Narben auf Daniels Rücken. »Sag mir eine Sache«, verlangte sie mit rauer Stimme. »Wenn Azad hier wäre, könnte er es? Könnte er den Drachenkönig heilen?«

Sie drehte sich um und sah Daniel herausfordernd an. Der Plattenmeister musterte sie aufmerksam. »Azad ist stark«, gab er leise zurück. »Er hat viel gelernt. Ich weiß nicht, wie weit seine Fähigkeiten gehen …«

»Könnte er es?«

Daniel holte tief Luft, dann schüttelte er den Kopf. »Nein. Er könnte es nicht.«

Zina presste die Lippen zusammen. »Dann tu es.«

Aus seinem Beutel zog Daniel die Schriftrollen und legte sie vor sich ab. Seine Augen glitten über die geschwungenen Wörter und Formeln, obwohl Zina überzeugt war, dass er die Skizzen in- und auswendig kannte. Als Nächstes platzierte Daniel das Spinnenseil daneben und schließlich nahm er mit zitternden Fingern das schwere Goldamulett ab. Er ging auf die Knie, und als das Gold den Felsen berührte, hörte Zina es leise klirren.

»Das ist alles?«, fragte Zina schwach.

Daniel sah auf. »An materiellen Dingen, ja. Gold, Seide und Blut.«

Zina schluckte. »Diese Formeln … Was für eine Art Magier war er?«

»Nicht, was du denkst.« Daniels Finger fuhren über den massiven Anhänger, verharrten an der Stelle, den das Vogelwappen schmückte. Zina hatte ihn nur einmal nach der Bedeutung des Motivs gefragt und natürlich hatte er ihr nicht geantwortet. »Das hier ist nicht seine Art Magie. Es ist eine Gratwanderung, die er nie unternommen hätte, wenn …« Er schüttelte den Kopf. »Er hat es für mich getan.«

»Ist das schwarze Magie?«

Daniel zögerte. »Es ist … alte Magie. Die Formeln sind neu. Sie basieren auf Ritualen, die oft missbraucht wurden. Viel davon findet man in schwarzmagischen Beschwörungen wieder.«

»Woher weiß man dann, ob es schwarze Magie ist oder nicht?«

Daniel riss den Blick von der Goldkette los und sah Zina an. »Es ist schwarze Magie, wenn man ein Opfer braucht.«

Sie starrte zurück. Der Drachenkönig schimmerte perlweiß am Rand ihres Blickfelds. »Tu es«, wiederholte sie schließlich.

Daniel zog das Messer aus seinem Gürtel.

Azad wich der Klinge aus, die auf ihn herabfuhr, und rollte sich ab. Yamal sprang hinterher, wurde von Azads Angriff getroffen und ging in einem grünen Funkenschauer zu Boden. Hastig rappelte Azad sich auf, aber bevor er seinen Vorteil ausnutzen konnte, war auch Yamal zurück auf den Beinen. Rote Lichter stoben durch die Luft, als er mit all seiner Kraft auf Azads grün schimmernden Schild einschlug. Der Säbel prallte ab, einmal, zweimal, doch Azad spürte jede Berührung wie Messerstiche in seinen Handflächen. Er hatte nichts bis auf seine Magie, um Yamal abzuwehren, und seine geschundene Haut protestierte mit sengenden Schmerzen. Azad konnte Yamal zurückwerfen, wieder und wieder, aber für mehr reichten seine Angriffe nicht aus. Er konnte ihn nicht fesseln, wie Firas es getan hatte, er konnte ihn nicht mit Illusionen ablenken oder ihn stark genug treffen, um ihn außer Gefecht zu setzen. Vielleicht hatte Daniel recht damit gehabt, dass Azad mächtiger war, aber Yamal war als Magier trotzdem nicht so schlecht, wie Azad gehofft hatte. Immer wieder gelang es ihm, Azads Schilde zum Bersten zu bringen, und sein Säbel schoss unbarmherzig durch die rauchverhangene Luft. Hinter ihnen hatte sich das Feuer ausgebreitet. Azad fand keine Zeit, sich umzudrehen, aber er spürte die glühende Hitze und hörte das Fauchen der Flammen. Auch der Regen war dichter geworden, führte seinen eigenen Kampf mit dem Brand. Der Drache hatte sich nicht von der Stelle gerührt. Er stand vor der Felswand, die Flügel dicht an den gewaltigen Körper gedrückt. Auch aus seinen Nüstern drang Rauch, der in feinen Spiralen aufstieg und Teil des düsteren grauen Vorhangs über ihren Köpfen wurde. Wieder stürzte Yamal nach vorne und mit einem gequälten Keuchen warf Azad den hundertsten Schild zwischen sich und seinen wutentbrannten Bruder. Der Säbel glitt an dem schimmernden Lichtwall ab, und Azad konnte nichts anderes mehr denken, als dass es aufhören sollte, dass es genug war. Verzweiflung brodelte in seiner Brust, schoss bis in seine wunden Fingerspitzen. Das grüne Licht wurde heller und der Schild vor Azad flackerte nicht mehr.

»Genug«, stieß er hervor. »Es ist genug, Yamal. Es wird nicht …«

Yamals Faust schoss vor, rot glühend wie ein Komet, und traf krachend auf Azads Barriere. Licht explodierte um sie herum und Azad handelte, ohne zu denken. Er riss beide Hände hoch, stoppte Yamal kurz vor seiner Brust. Ein Lichtstrahl brach aus Azads Handflächen hervor, wand sich wie eine gigantische Schlange um Yamals Arme und entriss ihm den goldenen Säbel. Ruckartig zog Azad die Hände zurück. Die Waffe wirbelte zwischen ihnen durch die Luft. Sie hechteten beide vorwärts. Azads Finger streiften Yamals schweißnasse Hand, dann schloss sich sein Griff fest um den Säbel. Er stolperte, fing sich. Yamal schlug zu seinen Füßen auf, die leeren Hände zu Fäusten geballt. Rußflocken legten sich auf sein schwarzes Haar, als Azad über ihn trat.

»Genug«, wiederholte er heiser und setzte die Spitze des Säbels auf Yamals Halsansatz, knapp oberhalb der glänzenden Rüstung.

Yamal sah zu ihm auf. Eine Verbrennung zog sich über seine Wange, dort, wo Azads letzter Angriff ihn gestreift hatte. Seine Lippen waren schmaler als Azads, seine Augen gerötet vom Rauch. Er lächelte. »Du bist kein Mörder, Azad. Warst du noch nie.«

Die Säbelspitze verharrte zitternd auf Yamals Haut.

Kein Mörder

Das Goldamulett liegt schwer in seiner Hand. Er sieht auf, kopf-schüttelnd.

Das ist zu viel.

Nimm es.

In der Spinnenseide verfangen sich Sonnenstrahlen. Sie beleuchten die Skizzen, die Seide, das Gold.

Das ist alles, was du hast.

Das wird es kosten.

Er nimmt die Seide. Dann, zögernd, das Gold.

Daniel näherte sich dem Drachenkönig mit langsamen Schritten. Eine Hand hielt das Messer umklammert. In der anderen glitzerten Seide und Gold. Zina hatte keine Vorstellung, wie aus einem Seil und einer Kette ein Paar Flügel werden sollte. Daniel hatte auf die Skizzen gestarrt und vor sich hin gemurmelt, so lange, dass sie schon geglaubt hatte, er würde es nicht tun. Aber dann war er aufgestanden, mit Härte im Blick, und ihre Zweifel schwanden. Daniel blieb vor dem sterbenden Drachen stehen. Das Tier hob kaum den Kopf. Blauer Himmel glänzte in seinen Augen.

Daniel senkte den Blick. Das Messer in seinen Fingern hatte zu zittern begonnen, so sehr, dass er es um ein Haar fallen ließ. Zina sah ihn an, sein bleiches Gesicht. Sah zurück zum König der Drachen. Sie streckte die Hand aus und nahm Daniel das Messer ab.

»Sag mir, wann«, befahl sie kaum hörbar.

Für eine Weile blieb Daniel reglos. Dann nickte er leicht.

Zina schluckte. »Fang an.«

Der Plattenmeister schloss die hellbraunen Augen. Lange passierte nichts. Seine Lippen bewegten sich, doch es kam kein Ton und Zina verstand keine Worte. Daniel hatte die Fäuste geöffnet, auf seinen Handflächen lagen Kette und Seil. Lichtstrahlen ließen beides leuchten, gelb und orange wie die Morgensonne. Immer noch erreichte sie kein Regentropfen, aber der Himmel über ihnen war dunkel. Das Licht in Daniels Händen nahm zu. Er war lauter geworden, Zina hörte ihn flüstern. Es waren fremde Worte, eine fremde Sprache, nicht Zinas und auch nicht Daniels. Das Licht fächerte sich auf, als hinge Rauch in der Luft oder Nebel. Feine Strahlen entsprangen Daniels Händen, wurden heller, begannen zu tanzen. Nach und nach entstand ein Geflecht aus Licht, das vor ihm schweben blieb. Formen bildeten sich und verschwanden im nächsten Moment, Bögen, Kugeln, Ringe. Das Licht schien ein Eigenleben entwickelt zu haben und beugte sich doch den gedämpften Befehlen, mit denen Daniel es in Schach hielt. Zina spürte nun, was er gemeint hatte. Es war alte Magie, die sie sah – viel älter als sie oder er. Daniel griff auf Kräfte zurück, die ihm nicht wirklich gehörten. Langsam begann das Geflecht dichter zu werden, und erst nach einer Weile erkannte Zina, weshalb. Die Seide hatte sich zu lösen begonnen. Hauchzarte Fäden stiegen entlang der Lichtstrahlen auf, verflochten sich damit, wurden eins. Dasselbe schien mit der Kette zu passieren. Tropfen für Tropfen löste sich Gold aus dem Amulett, stieg in die Höhe und verschmolz mit der Seide. Zina hatte gesehen, wie Daniel seine Leerplatten schuf.

Er war es gewohnt, Metall nach seinen Wünschen zu formen. Sobald das Gold vor ihm schwebte, schien er sich leichter zu tun. Mit meisterlicher Präzision begann er es zu verarbeiten, schuf in Kleinstarbeit verschlungene Fasern. Licht und Seide wurden zu einer feinen Membran, von goldenen Adern durchzogen.

»Das sind sie«, wisperte Zina, als das Gebilde mehr und mehr Form annahm. »Daniel, das sind deine Flügel …«

Er schüttelte den Kopf, die Augen geschlossen. »Es ist nur das Gerüst«, murmelte er, jede Silbe vor Anstrengung verzerrt. »Damit sie echt werden, brauchen sie Leben …«

Ein Goldtropfen entwischte und fiel auf Zinas Haut. Er verschwand im Moment der Berührung. »Ist das … eine Illusion?«

»Nein. Es ist … es entsteht noch.« Daniel öffnete die Augen und sah den Drachenkönig an. Der Drache wich nicht zurück.

Zinas Griff um das Messer wurde fester. »Sag mir, wann«, flüsterte sie.

Daniel sah auf seine Hände hinunter. Die Spinnenseide war verschwunden. Dort, wo die Kette gelegen hatte, schimmerte nur noch ein winziges Klümpchen Gold. Das Flügelpaar schwebte vor ihm in der Luft, so nah, dass seine Finger es streiften. Dort, wo er es berührte, glitten orangerote Funken über seine Haut. Zina sah vor ihrem inneren Auge, wie er sich umdrehte und die Flügel mit den Resten auf seinem Rücken verschmolzen. »Daniel. Jetzt?«

Der Plattenmeister schloss die Hand um das Goldstück. »Nein.« Seine Stimme war plötzlich sehr ruhig.

Zina starrte ihn an. »Aber …«

»Gib mir das Messer.« Er streckte die Hand aus, die nicht mehr zitterte.

»Daniel, was hast du vor?«

Ihre Blicke trafen sich. »Vertraust du mir?«

Sie sah ihn an. In seinen Augen glänzte das Licht der vor ihm schwebenden Flügel. »Natürlich nicht«, flüsterte sie. Dann gab sie Daniel das Messer.

Er tat es sehr schnell. Die Klinge blitzte auf und Blut spritzte auf kristallweiße Schuppen.

Zina keuchte auf. »Was, bei der Feuermutter …«

Daniel ging in die Knie und drückte seine Hand mit der frischen Schnittwunde auf die zerstörten Flügel des Drachenkönigs. Blut quoll zwischen Daniels Fingern hervor, heller als das auf dem Felsen. Daniel zischte leise, doch er zog die verletzte Hand nicht zurück. Mit gepresster Stimme begann er wieder zu sprechen, flüsterte Befehl um Befehl und die Flügel hinter ihm glühten auf. Sie schlugen sanft, ein einziges Mal. Dann begannen sie zu sinken, bis sie direkt über Daniel schwebten. Sie streiften seine Schultern und glitten vorwärts. Glitten an ihm vorbei.

»Daniel«, stieß Zina hervor. »Du kannst nicht …«

Gold und Seide legten sich auf die blutigen Flügel des Drachen. Ein Zittern lief durch seine stachelige Wirbelsäule und zum ersten Mal hob er wirklich den Kopf. Er drehte ihn, bis er Daniel sehen konnte, der direkt neben ihm kniete. Faser um Faser der gewebten Flügel verband sich mit Fleisch und Knochen. Licht pulsierte durch die Goldadern, letzte Wunden schlossen sich und die künstlichen Adern wurden dunkel. Blut begann, durch die Flügel zu fließen. Als Daniel mit einer Hand über die neue, seidenglatte Membran strich, verschwand das Material nicht unter seiner Berührung. Der Drachenkönig hatte seine Flügel zurück.

»Was hast du getan«, flüsterte Zina fassungslos. »Deine Flügel … Das war alles, was du hattest.«

Daniel sah auf. Alle Farbe schien aus seinem Gesicht verschwunden zu sein, und er wankte leicht, als er sich erhob. Blut tropfte von seiner zerschnittenen Hand, doch als er Zinas Blick begegnete, lächelte er. »Ich wusste, es würde alles kosten.« Er sah auf den Goldrest hinunter, der kaum so groß war wie ein Fingernagel. »Nun. Fast alles.«

Er schob das Gold in seine Tasche. Ohne die Kette wirkte sein Hals seltsam nackt. Ein Schatten legte sich über sein Gesicht, und als Zina aufsah, war da kein Himmel mehr über ihr.

Kein Mörder.

Azad starrte in Yamals schwarze Augen. Der Säbel in seiner Hand zuckte leicht. Yamal hatte Mayra getötet, Zina verletzt und um ein Haar Azads Hände zerstört. Er hätte sie alle umgebracht, ohne mit der Wimper zu zucken. Aber er hatte Azad auch aufgefordert, zu verschwinden – ein einziges Mal. Er hätte ihn zu Asche verbrennen können, aber er hatte gezögert. Hatte gewollt, dass Azad floh, statt sein Leben zu verlieren. Als Azad daran dachte, zögerte er auch.

Yamal sah es und sein Lächeln wurde breiter. »Ich wusste es«, flüsterte er. »Ich wusste, dass du es nicht kannst.«

»Yamal, ich …«

Schmerz schoss durch Azads Arm und ließ ihn laut aufschreien. Der Säbel in seiner Hand war plötzlich glühend heiß. Zornig rote Funken wirbelten um das Heft und Azad ließ los, er konnte nicht anders. Blitzschnell rollte Yamal sich weg, die scharfe Klinge verfehlte seinen Hals nur knapp.

»Du …«

Weiter kam Azad nicht. Yamal hatte den Säbel gepackt und anders als Azad zögerte er nicht. Er holte aus und zog ihn scharf über Azads Brust. Stoff zerriss, und für einen Moment dachte Azad, das wäre alles. Dann, mit seinem nächsten Atemzug, spürte er es. Er brüllte auf und fiel vornüber, beide Hände auf seine brennende Brust gepresst. Etwas Heißes floss über seine Finger. Fassungslos hob Azad den Kopf. »Yamal …«

Ein Tritt traf ihn in den Magen und er krümmte sich, rang nach Luft. Schleier tanzten vor seinen Augen, Hitze vielleicht oder Rauch. Aber Azad hatte zu frieren begonnen, und da wurde ihm klar, dass er starb. Grünes Licht schimmerte am Rand seines Blickfelds. Das beruhigte ihn. Schon damals, vor tausend Jahren im Kaiserpalast, hatte ihn die Farbe seiner Magie mit Hoffnung erfüllt. Da war etwas, über ihm. Es war Yamals Gesicht, Yamals Säbel, der über ihm schwebte. Drachenflügel schoben sich über den Himmel, der Verlierer stand endlich fest. Der Säbel fuhr auf ihn herunter und abwehrend hob Azad die Arme über den Kopf. Wenn er schon starb, dann durch Drachenfeuer. Noch ein Schnitt, und seine Schulter stand in Flammen.

Der Drache kam näher. Er war nicht grün. Durch graue Schlieren aus Regen und Rauch erkannte Azad zwei goldene Flügel.

»Zina!«

Sie hörte kaum, was Daniel schrie. Zina sprang im Flug vom Rücken des Drachenkönigs, traf hart auf und warf sich nach vorn. Sie packte Yamal an den Schultern und riss ihn zurück, weg von dem sich nur noch schwach regenden Azad. »Du!«

Bevor er sich rühren konnte, hatte sie ausgeholt und schlug ihm mit der Faust ins Gesicht. Etwas knirschte und Yamal heulte auf. »Du rührst ihn nicht an, hörst du, keinen mehr, das war *genug* –«

Noch einmal schlug Zina zu und das weckte Yamal aus seiner Starre. Er riss seine Waffe hoch, doch bevor er sie treffen konnte, schlug die Klinge klirrend auf Metall. Daniel war hinter Zina zum Stehen gekommen und drängte Yamal zurück, mit einem Säbel, den Zina kannte. Azads Waffe sah fürchterlich aus, doch noch im Schwung begann sie sich zu verformen.

Orangerote Lichter ließen das Metall erglühen und erloschen zischend im Regen. Als Daniel den Säbel erneut hob, war die Schneide wieder wie neu.

»Krüppel«, zischte Yamal, doch Daniel lächelte nur. Kurz zuckte sein Blick in Zinas Richtung. Sie verstand sofort, was er meinte. Blitzschnell duckte sie sich an Yamal vorbei, der sich auf Daniel konzentrierte. Sie packte Azad und zerrte ihn mit sich, weg von den Kämpfenden, auf den Schutz der Felsen zu. Dort angekommen drehte sie sich noch einmal um. Der König der Drachen war weitergeflogen, und für einen Moment war ihr nicht klar, was er tat. Der Waldbrand hatte sich ausgebreitet, trotz des stärker werdenden Regens. Fernes Kreischen drang an Zinas Ohren, das sie bisher kaum wahrgenommen hatte. Dort, wo der uralte Drache über die Bäume glitt, schienen die Flammen zu weichen. Er flog weite Schleifen und hinterließ überall Rauchsäulen. Wo er vorbeischwebte, erlosch das Drachenfeuer unter seinen Schwingen.

»Azad«, flüsterte Zina und ließ sich neben ihm auf die Knie fallen, »Azad, hey …«

Er blinzelte. Dunkles Blut bedeckte seine Brust, und als Zina zaghaft die Stofffetzen anhob, verknotete sich etwas tief in ihr.

»Ich wollte eigentlich nicht fragen, wie schlimm es ist«, stieß er mit einem schwachen Grinsen hervor.

»Dann halt am besten die Klappe.« Ihre Kehle brannte. »Halb so schlimm.«

»Warum weinst du?«

»Das ist der Rauch. Idiot.« Sie drückte ihre Hände auf seine Wunde. Funken flammten auf, einer, zwei, und verloschen wirkungslos über den Schnitten.

»Du bist … noch schlechter mit Magie als mit Säbeln, weißt du das?« Azad lachte bellend und hörte schnell wieder auf.

»Du warst auch schon mal besser in Form.«

Azad lächelte vorsichtig, als täte ihm jede Bewegung weh. »Ich wusste nicht, dass deine Magie so aussieht.«

»Ich auch nicht.«

»Grün.« Er blinzelte. »Gefällt mir.«

Zina sah zu, wie noch einer der Funken über seine Haut glitt. Er hatte die Farbe der Baumkronen, durch die sie mit Azad geklettert war. »Wir haben den Drachenkönig gefunden.«

»Ja. Das … habe ich mir gedacht.« Azad hustete.

»Daniel hat ihm Flügel geschenkt.«

Verwirrung blitzte in Azads dunklen Augen auf. Zina registrierte beklommen, dass er Schwierigkeiten zu haben schien, sie deutlich zu sehen. Sein Blick wanderte über ihre Schulter und kehrte nur mühsam zu ihr zurück. »Das war … aber nicht der Plan, oder?«

»Nicht ganz. Aber du kennst ja Daniel.« Zinas Stimme hatte zu zittern begonnen.

»Wo ist er?«

»Kämpft gegen Yamal.«

»Was?« Azad wollte sich aufrichten und sackte mit einem Stöhnen zurück. »Du musst ihm helfen. Yamal ist … stark. Du musst …«

Zina schüttelte den Kopf.

»Geh!«, stieß er hervor. »Wenn er Daniel auch noch erledigt …«

»Du bist nicht erledigt!«

Er grinste schief. »Mal sehen.«

»Du bist nicht erledigt«, wiederholte Zina leise und klar.

»Dann geh und … hilf Daniel.« Der Griff seiner Finger war viel zu schwach.

»Azad …« Ein Brüllen ließ sie zusammenzucken. Zina warf einen raschen Blick über die Schulter und stellte fest, dass Yamal sich auf den Rücken des grünen Drachen gerettet hatte. Das Feuer am Waldrand war wieder größer geworden, Daniel rannte über brennenden Boden. Um ihn herum schlugen Flammen in die Höhe. Die sengende Hitze erreichte selbst Zina. Der Drachenkönig war durch die Rauchschwaden nicht mehr zu sehen. »Bei der Feuermutter.«

»*Geh.*«

Zina sprang auf. »Ich bin gleich zurück.«

»Ich denke … ich werde hier warten.«

»Wehe, wenn nicht!« Sie starrte auf ihn hinunter und eine Mischung überwältigender Gefühle kochte in ihr auf – Zorn und Verzweiflung und noch etwas anderes, an das sie nicht einmal zu denken wagte. »Wehe, Azad, ich warne dich …«

»Geh. Ich warte.«

Kurz drückte er ihre Hand. Zina biss die Zähne zusammen, sprang auf und zückte im Rennen ihren Speer. »Yamal!«, brüllte sie und wedelte wild mit den Armen, um Daniel Zeit zu verschaffen. Die Flammen waren ihm gefährlich nah gekommen, Zina konnte sehen, wie er taumelte. Hinter ihm war der Wald zum Inferno geworden, er konnte nur noch nach vorne. Yamal fuhr auf dem Rücken seines Drachen herum. Bei Zinas Anblick lachte er, als hätte sie einen großartigen Scherz gemacht. Aus seiner geschwollenen Nase tröpfelte immer noch Blut. »Du hast dich für den falschen Prinzen entschieden.« Er starrte sie vom Rücken des grünen Drachen herab an. »Ich wette, jetzt tut es dir leid.« Die Hitze schien ihn nicht weiter zu stören. Hinter ihm schoss ein Schemen durch das Feuer und die Flammen wichen zur Seite. Vor Erleichterung hätte Zina beinahe gelacht, doch sie zwang sich, keine Regung zu zeigen. Daniel machte einen waghalsigen Sprung und rettete sich auf den Rücken des tieffliegenden Königs der Drachen. »Weißt du, ich wollte mich bei dir bedanken«, sagte Yamal sanft und drehte nachdenklich seinen Säbel hin und her. »Wenn der Krüppel und du nicht gewesen wärt, wäre der Drachenkönig dort oben gestorben. Ich hätte ihn vielleicht gar nicht rechtzeitig erreicht. Jetzt ist er hier, am Ende seiner Kräfte … nicht mal mehr stark genug, um das Feuer zu löschen. Aber am Leben, gerade noch so. Du hast ihn mir ausgeliefert, Dienerin. Wirklich, ich möchte dir danken.«

Der Drachenkönig schoss auf ihn hinab, Daniel auf seinem Rücken. Yamal schrie etwas und der grüne Drache bäumte sich auf. Beide Tiere kollidierten mit einem ohrenbetäubenden Brüllen, und zwei Säbel blitzten auf, verstärkt von tanzenden Funken. Schuppen krachten, Flügel zuckten, der Zimtgeruch verschlug Zina den Atem. Krachend explodierte ein Ast hinter ihnen, und dann, schlagartig, war es still.

Zwei Drachen schlugen auf der Erde auf. Silberne Krallen gruben sich in rauchenden Boden und der Grüne reckte seinen schillernden Hals.

Der weiße Drache landete schlingernd. Daniel rutschte von seinem Rücken, die Augen aufgerissen, helles Entsetzen im Gesicht. Feuerschein spiegelte sich in den Juwelen, mit denen Yamals Säbel geschmückt war. Wie eine seltsame Krone saß er auf dem Kopf des Drachenkönigs, bis zum Heft in seinem Schädel versenkt. Der weiße Drache stieß einen Laut aus, der kein Brüllen war, auch kein Schrei. Es war ein Seufzen, leise und kraftlos. Die Augen des Drachen wurden trüb, der blaue Himmel darin verschwand.

Er war tot.

Zina blieb stehen. Yamal hatte sich auf dem Rücken des Grünen aufgerichtet. Sie hatte erwartet, etwas zu sehen – Blitze, Flammen, Donnergrollen. Irgendetwas, das das Undenkbare sichtbar machte. Aber Yamal sah aus wie immer: drahtiger als Azad, mit dünnen Lippen und hartem Gesicht. Er hob eine Hand, langsam. Nachdenklich. Dann deutete er auf die reglose Gestalt des weißen Drachen.

»Nicht!«

Zina schrie auf, als Flammen in die Höhe schossen. Der besiegte Drachenkönig brannte lichterloh, obwohl er eben noch einen halben Waldbrand gelöscht hatte. Noch ein Schrei ertönte und mit Entsetzen erinnerte sich Zina an Daniel. Torkelnd kam er aus dem Rauch gestürzt, Flammenzungen an den Ärmeln. Unter all dem Ruß war seine Haut kreideweiß. Schlitternd bremste Daniel dort ab, wo ihn der Drachenkönig vorher gerettet hatte. Er stand direkt vor Yamals grünem Drachen, hinter sich eine undurchdringliche Flammenwand. Trotz der Schutzschilde, die um ihn flirrten, zwang ihn die Hitze Schritt für Schritt weiter auf Yamal zu.

»Krüppel«, sagte Yamal leise. »Dein König ist tot.« Flammen krochen über den Boden, langsam. Lauernd. Sie leckten an Daniels Füßen und ließen ihn zur Seite springen, folgten ihm, zogen Kreise um seine Knöchel. Daniel riss mehr Schilde um sich in die Höhe, doch Yamal lachte nur. Eine Bewegung seines Fingers, und die Schilde verpufften zu Rauch. »Du denkst, du könntest es mit mir aufnehmen. Du liegst falsch.«

Yamal hob den Kopf. Die Himmelsriesen über ihnen kreisten nicht mehr. Sie hatten ihren Kurs geändert und flogen auf den Wald zu, über die Bereiche der Insel, die das Drachenfeuer bisher nicht erreicht hatte. Yamals Blick wurde abwesend, nur für einen Moment. Dann blinzelte er und der erste der Riesen spie Feuer. Innerhalb eines Herzschlags stand ein ganzer Hang in Flammen, der aufsteigende Rauch verdunkelte den Himmel. Der Regen, der auf Zina hinunterprasselte, schien dem Inferno nichts anhaben zu können.

»Planst du, die ganze Insel in Brand zu stecken?«, stieß Daniel hervor. »Das ist die Heimat deiner neuen Armee.« Flammen glitten über seine Hosenbeine und er schlug sie hastig aus. Dabei war klar, dass es keinen Zweck hatte. Yamal spielte

357

mit ihm, und in dem Moment, in dem er genug hatte, würde Daniel genauso lichterloh brennen wie die Bäume.

»Meine Armee braucht keine Heimat mehr«, gab Yamal kalt zurück. »Ich werde sie mit mir nehmen. Alle, die überleben. Die Schwachen brauche ich nicht.«

Das Kreischen in der Ferne schwoll an. Zina konnte Bewegung in den Rauchschwaden erkennen, nach und nach wurden es Punkte. Kleine Silhouetten, die vor dem Feuer flohen und in chaotischen Bahnen auf sie zukamen. Yamal trieb die Drachen aus dem Wald und sammelte sie über sich am Himmel.

Daniel riss die Arme hoch, orangerotes Licht schoss auf Yamal zu. Er hob kaum einen Finger und der Angriff erlosch zischend vor ihm. Noch einmal griff Daniel an und wieder verpuffte sein Strahl. Es war nicht Yamals Magie, mit der er sich verteidigte. Vielmehr wirkte es wie pure Willenskraft – Yamals Geist allein schien stark genug, um Daniels Angriffe zu stoppen. Überall um sie herum brannte es inzwischen und der Drachenschwarm über ihnen wurde dichter. Zina war gezwungen, an die Felswand zurückzuweichen, gleichzeitig machte Daniel einen weiteren Schritt Richtung Yamal.

»Ich könnte dir Flügel geben, Krüppel«, informierte ihn der neue König der Drachen. »Mein Vorgänger war zu schwach, um deinen Wunsch zu erfüllen. Aber ich könnte es. Wenn ich wollte.« Er lachte leise. »Natürlich steht dein Meisterwerk gerade in Flammen. Zu schade. Vielleicht hätte ich es mir überlegt.«

Selbst durch den dichter werdenden Rauch konnte Zina sehen, wie Daniel die Zähne zusammenbiss. Hinter ihm brannte der tote Drachenkönig und mit ihm seine seidenen Flügel.

»Ich werde dich anzünden, Krüppel.« Yamals Stimme war sanft. Zina konnte hören, wie sehr er seine neu gewonnene

Macht genoss, und es verursachte ihr Übelkeit. »Was sagst du dazu?«

Daniel sagte gar nichts.

Die Flammen flackerten höher, berührten seine Fingerspitzen. Er zuckte zurück und Zina schloss die Hand fest um ihren Speer.

»Du bist ein Folterer, Yamal.« Zinas Kopf fuhr herum. Azad war auf die Beine gekommen, sie konnte nicht sagen, wie. Mühsam schleppte er sich vorwärts, die Hände zu zitternden Fäusten geballt. Um seine Arme waberten grüne Wolken. »Ein Folterknecht für den Kaiser. Du bist stärker geworden, aber das ist alles. In Wahrheit wirst du nie mehr sein als das.«

»Ich bin der König der Drachen …«

»Dann bist du ein Folterknecht, der eine Krone trägt.« Azad lächelte nicht. Sein Blick war ernst. Er zitterte vor Anstrengung, als er die Arme hob. Seine Finger leuchteten heller, als Zina es je gesehen hatte.

Yamals Lachen klang anders als zuvor. »Du bist kein Mörder, Azad.«

»Nein«, stimmte Azad leise zu. »Bin ich nicht.«

Wo Daniel stand, schossen Flammen in die Höhe. Sein Schrei ging im Krachen und Fauchen des Feuers unter. Azad schleuderte Magie von sich, die Yamal weit verfehlte. Der Drachenkönig machte sich nicht einmal die Mühe, den Strahl abzuwehren. »Ist das alles, was …«

Er verstummte. Wankte.

Zina trat vor und sah kalt zu ihm auf. »Azad ist kein Mörder. Außerdem ist er nicht so dumm, jemandem den Rücken zuzudrehen, der einen Speer trägt.«

Der hölzerne Schaft ragte aus Yamals Seite, dort, wo die Platten seiner Rüstung auseinanderklafften. »Dienerin …«

Über seine Lippen quoll Blut.

»Zina«, informierte sie ihn ruhig. »Falls es dich interessiert.«

Feuer flackerte vor ihr auf, brannte einen Moment auf ihrer Haut und erlosch. Yamal kippte vorwärts und schlug dumpf auf dem Boden auf. Flammen leckten an seinen Händen, doch er schien es nicht zu spüren. Zina trat auf ihn zu und warf ihn herum. Seine Augen waren blicklos wie die seines letzten Opfers.

Keine Königin

Etwas ist da in ihr. Es ist kein Feuer. Sie dachte immer, es müsste Feuer sein.

Aber es ist anders.

Ruhe.

Das zuerst.

Dann, nach und nach, mehr.

Die Gewissheit, dass es nur noch wenig gibt, was ihr etwas anhaben kann. Uralte Mächte vielleicht.

Oder ein Mädchen mit einem Stock.

Sie hebt den Kopf. Die Riesen, die über den Himmel gleiten, gehören zu ihr.

Das Feuer gehört zu ihr.

Ihre Insel brennt.

Alles um sie herum steht in Flammen.

Azad sah die Veränderung in ihrem Blick. Viel mehr war es nicht. Nur ein neuer Ausdruck, den er nicht kannte. Eine tiefe Ahnung von *mehr*. Zina blieb für einen Moment völlig reglos. Dann peitschte sie mit der Hand durch die Luft und die Flammen um Daniel erloschen. Azads Magie war nicht für Yamal bestimmt gewesen. Grüne Funken wirbelten immer noch über Daniels Haut, die gerötet war, aber lebendig. Reste seiner Kleidung hingen in schwarzen Fetzen an ihm herab. Er roch nach verbranntem Haar und sah auch so aus, aber er atmete, lebte. Hustend richtete er sich auf und inspizierte seinen rußigen Körper.

»Alles in Ordnung?«, stieß Zina hervor.

»Ja«, keuchte Daniel. »Azad hat mich geschützt.«

»Vor *Drachenfeuer?*«

»Nur für einen Moment.« Azad hob verlegen die Schultern. »Länger hätte ich es nicht geschafft. Ich konnte die meiste Hitze abhalten, ganz kurz …« Er unterbrach sich, als der Schmerz zurückkam. Schatten tanzten durch seinen Kopf und ohne ein weiteres Wort ging er in die Knie. »Bei den Seelen«, murmelte er gepresst. »Das … au.« Mühsam unterdrückte er sein Zittern.

»Zeig mir das«, verlangte Daniel sofort.

Er gehorchte und die Lippen des Plattenmeisters wurden bleich. »Ich sollte …«

»Gar nichts«, murmelte Azad. Sprechen war schwieriger geworden. Atmen auch, jede Bewegung tat weh. »Du bist am Ende. Wir beide … wir sollten …« Er rang nach Luft und hätte geflucht, wenn es nicht so wehgetan hätte. »… uns ausruhen«, flüsterte er.

Orangerote Lichter glitten über seine Brust, doch er konnte ihre Wärme nicht spüren.

»Azad …« Zinas Hände legten sich an seine Wangen. Ihre Finger fühlten sich heiß an. Ihr Haar streifte seine Schultern, als sie sich über ihn beugte. Azad konnte nicht sagen, seit wann er lag.

»Drachen…königin …«

»Sei still.«

»Kannst du jetzt … zufällig … heilen?«

Zina presste die Lippen zusammen. Ihre schwarzen Augen glitten unruhig über seine Gestalt, verharrten auf seiner

Wunde. Funken blitzten auf, grüne Funken, aber es war immer noch ihre Magie. »So funktioniert das nicht«, flüsterte sie nervös. Etwas flackerte in ihren Augen auf. »Hör zu«, murmelte sie und ihre Züge verschwammen. »Ich versuche etwas, ja? Das ist … es ist verrückt, aber …«

Sie holte tief Luft und spuckte auf Azads Wunde.

»Zina!«, stieß Daniel hervor.

»Igitt«, wisperte Azad.

»Tut mir leid«, gab sie hilflos zurück und verrieb die Spucke vorsichtig auf seiner Brust. »Ich weiß nicht … das ist alles, was ich über Drachen weiß, ich kann nur …«

Azads Haut begann leicht zu kribbeln. »Es … hilft.«

»Wirklich?« Ihre Augen leuchteten auf.

»Der Schmerz …« Er lächelte. »Besser.«

Neue Entschlossenheit legte sich auf ihr Gesicht. »Gut. Es könnte sein, dass du stärker blutest. Wir müssen …« Sie zerrte etwas aus ihrer Tasche, das vor Azads Augen verschwamm. »Das sind die letzten Spinnenfasern, die wir am Wasserfall hatten«, murmelte sie. »Für Silberwasser hat es funktioniert, also …« Sie wickelte die Fasern fest über seinen Brustkorb. Azad ächzte, aber wo ihre Finger ihn streifen, war seine Haut seltsam taub.

»Du hast jetzt … Drachenspeichel.«

»Sch.« Etwas blitzte. »Mund auf.«

»Was …« Etwas legte sich auf seine Zunge, das nach Metall schmeckte und irgendwie nach Zimt. »Ist das … *igitt*, Zina.« Azad schluckte, bevor ihm schlecht werden konnte. »War das dein *Blut*?«

»Ein paar Tropfen.« Zinas Gesicht erschien wieder über ihm, langsam wurde es klarer. Azad richtete sich auf. Seine Brust pochte und spannte, doch er zitterte nicht mehr. »Es sollte dich stärken.« Sie lutschte an einem Finger, in den sie sich offensichtlich mit Daniels Messer gestochen hatte. »Besser?«

Azad zögerte. »Ich …« Er hustete. Der Schmerz blieb erträglich. »Ich glaube schon.«

»Gut.« Sie stieß Luft aus, dann wandte sie sich Daniel zu. »Wie schlimm sind deine Verbrennungen?«

Sie versorgte ihn, ohne auf seinen Protest zu achten. Schließlich stand sie auf und auch Azad kam mit Mühe auf die Beine. Hinter ihnen brannte immer noch der Wald, obwohl die Hitze nicht mehr wehtat. Zina ließ den Blick über ihre Umgebung schweifen, dann kehrte sie zu Azad zurück. Stille breitete sich aus, nur gestört von dem Wüten des Feuers.

»Es ist vorbei«, sagte Zina leise.

»Du hast es geschafft.« Azad streckte die Hand nach ihr aus und hielt inne. »Du bist jetzt … du weißt schon. Die Königin der Drachen.«

»Nein«, sagte Zina sofort und mit Endgültigkeit in der Stimme. »Bin ich nicht. Keine Königin.«

»Aber …«

Zina starrte hinunter auf ihre blutverklebten Hände. Azad wusste, was sie dachte.

»Du musstest es tun«, murmelte er. »Yamal hätte uns alle getötet.«

»Du hast es nicht getan«, wandte Zina schwach ein.

Azad schwieg für einen Moment. »Ich hatte Angst«, sagte er dann.

»Du hattest Mitleid. Das ist etwas völlig anderes.«

Eine Zeit lang blieben sie stumm.

»Wenn du keine Königin sein willst«, sagte Daniel schließlich, »was dann?«

Zina schluckte. »Keine Ahnung«, gab sie schließlich zu. »Noch nicht. Aber …« Ihr Blick glitt noch einmal über die brennenden Bäume, über die Drachenschwärme am Himmel. »Zuerst werde ich diejenige sein, die dieses Feuer löscht. Und dann … sehen wir weiter.«

Azad begann etwas zu ahnen. Oder vielleicht wusste er es schon – hatte es schon lange gewusst, tief in seinem Innern, schon von Anfang an. »Du wirst hierbleiben«, stellte er heiser fest.

Zina blinzelte. »Natürlich werde ich hierbleiben. Ich muss.«

»Aber ...« Azad verstummte.

»Du wirst zurückkehren«, flüsterte Zina.

Etwas brannte in seiner Brust. Etwas Neues, das vielleicht Schmerz war. Vielleicht nicht. »Ich muss«, murmelte Azad. Auch das hatte er die ganze Zeit gewusst. Er musste zurückkehren, weil es Dinge gab, die anders werden mussten. Weil seine Mutter im Palast lebte und Rayan. Und er musste zurückkehren, weil Yamal gestorben war. Weil er wollte, dass sein Vater es sah.

Der grüne Drache hatte abgehoben, als Zina seinen Reiter getötet hatte. Doch er würde wieder landen. Vielleicht, weil er Azad als Sieger anerkannte. Vielleicht auch, um Yamals Leiche nach Hause zu bringen.

Azad warf Daniel einen Seitenblick zu. »Wie sieht es aus. Brauchst du zufällig ein Transportmittel?« Er hatte erwartet, dass er ablehnen würde, doch zu seiner Überraschung nickte der Plattenmeister.

»Du willst an den Palast zurückkehren?«, stieß Zina ungläubig hervor.

Daniel schüttelte mit einem kleinen Lächeln den Kopf. »Nein. Nicht lange zumindest. Ich denke, ich will nach Hause.«

Azad sah hinüber zu dem weißen Drachen, der immer noch lichterloh brannte. »Waren das ... deine Flügel?«, fragte er leise.

»Nein«, wiederholte Daniel nach einer Pause. Er fügte nichts hinzu.

»Daniel«, sagte Zina behutsam. »Wenn du warten willst ... ich weiß nicht, ob ich es kann, aber ...«

Sie verstummte, als sie seine Miene sah. »Lösch das Feuer, Zina«, sagte Daniel mit fester Stimme. »Ich gehe mit Azad.« Dann, leiser: »Es hätte keinen Zweck. Sie sind zerstört. Es war … alles, was ich hatte.«

Zina trat auf den brennenden Drachen zu. Die Flammen verloschen, als sie ihn erreichte. Der Panzer war stellenweise unversehrt, die Flügel aber waren nur noch Asche. Dort, wo sie gewesen waren, schimmerte geschmolzenes Gold. Zina hob den Blick. »Tut mir leid«, flüsterte sie.

Daniel gab keine Antwort. Er trat an ihre Seite und ging in die Knie. Für eine Weile blieb er da, wortlos. Dann streckte er die Hand aus und nahm etwas vom schwarzen Boden. Ohne sich zu erklären, steckte er es sich in die angesengte Tasche. Er drehte sich nicht nach ihnen um.

»Zina«, sagte Azad leise. »Das Feuer.«

Sie blinzelte. Nickte. Sie verlor zu viel Zeit und sie wussten es.

»Du könntest warten«, flüsterte sie, »bis ich zurück bin. Wir hätten … Zeit …«

Azad lächelte schwach. »Denkst du, dann wäre es leichter?« Er berührte den Verband auf seiner Brust. »Ich brauche Heiler. Daniel wahrscheinlich auch. Ich werde dafür sorgen, dass sie ihm helfen. Jemand muss Yamal zurückbringen, und Firas …« Er sah sich um. Dort, wo der Magier gelegen hatte, befand sich etwas, das wie eine verbrannte Wurzel aussah. Azad schluckte hart. »Er hätte nicht sterben dürfen. Er nicht und Mayra auch nicht. Das ist … es ist falsch.«

»Ich weiß.« Zina senkte den Kopf. »Deswegen musst du zurück.«

»Ja.«

Sie sah auf. »Du wirst in Gefahr sein. Das ist dir doch klar. Der Kaiser wird rasen vor Zorn. Und Navid …« Ihre Augen blitzten auf. »Navid ist immer noch der Thronfolger.«

Azad nickte. »Ich bin kein Mörder, Zina«, sagte er leise. »Ich gehe nicht zurück, um Kaiser zu werden. Ich gehe zurück, um … zu sprechen. Zu fragen. Ich weiß nicht. Vielleicht hört mir ja jemand zu.«

»Natürlich werden sie das.« Zina hatte im Brustton der Überzeugung gesprochen und ein grimmiges Lächeln legte sich auf ihre Lippen. »Weißt du, es gibt etwas, das du dem Kaiser sagen kannst. Sag, die Drachen werden neu verhandeln. Und sie sprechen nicht mit jedem. Nur mit dem richtigen Prinzen.«

Der grüne Drache setzte hinter ihnen auf. Azad holte tief Luft. »Ich muss los.«

Zina nickte. »Ich auch.« Ihre Finger verschränkten sich zwischen ihnen.

»Wir … sehen uns.«

»Ja. Versprochen.«

Sie machte einen Schritt auf ihn zu und Azad atmete ihren Duft ein. Rauch und Blumen und etwas Neues. Zimt. Ihre Lippen streiften seine. Sie schmeckte wie immer. Azad küsste sie noch einmal, dann ließ er sie los. Ihre Hände trennten sich widerstrebend.

Daniel war von dem toten Drachen zurückgetreten. Sein Blick richtete sich auf Zina. Er öffnete den Mund. »Sag nichts«, ging Zina dazwischen. »Wir sehen uns wieder.«

»Ich werde aufbrechen«, wandte Daniel ein. »Bald. Wenn sie mich nicht in Ketten legen …«

»Werden sie nicht«, bemerkte Azad mit Nachdruck. »Du bist mit mir gereist. Das werden sie nicht wagen.« Er bemerkte selbst, dass er anders klang. Und, was noch verwirrender war – er wusste, dass er recht hatte. Niemand würde es wagen, Daniel zu bestrafen. Nicht, wenn Azad es verbot.

»Warte«, sagte Zina. Sie hatte sich in Bewegung gesetzt, näherte sich rückwärts dem brennenden Wald. Ohne dass sie hinsehen musste, verloschen hinter ihr die ersten Flammen.

»Warte bis zum nächsten Zuckerbrotfest. Wenn ich bis dahin nicht gekommen bin, kannst du aufbrechen.«

Daniel runzelte die Stirn.

»Bitte«, fügte sie leise hinzu.

Der Plattenmeister seufzte und nickte.

Zinas dunkle Augen glitten noch einmal zu Azad zurück. »Gute Reise.«

Tausend Antworten schossen Azad durch den Kopf. Doch bevor er sich für eine entscheiden konnte, hatte sie sich umgedreht und wurde von Rauch und Regen verschluckt.

Vermutlich hatte sie gewusst, was er sagen wollte.

Azad senkte den Blick auf die Leiche seines Bruders. Er zog den Speer aus seiner Seite und steckte ihn in den Boden. Dann hievte er sich Yamals Körper über die Schultern und trat ächzend auf den grünen Drachen zu. Daniel beeilte sich, ihm zu helfen, und gemeinsam schafften sie es zwischen die gewaltigen Rückenstacheln. Diesmal schossen keine wirren Bilder durch Azads Kopf – dieser Drache war kein wilder mehr. Er hatte seinen Reiter akzeptiert und er würde ihn nach Hause bringen.

»Weißt du, wo es langgeht?«, fragte Daniel.

Azad warf ihm einen Schulterblick zu. »Nein«, gab er zu, »aber wir werden schon ankommen.«

Ein Ruck ging durch den Drachenkörper und sie hoben ab. Wind peitschte Azad ins Gesicht, Regen. Feuer und Rauch blieben unter ihnen zurück. Er schloss die Augen, nur für einen Moment, und ein letztes Mal roch es nach Zina.

Freunde

Vertraute Gerüche erfüllten die Luft. Wenn er einatmete, schmeckte sie würzig und süß, vielleicht eine Spur nach Verbranntem. So duftete es jedes Jahr am Zuckerbrotfest, aber diesmal war etwas anders. Vielleicht hatte er nie zuvor darauf geachtet, aber die Spuren von Zimt schienen neu.

Daniel legte das Schmuckstück ab, an dem er zuletzt Tag und Nacht gearbeitet hatte. Er war fertig geworden, obwohl er zwischendurch nicht mehr daran geglaubt hatte. Es gab vieles, woran er nicht mehr geglaubt hatte, zwischendurch. Aber sie hatten ihn nicht bestraft. Azad hatte dafür gesorgt – er und sein Bruder Rayan, denen es irgendwie gelungen war, aus ihren unverzeihlichen Sünden eine mutige Reise zu machen, um den toten Prinzen zurück nach Hause zu bringen. Seitdem schien sich nicht viel geändert zu haben. Keine neuen Schnitte verunstalteten seine Wangen, und manchmal kam es ihm vor, als wäre er nie weg gewesen.

Dennoch gab es Dinge, die sich verändert hatten.

Azad blieb nicht länger unerkannt, wenn er sich durch die Hallen des Palastes bewegte. Nach allem, was Daniel gehört hatte, blieb er auch nicht länger stumm. Er hatte mehr als einen Kampf ausgetragen, seit er auf seinem Drachen zurückgekehrt war. Schnitte waren aufgehoben worden, Kinder wurden zurück zu ihren Eltern gebracht. Zahllose Strafen waren milder ausgefallen, innerhalb der Palastmauern und außerhalb. Es waren Einzelfälle gewesen, anfangs. Azad hatte sich lästiger Arbeit angenommen, an der sein Vater kein Interesse mehr hatte. Es hatte gedauert, bis man erkannt hatte, was er tat. Eines Abends war Azad aus dem Thronsaal zurückgekehrt. Er hatte gezittert und vier Gläser Honigwein geleert, bis er bereit gewesen war, zu erzählen. Der Kaiser hatte gerast vor Zorn. Er war außer sich gewesen, und der Ausbruch seiner Magie wäre stark genug gewesen, um eine schutzlose Person zu töten.

Azads Schild hatte standgehalten.

Die ersten Nächte danach hatte Azad damit gerechnet, am nächsten Morgen ohne Hände aufzuwachen. Aber das war nicht passiert. Etwas war anders geworden. Daniel hörte Geflüster, in dem Azads Name fiel. Und noch etwas hörte er heraus, immer wieder. Hoffnung.

Etwas rasselte vor seinem Fenster. Daniel wickelte das Schmuckstück sorgsam in ein grünes Stück Samt und schob es in seine Tasche. Die Haut an seinen Fingern schmerzte immer noch, wenn er zu viel Magie gebrauchte. Daniel wusste, dass es Azad genauso ging. Auch auf seinen Handflächen waren Brandnarben zurückgeblieben.

Im Keller war es kühler als oben. Es roch muffig und feucht. Grünliches Licht schimmerte am Rand der Falltür. Daniel bückte sich und schob das Fass weg. Er zog an dem eisernen Ring und die Klappe schwang auf. Ein dunkler Haarschopf kam zum Vorschein, darunter ein makellos instand gehaltenes Floß.

»Du hast dir Zeit gelassen.«

Daniel streckte die Hand aus und zog Azad auf die Beine. Gemeinsam zerrten sie das Floß in den Keller und Azad schlug die Falltür hinter sich zu.

»Ich wurde aufgehalten«, gab der Prinz mit vollem Mund zurück. »Zuckerbrot?«

Daniel nahm den klebrigen Teigfladen entgegen, der von Honig und Dattelmus triefte. »Danke. Hände noch dran, ja?«

»Hände noch dran.«

Es war ihr üblicher Scherz, durchsetzt von den üblichen Spuren echter Erleichterung. Keiner von ihnen war sich sicher, dass er den nächsten Tag heil überstehen würde. Es war ein Gefühl, das mit dem Leben im Palast einherging. Leichter zu ertragen, wenn man nicht allein damit war. Noch leichter zu ertragen, wenn man sich wehren konnte.

»Wir sollten los.« Es gelang Azad beinahe, die Unruhe in seiner Stimme zu verbergen. Sein Blick schoss durch den Keller, blieb an der Truhe hängen, in der Daniel keine Schriftrollen mehr aufbewahrte. Sie waren verbrannt, in Yamals Drachenfeuer. Die Karten waren zerstört, die Skizzen. Es gab nicht viel, was Daniel aus diesem Keller hatte mitnehmen wollen, aber Azad bemerkte es doch.

»Du hast gepackt«, sagte er leise.

Daniel warf ihm einen Seitenblick zu. »Ja.«

»Wann?«

»Bei Sonnenaufgang will ich am Hafen sein.« Daniel hielt inne. Zögerte.

Azad seufzte schwer. »Keine Sorge. Ich habe alles, was du brauchst.« Er reichte Daniel die Schriftrolle, die mit dem Siegel des Kaisers verschlossen war.

»Was musstest du dafür tun?«, wollte Daniel wissen.

Azad lächelte schief. »Ich denke, er war froh, dich loszuwerden.«

Das konnte nicht alles gewesen sein, aber Daniel fragte nicht nach. »Danke«, sagte er nur. Und dann, leiser: »Wir sollten los.«

»Ja.« Diesmal zitterte Azads Stimme, und er gab sich keine Mühe, es zu verbergen.

Der Palast war erfüllt von Musik und Gelächter, außerdem zischten überall Kessel mit Öl. Das Zuckerbrotfest zog jedes Jahr zahllose Besucher an und es wurde über Tage und Nächte gefeiert.

In letzter Zeit hatten Daniel und Azad jeden Abend ihren Weg durch den Palast gemacht. Vor seinem Aufbruch zur Dracheninsel hatte Daniel seine Hütte kaum noch verlassen. Inzwischen ging er auch wieder allein vor die Tür, obwohl er sich besser fühlte, wenn Azad dabei war. Noch etwas, woran er sich würde gewöhnen müssen. Die Schriftrolle scheuerte durch den Stoff seiner Hosentasche und Daniel verscheuchte den Gedanken.

Laternen hingen kreuz und quer über dem Tempelgarten. Keine Wachen waren zu sehen. Daniel ging an der Stelle vorbei, wo er vor gar nicht allzu langer Zeit dem Prinzen ein Messer an die Kehle gehalten hatte. Azad grinste, ohne in seine Richtung zu sehen.

Sie waren so weit von den Feierlichkeiten entfernt, dass der Lärm der Feste nur noch gedämpft zu hören war. Daniel und Azad blieben am Rand des Gartens stehen, wie sie es die letzten Abende immer getan hatten. Eine seltsame Stimmung lag in der Luft. Es war die letzte Nacht des Zuckerbrotfests. Am Morgen würden die Feste vorbei sein.

»Morgen um die Zeit bist du weg«, murmelte Azad.

Daniel antwortete nicht sofort. »Du hast mich nicht gebeten, zu bleiben.«

Azad starrte reglos auf den dahintreibenden Bach. »Würdest du?«

Die Schriftrolle in Daniels Tasche war auf einmal bleischwer. Er hatte sich dieselbe Frage gestellt, mehr als einmal. »Wenn du es befiehlst«, gab er schließlich zurück.

Azad sah ihn stirnrunzelnd an. »Du weißt ganz genau, dass ich das nicht tun würde.«

Das wusste er tatsächlich.

Azad stieß ein Seufzen aus, was er viel zu oft tat für jemanden in seinem Alter. »Vergiss es«, sagte er widerstrebend. »Ich weiß, dass das hier nicht dein Zuhause ist.«

»Du hast Freunde hier, weißt du.« Daniel schenkte ihm ein Lächeln, das sich zu wacklig anfühlte, um aufmunternd zu sein. »Echte Freunde. Wichtige Freunde, nach allem, was man so hört.«

Azad schnaubte. »Rayan ist mein Bruder. Und er hält nur zu mir, solange es ihm in den Kram passt. Für alles andere ist er zu schlau.«

»Nicht nur Rayan. Du hast Freunde überall. Warte nur ab. Die richtigen Leute werden dich finden.«

»Wie dramatisch.« Azad lachte kurz auf. »Aber ja. Vielleicht hast du recht. Hoffentlich.«

Vor ihnen bewegte sich etwas im Schatten des Tempels. Daniel blinzelte. Etwas glitt durch das sanft leuchtende Flusswasser, zu groß und zu dunkel für eine Seerose. Und es glitt auf sie zu. Gegen den Strom.

»Azad«, murmelte er, »wo wir gerade bei wichtigen Freunden sind ...«

Etwas brach vor ihnen durch die Wasseroberfläche. Heiliges Wasser schwappte über das sorgfältig gepflegte Ufer und die bleiche Schnauze eines gewaltigen Flussfressers schob sich zwischen zerfetzten Blüten und Kieselsteinchen an Land. Eine tropfnasse Gestalt erhob sich von dem breiten Rücken des Tieres, ohne auch nur zu wanken.

»Da wären wir.« Zina sprang auf den Kiesweg und spuckte Flusswasser aus. Seerosen hatten sich in ihren Haaren verfangen und an ihr herab hing eine triefend nasse Weste aus Palmblättern. Barfuß kam sie auf Daniel und Azad zu, hielt nur inne, um eine Melinde von einem der tief hängenden Äste zu pflücken. »Dieser verfluchte Fluss ist länger, als ich ihn in Erinnerung hatte«, verkündete sie und biss in die goldgelbe Frucht, dass es spritzte. »Aber auf Silberwasser ist Verlass. Was ist, wartet ihr schon lange?«

Für einen Moment schien es Azad die Sprache verschlagen zu haben. Dann antwortete er heiser: »Meinst du, dass es das richtige Zeichen setzt, wenn du mit Obst aus seinem heiligen Garten vor den Kaiser trittst?«

Zina hob den Kopf. Fruchtsaft lief ihr über die Handgelenke. Das Bild war Daniel vertraut, aber als sich ihre Blicke trafen, zuckte er zurück. Ihre Augen waren so dunkel wie immer, und im Dämmerlicht hätte es leicht sein sollen, sich täuschen zu lassen. Es hätten Spiegelungen sein können, schwache Reflexionen der Laternen zwischen den Bäumen. Aber so war es nicht. Das Lodern in ihren Augen kam nicht von außen. Es stieg aus bodenlosen Tiefen auf, zuckte und flackerte wie Blitze am Grund eines Sees. In den Augen des Drachenkönigs hatte man den Himmel gesehen, endlose Weite und Sehnsucht nach Licht. Zinas Blick war anders. Sie war immer noch, wie Daniel sie kannte: wild und wütend und jung. Aber das Lodern war neu, und als sie sich Tropfen aus den Wimpern blinzelte, erkannte er es. Es war der Fluss, der in ihr leuchtete. Der alte Drachenkönig hatte Flügel getragen, durch und durch ein Geschöpf des Himmels. Doch Zina war einem Wesen des Wassers gefolgt und das hatte sie verändert. Daniel versuchte, sich nichts anmerken zu lassen, allerdings glaubte er nicht, dass es ihm gelang.

Etwas war anders geworden.

Wenn man Zina Zarastra nun begegnete, dann wusste man es. »Tatsächlich glaube ich, das setzt *exakt* das richtige Zeichen.« Daniel trat einen Schritt zurück, als sie die Arme um Azad warf. »Gut, dich zu sehen, übrigens.«

»Ja.« Der jüngste Prinz warf einen verschämten Blick in Daniels Richtung, der tat, als würde er ihn nicht bemerken. »Dich auch.«

»Geht es euch gut?« Zina küsste Azad schwungvoll und ließ ihn dann los, um Daniel prüfend zu mustern. »Alles in Ordnung? Seid ihr in Schwierigkeiten?«

»Nein«, antworteten sie gleichzeitig und ein wenig zu schnell, um überzeugend zu sein.

»Nicht mehr als üblich zumindest«, schränkte Azad ein. »Mein Vater ist … nicht begeistert. Von mir, im Allgemeinen.«

»Das will ich auch nicht hoffen.« Zinas Augen funkelten und der Fluss hinter ihr leuchtete auf. »Also. Denkt ihr, ich sollte mich umziehen für meine Audienz?«

Daniels Blick wanderte von ihren zotteligen Haaren über die Kleidung aus geflochtenen Palmblättern und blieb an ihrer aus Drachenknochen geschnitzten Gürtelschnalle hängen. Der Speer, den sie in der Hand hielt, war dunkel von eingetrocknetem Blut. »Nein«, bestimmte er. »Ich finde, du siehst großartig aus.«

»Schön. Dann geben wir dem Kaiser mal einen Grund mehr, nicht begeistert von Azad zu sein.« Sie marschierte vorwärts, Silberwasser dicht an den Fersen.

Azad und Daniel tauschten einen kurzen Blick.

»Sie hat sich nicht sehr verändert«, murmelte Azad.

Daniel sagte nichts dazu, aber natürlich stimmte das nicht.

Ohne ein weiteres Wort folgten sie Zina und ihrer Wächterin auf ihrem Weg in den Thronsaal.

Unter dem Thronsaal führte ein Tunnel hindurch. Zina hatte nie davon gewusst, aber als sie nun über den blank polierten Boden schritt, spürte sie das Wasser unter ihren Füßen. Etwas bewegte sich darin. Kleine Schatten am Rand ihres Bewusstseins, an die sie sich längst gewöhnt hatte. Solange sie sich nicht darauf konzentrierte, berührten sie die Gedanken der Flussfresser kaum. Aber sie konnte sie lenken, wenn sie das wollte.

Sie konnte so viel. Sie spürte den Goldenen Fluss in ihren Adern. Das Wasser hatte nie dem Kaiser gehört. Das Leuchten seiner Tiefe war Drachenmagie und Zina konnte es löschen, wenn sie das wollte.

Die Drachen im Palmenhain schliefen noch nicht. Einer von ihnen war abwesend und kalt, die anderen aber riefen nach ihr. Zina konnte ihnen befehlen, ihre Ketten zu sprengen. Das Gold auf den Palastdächern würde schmelzen und das Feuer den Himmel erhellen.

Zina konnte so viel. Sie hörte, wie fest ihre Schritte klangen, und Dshihan hörte es auch. Der Kaiser erwartete sie vor seinem Thron. Er saß nicht. Zina nahm an, dass er nicht ruhig genug dafür war. Er wollte nicht, dass sie das Zucken seiner Füße bemerkte, seinen rastlos springenden Blick. Als sie vor Dshihan und seinen Söhnen stehen blieb, wich Navid zurück. Fackelschein tanzte über die Wände und sein Schatten erzitterte auf Kachelmustern in rot, schwarz und gold.

Zina lächelte.

Der Kaiser lächelte nicht. Er starrte Zina für einen Moment an, dann richtete er seine Aufmerksamkeit auf Azad an ihrer Seite. Es gelang ihm, herablassend zu schnauben. Auf seinen Schläfen glitzerte Schweiß. »Sie?« Er schüttelte langsam den Kopf. »Die Rede war von einer Königin.«

Zina formte ihren Willen. Mehr war es nicht und unter ihren Füßen begann es zu grollen. Wo eben noch ein schmaler Nebenarm geflossen war, sammelte sich nun eine Springflut. In ihrer Quelle loderte Drachenmagie.

»Keine Königin«, sagte sie. Die Worte waren ihre, sie entschied, was sie war. Sie konnte sein, was sie wollte. Was auch immer sie sein wollte. Wächterin. Kriegerin. Dienerin. Mörderin.

»Was ist das?«, stieß der Kaiser hervor.

Zina antwortete nicht sofort. Sie sah Dshihan in die Augen und beobachtete, wie er begriff. Es ging langsam. Daniel hatte es schneller bemerkt. Aber es geschah doch – sie sah es an der Art, wie seine Züge erschlafften. Der schwere Goldring an seiner Hand blitzte auf, es gelang ihm nicht länger, sie ruhig zu halten. Er sah nun, was sie war.

Zina blinzelte und sah zurück zu Navid. Der älteste Prinz stand direkt hinter seinem Vater. Das Grollen hatte sich unter seinen Füßen gesammelt. Er wusste es nicht. Zina wusste es. Ihr bloßer Wille war alles, was ihn von den gurgelnden Fluten trennte. Sie spürte, wie ihr Herz ein wenig schneller schlug.

»Es gab einen Pakt mit den Drachen«, sagte sie leise. »Jetzt ist der Drachenkönig tot.«

Dshihan räusperte sich. »Meine Söhne waren schon immer ... heißblütiger, als ich es mir wünschen würde ...«

Zina starrte direkt in Dshihans angespanntes Gesicht. Sie konnte Navid töten. Es wäre leicht. Es lag in ihrer Macht. Der Gedanke prickelte in ihrem Herzen, schmeckte scharf in ihrem Mund. Es war kein schlechter Geschmack.

Rayan stand nur zwei Schritte von seinem älteren Bruder entfernt. Ein zweiter Gedanke, und sie könnte Kaiserin sein.

Der Kaiser tat Dinge, weil er es konnte. Das hatte er immer getan.

Zina holte tief Luft und der fremde Geschmack auf ihrer Zunge verging. Unter ihren Füßen wurde das Wasser wieder ruhig. »Wir wollen einen neuen Pakt«, sagte sie.

Neben ihr atmete Azad leise aus.

Die Wachen vor den Türen warfen Daniel drohende Blicke zu. Gerade eben waren sie noch nicht so mutig gewesen. Zina und Azad waren an ihnen vorbeigegangen, ohne auch nur innezuhalten, und die Wachposten hatten es eilig gehabt, ihnen aus dem Weg zu gehen. Was auch an dem riesigen Flussfresser gelegen haben dürfte, der vor den beiden über den Boden gekrochen war.

Daniel war vor dem Saal zurückgeblieben. Er hatte nicht vor, je wieder einen Fuß in die kaiserlichen Räume zu setzen. Azad hatte mit ihm über die Forderungen gesprochen, die er und Zina heute vorbringen wollten – mehr Freiheiten für Diener, mehr Sicherheit. Neue Gesetze für Magier. Daniel bezweifelte, dass der Kaiser einer von ihnen zustimmen würde. Aber er würde sich damit auseinandersetzen müssen und auf lange Sicht konnte Azad Erfolg haben. Dass Zina mit einer Drachenarmee argumentieren konnte, half. Und schließlich war es nicht das erste Mal, dass sie mit Feuer spielten.

Fackelschein glitt über die vergoldeten Kacheln der Wände. Daniel ließ den Blick wandern und ignorierte das Drohgebaren der Wachen, während er wartete. Einige Dienerinnen des Kaisers standen nicht weit von ihm zwischen den Säulen. Eine von ihnen sah in seine Richtung und er erkannte Sarina. Um ein Haar hätte sie zwei Söhne an die Dracheninsel verloren. Daniel hatte gehört, dass Navid seinen Verletzungen fast erlegen wäre. Er schien auf dem Weg der Besserung, aber Sarinas schöne Augen waren immer noch rot und geschwollen. Daniel erwiderte ihren Blick für die Dauer eines Herzschlags, dann sah er weg. Er wollte nicht, dass sie in seiner Miene las, was er dachte.

Es dauerte, bis irgendwann die Türen wieder aufschwangen. Der Kaiser rauschte zuerst über die Schwelle, was grob unhöflich war – und ein vielversprechendes Zeichen. Er schien Daniel nicht einmal zu sehen. Zwei seiner Söhne folgten ihm in gebührendem Abstand. Rayan bedachte Daniel im Vorbeigehen mit einem Nicken, das nichts von seinen Gefühlen verriet.

Navid stockte, als er Daniel sah. Er hatte abgenommen, bewegte sich anders als früher. Ungelenk, wie mit schlecht verheilten Verletzungen. Eine neue Narbe teilte seine Augenbraue. Sie war kaum zu sehen, nur ein winziger silbriger Strich. Seine Wimpern waren lang wie Sarinas und warfen Schatten auf blutunterlaufene Haut.

Daniel sah ihm direkt ins Gesicht, und sein Herz trommelte, als wollte es ihn verjagen. Er bewegte sich nicht, verzog keine Miene. Navids Augen flackerten, dann wandte er sich ruckartig ab. Daniel sah zu, wie er seinem Vater hinterhereilte. Er drehte sich nicht mehr um.

Daniel zwang sich, seine Finger zu lockern, und das orangerote Flackern erstarb.

»Hey.« Azad und Zina waren aus dem Thronsaal gekommen. Sie tauschten einen raschen Blick, und er wusste, dass sie die Szene beobachtet hatten.

»Ich arbeite dran«, sagte Azad leise.

Daniel nickte nur. Das war zumindest ein Anfang. »Und?«, fragte er. Seine Stimme war immer noch rau. »Was hält der Kaiser von euren Vorschlägen?«

Zina lächelte. Etwas in ihren Augen bäumte sich auf. »Sagen wir, er war nicht begeistert.«

»Einigermaßen beeindruckend, dass ihr noch lebt.«

Zina verzog keine Miene. »Und er.«

»Ja. Nun. Warten wir ab.« Azad wirkte nicht gerade entspannt, aber doch ziemlich zufrieden. »Vielleicht hast du recht damit, zu verschwinden. Wer weiß, wie lange es hier noch so gemütlich bleibt.«

Daniel lachte heiser auf und erntete böse Blicke von den Wachen.

»Du gehst?«, fragte Zina leise.

Er nickte. »Ja. Heute Nacht. Jetzt gleich, eigentlich.«

»Du kannst noch nicht gehen«, widersprach sie. »Ich schulde dir noch ein Geschenk.« Sie grinste. »Und wie es der Zufall so will, habe ich eines dabei.«

Daniel blinzelte. »Du musst mir nichts schenken.«

Zina ignorierte ihn. »Lasst uns von hier verschwinden. In geschlossenen Räumen wirkt es nicht halb so gut.«

An dem schmalen Ufer hinter der Sternwarte waren weit und breit keine Wachen zu sehen. Zwei kleine Flussfresser lagen im seichten Wasser und verschwanden fluchtartig, sobald sie Silberwasser sahen. Zina sprang leichtfüßig von der Palastmauer und landete mit beiden Beinen fest im Sand. »Kommt schon.«

Daniel folgte ihr, ohne zu zögern. Azad schnitt eine Grimasse und sprang hinterher.

»Hier kann man also gut baden?«, fragte Azad mit einem Blick in den schlammigen Fluss.

»Wenn du keine Angst vor Flussfressern hast.« Zina grinste, dann wurde sie ernst. Ihre Finger nestelten an einem zerschlissenen Beutel, den sie an ihrer Hüfte trug. »Daniel«, sagte sie leise. »Ich habe etwas für dich. Wenn du willst.« Sie zog zwei unförmige Klumpen hervor und legte sie in Daniels narbige Hände. Der eine war elastisch und federleicht, der andere hart und viel schwerer.

»Was …«

»Ich wollte früher zurückkommen, aber es hat länger gebrannt, als ich dachte. Das hier habe ich von der Leiche des Drachenkönigs geschmolzen, es ist das restliche Gold. Und die Spinnenseide ist nur noch Asche, aber das hier ist aus einem der Baumdrachenkokons. Drachenseide«, fügte Zina zögernd hinzu. »Ich weiß, dass die Skizzen zerstört worden sind. Aber ich dachte, vielleicht erinnerst du dich an die Beschwörung.«

Sie sah ihn abwartend an.

Daniel starrte auf das Gold und die Seide in seinen Händen.

»Sag was«, flüsterte Zina.

Er hob den Kopf. »Ist das … dein Ernst?«

»Natürlich.«

»Aber das Opfer …«

»Ich bin nicht geschwächt. Blut wird reichen.« Sie lächelte leicht. »Hat es das letzte Mal auch.«

Daniel schluckte schwer.

»Ich weiß, du wolltest das nicht mehr. Du kannst auch Nein sagen, wenn du …«

»Ja.« Er konnte nur flüstern.

Als er sie ansah, strahlte sie.

Diesmal war es beinahe leicht. Er kannte die Worte, hatte sie nie vergessen. Das Gebilde aus Licht erblühte vor ihm. Die Seide entwirrte sich, verschmolz mit dem Gold. Dort, wo Zinas Blut seine Schultern benetzte, breitete sich prickelnde Wärme aus. Hitze schoss durch seine Adern, dann stechender Schmerz – und dann begann er es langsam zu spüren. Gewicht, das in Vergessenheit geraten war. Sehnen und Knochen und weiche Membran, die sich über die Narben auf seinem Rücken legte. Ein leichter Wind war aufgekommen, glitt über Seide und Gold und Daniel konnte ihn *spüren*. Er stellte sich vor, er würde seine Flügel ausbreiten, und sofort ertönte das vertraute Rascheln.

»Es hat funktioniert«, hauchte Azad.

»Was dachtest du denn?« Zinas Stimme klang wie ein Krächzen.

Daniel zitterte. Jeder Muskel in seinem Körper stand unter Strom. Blut pulsierte durch seine Adern, sein Blut, gemischt mit Drachenmagie. Mit ganzer Kraft zwang er sich, am Boden zu bleiben.

»Willst du nicht fliegen?«, fragte Azad ungläubig.

»Gleich.« Die Flügel zuckten und raschelten, *seine* Flügel. Daniel hielt sie nur mühsam im Zaum. »Ich habe noch etwas. Für euch beide.«

Zina lachte belegt. »Du willst wohl nicht zulassen, dass ich meine Schulden loswerde?«

Daniel hob eine Hand und fuhr über den seidigen Ansatz seiner Flügel. »Du wirst mir nie wieder irgendwas schuldig sein.« Er räusperte sich. »Also. Hier.«

Umständlich zog er die beiden Päckchen aus seiner Tasche, die in grünen Samt eingewickelt waren. »Für euch.« Er reichte Zina das größere. »Ich weiß, du willst keine Krone, also …«

Neugierig schlug sie den Stoff zurück. Zum Vorschein kam eine einzelne, perlweiß durchscheinende Schuppe, die Daniel zu einem Drachenkopf geschnitzt hatte. Anstelle der Augen glitzerten zwei winzige Saphire.

»Daniel Dalosi, hast du Juwelen des Kaisers gestohlen?«, stieß Zina nach einer kurzen Pause hervor.

»Nur zwei Splitter. Das wird niemand merken.«

»Und die Schuppe … ist das …«

Er lächelte leicht. »Ich wusste, dass du sie erkennen wirst.«

Als Zina aufsah, schimmerten ihre Augen, und diesmal war es nicht das Leuchten des Wassers. »Ich dachte, niemand bei klarem Verstand trägt noch Broschen.« Sie drehte das Schmuckstück um, um die silberne Anstecknadel zu begutachten.

»Mode ändert sich.« Daniel zuckte die Schultern und seine Flügel raschelten im Wind.

»Was heißt das?«, wollte Zina wissen. Sie war auf die fein eingravierten Buchstaben auf der Rückseite der Brosche gestoßen.

Daniel zögerte. »Drakaina«, sagte er dann. »Es bedeutet …«

»Drachenkönigin.« Sie verdrehte die Augen. »Netter Versuch.« Zina steckte die Brosche an und umarmte ihn fest. »Danke«, flüsterte sie ihm ins Ohr. »Du wirst mir fehlen.«

Ihre Finger verharrten kurz auf dem Ansatz seiner Flügel, dann ließ sie ihn los.

»Hier«, sagte Daniel und gab Azad das zweite Päckchen. »Nur … für den Fall.«

Azad wickelte den goldenen Ring aus, der die Form eines Drachen hatte. Er starrte für einen Moment auf seine Finger, dann sah er auf. »Daniel«, sagte er langsam, »Ist das …«

»Ein Giftring.« Daniels Mundwinkel zuckten. »Ich dachte, du könntest ihn gebrauchen.« Er betätigte den Mechanismus und der verborgene Hohlraum sprang auf.

»Ich werde niemanden vergiften!«

»Der ist auch für Gegengift.« Daniel lächelte schief. »Vertrau mir.«

»Tu ich. Obwohl ich nie weiß, ob das schlau ist.« Kopfschüttelnd schob sich Azad den Ring auf den Finger. »Danke«, fügte er leise hinzu.

Daniel nickte. Plötzlich war es sehr still. Der aufkommende Wind war stärker geworden und wirbelte feine Sandkörner auf. Über dem Rand der Palastmauern konnte man erste Spuren der Morgensonne erahnen. »Ich muss los«, murmelte Daniel. »Sonst verpasse ich noch mein Schiff.«

»Du könntest fliegen«, schlug Zina vor.

Er lachte. »Bis zum Hafen, ja. Nicht bis ans andere Ende der Welt.«

Sein Blick verharrte auf Zina, den beiden Narben in ihrem Gesicht. Auf Azad, der den Goldring an seinem Finger drehte. Daniel hob die Hand an die Stelle, wo das Amulett gelegen hatte, und hielt in der Bewegung inne.

»Wir sehen uns«, sagte Zina rau.

Azad nickte. »Gute Reise.«

Daniel trat einen Schritt zurück, auf das Flussufer zu. Seine Flügel entfalteten sich mit einem verlockenden Wispern. »Ja«, gab er leise zurück. »Wir sehen uns. Passt auf euch auf, hört ihr?«

Zina tastete nach Azads Hand. »Jetzt flieg schon«, stieß sie aus.

Daniel packte den Beutel, der alles enthielt, was er hatte. Nein. Bei Weitem nicht alles. Er richtete den Blick nach oben, wo zwischen den Palmen die Sterne hervorblitzten. Dann sprang er. Der Wind trug ihn aufwärts, über den Fluss und die Mauern. Der Palast des Kaisers blieb unter ihm zurück.

Er flog.